KB022523

백성

백

12

제3부 | 세월의 사닥다리

김동민 대하소설

문이당

차례

제3부 | 세월의 사닥다리

복면강도와 칼춤

  텅 빈 밤.

  오광대 놀음판 연습을 하던 패거리들이 흡사 썰물처럼 빠져나가고 나면, 그곳 오광대패 본거지는 깊디깊은 우물 속 같은 정적으로 빠져든다. 하지만 안마당에선 그들이 낮 동안 내던 소리들이 여전히 남아 효원 귀에 왕왕 울리는 듯하다.

  오늘 밤도 혼자 지독한 외로움에 젖은 채 이리 뒤척이고 저리 뒤척이며 잠 못 들어 해야 하리라. 누에가 허물을 벗기 전에 뽕을 먹지 않고 잠시 쉬는 그 상태도 '잠'이라고 한다는데, 차라리 누에로 변해버리면 좋겠다고 생각하다가 어쩌다 간신히 잠이 들면 이번에는 또 악몽이다.

  '이기 꿈인가 생신가 모리겠다.'

  조그만 손거울을 방바닥에 놓고 그 안에 있는 사내를 무연히 들여다보며 미치광이처럼 했다.

  '효길이? 참말로 웃기도 안 한다, 안 해.'

  반항하는 선머슴같이 바람벽이 무너지게 머리통을 함부로 쿵쿵 찧어대면서 속으로 절규했다.

'우짜다가 내한테 요런 기맥힐 일이 다 생깃노? 내가 운제꺼지 이리 숨어 지내야 하까? 이라다가 팽생 밖에 몬 나가고 갇히 있다가 이대로 죽어삐는 거는 아이까?'

낮이고 밤이고 좁은 집 안에만 틀어박혀 있자니 답답해서 숨통이 막힐 지경이다. 하지만 대문 밖으로는 단 반 발짝도 내밀 수가 없다. 관졸들의 굵고 붉은 오랏줄에 내 몸을 끼우는 어리석은 짓이다. 어느 상여가喪輿歌에도 나와 있듯 그야말로 문밖이 저승이다.

얼이에게 자초지종을 들어 이제는 효원의 일을 어느 정도 알고 있는 원채가 전하는 소식에 의하면, 지금 강득룡 목사는 완전히 저승사자로 변해버렸다고 한다. 나라의 녹을 먹는 목민관으로서 고을을 다스릴 생각은 추호도 하지 않고, 오로지 효원을 잡아들이는 일 하나에만 목을 매달고 있다는 것이다.

"그뿌이모 괘안커로?"

더 큰 문제는, 급기야 고인보 선비가 이 고을까지 내려와 있다는 거였다. 그러면서 효원을 데려가기 전에는 절대 한양으로 올라가지 않겠다고 철부지 아이처럼 생떼를 쓴다는 것이다. 들으면 들을수록 참으로 심각하고 두려운 노릇이 아닐 수 없었다. 눈앞이 캄캄했다. 뿌리를 뽑을 때까지 포기하지 않을 심산 같았다.

"내가 얼이 총각한테도 얀다무치(야물게) 못박아놨지만도, 효원 처녀도 우짜든지 잘 견디내야제 절대로 갱거망동하모 안 되는 기라."

원채는 신신당부와 더불어 여간 염려하는 빛이 아니었다.

"시방 잽히모 효원 처녀는 꼼짝 몬 하고 한양꺼지 끌리가고, 얼이 총각도 목심을 부지하기 에려블 끼요."

하루에도 수십 수백 번씩 원채의 그 말을 곱씹으며 얼이를 향한 애틋한 그리움과 불길 같은 사랑을 가까스로 삭여 나가고 있는 효원이다. 그녀가 잘못되는 것도 그렇지만 얼이 도령에게 화가 미쳐서는 더 아니 되었다.

얼이 다음으로 생각 키우는 사람이 해랑이다. 이제 너무나도 변해버린 해랑이지만 정은 조금도 줄어들지 않았다. 때로는 신세타령도 주저리주저리 늘어놓곤 했지만, 그래도 관기로 있을 그 당시가 좋았지 싶다. 찬비가 내리고 강풍이 불 때도 '말하는 꽃'들끼리 서로 의지하고 몸을 비비면서 견뎌낸 시간들이었다.

'하기사 지내놓고 보모 싹 다 그렇것제. 시방은 몬 살 만치 괴롭지만도, 운젠가는 이런 내 모습도 그리버질 때가 있을랑가 안 모리나.'

언젠가 노기老妓 여귀분이 관기들에게 묻던 말이 떠올랐다.

"벽만 딱 쳐다봄서 9년을 지내는 거하고, 대나모 끄트머리에 앉아갖고 3년을 보내는 거하고, 우떤 쪽이 더 에려블 거 겉노?"

그때 누구도 대답하지 못했다. 어떤 쪽이 더 어렵고 어떤 쪽이 덜 어려운 게 아니었다. 어느 쪽도 할 수 없을 것 같았던 것이다.

"우리가 안 있나, 아모리 심이 들고 괴로버도 신세를 원망하고 처지를 탓하모 그거는 안 되는 기라. 그라모 더 비참해지는 기다."

여귀분 목소리가 약간 탁하게 갈라져 나왔다. 처음 교방에 나왔을 적에는 꾀꼬리 목소리라고 모두가 부러워했다는 관기였다.

"굳세거로 참음서 이기내야 한다쿠는 뜻에서, 벽하고 대나모 이약을 했더라."

그 기억을 더듬어 가던 효원은 문득 품에서 호신용 은장도를 꺼냈다. 평상시 자기 몸의 일부분처럼 아끼고 좋아하는 물건이었다. 천군만마만큼이나 마음 든든했다. 그것을 몸에 지니지 않으면 팔다리가 하나 없는 것처럼 허전하여 잠도 오지 않을 지경이었다.

'이거를 우떤 장인匠人이 맹글었는고, 만내모 고맙다꼬 절이라도 하고

싶거마는.'

그런데 그것을 한참이나 이래 들여다보고 있으려니 별안간 검무가 추고 싶어졌다. 그래, 한바탕 칼춤을 추고 나면 몸이 피곤해져 잠이 좀 올지도 모르겠다.

'나가 보자.'

효원은 자리에서 벌떡 몸을 일으켜 안마당으로 나갔다. 거기는 밖에서는 잘 보이지 않는 곳이기에 안전했다. 더군다나 그 밤엔 달도 없어 깊은 마당에는 온통 어둠만 덮여 있다. 설령 누가 본다 해도 남장한 그를 남자로 볼 것이다.

'자아, 시이자악.'

비록 그녀 혼자서 시작하는 검무지만 마음은 벌써 교방 관기들과 함께 어울리던 날로 돌아가 있다. 어느새 무복舞服과 무구舞具를 갖춘 모습이다.

한삼을 낀 팔을 어깨높이로 들고 장중하면서도 우아하게 발을 내디딘다. 춤의 처음인 한삼평사위다. 상대방 관기와 마주 보다가 큰 각도로 돌아가면서 배를 맞추는 동작을 염불장단에 맞추어 서서히 행한다.

두 손을 어깨 위로 모아 내렸다가 손바닥을 아래로 하며 살며시 앉는 듯이 그렇게 몸을 굽히다 오른발을 앞으로 내디디며 일어서는 숙인사위. 오른손은 전립 테두리 끝 가까이 울려 매고 왼손은 가슴 밑에 굽혀 둔다. 활어처럼 펄떡이는 가슴이다. 한삼을 뿌린다 하여 한삼뿌릴사위라고 하는 동작이 이어진다.

'아, 좋다.'

한바탕 추고 나니 온몸에 땀이 흥건하게 배여 났다. 그 땀처럼 가슴 속에 쌓였던 슬픔과 고통이 조금은 빠져나간 느낌이다. 껌껌한 마당이 무섭다거나 싫지도 않다. 교방 뜰 같은 기분이 들기도 했다. 아늑하고

10

포근한 둥지.

이윽고 효원은 다시 방으로 들어왔다. 아무렇게나 벌렁 자리에 드러 누웠다. 참 오랜만에 추어본 검무여서 그런지 전신이 나른해지기 시작했다. 효원은 비스듬히 반쯤 상체를 일으켜 머리맡에 있는 나무로 만든 등잔걸이의 호롱불을 입으로 '후' 불어 껐다.

그러자 대번에 방이 칠흑인 양 캄캄해졌다. 하지만 이제는 혼자 있어도 처음 그곳에 왔을 때보다는 훨씬 무섬증이 덜했다. 어둠이나 귀신보다 더 무서운 게 사람이란 사실을 깨쳤다. 서서히 잠기운이 밀려든다. 오늘 밤은 눈을 좀 붙일 수 있을 것 같다.

'이 빙신. 와 검무를 생각 몬 하고.'

효원은 눈꺼풀이 무겁게 내리 덮이는 걸 느끼며 늪과도 같은 잠 속으로 차츰 빨려들었다. 어쩌면 生생과 死사의 경계가 바로 잠인지도 모른다. 꿈도 괴롭히려고 나타나지 않는 空공의 세계였다.

그런데 그로부터 얼마나 시간이 지나갔을까? 방문 밖에 짐승 같은 웬 시커먼 그림자 하나가 어른거리기 시작한 것이다.

소리 없이 나타난 그림자는 방문에 가만히 귀를 대고 잠시 방안 동정을 엿보았다. 낮고 고른 숨소리가 새 나왔다. 침입자는 코끝에 걸린 복면을 좀 더 위로 끌어올렸다. 그러자 검은 천으로 덮은 그의 얼굴에서 두 눈만 빠끔 내다보였다. 그 복면의 빛깔 때문인지 해골 그것처럼 푹 들어가 보이는 눈이다.

그는 비좁은 문틈으로 기다란 젓가락을 집어넣더니 밖에서도 아주 익숙한 솜씨로 금방 문고리를 땄다. 아무래도 여러 번 해본 실력이다. 방문은 제 본연의 임무를 잊어버린 듯 아무런 저항도 하지 못하고 침입자가 밀치는 대로 물러났다.

"……."

복면 속에서 매섭게 쏘아보는 두 눈이 아랫목에 누워 있는 효원을 겨냥해 창이나 화살처럼 꽂혔다. 효원은 새우같이 몸을 옹크린 채 저쪽 벽을 향한 자세로 잠이 들어 있다. 어둠 속에서 봐도 침입자 손에 들린 건 분명 칼이다.

복면강도.

이윽고 그는 오른손에 쥐고 있던 칼을 왼손으로 옮겨 쥐고는, 오른손을 들어 자고 있는 사람 몸쪽으로 내밀었다. 그의 손은 정확히 효원 가슴 부위를 향하고 있다. 그렇다면? 그는 효원 몸에서 무언가를 확인하려는 게 틀림없다.

그런데 빳빳하게 치켜세운 뱀 대가리 같은 그의 손이 막 효원의 가슴에 닿기 직전이었다. 효원이 자다 몸부림이라도 치는지 반대편으로 돌아누웠다. 그 바람에 얼굴이 이쪽으로 돌려졌다. 복면강도는 흠칫, 놀라면서 얼른 손을 거둬들였다. 그러고는 잠들어 있는 효원 얼굴을 유심히 들여다보기 시작했다. 어둠에 익숙해진 그의 눈에 효원 얼굴 윤곽이 어느 정도 또렷이 잡혀 들었다.

복면이 고개를 약간 갸웃했다. 눈빛이 더한층 노랗게 번득였다. 복면은 아까처럼 또다시 오른손을 치켜들었다. 마침내 먹잇감을 노리는 뱀 아가리 같은 손이 효원 가슴께에 가 닿았다. 이번에는 그의 손끝에 뭉클, 하는 느낌이 전해졌다. 그는 한 번 더 확인해 볼 양으로 그 부위에 더욱 바짝 손을 갖다 댔다. 바로 그 찰나였다.

"누, 누, 누?"

심한 말더듬이 소리가 터져 나왔다. 복면은 엉겁결에 주춤 뒤로 물러섰다. 그와 동시에 효원이 자다가 불에 덴 사람처럼 벌떡 일어나 앉았다.

그러나 복면 동작이 좀 더 빨랐다. 어느 틈에 다시 오른손으로 옮겨 잡은 칼이 효원의 목젖을 겨누었다. 효원은 앉은 자세로 뒷걸음질 쳤다.

그렇지만 칼끝은 한 치 여유도 주지 않고 곧장 따라붙는다. 효원 등이 바람벽에 닿았다. 더는 뒤로 물러날 곳이 없다.

복면은 시종 아무런 말이 없다. 하지만 금방이라도 덮칠 기세다. 효원은 벽에 등을 붙인 채 부들부들 떨면서 복면을 올려다보았다. 그러자 복면은 얼른 왼손으로 검은 천을 위로 더 끌어올리려 했다. 그와 때를 같이하여 효원 얼굴에 야릇한 기운이 확 살아나는가 싶더니 잽싸게 몸을 굴렸다. 그러자 복면과의 사이에 거리가 조금 생겼다.

효원은 급히 일어섰다. 그녀 손에는 언제 빼 들었는지 모를 은장도가 들려 있다. 사람이 위기에 처하면 초인적이고 불가해한 능력을 발휘한다고 하는데 그때 효원이 그런 경우였다. 그 날렵한 동작을 본 복면에게서 당황해하는 느낌이 전해졌다. 그렇지만 그는 곧 네까짓 것쯤이야, 하고 깔보는 듯 칼을 겨누고 찌를 태세를 취했다. 칼 집고 뜀뛰기라고, 큰일을 모험적으로 행하는 자와는 한참 거리가 멀었다.

한데, 다음 순간이다. 복면이 칼로써는 도저히 할 수 없는 매우 묘하고 야릇한 행위를 효원이 하기 시작했다. 마술을 부리는 것인가? 무당의 춤인가? 그 어느 쪽도 아니다. 그것은 바로 검무 동작이었다.

비록 그 방이 좁긴 해도 한 사람이 그런대로 검무를 출 수는 있을 만한 공간이다. 침입자는 복면 속에서 더없이 확대된 눈으로 칼을 자유자재로 휘두르기 시작하는 효원을 바라보았다.

으스스할 정도로 독기 서린 얼굴, 마법에 걸린 듯한 몸놀림.

워낙 칼춤 솜씨가 뛰어난 효원인지라 은장도를 가지고도 온 세상을 희롱하는 것 같았다. 그것은 칼이 아니라 몸의 일부분으로 보일 정도였다. 아니, 설혹 자기 몸이라도 그렇게 자유자재로 움직일 순 없었다. 게다가 어디 나하고 같이 검무나 추어보자는 여유마저 엿보였다. 너도 어서 그 칼을 들고 춤을 추라고 강요하는 듯했다.

'휙! 휘~익!'

칼바람 소리가 귀를 찢었다. 복면강도는 그만 몹시 혼쭐이 빠져나간 몰골이었다. 한 번은 효원이 크게 휘둘러 대는 칼날 끝이 침입자 몸을 스칠 뻔했다. 그러자 그는 소스라치게 놀라며 황급히 뒤로 물러났다. 굉장히 겁을 집어먹은 기색이 역력해 보였다.

'휙! 휘~익!'

효원의 칼 동작은 그야말로 변화무쌍, 신출귀몰했다. 물안개마냥 아주 부드러운가 했더니 홀연 산이라도 베어버릴 것처럼 강렬해졌으며, 아주 느린 듯하다가도 또 어느 순간에는 전광석화같이 빨라졌다.

그건 한마디로 사람이 하는 동작이 아니었다. 귀신의 몸짓이었다. 그것도 칼에 큰 한을 품은 원귀였다. 칼 귀신이다.

복면은 갈수록 엄청난 공포에 사로잡혀 손끝 하나 옴짝달싹하지 못했다. 숨을 쉬는 것도 힘든 모양이었다. 그는 지금까지 살아오면서 그렇게 칼을 자기 마음대로 잘 다루는 자를 보지 못했을 것이다.

'삭! 사~삭!'

얼마나 혼자 그렇게 칼을 가지고 놀았는지 모른다. 갑자기 효원이 조금 전 자기가 당한 것처럼 복면의 목젖에 칼끝을 가져갔다. 그 움직임이 얼마나 빠른지 혹시 칼에 날개라도 달린 게 아닌가 하고 착각이 될 정도였다.

"어이쿠!"

복면은 그만 비명을 올리며 썩은 짚 동 무너지듯 그 자리에 털썩 주저앉고 말았다. 그의 손에 들렸던 칼도 곧장 '쨍그랑' 하는 쨍그라운 금속성을 내면서 방바닥에 나뒹굴었다. 이제 복면은 그만 맨손이 돼버렸다. 너무나도 당황한 그는 적수공권인 두 손바닥을 모아 싹싹 빌기 시작했다.

"지, 지발 모, 목심만……."

그 목소리를 듣는 순간, 칼을 잡은 효원의 손이 미세하게 떨렸다. 복면은 효원의 바짓가랑이라도 붙잡을 것처럼 하며 계속 애원했다.

"사, 살리 주……."

그러나 그 말이 끝나기도 전에 효원의 칼이 허공을 날았다.

"허~억!"

복면이 죽는 소리를 지르며 방바닥에 머리를 처박았다. 하지만 그 와중에도 복면은 행여 얼굴을 가린 천이 벗겨질까 봐 허겁지겁 두 손으로 잡았다.

"……."

효원의 입언저리에 조소과 경멸의 빛이 언뜻 내비쳤다 사라졌다. 복면이 엉덩이를 위로 치켜들고 방바닥을 엉금엉금 기기 시작했다. 진구렁에 몸을 뒹구는 살진 돼지 같았다. 그렇지만 복면 속 눈알은 쉴 새 없이 굴렀다. 그는 어쩔 줄 몰라 하면서도 어서 달아날 기회만 엿보고 있었다. 효원의 오른발이 그자 엉덩이를 걷어찼다.

"으악!"

복면은 발에 채인 게 아니라 칼에 찔린 것으로 오인한 모양이었다. 효원이 한 번 더 발을 들어 올렸을 때였다. 복면은 두엄에 엎어지는 두꺼비같이 앞쪽으로 넙죽 엎드리는가 했더니, 잽싸게 몸을 일으켜 반쯤 열려 있는 방문을 향해 돌진했다.

효원은 뒤쫓지는 않았다. 곧 방문 바로 밖에서 '쾅' 하는 소리가 났다. 거기 댓돌 위로 나가떨어진 게 틀림없었다. 그 서슬에 문짝이 크게 흔들거렸다. 뒤를 이어 '후닥닥' 하는 소리와 함께 복면이 도망치는 기척이 들렸다.

그 소리를 듣는 것과 동시에 효원은 털썩 방바닥에 허물어지듯이 주저앉았다. 전신에서 힘이 쫙 빠져나가고 식은땀이 줄줄 흘러내렸다. 효원은 그대로 방바닥에 엎드린 채 한참 동안 가쁜 숨을 몰아쉬었다. 긴장이 풀리면서 귀에서 '윙윙' 하는 소리가 났다. 일찍이 겪어보지 못했던 지독한 귀울음이었다.

"아."

효원은 아픈 신음을 내면서 가까스로 몸을 돌려 방바닥에 등을 대고 반듯하게 드러누웠다. 한 번 더 침입자가 온다면 이번에는 그대로 누운 채 속절없이 당하고 말 것 같았다. 그런데도 더는 움직일 기운이 남아 있지 못했다.

고개를 약간 꺾어 열어 젖혀진 방문을 통해 하늘을 올려다보았다. 깊은 우물 하나가 거꾸로 매달려 있는 것 같은 캄캄한 하늘가에 별빛이 무척 흐릿하다. 달은 숨었다. 그녀 눈가에 두레박으로 길어 올리는 것처럼 뜨거운 물기가 번져났다.

"얼이 되련님."

효원은 입안으로 가만히 그리운 이의 이름을 불러보았다. 어디선가 낯선 침입자를 쫓는 소리처럼 개 짖는 소리가 부단히 들려오고 있다. 한 마리가 짖자 돌림병과도 같이 다른 놈들도 덩달아 짖어 댔다. 밤의 아우성이었다.

"되련님, 얼이 되련님."

그런 자세로 누워 그런 소리만을 하며 고스란히 밤을 새운 효원은, 새벽 공기가 얼굴에 와 닿고 동녘이 희멀겋게 타오르는 것을 보고서야 간신히 몸을 일으켰다.

"흐."

기운이 없기는 매한가지지만 머리맡에 놓여 있는 자리끼를 겨우 마시니, 그 차가운 물이 씻어주는 듯 흐리멍덩했던 의식이 약간 맑아졌다. 조금씩 정신이 돌아오는 그녀 뇌리에 복면강도 음성이 기계음처럼 '웅웅' 울렸다.

'최종완이 그눔이다. 틀림없는 그눔 목소리였던 기라.'

중앙황제장군 역할을 하는 한약방 쥔 최종완.

'낼로 보는 눈빛이 딴 사람들하고는 다리더이.'

그곳 핏줄이 터질 듯 뒷골이 띵해 왔다.

'그눔은 내를 으심하고 있다.'

그 자각 끝에 다시 한번 온몸에 찬 기운이 쫙 돌았다. 그 냉기는 그녀의 살과 피까지 발라내고 얼어붙게 할 듯했다.

'우짜모 그눔은 눈치채고 말았는지 모리것다.'

잠결에 얼핏 느낀 거지만 두 번이나 가슴을 스치던 놈의 손이다.

'우짜노? 우짜노?'

효원은 어서 이곳에서 벗어나야 하지 않을까 몹시 조급해졌다. 관아 장졸들이 교방에서 도망친 관기 하나를 잡으러 다닌다는 소문은 최종완도 들었을 것이다. 식물도 아닌데 가만히 앉아서 당할 수만은 없다. 제자리걸음이라도 뛰어야 한다.

'그 후에는?'

그러나 그곳을 빠져나가 본들 아무 갈 곳이 없다. 섣불리 바깥에 나갔다간 즉시 발각되어 잡혀가게 될 것이 뻔하다. 곳곳에 현상금을 걸고 관기 효원을 찾는다는 방訪을 붙여 놓았는지도 모른다. 마땅한 방도가 없다. 여기 이대로 숨어 있을 도리밖에 없다. 설혹 장졸들이 들이닥친대도 어쩔 수 없다. 내 뜻대로 할 수가 없으니 모든 건 운명에 맡길 수밖에. 이래서 사람은 운명론자가 되기도 하는가 보다.

점심때가 조금 지나면서 여느 날처럼 오광대 패들이 하나둘씩 모여들기 시작했다. 앞으로 보름 후에 있을 공연 때문에 모두가 열심이다. 자기 한 사람 때문에 중요한 행사를 망칠 수 없으니 연습에 빠지는 사람이 없다.

이날도 반신불수 어덩이 역할을 맡아 하는 상인 박상수와, 마마신 환자 무시르미 역할을 담당하는 소지주 강용건, 그 둘이 가장 먼저 모습을 드러내었다. 다음으로 상좌 역을 자원하는 정미업자 함또순, 그다음으로 입담 좋기로 둘째가라면 서러워할 재담꾼 서물상, 또 그다음으로 장구와 꽹과리에 무척 능하면서 신장과 양반 역을 번갈아 맡는 문광시가 왔다.

"어이, 우리 이쁜 총각!"

"효길 씨, 간밤에 잘 주무셨는감?"

그들은 평상시와 다름없이 효원, 아니 효길에게 반가운 인사말부터 건넸다. 효원도 전혀 아무렇지 않은 얼굴로 그들을 대했다. 더욱이 오늘은 다른 날보다 한층 더 장난이 심하고 대책 없이 덜렁거리는 선머슴처럼 굴 필요가 있다.

'아자씨.'

그리고 그런 중에도 효원은 원채가 빨리 왔으면 하고 바랐다. 그의 얼굴이라도 보면 마음이 한결 나을 것 같았다. 하지만 무슨 다른 일이 생겼는지, 원채는 보통 가장 늦게 오는 꼭두쇠 이희문이 온 후에도 모습을 나타내지 않았다. 효원은 가슴 한복판에 커다란 구멍이 뻥 뚫린 느낌이었다. 그 속으로 차가운 바람이 솔솔 끼쳐 드는 듯했다.

그때쯤 원채를 빼고는 모일 사람은 다 모였다. 그게 아니다. 또 한 사람이 있다. 최종완, 그자도 아직 오지 않았다. 어쩌면 오지 않을지도 모른다. 오늘도, 아니 내일, 모레, 글피, 그리고 영원히…….

'그리만 될 수 있으모 에나 좋것다.'

그런데 그게 아니라면? 최종완은 지금쯤 무기를 든 관아 장졸들을 이끌고 쏜살같이 달려오고 있을 수도 있다. 금방이라도 대문짝을 부서지게 마구 열어젖히고 포승 받으라는 외침과 함께 들이닥칠 것만 같다.

'우짜노? 내가 우짜모 좋노?'

은장도 날 끝에 올라서서 검무를 춰도 이보다는 불안정하지 않을 것이다.

'이리도 몬 하겄고, 저리도 몬 하겄고.'

효원이 감당할 수 없는 불안과 초조에 흔들리고 있을 때, 오광대 패들도 이상하다는 듯 여러 말들을 한참 주고받았다.

"최종완 으원이 와 안 오시제?"

"이상하거마는, 안 오실 분이 아인데."

"오데 아푸나? 암만캐도 아픈갑다."

"아, 그 건강한 사람이 아푼 거, 꿈에라도 본 사람 있는 기요?"

"하모, 손님이 넘치겄제. 쪼꼼 있으모 올 끼거마는."

"우리끼리라도 바지런히 연습하입시더."

"그라이시더. 연습을 실전맹커로 해라쿠는 말도 있은께."

모두 한바탕 연습을 하고 잠시 쉬는 짬에 이번에는 원채 이야기가 나왔다.

"그 사람도 안 올랑가베?"

"자기 아부지가 요새 들어와갖고 상구 팬찮으시다쿠디이, 해나 무신 안 좋은 일이 생긴 거는 아이것제."

"꼽추 영감님 말인가베예. 나이 앞에는 장사가 없다쿠더마는, 그리키 몸이 실한 달보 영감님도 세월의 물살 앞에서는 우짤 수 없는 모냥입니더."

"자, 이만큼 쉬잇은께 심이 들더라도 또 해봅시더."

"그래야지예. 날짜도 올매 안 남았고요."

"맞소. 순간이 아깝다 아이요."

그런데 그들이 서로를 격려해가며 다시 서둘러 연습으로 들어갔을 때 그 모습을 드러낸 사람은 원채가 아니라 최종완이었다.

'아!'

효원은 내심 깜짝 놀랐다. 저 자가 오다니?

'이, 이리 되모?'

효원은 죄를 지은 쪽이 아니라 도로 당한 쪽이면서도 최종완을 똑바로 바라볼 수 없었다. 내가 이래서는 안 된다고 거푸 생각하면서도 눈이 자꾸 주인을 배신했다. 그리하여 그가 자기를 보는지 외면하는지 제대로 알지 못했다. 다만 효원 귀에는 평소보다도 훨씬 더 커진 그의 목소리가 수다쟁이 그것처럼 계속해서 들려왔다.

"암만캐도 조수를 하나 더 부리든지 해야지 이거 안 되것네요. 와 갈수록 한약방 찾는 환자들이 이리키나 짜다라 늘어났쌌고, 내 참."

"머라꼬요? 역부로 안 반가븐 거매이로 하지 마라꼬요? 하기사 내사 머, 그만치 돈을 더 한거석 벌께 나쁠 거는 없지만도."

"내가 바빠서 쪼매 늦는다꼬 황제장군 넘보는 사람 있으모 안 되는 기요. 동서남북 장군 모돌띠리 합친 거보담도 황제장군 하나가 더 좋다 아이요. 어, 그리고 또 우리 오광대에 황후도 등장시키모 우뚷것소?"

"아, 오늘 우리 꼭두쇠 안색이 우째 쪼꼼 그렇네요? 운제 우리 한약방에 한분 오시이소. 내 공짜로 약 한 첩 지이드릴 끼께네. 하하."

효원은 이제 꽤 익숙해진 팔선녀 역을 연습하면서도 귀만은 최종완 쪽을 향해 크게 열려 있었다. 그때쯤 효원은 확신했다. 복면강도는 최종완이 틀림없다.

'그란데 우찌 저랄 수 있노?'

그러자 최종완이 한없이 가증스럽기도 하고 두렵기도 했다. 아무래도 그냥 보통 인간이 아니다. 저렇게 낯바대기에 철판을 깔 수가?

하지만 효원은 입에 칼을 무는 심정으로 결심했다. 당분간 그녀 자신도 복면강도가 최종완이었다는 것을 모르는 척할 뿐만 아니라 간밤에 아무 사건도 없었던 것처럼 하면서 추이를 지켜볼 수밖에 없었다.

　'원채 아자씨한테는 우짜는 기 좋으꼬?'

　이번에도 고개를 가로저었다. 그에게도 비밀로 해 두자. 그가 알면 결국은 얼이 도령도 알게 될 것이고, 그러면 얼이 도령은 여간 걱정하지 않을 것이다. 그보다는 차라리 나 혼자 힘들고 헤매는 게 더 낫다.

　그런데 효원이 가장 궁금하고 께름칙한 게, 혹시라도 최종완이 내가 여자란 사실을 알아채지나 않았을까 하는 거였다. 능구렁이 같은 그 속을 짚어내기가 쉽지 않을 것이다. 결국, 모든 건 시간이 지나야 밝혀질 것이다.

　그나마 불행 중 다행스러운 것은, 최종완이 그녀의 신분을 상세히 알아내더라도 관아에 밀고하지는 않으리라는 직감이었다. 아니, 하지 않는 것이 아니라 하지 못할 것이다. 그 스스로도 이번 일이 드러나면 좋을 게 없을 것이다.

　그리고 또 한 가지, 최종완은 이제 섣불리 그녀에게 손을 뻗치지는 못할 것이다. 그만큼 칼 솜씨가 뛰어난 사람은 아마도 겪어보지 못했을 테니까. 더욱이 간밤에 그는 어지간히 혼쭐이 났을 것이다.

　'검무가 내를 위기에서 구해 줄 끼라고는 상상도 안 몬 했나.'

　이런 일이 있으려고 나는 검무가 그렇게 좋았던가. 다른 관기들은 칼을 놀리는 데 기운이 부쳐 죽겠다고 엄살 아닌 엄살을 피웠지만, 나는 칼만 들면 오히려 없던 힘도 쑥쑥 치솟지 않았던가. 그러니 내게는 검무가 평생 은인이지. 그러다가 이번에는 고개를 내저었다.

　'아인 기라. 검무가 웬수다. 내가 검무를 잘 춘다쿠는 거를 알고, 고 선비가 낼로 멤에 두었다꼬 안 하더나.'

다시는, 두 번 다시는 검무를 추고 싶지가 않다. 또 칼을 잡으면 나를 여자 백정이라 불러라. 아니, 지쳐 폭 쓰러질 때까지 끝도 없이 검무를 추고 싶다. 온 세상을 검무로 날려버렸으면 좋겠다.

　그날 연습이 끝날 때까지 최종완은 한 번도 효원 쪽에 눈을 주지 않았다. 어쩌다가 효원 얼굴이 자기에게로 향한다, 싶으면 서둘러 고개를 돌려버리곤 했다. 지극히 순간적으로 취하는 그 동작이 하도 빨라서 효원은 그의 표정이 어떠했는가를 미처 읽어내지 못했다. 참 버겁기 그지없는 자였다.

　아직도 생생하다. 몸에 와 닿던 그의 손길. 고인보 선비에게 당하던 그 순간이 악몽같이 되살아났다.

　'얼이 되련님은 시상에 다시없는 보배겉이 내를 대하는데…….'

　상촌나루터 흰 바위에 나란히 앉아 바라보던 남강, 둘이 함께 듣던 물새 울음소리, 아아, 그리고 봄날 아지랑이처럼 피어오르던 무지갯빛 향연.

　효원은 급기야 오광대패 속에서 빠져나와 방으로 달려 들어가 바닥에다 고개를 처박고 울음을 터뜨렸다. 영원히 멈추지 않을 것 같은 눈물이었다.

　방 안이 강물처럼 출렁거렸다.

수리부엉이 우는 밤

갑오년 4월의 밤공기는 향기로웠다. 그러나 그건 피의 향기였다.

그날 장사를 마치고 막 잠자리에 들려던 우정 댁은, 도둑고양이같이 찾아든 밤골 댁 말을 듣자마자 부랴부랴 얼이를 깨워 함께 밤골집으로 내달렸다.

그곳 은밀한 골방 안에는 집주인 한돌재를 비롯하여 판석과 또술, 태용 등이 더할 나위 없이 흥분한 얼굴로 앉아 있었다. 공기도 다른 날보다 좀 더 달랐다.

"나광 나리는 안 오싯는가베예?"

떨리는 얼이 물음에, 언제나 남보다 먼저 치고 나오는 성격의 또술 또한 흔들리는 목소리로 대답했다.

"나광 나리는 시방 저짝 전라도 지도자들하고 증신없이 막 움직이고 계시거마는. 야단 난리도 그런 야단 난리가 없다 아인가베."

평상시 그들 중 가장 감정 기복이 심하지 않은 판석이 아주 감격에 찬 얼굴로 우정 댁에게 말했다.

"시방꺼정 그리 애타거로 기다리신 보람이 인자사 나타났심더."

"흐."

우정 댁은 숨이 가빠오는 모습이었다. 얼이는 서광을 느꼈다. 그 빛살은 그 골방의 천장과 방바닥 그리고 벽을 통해 훤하게 뻗쳐 나오고 있었다.

"에나 긴 세월이었심더. 그동안 쌓인 한을 풀 때가 안 왔심니꺼."

우정 댁은 악동들 손에 의해 땅바닥에 내 패대기쳐진 개구리처럼 온몸에 파들파들 경련만 일으킬 뿐 아무 말도 하지 못했다.

"밤도 상구 깊어가고……."

그날따라 어쩐지 옛날이야기에 나오는 어부처럼 느껴지는 돌재가, 자꾸 격해지려는 감정을 억누르는 목소리로 판석에게 말했다.

"우정 댁하고 얼이 총각도 왔은께, 쪼꼼 더 상세히 이약해 보이소."

누구 눈에도 이제 주모 분위기가 엿보이는 밤골 댁에게 판석이 다짐받았다. 역시 그들 일행 세 사람 가운데서 일을 주도해 나가는 역할을 하는 데 손색이 없고 여러 방면에서 빈틈이 없는 그다웠다.

"아모도 몬 들오거로 문은 단디 닫았지예, 아주머이?"

머리에 빨간 천을 매단 밤골 댁이 여전사처럼 씩씩하게 말했다.

"이중 삼중으로 다 잠가놨은께, 바람도 몬 들오고 날개 달린 새도 몬 날라들 깁니더. 그라이 그런 걱정은 쪼꼼도 하지 마시소."

그러자 고개를 끄덕인 판석은 반짝이는 눈으로 좌중을 둘러보며 자초지종 들려주기 시작했다.

"이거는 농민전쟁입니더, 농민전쟁."

전쟁. 농민전쟁. 얼이 가슴이 몇 해 전 홍수 때의 남강 물처럼 요동쳤다. 농민군이 내지르는 함성과 유춘계가 지은 '언가'가 생생하게 들려오는 듯했다.

"전쟁이 우떤 긴고 아시지예?"

밤새들도 숨을 죽이는지 사위는 선학산 공동묘지같이 적요하기만 했다. 강마을은 산마을과는 또 다른 밤의 세계를 이루어 낸다는 것을, 지난날 산촌에서 살았던 우정 댁과 밤골 댁은 잘 알고 있었다.

"적을 쥑이지 몬하모 내가 죽는 기 전쟁 아입니꺼."

"……."

"있어서도 안 되지만도, 없어서도 안 된다쿠는 전쟁 말입니더."

"……."

지금 그곳은 살아 있는 사람이 없는 것처럼 숨소리도 잘 들리지 않았다. 그 고요를 참아내기 어려웠던지 바람벽이 무슨 소리를 냈다. 집도 오래되면 소리를 낸다더니. 약간 질린 낯빛으로 그런 생각까지 하며, 밤골 댁은 흡사 낯선 남의 집에 와 있는 것같이 골방을 둘러보았다.

"바로 그 전쟁이 일어났다 이겁니더."

판석의 목소리가 전쟁 신호를 알리는 나팔소리를 떠올리게 했다. 호롱불이 홀연 불꽃을 튀기듯이 하며 화르르 타오른다.

"그러이 인자부텀 지가 하는 말씀 모도 잘 듣고, 우짜든지 싸울 채비를 얀다무치 해야 합니더. 그래야만이 우리는, 그런께네 우리가……."

일행 중에서 가장 대범하고 침착한 판석도 자기감정에 겨운 탓에 같은 뜻의 말을 반복하며 제대로 잇지 못했다.

"알고 싶은 기 있심니더."

얼이가 불타는 눈빛으로 물었다. 그 방에 호롱불이 더 켜진 것 같았다. 석유 냄새가 또 코를 찔렀다.

"머를 말고?"

누군가 물었다. 얼이는 두 팔을 앞뒤로 저어 수레를 끄는 시늉을 했다.

"농민전쟁을 이끌고 있는 지도자들이 누굽니꺼?"

태용이 꽉 쥔 주먹을 흔들어 보이며 대답했다.

"전봉준, 김개남, 손화중, 그분들이 대표적인 저도자들이시제."

얼이가 복창했다.

"전봉준, 김개남, 손화중."

태용이 말을 계속했다.

"그중에도 젤 최고로 칠 지도자는, 김개남보담 나이는 두 살이 밑이지만도 전봉준 그 양반이라꼬 들었거마는."

밤골 댁이 궁금하다는 표정을 지었다.

"그라모 그분들이 양반 출신들인 기라예?"

판석이 대답했다.

"예, 시골 양반들이라 쿱니더."

우정 댁이 혼잣말로 되뇌었다.

"시골 양반들."

방문 틈으로 들어오는 게 바람 소리인지 강물 소리인지 알 수가 없었다. 혹시 전라도 농민군들이 내지르는 함성은 아닐는지.

"전봉준과 김개남, 그 두 분은 서로 이웃한 고을에서 태어나싯다꼬 들었심니더."

또술이 입을 열었다. 지나치게 술을 좋아하는 그는, 주변 사람들에게서 자기 이름에 빗댄, '또 술이가?' 하는 소리를 듣곤 하였다. 그런 선입견 탓인지 그는 언제나 술 취한 목소리였는데, 지금 그 자리에서는 신기할 정도로 전혀 그런 기운이 느껴지지 않았다.

"농민하고 벨 차이가 없는 처지에 있었다꼬 하듭니더."

돌재가 고개를 갸우뚱했다.

"그란데 무신 심이 있어갖고 봉기를, 아이지예, 전쟁을 일으킬 수 있었다꼬 합니꺼? 내 그기 이해가 안 갑니더."

호롱불이 곧 꺼질 것처럼 하다가 다시 살아났다. 어디선가 잠 못 드는 밤새가 울고 있었다. 두견새일까? 청승스럽고 우울하다.

"내도 그기 궁금해서 좀 알아봤지예."

판석은 자못 감탄하는 빛이다.

"맨 첨에는 안 있심니꺼, 종교 조직인 동학을 이용해갖고 세력을 쪼꼼쪼꼼씩 넓히갔다 쿠듭니더."

그때 우정 댁이 긴 사슬에서 비로소 풀려난 사람같이 몸을 움직이며 물었다.

"동학예?"

판석이 대답과 물음을 한꺼번에 쏟아냈다.

"예, 들어들보싯지예?"

우정 댁은 방바닥에 깔린 치맛자락을 두 손으로 끌어당겼다.

"그라모 최제운가 하는 사람이 맹글었던 그거 말인 기라예?"

또술이 그 말을 받았다.

"맞심니더."

우정 댁과 밤골 댁이 동시에 말했다.

"우짜모!"

그러자 저마다 한꺼번에 입을 뗄 품새였다. 임술년 이 고을에서 일어났던 것보다도 더 큰 농민전쟁이 터졌다는데 묻고 싶은 게 하나둘이겠는가?

"아, 생각만 해도……."

지금 그 자리에 모여 있는 사람들이 누군가? 모두가 농민군에 목을 걸어 놓고 있는 처지들이 아닌가 말이다.

"고마 실패로 돌아가고 말았지만도, 동학이 에나 대단했다 아입니꺼."

허리가 좀 좋지 않은지 태용이 오른팔을 최대한 뒤로 돌려 손등으로 허리께를 탕탕 두드리면서 말했다.

"그랬지예."

그만 실패로 돌아가고 말았다는 그 소리가 모두의 가슴팍을 세게 후려쳤다. 시커먼 멍이 들 정도였다. 하지만 그런데도 참으로 대단했던 동학이었다. 단군이 고조선을 세운 이래로 이 땅에 그런 기운이 얼마나 있었을까?

"앞으로도 우리나라 민중종교로서, 그만 한 기 없을 끼라고 봅니더."

또술 말을 태용이 받았다.

"와 안 그러까예. 외세 침탈에 대항해서 동쪽의 도를 일으킨다고 했던 동학이었던 거를 생각하모 보통이 아이지예."

밤골 댁이 머리에 매단 빨간 천이 나부낄 만큼 고개를 크게 끄덕였다. 그들이 하는 그 비밀 회합이 행여 관군들에게 그만 발각되었을 때, 그 천 조각은 그녀가 농사꾼 아내가 아니라 사내들에게 술만 팔 뿐 아무것도 모르는 술어미 신분이라는 것을 내세울 핑곗거리가 되어, 오랏줄을 받지 않고 풀려날 수도 있는 일종의 부적符籍 같은 것으로 쓸 수도 있을 거라고, 돌재는 항상 입버릇처럼 얘기하곤 했다. 돌재 자신은 붙잡혀 가더라도 밤골 댁만은 안전할 수 있길 바라는 따뜻한 부부애를 보여주는 그 말에, 밤골 댁은 방정맞은 소리 그만하라고 역정도 부렸지만, 속으로는 울고 있었다.

"사람이 곧 한울님이라 캤던 거는, 지도 기억이 나거마예."

잠시 후 물기 젖은 우정댁 목소리도 나왔다.

"그 말씀 들은께, 내는 전창무 그분하고 부인 우 씨가 떠오립니더."

그러자 판석, 또술, 태용이 동시에 말했다.

"아, 그 무두묘?"

밤골 댁이 코를 훌쩍이며 말했다.

"천주학이 머신고, 한 개밖에 없는 목심꺼정 내삐리고."

얼이 가슴이 천근 쇳덩이에 억눌린 듯 무겁고 답답하기만 했다.

'혁노야.'

그의 얼굴이 떠오른다. 아직도 어린 그 나이에 살기 위해서 미치광이 짓을 해야만 했던 혁노. 아, 산다는 게 뭔데 살기 위해서 살아도 살아 있다고 할 수 없는 세상이었다.

그러나 어쩌면 혁노도 아버지 전창무처럼 순교자의 길로 들어서게 될지도 모른다는 생각을 벌써부터 해왔다. 이 얼이도 아버지 천필구 뒤를 이어 농민군 희생물이 될 수도 있다는 생각이 들었다.

"이약이 쪼매 엉뚱시런 데로 흘리가삣네예."

판석이 다시 말머리를 고쳐 잡고 있었다.

"여하튼 그 동학을 앞장세와갖고, 모든 사람이 하늘매이로 귀하다쿠는 사상을 심어 주고, 팽등한 새 시상에 대한 밝은 희망을 퍼뜨리서, 신도가 엄청시리 불어났다 쿱니더. 그래갖고……."

판석은 자꾸 숨이 가쁜지 이야기 도중 자주 말이 끊겼다. 그만큼 크게 흥분하고 있다는 증거였다. 어쩌면 태용이 허리병을 앓고 있는 것처럼 그는 천식이 나빠지고 있다는 불길한 징후는 아닌지 모르겠다.

어쨌거나 그것은 다른 사람들에게도 똑같은 영향을 주어 대화가 한동안 멈춰지고 그 틈서리를 침묵이 끼어들었다. 그러다가 다시 이어지는 판석 이야기는 한층 더 방안 가득 흥분과 긴장 그리고 기대감이 물살처럼 차오르게 했다.

"잘 들어들보이소."

'씨~잉.'

강바람이 밤골집 지붕을 흔들면서 지나가는 소리가 들렸다. 새벽이 좀 더 가까이 다가오고 있다는 것을 알리는 자연의 신호 같았다.

"조정에서 군대를 내리 보냈지만서도, 농민군은 전라도 여러 군데를 싹 휩쓸어삐고, 또 중심지인 전주를 점령했다 안 쿱니꺼?"

그들이 사는 그 고을과 이름이 유사해서일까? 그 말은 더욱 그곳 분위기를 한껏 달아오르게 만들었다.

"아, 전주를 말입니꺼?"

모두가 기쁨과 흥분에 싸여 첫닭이 홰를 치는 소리도 듣지 못했다. 돌재가 기대감 담긴 목소리로 말했다.

"까딱하모 임금이 있는 한양꺼지도 진군할랑가 모리것네예."

태용이 그러면 좋겠지만 그건 아무래도 과욕이란 듯 말했다.

"그리꺼지야 되것심니꺼."

호롱 불꽃은 이제 가만히 있다가 갑자기 생각난 것처럼 한 번씩 흔들거리곤 했다. 그리고 그때마다 방 벽에 비치는 사람 그림자들이 실체같이 움직이다가 멈추었다. 그것은 영원한 벽화를 연상시켰다.

"모립니더. 속단은 금물이지예."

또술이 앞서 나왔던 정보를 상기시켜주었다.

"농민군이 조정에서 보낸 군대를 이깃다 안 쿱니꺼?"

돌재가 투망질 하느라고 못이 박힌 손바닥으로 예전에 비해 탄탄해진 무릎을 치며 말했다.

"그거는 그렇네예! 모리는 기 아이고 알 꺼 겉심니더. 천하무적의 부대가 바로 우리 농민군부대 아이것심니꺼."

판석은 호롱불 빛을 비스듬히 받아 음영이 진 얼굴에 뿌듯한 표정을 지었다.

"둔한 말도 열흘이모 천자의 수레가 하로(하루) 가는 만큼을 갈 수 있다 글쿠디이, 우리 농민군이 열심히 한께네 농민군보담도 상구 강한 관군을 물리칠 수 있었던 깁니더."

밤골 댁이 고소하면서도 아쉽다는 투로 말했다.

"하여튼 임금도 시방 가시방석에 앉아 있는 거 겉것네예. 농사꾼을 물로 보모 안 되는 기라요."

그날 밤 이야기는 거기서 끝이 났다. 판석도 더는 아는 게 없었다. 바로 그게 그들 한계이겠지만. 더 부정적으로 말하면, 요원하기만 한 꿈이었다.

그렇지만 저마다 거역할 수 없는 운명처럼 분명하게 느꼈다. 조만간 그곳 경상도 땅에 그 불씨가 날아들 거라는 사실이다. 그리고 그때가 되면, 적을 죽이지 않으면 내가 죽어야 하는 '전쟁'에 나서야 하리라는 것이다. 당연하다. 여러 해 전 먼저 농민항쟁이 일어났던 곳이 이 고을 아닌가.

'으으. 각중애 내가 와 이라노.'

그런데 왜일까? 얼이 몸이 별안간 누구에게 크게 얻어맞은 것같이 아파오기 시작한 것이다. 그냥 가만히 앉아 이야기를 듣기만 했는데도 그랬다. 그는 문득 이런 생각이 들었다. 사람에게 씌워 몹시 앓게 한다는 귀신, 저퀴가 내게 든 건 아닐까.

그날 이후로 판석 등은 며칠 간격을 두고서 밤골집에 나타났다. 그러나 아직 이 고을에 농민전쟁이 터졌다는 소식은 들려오지 않았다. 틀림없이 물밑으로는 어떤 보이지 않는 움직임이 흐르고 있겠지만. 더불어 그게 파문이 되어 새로운 세상을 이루기 위한 꿈의 나이테로 늘어나고 있을 것이다.

그리고 날이 갈수록 섬진강 저편 전라도 농민전쟁 소식은, 실제로 그 전쟁에 참가하는 것 못지않게 듣는 이들을 숨 막히게 했다. 그중에도 가장 충격적인 얘기였다.

전라도 농민전쟁을 빌미로 청국이 출병하니, 일본도 기다렸다는 듯이 조선에 그들 군대를 보냈다.

밤골집 골방은 극도의 경악과 불안, 분노로 가득 차올랐다. 호롱불도 화르르 몸을 떤다. 금세 꺼질 듯이 하다가 도로 살아난다. 바람벽도 제 홀로 알 수 없는 소리를 내었다간 다시 잠잠해진다. 불빛이 닿지 않는 방구석 어둠 속에 무언가가 웅크린 채 숨어 있는 것처럼 섬뜩하다.

"저거가 머신데 와 넘의 나라 일에 끼들어예?"

"그래 우리 조정에서는 머를 우찌하고 있다쿠는데예?"

울분과 자조적인 물음들이 쏟아진다. 잘 모르니 더 답답하기만 하고 그 위에 불안감이 덮어씌워진다.

"조정에서도 넘의 나라 간섭이 크기 염려되는 모냥입니더."

"와 안 그렇것십니꺼."

이제는 농사꾼 모습을 떠나 완전히 어부티가 나는 돌재였다. 아니, 어쩌면 농민군 티였다. 재영이 허나연과 바람이 나 집을 나간 뒤 독수공방하던 비화에게 밤낮으로 집적거리던 그 당시의 한돌재는 눈을 씻고 찾아봐도 찾을 수 없었다. 그게 비화는 말할 것도 없고 밤골댁 또한 정말 다행스럽고 고마운 일인 것이다.

"그래갖고 농민군하고 더 싸우지 말고 서로 심을 합치갖고 잘몬된 정치를 곤치자꼬 하기는 했다쿠는데, 아모래도 그기 잘 안 되는 모냥입니더."

이어지는 판석의 말은 모두의 가슴에 검은 재를 뿌리고 있었다.

"아, 우짭니꺼?"

술어미 노릇을 시작한 후로 밤골 댁은 과장과 수다가 부쩍 늘어났다. 천성적으로도 그렇지만 그렇게 된 이면에는 돌재 영향도 있었다. 어쩌다 그녀의 말수가 줄어들면 돌재는 공연히 불안해하는 모습을 보였다. 좀 더 나쁜 쪽으로 말하면 혹시 다른 사내에게 마음을 주는 게 아닌가 하고 의심의 눈길을 보내는 것이다. 밤골 댁은 기분이 나쁜 면도 있었지만 그만큼 그녀를 좋아하는 것으로 비치기도 하여 자신의 입을 좀 피곤하게 만들곤 하는 것이다.

"하기사 그리 쉬우모 일이 이리꺼정 될 리도 없것지예. 하여튼 소위 정치한다쿠는 위정자들치고 말하고 행동하고가 맞아떨어지는 자는 오데서도 몬 봤심더."

탄식과 원망 섞인 목소리로 그러던 태용이 새로운 화제를 끄집어내었다.

"농민군이 전라도하고 충청도 일대에 설치했다쿠는 그 집강소執綱所라쿠는 데서 에나 엄청난 일을 하고 있담서예?"

여자들이 한꺼번에 입을 열었다. 그 입김에 호롱 불꽃이 한쪽으로 쏠리는 듯했다.

"집강소가 머신데예?"

"우떤 일을 하는 기라예?"

얼이도 무척이나 궁금했지만 사내는 듬직하고, 침착해야 한다는 마음에 입을 다물고 있었다. 다행히 이유도 없이 몸이 아팠던 것은 좀 나았지만, 그것은 얼이에게 왠지 불안감을 심어 주고 있는 게 사실이었다. 어머니에게 얘기하면 또 아버지 원혼이 들러붙었다고 할 게 뻔해서 그 이야기는 일절 내비치지 않았다. 원채 아저씨를 떠올리기도 했지만, 효원의 일 하나만 해도 너무나 큰 짐을 지게 했기에 그럴 염치가 없었다. 결국, 혼자서 헤쳐 가지 않으면 안 되었다.

"그거는 간단하거로 말해서 이렇심더."

이번에도 그중 가장 유식하고 발 빠른 정보통인 판석이 대답했다.

"우리 농민군이 각 고을에 맨들어 둔 지방자치기구라고 할 수 있것지예."

얼이는 가슴이 벅차올라 소리라도 지르고 싶었지만 그럴 수는 없어 마음으로만 되뇌었다.

'농민군이 맹근 지방자치기구!'

판석이 설명을 덧붙였다.

"그거는 예전에 동학교도들이 각 고을 접주를 '집강執綱'이라꼬 부린 데서 생긴 기라 하듭니더."

여자들이 알았다며 고개를 끄덕였다.

"그라모 방금 전에 이약하신 그 엄청난 일이란 거는 머심니꺼?"

돌재가 엉덩이를 들썩거려가며 물었다. 지난날 비화 시가가 있는 새 덕리 마을에서 농사지을 때보다도 살이 많이 붙었다. 그리고 보니 그 부위만 아니라 몸 전체가 불었다. 그에 반해서 밤골 댁은 좀 더 홀쭉해진 것 같았다.

"아, 그거요?"

판석이 자못 겁난다는 투로 얘기했다.

"나광 나리한테 전해 들은 소립니더마는, 썩어빠진 관리하고 악맹 높은 양반을 처벌했다 쿱니더."

거기 골방이 울릴 만큼 모두 한입으로 탄복했다.

"그리 대단한 일을 했다고예?"

강물 소리는 끊어질 듯이 하다가 들리고 들릴 듯이 하다가 끊어지곤 했다. 강가에서 살아가는 사람들 사이에서 곧잘 말하는, 강도 생명이 있다는 소리는 그래서 생겼는지도 몰랐다. 강은 수많은 목숨들을 키워주고 있는 하나의 큰 모체이며, 강마을 사람들에게 생활의 터전 이상의 그 무엇, 이를테면 영적이고 신화적인 존재로 살아 숨 쉬고 있다.

"또 있심니더."

판석은 마치 여자들이 이불 홑청을 뜯어내는 동작을 취하며 말했다.

34

"천민도 해방시키주고예, 공팽(공평) 안 한 조세도 뜯어곤치고…….."

그 말을 끝까지 듣지도 않고 우정 댁이 더없이 자랑스러운 얼굴로 말했다.

"그런 일은 저 임술년에 우리 얼이 아부지가 먼첨 했던 일입니더."

얼이 가슴이 풀숲 방아깨비처럼 풀쩍 뛰었다. 세월이 흘러도, 아니 세월이 지날수록 아버지 천필구의 행적行蹟은 더한층 빛나는 위업偉業으로 자리를 굳혀가고 있음을 확인할 수 있었다.

"아조 몬된 관리하고 부자들을 잡아 족칫지예. 집도 확 불살라삐고예."

우정댁 말에 문득 호롱 불빛이 좀 더 환해지는 것 같았다. 석유 냄새 또한 더욱 코를 찌르는 듯했다. 적어도 그 순간만큼은 그 냄새는 매캐한 것이 아니라 지상의 어떤 꽃이 내는 아름다운 향기보다도 맡기 좋았다.

"그거도 그렇지만 말입니더."

자기 말에 따르자면, 비록 농민군 꽁무니만 쫄쫄 따라다니기만 했던 사람이지만, 그 임술년 농민군에 직접 참가했던 돌재도 점점 흥분하는 기색이 되었다.

"그 대궐 겉은 임배봉이 집구석이 활활 불타던 장면도 기억납니더. 당시 사람들이 모도 우찌나 좋아들 해썼던고 모립니더."

그는 저주와 비난을 퍼부었다.

"그때 배봉이하고 점벡이 자슥들을 한꺼분에 콱 때리쥑이야 했는데, 시방 생각해도 그기 젤 아섭고 억울합니더. 그라모 하매 동업직물 조것도 없을 거 아입니꺼."

"……."

얼이는 가만히 듣고만 있었지만 돌재보다 몇 배 더 분했다. 정말 그랬으면 얼마나 좋겠는가 말이다. 그러면 우리 고을 사람들 모두가 자기들을 괴롭히는 큰 화근 하나를 없애는 기회가 됐을 것이고, 비화 누이 또한, 저리 힘들어하지 않아도 되었을 것이다.

'내는 또 우떻고? 맹쭐이 그눔이 낼로 쥑일라캔 것도 종국에는 배봉이 그 집구석이 있기 땜일 끼라.'

그러나 그보다 더 마음에 가시로 박히는 게, 임배봉 그리고 한통속인 악덕 부자들이 관아에 낱낱이 고자질하여 농민군이 많이 붙잡혀서 희생을 당했다는 사실이었다. 관아의 명단에 올라 있지 않아 화를 피할 수 있었는데도 검거된 농민군과 그 식솔들의 원통함은 하늘을 찌르고도 남을 것이다.

'스승님이 말씀하싯제. 옛날 중국에는 몸에 칠을 하고 숯을 삼킴서 복수의 기회를 엿본 사람도 있었다꼬.'

그렇게 복수를 다짐하는 얼이는 영영 잊을 수 없다. 남강 물이 거꾸로 흐르고 의암이 강 언덕에 찰싹 와 붙는다 해도 어찌 기억에서 지울수가 있을까? 망나니 칼을 맞고 땅에 떨어져 내리던 아버지 목을. 지금도 성 밖 그 공터에 가면 아버지 목에서 뿜어져 나오던 시뻘건 피가 남아 있는 것만 같아 한참을 서서 땅바닥을 내려다보곤 한다.

'그 당시 포졸들이 우리 집에 와갖고 아부지 있는 데를 대라꼬 그리키나 막 겁을 멕였다 아이가. 원아 이모도 우리매이로 연인 대신에 관아에 잽히갔다 안 캤나? 에나 생각도 하기 싫다.'

그날도 여느 때와 마찬가지로 밤새워 이런저런 이야기를 나누느라 동창이 밝아올 때까지 자리에서 일어서는 사람은 아무도 없었다. 호롱불의 석유가 다하여 호롱 불꽃이 까무룩 죽어가기 직전에, 밤골 댁이 소스라치며 달려가서 석유를 더 가져와 간신히 불꽃의 생명을 되살렸다. 그것을 지켜보고 있던 얼이의 심장은 왜 그렇게 크게 뛰었던가.

우리나라 텃새라는 수리부엉이가 '부엉부엉' 유난히 큰 소리를 내어

우는 밤이었다.

7월도 거의 다 가는 어느 날이다.

지금까지 오지 않던 나광이 밤골집에 모습을 드러내었다. 그가 찾은 밤골집뿐만 아니라 온 상촌나루터가 일제히 몸을 일으키는 것 같았다.

얼이는 가슴 밑바닥까지 서늘하게 깨달았다. 머리카락 한 올 한 올에 뜨거운 힘이 솟는 기분을 느꼈다. 마침내 경상도에도 농민전쟁이 일어날 시기가 가까워졌다.

나광 얼굴은 아주 초췌했다. 몰라보게 살이 쪽 빠졌다. 얼이는 농민전쟁의 무서움을 또 한 번 더 실감했다. 그러잖아도 야위던 그의 몸이 '후' 불면 날아갈 듯싶었다. 전쟁터에 던져지면 얼이 자신의 목숨도 한줌 먼지나 티끌에 지나지 않을 것이다.

'비어사 진무 스님매이로 빼빼 말랐다 아이가. 그동안 에나 고생 한거석 했는갑다. 딴 데서 만내모 알아도 몬 보것다.'

그런 애틋한 생각에 잠겨 있는 얼이에게 나광이 물었다.

"이제는 호랑이를 맨손으로 잡아도 될 것 같은 몸이네. 전라도 쪽 소식은 모두 전해 들었을 줄로 아는데, 그래 지금 심정이 어떠신가?"

"때가 오기만 기다리고 있심더."

얼이는 자신도 모르게 두 주먹을 불끈 쥐여 보이며 말했다. 날이 가고 달이 깊어도 오직 마음에 칼을 품고 간절히 바라던 일이 아니던가? 그는 젊은 혈기에 다스리기 힘든 감정의 불길까지 옮겨붙은 듯 여간해선 발설하지 않는 말까지 쏟아냈다.

"아즉 아모한테도 이런 이약 안 했지만도, 요새 들어갖고 돌아가신 아부지가 자조 꿈에 비이시고예."

두 사람이 나누는 이야기를 신중한 표정으로 듣고 있던 우정 댁이 놀라 말했다.

"얼이 니 꿈에도 그랬디가?"

얼이는 그만 아차! 싶어 어깨를 움츠렸다. 우정 댁이 부르르 몸서리를 치고 나서 혼잣말로 이랬다.

"구신이 있기는 있는 기라."

얼이뿐만 아니라 거기 모두가 우정 댁을 바라보았다. 그녀 얼굴에는 무섬증을 타는 빛이 완연했다. 여느 때의 그녀와는 사뭇 다른 면모였다.

"내도 하매 요 며칠째 밤마당 니 아부지가 나타나시는 기라."

호롱 불빛이 만들어낸 벽에 비친 사람 그림자들이 유령 무리처럼 일렁거렸다. 그 안이 뒤벼리 저쪽 선학산의 공동묘지같이 느껴졌다.

"어머이한테도 아부지가 비이싯다꼬예."

얼이 목소리가 엷은 물기에 젖었다. 그는 고개를 숙였다가 다시 들며 목멘 소리로 물었다.

"아부지가 어머이 보고는 머라 쿠시던데예?"

우정 댁이 코를 훌쩍이며 대답했다.

"그기 안 있나, 아모 말씀이 없으신 기라."

"그라모예?"

강바람이 덜컹, 방문을 흔들었다. 아버지, 아버지께서 오셨는가? 얼이는 당장 문을 확 열어젖히고 밖을 내다보고 싶었다. 거기 마당 가에 아버지가 그 큰 덩치로 서서 환하게 웃고 계실 것만 같다. 굵직한 목소리로 '얼이야!' 하고 부르실 것 같다.

"그냥 내를 이래 한참 보고만 있다가 말이다."

"보고만예."

"아모 말도 안 하고 그대로 돌아서시데."

무척 서운하고 야속하다는 빛을 떨치지 못하는 우정 댁 말이었다. 생시에는 영원히 가질 수 없는 헛된 망상이지만 꿈에서라도 실컷 이야기를 나눌 수 있었던 기회를 내던지고 등을 보이던 남편이 얼마나 야속하고 밉상스러웠을까? 그런 생각을 하는 밤골댁 가슴이 밤의 강처럼 껌껌하고 먹먹했다.

"아모 말씀도 안 하시고예?"

얼이가 안타깝다는 얼굴로 실망한 듯 물었다. 안색이 석유등燈같이 창백했다.

"음."

그들 모자를 뺀 나머지 사람들은 간혹 얕은 기침 소리를 낼 뿐 누구도 말이 없었다. 그 무슨 말을 할 수 있을 것이며 또 필요할까.

"하모."

우정댁 고개가 아래로 푹 꺾이었다. 꺾이는 그 고개 위로 칼을 맞고 굴러 내리던 아버지 목이 겹쳐 보여 얼이는 금방 돌아버릴 것만 같았다.

"예전 말에 안 있나."

우정 댁은 민들레 홀씨처럼 흩어지는 목소리로 말했다.

"죽은 사람 얼골은 표정이 없다쿠디이."

얼이 목소리에 피가 맺힌 듯했다.

"어머이!"

문득, 강물 소리가 크게 들리는 것 같았다. 어쩌면 강이 불쑥 몸을 일으키고 있는 건 아닌지 모르겠다. 강의 흰 물거품은 농민군 이마에 동여맨 흰 수건이고, 강의 일렁이는 수초는 농민군이 휘두르는 죽창, 그리고 강의 푸른 기운은 농민군의 시퍼런 기상이다.

"에나 그렇는갑더라. 흐."

"어머이! 아부지, 아부지는…….."

너무나도 절망적이고 애잔하기 그지없는 모자간 대화를 묵묵히 듣고

있던 밤골 댁이 팔을 뻗어 손바닥으로 우정댁 등을 가만가만 어루만지
며 위로했다.

"인자 고만들 그치소."

그러나 그건 강을 보고 물소리를 그치라는 것과 진배없어 보였다.

"내가 들어봐도 알것소. 안 모리것소."

망자亡者의 말을 전하는 무녀巫女처럼 말했다.

"얼이 아부지가 무신 말씀을 하실라 쿠신 긴고."

돌재가 얼른 밤골 댁을 나무랐다.

"씰데없는 소리 고마하소, 임자."

그러나 밤골 댁은 입을 다물지 않고 한층 또록또록한 목소리로 얘기
했다.

"부대(부디) 몸조심하소. 우리 얼이도 몸조심하고. 그런 말씀 해줄라
꼬 식구들 꿈에 비인 기거마는."

골방 분위기가 남강 수심처럼 착 깊이 가라앉으면서 더없이 침통해지
자 나광이 나섰다.

"그만들 하십시다. 지금 돌아가는 사태가 너무너무 심각합니다. 모자
분이 충분히 이해는 되고 저 또한 비슷한 경험도 겪었지만, 이런 상황에
서 우리가 감상에만 빠져 있어서는 결코 아니 됩니다."

"그렇심니더. 감상은 금물입니더. 우짜든지 독한 멤 안 묵으모 몬 살
아남심니더. 목심이 아까버서가 아이라 우리는 죽기 전에 꼭 해야 할 일
이 있기 때문입니더."

또술의 말을 이어받아 판석도 말했다.

"이런 이약하기는 싫지만도, 시방 우떤 사람들 사이에서는 우리가 할
라쿠는 일을 놓고, 마른 나모에 물이 올라 되살아나기를 원하는 짓이다,
그리쌌는 소리도 있다 쿱니더. 그기 무신 뜻인고는 아시것지예?"

고개를 끄덕여가며 그들 말을 듣고 있던 나광이, 골방이 내려앉게 한숨을 내쉬며 단아한 입술을 열었다.

"지난 스무 사흘날 일본군이 우리 왕궁을 점령했어요."

모두 소스라쳤다.

"예?"

"아, 우찌 그런 일이?"

나광의 그 충격적인 이야기는 좌중의 귀를 있는 대로 잡아끌었다. 정말 어쭙잖은 감상 따윈 강물에 띄워 보내야 할 소식이었다.

일본군의 조선 왕궁 점령.

방금 우리가 무슨 소리를 들었나 하는 표정이 되는 그들에게 계속 들려주는 나광의 이야기는 갈수록 첩첩산중이었다.

"그뿐만이 아닙니다."

나광은 그의 작고 연약한 몸으로 총을 쏘고 칼을 휘두르는 힘찬 동작을 취해 보였다.

"청군을 공격하기 시작했어요."

'컹! 컹컹!'

어디선가 개 짖는 소리가 강마을 밤의 정적을 깨고 있다. 어느 집에 밤손님이라도 찾아든 걸까?

'일본 군대가 청나라 군대에게 쌈을 걸다이.'

얼이는 숨이 턱, 멎는 듯했다. 오직 농민군과 관군만 머릿속에 들어 있던 그로서는 한순간에 백치가 돼버리는 기분이었다. 그러면 이제 앞으로 어떻게 되는가?

"우리 땅에서 외세들이 서로 싸움을 벌이게 되었으니……."

석유 냄새가 화약 냄새로 바뀌는 것 같았다. 금방이라도 '탕탕' 하고 총소리가 천지를 진동할 듯싶었다.

"이거야말로 정말이지 무어라고 더 말 못 할 큰일이 아니고 무엇이겠습니까?"

"큰일예."

나광 말에 하나같이 안색이 파리해졌다. 나라와의 싸움도 문제지만 바깥 세력인 청국과 일본까지 끼어들었으니 그건 참으로 예삿일이 아니었다. 집 안에 든 도둑을 잡으려다가 되레 집 밖에서 강도를 불러들인 꼴이 되고 말았다.

"이런 사태를 불러오게 되리라는 것은 누구도 내다보지 못한 걸까요?"

누군가를 싸잡아 책임을 묻는 듯한 나광의 말에 판석이 탈기하는 목소리로 말했다.

"이라다가 우리 조선 백성들은……."

그러자 나광이 판석의 말을 끊고 말했다. 얼이 눈에는 그가 스승 권학 같아 보여 이물질이라도 들어간 듯 한참 눈을 끔벅거려야만 했다.

"백성이 무엇입니까? 백百 개, 백 가지 성姓이 아닙니까?"

얼이는 속으로 백성, 백 가지 성, 그 말을 곱씹고 있는데 이런 소리도 나왔다.

"그 백이 하나가 되어 힘을 합친 나라를 상상해 보세요."

그러고 나서 위축된 골방 분위기를 풀어주려는 듯 나광이 들려주는 저 '파랑새 민요' 이야기는 거짓말처럼 신이 났다. 특히 가장 젊은 얼이 가슴은 활화산에서 뜨거운 용암이 철철 흘러넘치듯 했다.

그것은 이른바 동학농민전쟁이 한창인 당시 정세를 은유적으로 비난하면서 민중의 소망을 노래한 것이었다. 얼이가 나광을 통해서 듣는, 정읍 지방에서 불리는 파랑새 민요였다.

새야 새야 파랑새야

너 뭣하러 나왔느냐

솔잎 댓잎 푸릇푸릇

하절인 줄 알았더니

백설이 덜덜

엄동설한이 되었구나

나광은 혹시 전직前職이 훈장이 아니었을까 여겨질 정도로 그 민요에 관해 아주 소상히 풀이해주었다.

"파랑새는 다름 아닌 청나라 군사를 의미하는 것이고, 하절은 그자들의 자신만만한 출병을 뜻합니다."

골방의 시간과 공간은 조선 전체, 더 나아가 세계 역사의 시간과 공간 속으로 자맥질을 하고 있었다.

"그리고, 엄동설한은 청일전쟁에서 일본에 패배한 것을 빗댄 소리지요."

어디선가 그 방을 향해 길조를 상징한다는 파랑새가 날아들 것만 같았다. 약간 나부끼듯 타오르는 호롱 불꽃이 그 새가 아닌가 싶었다. 나는 세상을 활활 불태울 수 있는 '불새'가 되고 싶다고 염원하는 얼이 입에서는 절로 감탄하는 소리가 새 나왔다.

나광이 해주는 말들은 들을수록 얼이 마음을 강렬하게 사로잡았다. 조금은 신비롭고 또 조금은 비현실적이기도 했다. 밤이 지닌 마력 탓에 더 그럴는지도 모른다.

"정읍 말고 다린 데서 부리는 파랑새 민요는 우떻는데예?"

그렇게 묻는 얼이는 정말이지 그 민요들을 하나도 빠뜨리지 않고 모조리 다 외우고 싶었다. 싸움터에 나갔을 때 그 노래들을 크게 부르면

용기가 저절로 날 것이다. 제아무리 강한 적이라도 단숨에 섬멸할 수 있을 것이다.

"모두 훌륭한 민요들입니다. 어느 것도 뒤처질 게 없어요."

나광도 그것에 관심이 커 보였다. 이 나라 백성이면 모두가 그럴 것이다.

"원주 지방 민요도 들을 만하지요."

나광은 얼핏 여린 것 같으면서도 강세가 느껴지는 특유의 음성으로 그 노랫말을 읊조려 보였다.

"새야 새야 파랑새야 팝죽팝죽 잘 논다만 녹두꽃을 떨구고서 청포장수 부지깽이 맛이 좋다 어서 가라."

그런데 얼이가 그 노랫말을 입안으로 가만가만 되뇌고 있을 그때였다. 우정댁 입에서 난데없는 노래가 흘러나왔다.

이 걸이 저 걸이 갓 걸이
진주 망건 또 망건
짝발이 휘양건
도르매 줌치 장독칸
머구밭에 덕서리
칠팔월에 무서리
동지섣달 대서리

일순, 골방은 이루 말할 수 없이 숙연해졌다. 덕서리, 무서리, 대서리가 한꺼번에 내리치는 성싶었다.

지난 임술년, 이곳 농민군들이 스스로 초군樵軍이라고 일컬으면서 구식 무기인, 아니 무기랄 것도 없는 죽창이며 몽둥이며 지겟작대기며 농기구 등속을 챙겨 들고 진군하면서 불렀던 그 노래. 아직도 몰래 불리고 있는, 수많은 세월이 흘러가도 소멸하지 않고 영원히 남아 전해질, 노랫말이 한글로 지어진 언가諺歌.

"아아아."

그때부터 골방 안의 공기가 급변하기 시작했다. 나광이 그 분위기를 이끌었다. 그는 홀연 다른 사람이 돼버린 듯했다. 이 나라 최초의 농민군 노래. 그것은 나광을 더할 수 없는 흥분과 격정으로 몰아가기에 모자람이 없었다.

"그날의 그 전투!"

여간해선 항심恒心을 잃지 않는 그가, 마구 떨리는 목소리로 그가 몸소 겪었던 치열한 전쟁담을 전해주기 시작했다.

"지난 사월 스무 사흘날 벌어졌던 장성 황룡촌 전투를 떠올리면, 나는 아직도 피가 막 끓어오른답니다."

"……."

골방 구석진 자리에 은신하고 있던 어둠이 호롱 불빛 밝은 곳으로 슬금슬금 기어 나오고 있는 것 같았다. 백성의 어둔 방에 불을 밝혀주는 이의 음성이 흔들렸다.

"그날 우리 농민군은 자체적으로 개발한 신무기를 가지고 싸웠습니다."

신무기. 얼이는 심장이 터져 나가는 듯한 희열에 사로잡혔다. 나광은 그 전장戰場을 고스란히 그 골방으로 옮겨놓으려는 사람처럼 비쳤다.

"장태, 장태를 아시지요?"

"예."

모두 고개를 끄덕이면서도 알 수 없다는 표정을 지었다. 갑자기 장태는 왜?

얼이 머릿속에도 장태가 그려졌다. 대나무를 타원형의 큰 항아리 모양으로 엮어 그 안에 닭과 병아리를 키우는 장태.

"무슨 말씀이냐 하면요."

무척 의아해하는 얼굴들을 둘러보며 나광은 꼭 신들린 사람처럼 말했다. 방문 밖에 있는 사물들도 그의 이야기를 듣고자 안으로 들어오고 싶었는지 바람의 손을 빌려 문짝을 흔들고 있었다.

"화승총으로 무장한 정부군에 대항키 위해 그 장태를 이용했어요."

"우찌예?"

얼이가 조급증을 보였다. 남자는 언제 어디서나 차분하고 침착해야 한다는 그의 평상심은 어디로 가버리고 없었다.

"오직 승리만이 있을 뿐!"

나광은 수성군守城軍 장수를 방불케 했다.

"장태 속에 볏짚과 솜 등을 가득 채워 총알을 막아냈다니까요?"

"총알을!"

저마다 경악했다. 나광은, 믿지 못하겠지요? 하는 표정으로 말을 이어갔다.

"총알은 우리 신무기를 뚫지 못했어요."

"총알도 몬 뚫었다쿠는 깁니꺼?"

돌재도 얼이 못잖게 흥분했다. 강에 던진 그물에 고래나 대구가 걸려든대도 그렇게 하진 않을 것이다.

"들어보세요. 뿐만이 아니에요."

나광 음성도 갈수록 화약을 싼 봉지처럼 열기를 보태었다.

"농민군은 산 위에 진을 치고 있다가, 올라오는 정부군을 향해 수십 개나 되는 장태를 한꺼번에 굴렸지요."

"아!"

얼이 눈앞에 그 광경들이 원아 이모 남편인 안석록 화공이 그린 그림처럼 펼쳐져 보였다. 그 고을 풍광만 화폭에 담길 고집하는 괴짜 화공이지만, 그도 나광 입에서 흘러나오는 그 전투 장면을 직접 보았다면, 아마 그림으로 남기려고 하지 않았을까 하는 추측도 해보는 얼이었다.

"장태에는 매우 날카로운 칼이 여러 개 꽂혀 있어, 정부군은 아주 치명적인 타격을 입을 수밖에요."

얼이뿐만 아니라 다른 사람들도 모두 감탄의 말밖에 내지 못했다. 대나무 장태가 그렇게 무서운 위력을 발휘하는 무기로 변할 수도 있다니? 그건 닭과 병아리가 독수리나 호랑이를 물리쳤다는 소리로밖에 들리지 않았다.

"드디어 정부군은 강을 건너 후퇴하기 시작했습니다."

얼이는 남강 건너로 정부군을 격퇴하고 있는 그 자신의 모습이 떠올라 보이면서 숨이 차올랐다.

"농민군에게 쫓겨 달아나는 정부군 패잔병들의 처참한 몰골을 상상해보십시오. 하하."

나광은 승전보를 알리는 전령사 같아 보였다. 지금까지 만나도 언제나 굳은 표정만 보여 그도 웃을 줄 아는 사람인가 했는데, 그 웃음소리를 들으니 기분이 야릇했다.

"농민군은 기세가 오를 대로 올랐지요."

개 짖는 소리가 좀 더 크게 다가왔다.

"겁을 집어먹고 도망치는 정부군을 끝까지 추격했습니다. 마지막까지 말입니다."

나광은 진격하는 농민군의 모습을 보여주기 위해서 두 팔을 기운차게 내저어 보였다. 그 모습이 어떻게 보면 상촌나루터 뱃사공이 나룻배를 젓는 모습과 닮아 있었다.

"그 결과, 대장을 비롯한 대부분의 병사들을 섬멸하고 큰 승리를 거두었어요, 대승을요. 하하하."

스스로의 감정에 겨운 나광은 제동장치가 없는 기계 같았다. 그 순간에 얼이 눈에 비친 그의 몸은 여자같이 연약해 보이는 게 아니라 세계 최강의 무기 그 자체인 것처럼 변해 있었다.

"또 통쾌한 일이 있지요."

누군가가 후렴 치듯 했다.

"그거 말고도 더 말입니꺼?"

"그렇지요."

인간 병기兵器가 말했다. 얼이도 자기 몸이 서서히 그렇게 바뀌어 가는 걸 느끼며 전율을 금치 못했다.

"그라모 퍼뜩 들리주이소."

"알겠습니다."

점점 크게 들리던 개 소리가 어느 순간인가 딱 멎었다.

"어떤 면에서는 이게 더 들려주고 싶은 이야깁니다."

전투 이야기가 어느 정도 끝나자 이번에는 농민군이 양반을 어떻게 혼쭐내는가를 상세히 들려주기 시작했다.

"양반을 나타내는 뾰족관을 쓴 자를 만나면 어떻게 하는지 압니까."

천지개벽이 따로 없다 여겨졌다. 그때 그곳에 있는 사람들 모두가 그야말로 머리에 털 나고 나서 처음 접하는 이야기가 아닐 수 없었다.

"그럴 경우, 그 관을 벗겨 빼앗아버리거나 자기가 쓰고 거리를 돌아다니면서 양반에게 모욕을 줍니다."

얼이는 나중에 같은 기회가 오면 자신도 그렇게 해야겠다고 마음먹었다. 나광은 위험할 정도로 자신감에 넘쳐 보였다. 하지만 그게 만용이라고 치부하는 사람은 아무도 없었다. 오히려 더 그러라고 재촉할 사람들만 있었다.

"바로 하극상이지요."

그 말은 방바닥에 부딪혀 천장으로 날아오르는 것 같기도 하고, 천장에 부딪혀 방바닥에 내려앉는 것 같기도 했다.

"하극상?"

몇 개의 입이 동시에 그 말을 뱉어냈다. 그건 호롱이 거꾸로 뒤집힌 채 불빛을 뿜어내고 있는 형상과 다름없다고나 할까?

"우리나라 전체 역사를 통해 볼 때 말입니다."

불과 몇 사람만 둘러앉아도 꽉 차버리는 골방이 시대와 국경을 자유 자재로 오갈 수 있는 곳으로 둔갑하고 있었다.

"계급이나 신분이 낮은 사람이 윗사람을 꺾고 오르는 하극상의 사례는 거의 없었다 해도 과언이 아닐 만큼 몇 번 되지 않지요."

나광은 모두의 안목을 좀 더 넓혀주려는 의도를 보였다.

"아마 세계적으로도 그럴 겁니다."

우정 댁과 밤골 댁이 얼굴을 마주 보며 이야기했다.

"우리 농민군이 그런 안 흔한 일을 했다이 믿기지 않거마요."

"그런께 농민군 아이라요, 농민군?"

"하기사 농민군은……."

"죽어봐야 저승을 안다 캤지만도, 저승에 가도 그런 군대는 기경하기 심이 들 기라요. 하느님 군대도 몬 따라올랑가 모리지요."

속이 후련하면서도 약간은 질려버린 낯빛들이었다. 그런 여자들을 보고 나서 나광은 날밤을 꼬박 새울 사람처럼 계속 말했다.

"어떤 노비 출신 농민군은 말입니다."

노비도 농민군을? 하고 생각하는 그들의 귀를 적시는 말이 또 엄청 났다.

"자기 주인을 결박해 주리를 틀고 곤장과 매를 치기도 한다니까요?"

"그래예?"

모두는 열린 입을 다물지 못했다. 그런 와중에도 얼이는 그야말로 환상적인 그림 하나를 떠올렸다. 배봉 집안 종들이 배봉과 점박이 형제를 결박하여 주리를 틀고 곤장과 매를 치는 장면이었다.

"세상이 바뀐 겁니다."

나광의 그 소리가 골방 가득 메아리가 되어 울려 퍼지는 듯했다. 수백 수천 개의 계곡을 품에 안고 있는 저 광대한 지리산에 올라 내지르는 함성 같았다.

― 세상이 바뀐, 세상이 바뀐…….

조선 도공陶工의 후예

사가현의 아리타(有田).

왕눈과 쓰나코는 도잔신사(陶山神社)에서 저 아래로 펼쳐진 가마 작업장과 상가를 한참 동안 내려다보고 있었다. 그것은 하늘에 올라 지상을 살펴보고 있는 것 같은 야릇하고 묘한 느낌으로 다가왔다.

"재팔 씨, 어때요?"

쓰나코가 익숙한 조선말로 물었다. 믿어지지 않을 정도로 능한 그녀의 조선말이 되레 왕눈에게는 귀 설게 와 닿았다. 하긴 일본말은 완전 먹통인 그인데, 쓰나코도 조선말을 모르고 있다면, 지금까지 둘이 함께할 수 있었던 시간과 공간도 기대하기 어려웠을 것이다.

"일본 도자기의 발상지답지 않나요?"

쓰나코가 제아무리 조선말에 뛰어나도 설마 도자기의 명인名人까지는 아니겠지, 그런 생뚱맞은 생각을 하며 왕눈은 어정쩡한 목소리로 대답했다.

"예? 예."

왕눈을 만나 조선말로 대화를 나누면서 그녀의 조선말 실력은 나날이 늘어가는 것 같았다. 물론 신의 실수가 빚어낸 현상처럼 맨 처음 만났을 때도, 억양이 다소 서툴긴 했어도, 왕눈이 받아들이기에 그녀의 조선말은 국적이 의심스러울 만큼 유창했다. 하지만 아무리 그렇다고 하더라도, 자신이나 쓰나코나 둘이 공유했던 시간은 같지만, 나는 여전히 일본말에 너무 서툴다는 게 그를 대단히 창피하고 부끄럽게 했다.

그러나 정작 왕눈은 가장 중요한 사실 하나를 철저히 망각하고 있었다. 저 '울보 재팔'은 이제 이 세상 그 어느 곳에도 없고, 오직 시간관념이 사라진 '기억상실증 환자 재팔'만 남아 있다는 것이다.

그렇다고 해서 그날의 사고까지를 기억하지 못한다는 소리는 아니었다. 오히려 그 참혹하고도 무서운 사건은 현실에서뿐만 아니라 악몽을 통해서도 지나치게 자주 나타나 보이곤 했다. 이왕 기억상실증에 걸리려면 그것까지도 잊어버리는 게 훨씬 더 다행스러운 일이겠지만, 그의 운명을 맡고 있는 신은 그렇게 자상하고 착한 쪽이 아닌 모양이었다. 그리하여 그는 지금도 '시간의 양' 하나만을 빼고는 갈수록 또렷해지는 '현실 인식'의 노예로 전락해 가고 있었다.

'내가 시방 진짜 일본에 와 있는 기까? 그냥 우짜다가 말로만 들은 일본, 죽을 때꺼정 내하고는 아모 상관도 없었어야 핸 일본 아이가.'

왕눈은 가마 작업장과 상가에 눈을 박은 채 자신에게 묻고 있었다. 그날 쓰나코와 함께 밀선을 타고 일본에 건너온 후로 많은 날이 흘러갔음에도 불구하고, 여전히 그는 매일매일 접하고 있는 그 현실을 믿기 어려웠다. 이건 곧 현실이라고 받아들이려고 하면 할수록 혼란만 가중될 뿐이었다. 현실이 날개를 달고 환상의 숲으로 날아들고 있는 것만 같았다.

'이기 꿈은 아인데 우뗳게 이럴까.'

그건 어김없이 들어맞는 자각이었다. 사람이 이렇게 생생하고도 긴 꿈을 오랫동안 꿀 수는 없었다. 그동안 손톱으로 뺨을 꼬집어 본 횟수가 수백 번도 넘을 것이다. 하도 많이 꼬집은 탓에 양쪽 뺨에 상처마저 생겨 있을 지경이었다. 마음의 상처는 알고 싶지도 않았다.

'핸실이 아이고 꿈이라모 도로 더 이해가 될 끼다. 와 우째서? 꿈인께네.'

그런데 정녕 이상하고 기묘한 게 또 있었다. 거기 아리타에 한번 가보자고 하는 그 순간부터 쓰나코는 일본 여자가 아니라 조선 여자로 비치기 시작한 것이다. 왕눈은 그 연유를 아리타에 온 뒤에 알았다

어쨌든 왕눈의 눈에 비친 쓰나코는 지금까지 보아오던 쓰나코가 아니었다. 어쩌면 왕눈 스스로가 바뀌었기 때문인지도 몰랐다. 거울 안에 비치는 내가 변했다면 그건 거울 밖의 내가 변한 탓일 테니까. 맞았다. 쓰나코에게서 이런 이야기를 들었을 때 왕눈은 온몸에 전율을 느낄 정도였다.

"그곳은 조선 도공의 혼이 살아 숨 쉬는 곳이에요."

"조선 도공?"

그렇게 반문하는 왕눈의 음성이 예전보다 많이 변해 있다는 사실을 깨닫고 쓰나코는 그만 울고 싶어졌다. 그리고 왕눈은 어떻게 느끼고 있는지 모르겠지만 쓰나코 그녀의 목소리도 앳된 처녀의 그것이 아니라 아이 하나나 둘은 낳은 여인의 그것처럼 바뀌어 있다는 생각에 더욱더 가슴이 먹먹해질 따름이었다. 쓰나코는 만감이 교차하는 심정으로 생각을 굴려보았다.

'부모님 말씀대로 만약 우리 두 사람이 부부가 되어 있다면? 그러면 이런 서먹하고 아픈 감정은 맛보지 않아도 될까?'

그러나 쓰나코는 고개를 흔들었다. 아닐 것이다. 부부라니? 그건 어불성설이었다. 왕눈이 아무리 그녀를 위기에서 구해 준 생명의 은인이라 할지라도 그런 결혼은 꿈에도 생각해 보지 못했다. 그가 아니었다면

그녀가 살아 있지 못하거나, 그처럼 시간관념이 없는 기억상실증을 앓는 여자가 돼버렸을 수 있더라도, 그런 사실이 그녀를 그의 아내가 되도록 강요할 수는 없는 것이다. 아니, 강요라는 그 말은 결코 적절한 말이 아니었다. 오히려 그녀 스스로가 때로는 그에게 강요하고 싶은 충동을 억제하기가 힘이 드는 경우도 적지 않으니까. 한마디로 그녀의 감정은 뒤죽박죽이었다.

"그래요, 옹기장이."

"옹기장이."

언제나처럼 그녀 말을 그대로 되뇌는 답답하고 융통성 없는 왕눈에게 쓰나코는 이렇게 고함이라도 치고 싶었다.

저에게 빼앗겨버린 지난 시간을 다시 돌려 달라고 요구라도 하세요! 그러고 나서는 등을 보이셔야죠. 언제까지 그렇게 저 하나만 믿고 살아갈 거냐고요?

그런데 그게 그녀의 진심일까? 목에 칼이 들어와도 거짓이 아니라고 항변할 수 있을까? '내 마음 나도 모른다'는 그 말은, 아마 쓰나코와 같은 경우를 위해 생긴 말인지도 몰랐다. 그녀는 하루 열두 번도 더 넘게 굴곡진 상념의 언덕과 강을 넘고 건너야 했다. 영원히 벗어날 수 없는 고행苦行의 길에 속수무책으로 내던져져 있었다.

'사랑과 연민은 같을 수가 없어. 연인과 은인도 같을 수가 없어. 같아서도 안 된다고 생각해. 그런데 왜? 나는 어찌하여 자꾸만 이런 갈등과 번뇌에 시달리고 있는 거지?'

그러다가 쓰나코는 왕눈을 향했던 '무딘' 칼끝을 그녀에게로 돌리곤 했다. 지탄과 증오를 받아야 할 사람은 왕눈이 아니라 바로 그녀 자신이라는 깨달음에서였다. 왕눈은 아직 단 한 번도 그녀더러 당신이 빼앗아 간 나의 지난 시간을 다시 돌려 달라고 요구했던 적이 없었다. 나는 오직 당신 하나만 믿고 살아갈 수밖에 없으니 나를 책임지라고 윽박질러 온 적은 더더욱 없었다. 그뿐만 아니라 남의 속에 들어가 보지 않아 잘은 모르겠지만, 왕눈은 쓰나코를 연인, 나아가 아내로 그려보고 있지는 않은 것 같았다. 그렇게 본다면 결국 모든 생각과 감정은 오롯이 그녀에게서 파생되고 있는 셈인 것이다.

"지금 재팔 씨 감정이 무척 새로울 거예요. 그렇죠?"

쓰나코는 평상심을 잃지 않으려고 노력하면서 왕눈에게 물었다. 그래도 혼자 속으로만 끙끙거리고 있는 것보다는 그렇게 서로 대화라도 나누고 있을 때가 덜 고통스럽고 훨씬 '시간 죽이기'가 좋았다.

"예……."

왕눈의 대답은 짧기만 할 뿐만 아니라 말끝도 흐리멍덩하기 일쑤였다. 사실 쓰나코 말대로 왕눈은 대단히 새로운 감정이었으며 더 나아가 숨이 멎는 듯했다. 일본에서 조선 옹기장이의 혼이 서려 있는 곳이라니.

'설마 내가 그 옛날로 돌아가 있는 거는 아이것제?'

왜구가 조선 도공들을 자기들 나라로 마구 잡아갔고, 그 도공들이 일본에 도자기 기술을 전수해 주었다는 소리는 어렴풋이 들은 기억이 있었다. 하지만 실제로 그 조선 도공들이 살았던 곳이라는 말을 듣자 가슴이 쿵쿵 뛰는 것이었다. 당장이라도 어디선가 옷과 손에 흙을 묻힌 그들이 나타날 것만 같았다. 그러고는 우리 후손이 왔다고 환호하면서 눈물을 흘릴 듯했다.

"이삼평이라는 조선 도공이 이곳에 살았어요."

쓰나코 음성도 자못 흔들려 나왔다. 그녀는 자신이 이야기해 놓고도 그녀의 말을 들은 상대방보다도 더 짙고 강렬한 감정에 휩싸이는 모습을 보이는 때가 적지 않았다.

"그는 비록 조선인이었지만 일본 도자기의 원조로 존경받고 있다는 사실은 모르죠?"

가마 작업장이 있는 저 밑에서 거기 도잔신사로 불어 올라온 바람이 쓰나코 옷깃과 머리칼을 나부끼게 했다. 그녀의 음성도 흔드는 듯했다.

"아, 우찌 그리?"

왕눈은 일본인들이 조선인을 존경한다는 사실 하나만으로도 벌써 마음이 달라졌다. 왜구의 포로로 잡혀갔으니 조선 도공들은 필시 노예나 종 취급을 받았을 거라고 막연히 짐작했던 것이다.

"저기 저 돌담 좀 보아요."

아무래도 세월의 나이는 속일 수가 없는 법인지, 쓰나코가 처음 만났을 때보다는 좀 더 살이 붙은 손가락을 들어 도잔신사의 돌담을 가리키며 말했다.

"흘러간 지난 시간들을 말해주고 있는 것 같지 않나요?"

그렇게 불쑥 뱉어놓은 그 말을 쓰나코는 다시 주워 담고 싶었다. 후회스러웠다. 참으로 불가항력이었다. 그 '시간'이라는 말, 특히 '지난 시간'이라는 그 소리는 그녀 마음 저 깊은 곳에 도둑처럼 숨어 있다가 불쑥불쑥 머리를 치켜들고 속수무책으로 튀어나오곤 했다.

'사람이 감추려 들면 감추려 들수록 도리어 겉으로 드러나 싶어 하는 게 있다더니. 이것은 아마도 악귀의 저주나 장난인지도 몰라.'

그런 생각을 하면서 쓰나코는 피하지 않고 정면으로 도전하려는 대상이기라도 한 듯, 그 도잔신사의 돌담을 노려보았다. 둥글거나 네모지거나 하여튼 여러 형태의 돌들이 아주 빼곡하게 박혀 있는 그 돌담은, 한눈에 보기에도 무척이나 예스러운 정취를 자아내기에 모자람이 없었다.

그런데 그동안 세월이 얼마나 흘렀는지 아무런 감각도 없는 왕눈이, 쓰나코를 만난 이후 처음으로 그녀의 출생과 그녀 집안에 관해서 조금은 알 수 있게 해주는 말이 나온 것은 그다음이었다. 그녀는 물수건을 목에 댄 것처럼 젖은 소리로 말했다. 꽉 쥐어짜면 물기가 주르르 흘러내릴 것 같은 그 음성은 때로 왕눈으로 하여금 한없이 허둥거리게 만드는 마력을 지니고 있었다.

"제 어머닌 여기만 오면 꼭 우세요."

왕눈이 놀라 물었다.

"우, 우신다꼬예?"

"예."

쓰나코 음성은 새벽 풀잎에 맺힌 이슬방울같이 울음기를 머금고 있었다. 그리고 그 기운은 아침 햇살이 내리비쳐도 가시지 않을 듯했다.

왕눈은 더 이상 무슨 말을 꺼내지 못했다. 가슴 위에 바윗덩이가 얹힌 듯 답답하고 먹먹했다. 언제나 명랑하고 스스럼없는 성품으로 보이는 쓰나코였다. 지금 그녀는 전혀 다른 사람으로 변해 있었다.

'해나?'

그들 모녀에게 남모를 무슨 아픈 비밀이 있는 걸까? 일본 특유의 숙소인 '료칸'에서 딱 한 번 만났던 그녀 어머니 노요리에의 얼굴이 떠올랐다. 그녀 아버지 고케시도 생각났다. 그러고 보니 어딘가 어두운 구석이 엿보이기도 했었다. 하긴 세상에 그런 비밀 하나쯤 감추지 않고 살아가는 사람은 아무도 없을 것이다.

'오데 넘들만 그런 기가?'

그것은 왕눈 자신만 하더라도 마찬가지였다. 그 땅의 다른 일본인들은 들먹일 것도 없고, 쓰나코도 어찌 상상이나 할 수 있겠는가 말이다. 그가 지금 조선 고향 땅에 있는 강옥진이라는 여자를 한시도 잊지 못하고 그리워하면서, 이국에서의 객창감과 함께 늘 밤잠을 설치고 있다.

'에나 에나 몬났다 아이가. 재팔이 이 육갑 빙신아! 폴(팔) 없는 고매 팔이가, 다리 없는 앉은배이가?'

스스로 헤아려 봐도 참으로 못난 자신이었다. 그를 남자로서는 고사하고 아예 상대할 가치조차 없는 형편없는 인간으로 대하는 여자 하나 때문에 고향 땅, 아니 조국을 떠나 타국에까지 도망칠 궁리를 했다니. 아무리 물이고 불이고 가리지 못할 나이였지만 말이다. 그래서 지금 와서 그 죗값을 톡톡히 치르고 있는 게 아닌가?

'좋은 사람도 있었제.'

옥진을 혼자 마음에 두고 있는 그를 너무나 안됐다는 눈빛으로 무연히 바라보던 비화. 명색 사내라는 게 여자인 비화보다도 심약하고 청승맞게 굴었던 자신의 못난 몰골이 되살아나, 왕눈은 그 돌담에 머리통을 탁 부딪쳐 죽어버리고 싶었다.

자신의 머리에서 콸콸 쏟아져 나온 핏물이 돌담을 벌겋게 물들여 아무리 비가 오고 눈이 오고 태양이 쨍쨍 내리쬐도 영원히 지워지지 않는 핏자국으로 남아 있었다. 그리하여 수만 년 세월이 흐르고 흘러 옥진이 일본 여자로 환생한 그때, 불멸의 핏자국으로 기다려온 나 재팔은 반드시 옥진에게 피 울음을 터뜨리면서 피의 말을 전하리라. 널, 아직도 널 내 가슴에 묻고 있었다고.

'소보담도 더 미련시러븐 늠아.'

그때다. 문득 어디선가 그런 소리가 들려오는 듯하여 왕눈은 자신도 모르게 주위를 두리번거렸다. 아버지 목소리였다.

'내가 니늠 흠을 곤치주고 싶다가도, 쇠뿔 바로잡을라쿠다가 고마 소 쥑인다는 그 말이 생각나갖고 그리 몬 한다.'

그것은 소를 많이도 키우고 있는 그의 부자 친척 집에 갔을 때 일어났던 일이었다. 마침 그 집의 아주 크고 넓은 외양간에서는 암소의 뿔 모양을 교정하는 작업이 한창이었다.

"재팔아, 니 아나? 암소는 우떤 뿔이 젤 보기 좋은고."

58

왕눈에게는 형뻘 되는 그 집 둘째 아들 상모가 물었다.

"내 모린다."

왕눈은 평소 사이좋게 지내는 그에게 솔직하게 대답했다. 그러자 상모는 두 손으로 아주 작은 팔호 모양을 그려 보였다.

"요런 기 최곤 기라."

어쩐지 그가 내는 목소리는 소가 내는 소리와 무척 비슷하다는 느낌이 왔다.

"그런 기가?"

그렇게 말하면서 왕눈은 그 교각矯角 광경에서 눈을 떼지 않았다. 신기했다. 사람도 아니고 소의 품위를 높여주기 위해 뿔을 고쳐주다니. 소한테도 품위가 필요하나? 어쩌면 그건 소 주인의 품위를 높이는 일인지도 몰랐다.

"그냥 놔두모 뿔이 옆으로 벌어져서 아조 보기가 안 좋제."

상모 말에 왕눈은 감탄하여 또 말했다.

"그런 기가?"

상모는 소 부잣집 아들답게 소에 관해 아는 게 많았다. 왕눈은 꼭 소가 아니더라도 무엇이든 많이 알고 있는 사람이 좋고 존경스러웠다.

"저 함 봐라."

상모는 어른들이 긴 띠 모양의 천으로 소의 양쪽 뿔을 감고 있는 장면을 손으로 가리켰다.

"시방 뿔을 곤치주고 있는 저 암소는 인자 태어난 지 막 6개월을 지내고 있는 암소 아인가베."

그러고는 생후 6개월부터 14개월 사이에 뿔의 성장에 맞추어 서서히 고쳐 나간다는 말도 덧붙였다. 아무리 봐도 상모는 전생에 소였지 않았나 싶어지는 왕눈이었다. 하지만 상모의 띠는 소띠가 아니라는 것은 왕눈도 알고 있었다.

"그란데 암소 말고 수소는 저리 안 하나?"

왕눈은 거기 소 가운데에서 뿔이 너무 뒤로 기울어져 있는 황소를 보며 물었다.

"아, 한다. 와 안 해?"

소같이 큰 얼굴에 여드름이 덕지덕지 난 상모는, 그 말끝에 약간 야릇해 보이는 웃음을 지으며 말했다.

"숫종우種牛 관리한다꼬."

왕눈이 되뇌었다.

"숫종우, 종우?"

상모는 어떤 비밀이라도 품고 있는 표정이 되었다.

"응."

왕눈은 궁금했다.

"그기 머신데?"

그러자 상모 입술 사이로 나오는 말이었다.

"씨받을 소."

잠시 그 말뜻을 헤아려보았다.

"아하, 씨받을 소!"

왕눈 얼굴에도 부끄러워하는 빛이 피어올랐다. 어쩐지 낯이 붉어지는 느낌이었다. 그리고 그 일이 벌어진 것은 다음 순간이었다.

"아!"

"헉!"

한창 교각 작업을 하고 있던 사람들 사이에서 놀란 외마디가 튀어나왔다. 얌전하게 교정을 받고 있던 암소 한 마리가 갑자기 발광하기 시작하고 있었다.

"저, 저눔이?"

그런데 문제는, 그 암소보다도 다른 수소들이었다. 수소들은 암소가 소리를 지르며 날뛰자 덩달아 발작을 일으키는 것이다. 그것은 흡사 무슨 몹쓸 돌림병 현상을 방불케 하는 순간이었다.

"이, 이험타!"

"퍼, 퍼뜩 저눔들을……."

사람들은 미쳐버린 듯한 소들이 외양간 울타리를 무너뜨리고 바깥으로 달려나갈까 봐 어쩔 줄 몰라 했다.

"머, 머하고 섰노? 어, 얼릉 안 피하고?"

상모가 소리쳤다. 하지만 왕눈은 그냥 그 자리에 못 박힌 듯 우두커니 서 있을 뿐이었다. 그때 눈앞에서 아슬아슬하게 벌어지고 있는 일들이 하나도 눈에 보이지 않는 것 같았다.

"이, 이눔이 뒤질라꼬 환장을 한 것가?"

그 소란통에 방에 있다가 달려 나온 상모의 아버지가 왕눈의 몸을 잡아끌며 어서 피신하라고 야단이어도 그는 요지부동이었다.

그때 왕눈의 눈에 비친 그 암소는 바로 저 옥진이었다. 그리고 수소들은 왕눈 자신의 분신들이었다. 옥진에게 가까이 다가가지 못해 안달나 하는 한 못난 남자아이였다.

"아, 죄송해요. 많이 놀라셨죠?"

왕눈을 현실로 돌아오게 한 것은 쓰나코의 말이었다. 그녀가 눈물 글썽글썽한 눈으로 이슬 머금은 들꽃처럼 조용히 웃고 있는 모습이 왕눈 눈에 들어왔다.

아마도 쓰나코는 왕눈이 옥진과 비화를 생각하느라 괴로운 표정을 짓고 있는 것을 보고, 왕눈이 자기의 그 말에 충격을 받아 그러는 줄로 오인한 모양이었다.

"이삼팽이라쿠는 그 사람 이약 좀 해주이소."

왕눈은 억지로 밝은 목소리를 지어내어 말했다. 기분은 마음에 따라 달라지지만, 때로는 마음이 기분을 조종한다는 것도 깨치고 있는 그였다.

"우리 조선에서 온 도공이라쿤께 알고 싶거마예."

사실은 그보다도 그녀 어머니가 왜 이곳에만 오면 우는지 그 까닭을 물어보고 싶었지만 차마 그러지는 못하고 다른 소리를 끄집어냈다. 그런데 결국 그 질문이 그녀 어머니와도 직결되는 것이란 사실을 왕눈은 쓰나코의 말에서 깨달았다.

"바로 이삼평 그분 때문에 제 어머니께서 우시는 거죠."

왕눈은 그 왕눈을 한층 휘둥그레 떴다.

"그기 무신?"

내가 일본에 오래 있다 보니 이제는 조선말도 제대로 알아듣지 못하는 게 아닌가 하는 의구심마저 드는 왕눈이었다.

"놀라지 마세요. 실은 말예요."

쓰나코는 근처에 사람이 없는 것을 확인한 후에 조심스럽게 입을 열었다. 한데, 그 말이라니?

"제 어머닌, 이삼평 그분의 후손이에요. 11대 후손……."

그녀의 말이 다 끝나기도 전이었다.

"예에?"

왕눈은 놀라지 말라고 쓰나코가 미리 귀띔해 주었음에도 주위에 둘러서 있는 나무들이 소스라칠 만큼 큰소리로 물었다.

"어, 어머이가 그분의 후, 후손예?"

"예."

이번에는 여느 때와는 달리 쓰나코 답변이 짧았다. 그게 왕눈은 낯설기도 하고 서먹한 기분을 맛보게도 하였지만, 자신도 모르게 또 묻고 있었다.

"그, 그라모?"

왕눈은 누가 돌담의 돌을 빼내어 그의 뒤통수를 세게 내리친 듯한 느낌에서 벗어날 수 없었다. 아니, 한순간 머리가 돌로 바뀌어버리는 것 같았다. 그는 속으로 신음하듯 중얼거렸다.

'거짓말을 할 리는 없다 아이가.'

이삼평의 11대 후손.

그렇다면? 그녀 어머니 노요리에는 조선인 핏줄이라는 얘기가 아닌가! 어떻게 이런 인연이? 아니, 이건 인연이라는 말로는 부족한, 그보다 훨씬 더한 그 무엇인가가 반드시 있는 듯싶었다.

왕눈 입술 사이로 심한 열병을 앓는 듯한 소리가 흘러나왔다. 그는 그제야 비로소 깨달을 수 있었다. 지금까지 자신이 궁금증과 더불어 강한 의혹을 품어 왔던 그 모든 것들에 대해서.

'내는 그런 거도 모리고 별로 상상 안 했다가.'

왕눈은 쓰나코와 함께 밀선을 타고 바다 건너 일본으로 오던 날 밤처럼 캄캄하기만 했던 일들에 다시 생각이 미쳤다. 일본인이면서 어떻게 조선말을 잘하는지, 일본인에게 자신의 마음이 어찌 그렇게도 끌렸으며, 조선인인 그를 무엇 때문에 그렇게 잘 대해 주었는지 알 것 같았다.

아마 쓰나코 집안에서는 조선말과 일본말을 모두 배웠을 것이다. 수백 년 전으로 거슬러 올라가면 똑같은 조선인이었을 그녀 외갓집 조상들. 쓰나코 몸에는 조선인의 피와 살이 섞여 있는 것이다.

'아, 우짜모 이랄 수가?'

왕눈은 이제까지와는 또 다른 면에서 아련한 꿈속 길로 걸어 들어가고 있는 기분이었다. 그 길가에 꽃이 피어 있는지 돌멩이가 나뒹굴고 있는지 따위는 하등 따질 계제가 못 되었다.

왕눈뿐만 아니라 쓰나코 역시 한참 동안 입을 열지 못했다. 누가 뭐래도 굉장한 집안 비밀을 털어놓은 것이다. 만약 지금 그들이 있는 그곳이 일본이 아니었다면, 그것도 조선인 도공들이 바다를 건너와서 도자기 문화를 꽃피운 아리타가 아니었다면, 두 사람 모두 그렇게 큰 감회나 충격에 흔들리지는 않았을지도 모른다.

아니었다. 그것과는 큰 관계가 없었을 것이다. 정녕 천기누설과도 같은 이야기가 아닌가? 쓰나코 어머니가 조선인, 그것도 일본에 도자기 기술을 전해주었다는 저 유명한 이삼평의 후손이라는 사실은, 왕눈에게 쓰나코를 대하는 마음을 완전히 바꾸어놓고도 남음이 있었다.

그로부터 얼마나 시간이 지나갔을까? 이윽고 쓰나코는 치미는 감정에 몹시 숨이 가쁜지 쉬엄쉬엄 말을 했다.

"이삼평 그분은 좋은 도자기를 만들기 위해 이곳저곳을 헤맸다고 해요."

바람은 아까와는 달리 도잔신사에서 가마 작업장 쪽으로 불어 내려가고 있다. 좋은 도자기를 만들기 위해 여러 곳을 헤맸다는 도자기 신인神人의 혼백이 지금 저 바람 속에 살아남아 있는 것일까?

그런 생각을 해보는 왕눈도 목이 메는 바람에 제대로 말을 할 수 없었다. 그곳 이국의 하늘이 갑자기 머리 위로 아주 가깝게 내려앉은 듯했다. 그처럼 거기 모든 게 익숙하고 새로워 보였다. 본디 오래된 것이 더 익숙한 법인데도 그랬다.

"좋은 도자기를 만들기 위한 열망이 대단했겠죠. 어쩌면 돌아갈 수 없는 고국에 대한 그리움을 잊기 위해서 더 그랬을지도 몰라요."

쓰나코의 그윽한 눈길은 어느새 저 아래 가마 작업장이 있는 곳에 머물러 있었다. 가마 작업장도 탈바꿈하는 모양새였다. 쓰나코는 새로운 것을 찾아 헤매는 탐험가처럼 말을 이어갔다.

"그러다가 마침내 도광陶鑛 이즈미산을 발견하게 되었다더군요."

왕눈 눈앞에 한 번도 가본 적이 없는 이즈미산이란 산이 우뚝 솟아 보였다. 그리고 그 산에서 도자기로 쓸 흙을 캐내고 있는 조선 도공의 모습도 선연히 그려졌다.

"제 어머니 말씀이……."

감정에 겨운 듯한 쓰나코의 말은 도중에 자주 끊어지곤 하였다.

"친정 집안에 전해져 내려오기를……."

왕눈은 또다시 단 한 번 만났던 쓰나코 어머니 노요리에 얼굴이 떠올랐다. 나아가 그녀 얼굴 위로 어떤 조선 도공 얼굴이 겹쳐 보였다.

그런데 더욱 기묘한 것은 그 이삼평 얼굴 위에 이중으로 겹쳐 보이는 또 다른 얼굴들이 있다는 사실이었다. 그게 누구 얼굴들인가? 참으로 놀랍게도 그건 바로 쓰나코와 왕눈 자신의 얼굴이었다.

왕눈 뇌리에 홀연 이런 생각이 스쳐갔다. 쓰나코 아버지 고케시는 도자기 상인이 아닐까. 만에 하나, 밀수품을 취급하고 있다면 국보급 도자기를 나라 몰래 해외로 빼돌려 막대한 이익을 취하고 있을 가능성도 있다. 어쩌면 현재 조선에 있는 도자기도 대상물로 삼고 있을지 모른다.

'아이다, 그거는 아일 끼다.'

왕눈은 마음의 고개를 내저었다. 쓰나코의 착한 심성과, 그녀 어머니가 조선 도공 집안 출신이라는 사실을 놓고 볼 때, 왕눈 자신이 큰 오해를 하는 게 아닌가 싶었다. 그렇다면 쓰나코 덕으로 일본에서의 생활이 가능한 그로서는 큰 죄악이 아닐 수 없었다.

그런데 혼란스러운 중에도 한 가지 선명하게 다가오는 건, 쓰나코 집안은 어떤 식으로든 도자기 사업과 연관이 있을 거라는 예상이었다. 그러자 그도 우동가게 대신 도자기 상점을 해보는 게 어떨까 하는 욕심이 일었다. 도자기상商을 하면 고상한 업業이 될 수가 있고, 또 큰돈을 벌

수 있을 것도 같았다.

"제가 전해 듣기로는 말예요."

그때 감회에 젖은 쓰나코의 말이 상념에 빠져 있는 왕눈 귀를 울렸다.

"이삼평 그분은 다른 도공들과 함께, 도자기를 만드는 데 필요한 연료와 물이 있는 저 '덴구다니'에 도자기 전문 가마 작업장을 만들었다고 해요."

이번에도 어려운 일본말인 그 덴, 뭐라고 하는 지명은 듣자마자 곧바로 잊었지만, 왕눈은 감탄했다.

"에나 대단한 분이었네예. 심든 일도 쌔뺏을 낀데 전문 작업장을 맨들었다이."

오가는 바람이 도잔신사와 가마 작업장을 인연의 끈으로 맺어주고 있는 것 같았다.

"그리고 또, 어머니가 말씀하시더군요."

쓰나코 어머니는 딸에게 자신의 윗대 조상인 도공들에 관한 이야기를 숱하게 들려준 모양이었다. 그리고 쓰나코는 그 영향을 받아 그녀가 반은 조선인이라는 의식을 품고 살아왔을 것이다. 그리하여 조선인인 왕눈 그에게 각별한 감정을 지니고 있을 듯싶었다. 쓰나코는 어머니 집안 조상들에 대해 갈수록 자랑스럽고 큰 자부심을 갖는 말을 했다.

"그래서 훌륭한 도자기를 많이 만들 수 있었다는 거예요."

왕눈 눈에 쓰나코 얼굴이 도자기로 변해 보였다. 새하얀 달항아리 같기도 하고 오밀조밀 무늬가 아로새겨진 청자 같기도 했다.

"그 공적을 인정받아 그가 살던 긴코도 지명에서 이름을 딴, '가나가에 삼페어'라고 하는 이름을 하사받기도 했대요."

"예에."

왕눈으로서는 긴코도나 가나가에 삼페어는 골백번 들어본들 기억하지 못할 정도로 생소한 것들이었다. 그렇기는 해도 좀 더 열심히 보고 들어 돈을 많이 벌 수 있는 바탕으로 삼아야겠다고 결심했다. 혹시 우동 가게를 열게 되더라도 가게 안에 멋진 도자기들을 쫙 진열해 놓으면, 그 것들을 구경할 거라고 손님들이 몰려들지 않을까 싶기도 했다.

'그리만 되모 동업직물이나 나루터집도 안 부러블 끼거마.'

그가 고향을 떠나 있던 여러 해 동안 나루터집과 동업직물이 얼마나 큰 발전을 했는가를 알지 못하고 있는 왕눈이었다. 더군다나 옥진이 억 호 재취가 되어 있다는 소식을 듣게 되면 그는 죽어버리거나 미쳐버릴 것이다. 그 추락물 사고를 당한 이후로 시간에 대한 관념을 완전히 잃어 버린 그는, 아직도 여전히 총각, 처녀 나이로서의 재팔과 옥진을 상상하 면서 하루하루를 보내고 있었다. 귀신이 탄식할 노릇이었다.

그런데 꼭 그런 것들을 끌어오지 않아도 왕눈의 그런 야심은 오래가 지 못했다. 쓰나코의 말을 듣자 왕눈의 화려한 상상은 바닥에 떨어진 사 기그릇처럼 여지없이 깨어지고 말았다.

"어머닌 말씀하셨어요. 당신의 조상님들은 수만 리 바다 건너에 있 는 고향을 떠올리며, 늘 한숨과 눈물로 세월을 보내기도 하셨다는 것을 요."

"고향을 떠올림서예."

"예, 그래요."

"한숨과 눈물."

"재팔 씨."

그것은 왕눈 자신의 모습이었다. 간밤 꿈에도 고향에 가 있었다. 촉 석루의 가파른 벼랑 밑을 감돌아 흐르는 푸른 남강 물 위에 눈이 부실 만큼 하얀 물새가 날고 있었는데, 처녀 적 모습을 그대로 간직하고 있는 옥진과 비화가 강변 빨래터에서 친자매같이 의좋게 붙어 앉아 빨래 방망이질을 하고 있었다.

"호호호."

두 사람은 무엇이 그리 즐겁고 재미있는지 높은 웃음소리가 온 강가를 뒤흔들었다. 그 고을 사람들이 '배건너'라고 부르는 남강 맞은편 동네 무성한 대밭에서 검은 화살처럼 날아오른 까마귀들이, 영남포정사인 망미루 쪽을 향해 세찬 날갯짓을 하는 게 아주 또렷이 비쳤다.

'어, 내가?'

그런데 차마 믿어지지 않는 일이 벌어졌다. 왕눈 자신이 고니 모양의 멋들어진 유람선에 올라타 있는 것이다. 그에게는 불가능한 일이었다. 그것은 벼슬아치나 대갓집 마님이 아니면 타기 어려운 놀잇배였다.

'흠.'

유람선을 타고 있는 왕눈은 더없이 자랑스러운 마음으로 그녀들을 바라보았다. 그러고는 옥진이 자기를 보고 방긋 웃어줄 것이라고 믿었다. 너무나 부러운 나머지 나도 좀 태워 달라고 할 것으로 보았다. 어쩌면 이렇게 말해 올 것도 같았다.

'재팔아, 내는 니가 좋다.'

하지만 그게 아니었다. 옥진은 이쪽을 한 번도 바라보지 않았다. 실수로라도 그러지 않았다. 그를 보면 눈이 멀어버릴 사람처럼 했다.

'비화 누야는 우짜고 있노?'

비화를 보니 그녀는 눈을 가느다랗게 뜨고 그를 쳐다보다가 고개를 갸우뚱하기도 하였다. 어떻게 재팔이가 놀잇배를 타고 있지? 하고 약간 궁금해하는 빛이었다. 옥진더러 어서 저것 좀 보라고 할 성싶었다. 그렇지만 비화도 그뿐이었다. 둘 다 왕눈 따윈 안중에도 없다는 듯 완전히 무시하는 태도였다. 그가 세상 사람들이 동정하고 꺼려하는 문둥이나 거지라도 그럴 순 없었다.

'에이! 아아!'

왕눈은 화도 나고 서럽기도 했다. 그래서 유람선을 그녀들이 있는 강가 빨래터 쪽으로 저어가려고 했다. 그런데 그게 잘못이었다. 갑자기 유람선이 큰 풍랑을 만난 조각배처럼 함부로 흔들리더니 그만 뒤집히기 시작한 것이다.

"으악!"

왕눈은 비명을 지르다가 퍼뜩 눈을 떴다. 방금 강물에 빠졌다가 나온 듯 전신에 물이 흥건했다. 식은땀이었다. 그는 심한 어지럼증을 느끼며 두 손으로 방바닥을 짚고 간신히 몸을 일으켜 앉았다.

"후~우."

긴 한숨이 터져 나오고 낯선 이국의 방바닥이 맨 먼저 눈에 들어왔다. 지금 내가 있는 거기는 고향 우리 집 온돌방이 아니라 일본 다다미방이라는 사실이 새삼 그의 가슴을 후려쳤다.

"흑."

곧이어 급습하듯이 눈물이 왈칵 치밀었다. 그는 무리에서 쫓겨난 못난 거위같이 목을 빼고 소리 죽여 가며 꺼이꺼이 울었다.

"조선 도공들의 후손들은 말예요."

그때 비몽사몽간에 빠져 있는 왕눈의 귀에 쓰나코의 구슬픈 목소리가 흡사 이웃집 담 너머에서처럼 어렴풋이 들려왔다.

"지금도 흙 묻은 손으로 벗어날 수 없는 슬픈 운명처럼 도자기를 구우며 살아가고 있어요."

"흙 묻은 손."

그러면서 왕눈은 자기 손을 내려다보았다. 하지만 그의 손은 흙 묻은 손이 아니라 피 묻은 손이었다. 언젠가는 일본에서 환생할 수도 있는 옥진을 만날 그날까지 저기 돌담에 핏자국으로 남아 기다리고 있을 그였다.

"조상의 땅 조선을 못 잊어하고 있을지도 몰라요."

"조상의 땅."

그 말을 하는데 가슴이 막혔다. 왕눈은 우울하고 서글픈 마음에서 벗어나고 싶었다. 그래서 일부러 관심 높은 척 물었다.

"아까 전에, 여 아리타에서 젤 이름난 회사가 머라캤지예?"

"후카가와 세이지요."

"후카가와 세이지."

이제 일본말에 그야말로 싸라기눈 떨어지는 만큼이나 아주 조금씩 익숙해지고 있는 왕눈은 그 이름을 가슴에 새겨두었다. 쓰나코도 좀 전보다 약간은 밝아진 목소리로 설명해 주었다.

"후카가와 쥬지라는 사람이 맨 처음 세운 곳인데, 저 아리타 도자기를 대표하고 있다고 들었어요."

가마 작업장을 떠돌던 바람이 돌담 위에 올라앉아 있는지 주변 나무 잎사귀들도 움직임이 없었다. 그러자 세상이 갑자기 정지해버린 느낌이었다.

"아리타 도자기를 대표한다꼬예."

왕눈은 또다시 현실이 현실로서 받아들여지지 않았다. 일본 도자기의 원조라고 알려진 조선 도공 이삼평의 후예인 어머니를 둔 여자와 일본 도자기에 관한 이야기를 나누고 있다는 사실이 생경하기만 했다. 아마 다른 사람이 그러더라도 똑같은 기분일 것이다.

"우리 저기 가게에 들어가 직접 도자기를 한번 만들어볼까요?"

쓰나코가 그녀 몸에서 제일 변하는 것 같지 않은 갸름하고 하얀 턱으로 저 아래 가게들이 빗살처럼 빽빽이 늘어선 곳을 가리키며 물었다.

"도자기를 맨들어본다꼬예?"

왕눈은 상상도 해보지 못한 소리였다. 내가 직접 도자기를 만들어본다니. 조국 땅에 있을 때도 도자기를 구경한 것이 손가락에 꼽을 정도였었다.

"해보고 싶으면 누구나 가능해요."

쓰나코는 벌써 결정을 내렸다는 듯 그쪽으로 발을 옮기며 말했다.

"우리 가 봐요."

"그라까예."

왕눈은 멈칫멈칫 쓰나코 뒤를 따랐다. 이제 좀 더 지나면 장년기로 접어들 것 같아 보이는 사람의 행동치고는 너무 떳떳하지 못하고 유아적幼兒的으로 비치는 그였다. 그의 시간은 사고를 당했던 순간부터 정물靜物처럼 움직임이 멈춰지고 화석같이 굳어져 버렸는지도 모른다.

"저쪽으로요."

"예."

그들은 예스러운 정취가 묻어나는 긴 돌담장 옆을 지나서 가마 작업장과 상가가 즐비한 곳을 향해 걸어갔다. 피부에 전해지는 공기가 약간 후끈하였다. 그곳에는 도예의 집뿐만 아니라 목공이라든지 석공, 그리고 죽세공을 하는 곳도 눈에 띄었다. 전체적으로는 아기자기한 분위기를 자아내었다. 그런 점 또한 일본이란 나라의 한 특색이라는 사실을 이제 왕눈도 어느 정도 깨치고 있었다.

"어떤 집에 들어가 볼까요?"

쓰나코가 평소의 쾌활함을 다시 찾은 모습으로 물었다. 마치 소녀 시절로 되돌아간 듯했다. 왕눈도 모든 것에 활기를 보이는 소년처럼 기분이 조금씩 나아지고 있었다. 두 사람이 처음 만났던 그때보다도 오히려 더 어려 보이는 모습들이었다.

"아, 아모 데나예."

왕눈 대답이 그러했다.

"아모 데? 아, 그러니까······."

쓰나코가 까르르 웃었다. 숙맥인 왕눈이 너무너무 우습다는 듯, 아니면 아픈 감정의 결을 억지로라도 감추기 위한 것 같았다.

"그러면 저 집으로 들어가 봐요, 우리."

"예."

쓰나코는 고개를 돌려 꽤 많은 사람들로 붐비는 주위를 둘러보았다.

"남들도 우릴 보면 웃지 않을까 싶네요."

왕눈 마음에 '우리'라는 그 말이 듣기 민망하면서도 친근하게 다가왔다. 따로따로 떼 놓고 부르는 '너'와 '나'라는 말에서 심경이 평온해지곤 하는 내가 비정상적이고 병적인 건 아닐까 하고, 혼자 다다미방에 누워 곰곰이 생각하다가 그만 두 뺨 위로 흘러내리는 눈물 줄기에 하얗게 밤을 지새우는 그였다.

"어쨌든 기대가 되네요."

"예? 예."

그들은 저만큼 보이는 가게로 발걸음을 빠르게 옮겼다. 남들에게 웃음거리가 되기 전에 얼른 피신하자고 미리 약조라도 한 사람들 같았다. 도자기를 만드는 집답게 이쯤에서부터 벌써 흙냄새가 물씬 풍기는 듯했다.

슬픈 흙 이야기

그들은 가게 안으로 발을 들여놓았다.

때마침 거기에는 그 고장 출신 도예가인 나미모토라고 하는 주인이 관광객들 앞에서 도자기 만드는 기술을 선보이고 있었다. 가는 날이 장날이라고, 운이 좋은 편이었다.

그는 코가 크고 뭉툭했으며, 눈썹이 숯 검댕을 칠한 것같이 짙고, 콧수염과 턱수염은 검은빛과 흰빛이 반반씩 섞여 있는 사내였다. 키는 작지만, 턱이 강인해 보이고 팔뚝이 굵어서인지 장인匠人의 고집을 느끼게 하였다. 특히 그의 투박한 손은 점토와 비슷한 황토색이어서 손 자체가 하나의 도자기로 보일 정도였다.

"저기 저것들 보세요."

쓰나코가 왕눈에게 눈짓을 해 보였다. 도자기 진열장 안에는 나미모토가 직접 만든 많은 작품이 쭉 전시돼 있었다. 왕눈 보기에, 도자기 제작에 열중하고 있는 그의 모습은 도를 닦고 있는 도인 같았다.

"우리도 한번 해 봐요."

쓰나코가 직접 도자기 만드는 연습을 하고 있는 손님들을 잠시 가만히 지켜보고 있다가 왕눈에게 권했다.

"자, 우선 있죠?"

쓰나코는 그전에도 여러 번 도자기를 만들어본 경험이 있는 것 같았다. 어떻게 생각하면 하찮은 것일 수도 있는 그런 사실 하나만으로도 왕눈은 여자인 쓰나코가 무척 든든하여 마음이 놓였다.

"이렇게 하고요."

왕눈은 묵묵히 쓰나코가 시키는 그대로 따라 하기 시작했다. 적어도 그 순간에는 도자기 제작에 몰입하고 있는 다른 일본인 관광객들과 마찬가지로, 그도 모든 걸 잊을 수 있을 것 같다는 느낌이 들었다.

"어머? 어머나?"

쓰나코가 왕눈을 향해 감탄사를 연발했다.

"정말 잘하시네요?"

일본인 관광객 남자 한 사람이 쓰나코를 보며 고개를 갸웃거렸다. 오십 줄에 앉은 그는 쓰나코의 출생지가 무척 의아한 모양이었다. 겉으로 보기에는 분명히 자기와 같은 일본국 여자인데 다른 나라의 말을 쓰는 것이다.

그가 일본과 바로 이웃하고 있는 조선국의 말을 아는지 모르는지 잘 분별할 수는 없지만, 아무튼 그는 머리에 푹 눌러쓴 청색 줄무늬 모자를 손으로 만지작거리며 힐끔힐끔 쓰나코를 훔쳐보았다. 약간 불온해 보일 지경이었다. 하지만 그런 남자를 전혀 개의치 않고 쓰나코는 계속해서 조선말로 왕눈을 칭찬했다.

"제가 재팔 씨에게 배워야겠어요."

"잘 몬하는데……."

말은 그렇게 하면서도 왕눈은 그 일에 빠져들기 시작했다. 손으로 점토를 반죽하는 것도 재미있었다. 어릴 적에 고향의 대사지 연못이나 비

74

봉산 서편 가매못 가에서 진흙이나 황토 같은 것을 재료로 하여 집이나 사람, 그릇, 꽃, 동물 등을 만들던 기억이 어젠 양 되살아났다.

어떤 측면에서 그의 시간은 정지해버렸으니 더욱 그럴 수도 있었다. 하루 전이나 한 달 전이나 일 년 전이나 그 세월이 그 세월처럼 느껴지는, 저 시간관념이란 게 사라져버린 지 너무 오래된 그였기 때문이었다. 결국, 더 애타는 사람은 시간에 민감할 수밖에 없는 쓰나코라고 할 수 있었다.

"넌, 네가 늘 청춘일 줄로 아는 게냐?"

아버지 고케시는 결혼할 생각도 하지 않고 있는 한참 과년過年한 딸 쓰나코를 갈수록 마뜩찮아 하고 있었다. 그건 지극히 당연한 일이었다. 이 세상 아버지라면 누구라도 마찬가지일 것이다. 쓰나코가 고개를 푹 수그린 채 듣고만 있으면 아비 된 마음에 너무 힘들고 고통스럽다는 듯 그는 이런 말도 했다.

"네 심정을 이해 못 하는 것은 아니다. 하지만 그렇다고 해서 어떤 다른 남자도 만나지 않겠다는 건 누가 들어도 너무 잘못된 생각이다. 재팔이 저 청년과 평생을 함께 살 것도 아니면서 말이다."

한편, 쓰나코 어머니 노요리에는 달랐다. 그녀는 딸의 뜻을 존중해주는 쪽에 서 있었다. 그것은 그녀의 이런 말에서도 충분히 감지할 수 있었다.

"한 남자에게 어떤 여자든 쉽게 아내가 될 수 없듯이, 한 여자 또한 어떤 남자든 그냥 아무렇게나 제 남편으로 받아들일 순 없지. 조선에는 청춘 남녀에게 부부의 인연을 맺게 해주는 월하노인月下老人이라는, 뭐랄까, 일종의 중매쟁이가 있다고 믿고 있단다. 또 아니? 그 월하노인이 여기 일본에 와서 널 어떻게 해줄지."

그러면서 최후의 통첩인 양 마지막으로 노요리에가 하는 말은 반드시 정해져 있기 마련이었다.

"재팔이 저 총각이 조선으로 돌아가기 전에 말이다."

"어머니."

그 소리를 듣는 쓰나코 얼굴은 붉어졌다가 노래졌다가 하였다. 어머니는 재팔을 사윗감으로 점찍어 놓고 있는 듯했다. 그리고 그런 점이 어머니를 아버지보다 아주 조금은 더 느긋해지게 해주는 바탕이라는 것도 쓰나코는 모르지 않았다. 그녀는 왕눈을 보며 속으로 수백 수천 번도 넘게 반문해 보곤 하였다.

'저 사람이 나의 남편? 내가 저 사람의 아내?'

그럴 수 있을 것도 같았다. 아니, 그럴 수 있을 것 같지 않았다. 그와 나 사이에는 정해진 어떤 인연이 있었기에 이렇게 만날 수 있었다는 생각과 그게 아니라 우연히, 정말이지 우연히 맞닥뜨리게 되었다는 생각, 그 두 가지 생각이 뒤엉켜 씨름했다. 도저히 결판이 나지 않을 것 같은 승부였다.

'혼자서 노처녀로 늙어 죽어갈 수밖에 없는 게 이 쓰나코의 운명이라면 어쩌겠어!'

'재팔 저 사람도 있고, 그 아닌 다른 남자들도 천지에 널려 있잖아. 근데 왜 혼자야, 혼자냐고?'

철저히 상반된 소리가 양쪽에서 그녀를 마구 옭아매었다. 그렇지만 끝에 남는 한 가지 소리는 이런 거였다.

'재팔이 저 사람이 시간에 대한 인식을 정상적으로 할 수 있을 그때까지는 그냥 이대로 살아갈 수밖에 없는 거야. 그에게 시간을 되찾아 줄 때까지 말이야. 그에게서 그의 시간을 빼앗은 사람이 바로 너니까.'

어떻게 받아들이면 참으로 무책임하고 편해 빠진 그러한 어정쩡하기 그지없는 날들이 하루, 이틀, 사흘, 한 달, 일 년, 삼 년……

76

쓰나코가 그 길고 깊은 고통과 갈등의 뿌리를 드리운 상념의 늪에서 헤어나게 한 것은, 왕눈이 그녀를 향해 밧줄처럼 던져온 말이었다.

"해볼께 해볼 만하네예?"

그러고 나서 쑥스러운 소년같이 씩 웃어 보이는 왕눈 모습이 쓰나코 눈에 이상할 만큼 인상적으로 비쳤다.

"어머, 그래요? 축하드려요."

쓰나코도 웃었다. 왕눈은 이번에는 그 축하의 말을 사양하지 않았다. 스스로도 제법 잘했다고 여겨졌을 뿐 아니라, 그런 것을 통해서라도 자신감이랄까 새로운 그 무엇인가를 반드시 이루어 내고 싶은 심정이었다.

그러고 보니 그는 다른 아이들보다도 무엇을 만드는 손재주가 뛰어났던 것도 같았다. 여자아이들도 그가 만든 흙 그릇이나 흙 꽃을 좋아하고 부러워했다. 자기는 만들 생각도 하지 않고 왕눈이 만들고 있는 모습을 한참 구경하기도 했다. 그는 적어도 그 순간만은 '울보'라고 놀림을 받는 못난 아이가 아니었다. 왕자였고 영웅이었다.

그러나 그것은 영원하지 못했다. 그 회상 뒤끝에 왕눈은 그만 슬퍼졌다. 하나만 달라고 조르는 동네 여자아이들 애원은 들은 척도 하지 않고, 자기가 만든 것들을 모두 다 챙겨 들고 옥진에게로 갔었다. 그리고 옥진도 그것을 보면 굉장히 좋아하고 고마워할 것으로 믿었다. 그런데 결과는 정반대였다.

"이기 머신데에?"

옥진은 왕눈이 낯을 붉히며 내미는 것들을 꼬부장한 눈으로 보면서 아주 심드렁한 말투로 물었다. 왕눈은 좁은 어깨를 더욱 움츠리며 간신히 입을 열었다.

"내, 내가 흐, 흙 갖고 매, 맨든 긴데, 오, 옥지이 니 주, 줄라꼬 아, 안 가지왔나."

그랬더니 옥진이 대뜸 한다는 소리였다.

"머라꼬? 흙 갖고?"

남의 조상 무덤을 무단으로 파헤쳐 그 흙으로 좋지 못한 짓을 저지른 악한이나 도굴꾼이라도 대하는 품새였다.

"그라모 그 더러븐 흙 갖고 맨든 거를 내가 갖고 있으라꼬?"

"그, 그, 그."

왕눈은 하마터면 세상에 다시없는 보물처럼 두 손에 고이 들고 있던 것들을 모조리 땅바닥에 떨어뜨릴 뻔했다.

"더, 더러븐 기 아인데……."

옥진은 끝까지 듣지도 않고 꽃뱀 새끼처럼 고개를 발딱 치켜들며 소리 질렀다.

"내사 더럽다 고마!"

"아, 아인데, 아인데."

왕눈이 울먹이는데 오달지게 쏘아붙였다.

"그거 도로 갖고 안 가 끼가?"

"진아."

"흥!"

선심이라도 쓴다는 모양새로 나왔다.

"금이나 은 겉은 거 갖고 맨든 기모 또 모리것다."

"내, 내한테 그, 그런 거는 없다."

세상이 없어지는 것 같은 왕눈이었다.

"없는데 누가 달라쿠나?"

왕눈은 말없이 돌아섰다. 돌아서는데 눈물이 앞을 가렸다. 그의 작고 초라한 등짝에 대고 옥진이 무당 희자 어머니가 잡귀 쫓는 푸닥거리 하듯 했다.

"가! 가!"

그 길로 대사지로 내달렸다. 그러고는 정성스레 만들었던 흙 공예품들을 전부 거기 못 속으로 던져 넣어 버렸다. 그것들은 금세 물밑으로 가라앉았다. 너무나 냉정하게 파문도 오래가지 않았다. 물고기 한 마리 물 위로 고개를 내밀고 내다보지 않았다. 그의 역작들은 그렇게 흔적도 없이 깡그리 사라져 갔다.

왕눈은 못가에 퍼질러 앉아 엉엉 울었다. 대사교 위를 오가는 사람들 시선도 아랑곳하지 않고 한참이나 울었다. 앞으로 두 번 다시는 흙으로 무엇을 만들지 않을 것이라고 굳게 다짐했다. 실제로 그 후로는 흙장난을 일절 하지 않은 그였다.

'그때는 그랬던 긴데.'

지금은 점토를 반죽하고 있었다. 그리고 그것은 마음의 반죽이기도 했다.

"재팔 씬 뭘 만들고 싶어요?"

옆에서 왕눈보다도 훨씬 익숙한 솜씨를 발휘하면서 함께 점토를 이기던 쓰나코가 물었다. 궁금증에 앞서 기대감이 더 많이 실린 목소리였다.

왕눈은 선뜻 대답하지 못했다. 또다시 대사지 연못 속에 버렸던 것들이 부력에 의한 것처럼 기억의 수면 위로 떠올랐던 것이다.

그는 내심 혼자 가늠해보았다. 내가 무엇을 만들어 선물하면 쓰나코는 어떻게 할 것인가. 지난날 옥진처럼은 하지 않겠지만 그래도 왠지 모르게 두렵고 싫다는 마음이 솟았다. 손끝에 전해지는 곱고 부드러운 점토의 감촉이 달갑지 않아지면서 그 짓을 멈추고 싶다는 충동이 강하게 일었다.

"비밀?"

쓰나코가 스스로 묻고 답하는 싱거운 사람같이 말했다. 청색 줄무늬

모자가 남들이 나누는 비밀 대화를 엿듣듯 이쪽을 향해 귀를 쫑긋 세우고 있었다. 도대체 그 신분이 수상한 자였다.

"비밀이면 관둬요."

왕눈의 속마음을 알 리 없는 쓰나코는 그 작업에 갈수록 재미를 붙이는 모습으로 명랑하게 말했다.

"전, 술잔을 만들어 아버지께 선물하고 싶어요."

왕눈은 자신도 모르게 말했다.

"그라모 내는 꽃뱅을 맹글어갖고……."

하지만 뒷말을 잇지 못했다. 사실은 꽃병을 만들어 쓰나코 어머니에게 주고 싶다는 말을 하고 싶었던 것이다.

'내가 옥지이를 놔놓고 다린 사람한테 선물을 준다꼬?'

생각만으로도 불가마에 든 듯 낯이 뜨거워지는 왕눈이었다. 쓰나코는 무척 행복한 표정을 지으며 시구를 읊조리거나 노래를 부르듯 했다.

"꽃병, 술잔."

왕눈에게 선택하라는 소린지 그녀 자신이 결정하겠다는 소린지 모를 소리를 했다.

"꽃은 무슨 꽃? 술은 무슨 술?"

그러는 중에도 그들은 다른 관광객들처럼 도자기 만드는 작업에 몰입하고 있었다. 그러고 보니 도자기야말로 세상 최고의 마취제인지도 모르겠다. 적어도 지금 그 가게 안에서는 그랬다.

주인 나미모토가 왕눈 가까이로 오더니 아무런 말도 없이 왕눈이 도자기 만드는 일을 도와주었다. 그가 지켜보기에 손님들 가운데 왕눈 솜씨가 가장 서툴러 보였던 모양이었다. 그가 제대로 보았을 것이다. 왕눈이 무엇을 잘 만드는 재주를 가졌다고 할지라도 처음 해보는 그 작업이 손에 척척 달라붙기야 하겠는가. 그는 왕눈과 쓰나코를 번갈아 가며 바라보기도 했지만, 끝까지 무슨 말을 걸어오지는 않았다. 그도 어쩐지 큰 비밀을 간직한 채 살아가고 있는 사람 같았다.

'본래는 내가 잘 맨든다 아이가.'

속으로 그렇게 중얼거리다가 왕눈은 조국에 있던 어느 겨울날 아침 혼자 살얼음이 언 황량한 논 가장자리에 나와 섰던 날처럼 코끝이 매울 만큼 시려왔다.

'잘 맹글모 머하노?'

그러면서 왕눈은 잠시나마 지난 기억에서 벗어날 수 있었다. 나미모 토라는 주인이 왕눈에게 했던 것과는 달리 사람들에게 도자기에 관해 이런저런 이야기들을 들려주고 있었다.

"재밌죠?"

"예? 예."

"재미없는가 봐요?"

"예? 아, 아니."

"풋!"

쓰나코는 묻고 왕눈은 답해가며 이윽고 한 시간 정도가 걸려 도자기 제조 체험은 전부 끝이 났다.

"제 것 좀 봐요."

"예."

"재팔 씨 것도 좀 볼까요."

왕눈은 자신이 만든 것과 쓰나코가 만든 것을 비교해보다가 몹시 부끄러워지고 말았다. 아무리 그녀는 몇 번 해본 실력이고 그는 처음 해보는 작업이라곤 해도, 그 결과물들은 너무나 큰 차이가 났던 것이다.

"중요한 건, 잘 만들고 못 만들고가 아니에요. 내 자신이 직접 만든 것이란 사실이 더 소중한 거예요."

그곳에 진열되어 있는 도자기들이 일제히 그렇다고 고개를 끄덕이는 것 같았다.

"특히 이번 경험은 앞으로 도움이 될 거예요."

또 다른 관광객 몇이 가게로 들어오고 있었다.

"도자기에서 '도' 자를 빼고 나면 무엇이 남나요?"

흙냄새가 짙은 '스무고개'를 넘고 있는 듯한 쓰나코였다.

"자기, 자기가 남지요."

"자기."

"그래요. 가장 나중까지 남는 제일 중요한 것, 그게 바로 자기라고요. 재팔 씨 자기 말예요. 그러니까 자기 재팔 씨요."

쓰나코는 그런저런 갖가지 말들로 왕눈 마음을 풀어주려고 무척이나 노력했다. 왕눈은 그런 그녀가 눈물이 날 정도로 고맙고 미더웠다. 쓰나코라면 그가 만든 물건이 아무리 형편없는 것이라 하더라도 반갑게 받아줄 것 같았다.

'예전에 비화 누야가 그렇더이.'

왕눈은 여자도 남자 못지않게, 아니 남자보다도 더 믿음직스러울 수 있다는 사실을 비화와 쓰나코를 통해서 절감했다.

"자, 그러면요."

쓰나코는 다 만들어진 작품 바닥에 자기 이름과 오늘 날짜를 새겨 넣는 것이라고 알려주었다. 왕눈은 그대로 했다. '왕눈'이라고 할까 '재팔'이라고 할까 잠시 망설이다가 '왕눈 재팔'이라고 적었다. 앞으로는 좀 더 대범해지리라 결심하며 별명 '울보'나 '짬보'를 새길까도 했지만 그건 그만두었다.

그때 나미모토가 도자기 만들기 체험에 참여한 사람들에게 무슨 얘기인가를 또다시 했다. 일본말을 모르는 왕눈은 그 큰 두 눈만 소같이 끔벅거리고 있었는데, 잠시 후에 쓰나코가 설명해주었다.

"우리가 각자 만든 도자기를 두 시간 이상 말리고 나서, 스물다섯 시간 동안 천이백 도의 불에 구우면 완성품이 된다는 얘기였어요."

왕눈은 아무래도 이해가 닿질 않았다.

"천이백 도?"

쓰나코 역시 끔찍스럽기까지 하다는 듯 몸을 떠는 시늉을 했다.

"대단한 온도죠?"

"예, 에나 그렇심니더."

왕눈은 그렇게 뜨거운 불에 구워도 도자기가 타버리지 않는다는 사실이 정말로 신기했다. 도자기에 대해 아무것도 모르는 짧은 그의 머리로 추정해 볼 때, 만약 다른 것을 그렇게 한다면 흔적도 남아 있지 못할 성싶었다.

'무시라, 무시라.'

그건 그렇고, 관광객들이 손수 만든 도자기는 그냥 그대로 이 가게에 두는가, 그렇다면 좀 그렇지 않은가, 그런 생각을 하는 왕눈에게 쓰나코가 또 일러주었다.

"집 주소를 남겨 놓으면 며칠 후에 집으로 보내줘요."

왕눈은 궁금증이 풀렸다는 후련함보다 도자기를 돌려받을 수 있는 그의 집이 아무 데도 없다는 사실이 더 가슴을 아리게 했다. 쓰나코도 왕눈의 그런 처지를 깨달아서인지 그녀의 집 주소도 남기지 않고 물기 밴 목소리로 말했다.

"이제 나가요."

그곳 '도예의 집'에서 나와 이번에는 '염직의 집'으로 들어갔다. 거기서 왕눈이 가장 인상 깊었던 순간은, 처음에는 새하얗던 천이 나중에 쪽빛으로 변해 가는 걸 지켜보는 때였다. 왕눈은 손수건을 만들어보았고,

쓰나코는 목도리를 만들었다.

"손수건이 정말 멋져요."

"내 보기는 목도리가 상구 더 좋은데……."

"그럼 우리 서로 바꾸기로 해요."

"내는 없어도 되는데……."

그 밖에도 흥미로운 집들이 제법 많았다. 시간이 없어서 이번에는 직접 체험하지는 못했지만, 화지畵紙를 붙인 성냥갑에 그림을 그리는 '성냥 그림의 집', 그리고 백 년 된 소나무를 소재로 찻주전자나 찻잔, 쟁반 등을 만들어보는 '찻주전자의 집'도 있었다. 그 소나무는 왕눈 머릿속에 고향 비봉산 능선에 서 있는 허리 굽은 노송을 떠올리게 하여 그만 가슴이 울컥하였다.

그런가 하면, '화지의 집'에서는 일본 전통 종이에 대한 장인의 설명을 들었으며, '색그림의 집'에서는 장식품이라든지 잔 받침 등속에 물감으로 그림을 그리는 것도 구경하였다. 볼거리가 많기도 하거니와 하나같이 이색적인 장면이 아닐 수 없었다.

"신기한 것들이 참 많죠?"

"예."

조선의 전통 종이인 한지를 생각하니 어쩔 수 없이 어두워지는 왕눈의 안색을 본 쓰나코가 한껏 밝은 목소리로 말했다.

"저도 신기해요."

바깥으로 나오니 어느덧 해가 설핏 기울고 있었다. 료칸에 들었다. 처음에는 쓰나코 부모와 함께였고, 이번에는 쓰나코와 단둘만이 찾아든 숙소였다. 아니, 전에도 몇 차례 있었는데 그렇게 느꼈을 따름이었다. 왕눈 마음이 야릇했다. 쓰나코도 어색한 빛을 감추지 못했다.

그것은 그날따라 그들 감정이 다른 날과는 많은 차이를 보였던 때문이라고 할 수 있었다. 그 결정적인 이유는 그날의 화제가 바로 저 조선 도자기에 관한 것이었던 데서 찾아야 할 터였다. 동질감, 더 나아가 동족의식까지를 품었다고나 할까?

'쓰나코 부모가 내한테 마련해준 그 집에서 살아옴시로 이런 기분을 느낏으모, 단 하로도 그 집에 몬 있고 오데든지 나와뻬릿을 끼다.'

딸을 구해준 은인에 대한 보답으로 쓰나코 부모가 장만해준 그 집은 쓰나코 집과 같은 동네에 있었다. 하지만 처음 그 집을 살 때 한 번 와 보고 그 뒤로는 일절 발길을 끊은 쓰나코 부모였다. 그것은 그 자신에게 부담을 주지 않기 위한 그들의 웅숭깊은 배려라는 것을 왕눈은 모르지 않았다.

어쨌거나 쓰나코를 따라 여행을 떠날 때를 제외하고는 그 집에서 거의 칩거하다시피 하는 왕눈이었다. 솔직히 그건 사람이 살아가는 것이라고는 할 수 없었다. 그렇지만 더 심각한 문제는, 시간관념을 모두 상실해버린 왕눈이 지금까지 얼마나 많은 날을 그렇게 지내왔으며, 또 앞으로 얼마를 그렇게 지내야 할지 누구도 예상할 수 없다는 사실이었다.

"재팔 씨 마음에 들지 않으면 어떡하죠? 그래도 아까 도자기 가게에서도 말씀드린 것처럼, 그냥 경험 하나 더 쌓는다고 받아들이시면 좋겠어요."

"예."

"언젠가, 언젠가는요."

쓰나코는 그 료칸을 둘러보며 시종 혼자만 말했다. 그녀가 그렇게 우려하는 까닭은 얼마 전에 묵었던 곳보다는 다소 허름하고 규모도 작아 보였던 탓이었다. 우선 겉으로 보이는 모습부터 달랐다. 하지만 내부 구조는 거의 비슷했다. 왕눈은 혼자 쓴웃음을 지으며 생각했다.

'내 팔자에 무신?'

두 사람은 그곳 장부에 이름 등을 적었다. 가식이 아닐까 싶을 정도로 친절이 몸에 밴 남녀 종업원이 객실까지 안내해 주었다. 왕눈은 부담스러웠지만, 그곳에서는 수고했다고 따로 돈을 주는 관습은 없다는 것을 이제는 알고 있었다.

나란히 붙은 방 두 개를 잡았다. 종업원은 심지어 방에 따라 들어와서 잠자리까지 준비해 주었다. 만약 그들이라도 없었다면 그때 분위기는 몇 곱절이나 더 어색하고 딱딱했을 것이다. 시간이 가도 변하지 않는 것은 분명히 있었다.

따로 풀어놓을 여장도 별로 없는 왕눈은 금방 다다미방에서 나와 식당으로 갔다. 그곳도 다른 료칸들이 대개 그렇듯 깨끗한 정원이 내다보였다. 지난번 료칸보다는 규모가 작아 미술품을 전시한다거나 전통 예술 공연을 할 만한 곳 같지는 않았다.

"어머? 벌써 와 계셨군요."

쓰나코가 그렇게 말하며 식당에 들어온 것은, 왕눈 마음에 비추어 꽤 많은 시간이 흐른 다음이었다. 역시 고급 가이세키 요리가 나왔다. 술은 시키지 않고 음료수만 주문했다. 쓰나코 말에 '예' 하는 왕눈 목소리가 질그릇에 듣는 보슬비같이 작았다. 무슨 일로 다툰 연인들처럼 그들 사이에 침묵이 가로놓였다.

정원은 어둠에 에워싸여 있었다. 풀벌레 소리는 들려오지 않았다. 식당에는 그들 외에도 많은 숙박인이 있었지만, 자기들끼리만 알아들을 수 있는 낮은 소리로 대화를 나누었다. 손님들 옆에서 차와 식사 시중을 들어주는 종업원들도 분주한 가운데 수족관 속 물고기처럼 조용히 움직이고 있었다.

이윽고 식사를 끝내고 거의 입을 다문 채 정원을 잠시 거닐다가 두 사람은 객실로 향했다. 그러자 기다리고 있었다는 듯 종업원들이 따라붙었다. 언제 어느 곳을 가나 똑같은 그런 대우에 익숙해질 날은 아마 오지 않을 것 같은 왕눈이었다. 쓰나코가 먼저 자기 방으로 들어가고, 왕눈은 나중에 자기 방으로 들어갔다.

왕눈은 자리에 드러누웠다. 잠이 올 것 같지가 않았다. 바로 옆방에 쓰나코 혼자 있다는 사실이 머리를 떠나지 않았다. 그는 스스로의 감정결에 공연히 부아가 치밀기도 하고 참 한심하기 짝이 없다는 자조감에 젖어 들었다. 그 자신은, 아무것도, 정말이지 어떤 것도 하지 못한다는, 할 수 없다는 현실 인식이 올가미가 되어 덮어씌워 오는 것이었다.

쓰나코는 어떤 마음일까? 하얀 마음? 붉은 마음? 이도 저도 아니거나 그 둘이 뒤섞인 마음? 그따위 유아적이고도 야릇한 상상에 젖었다가 왕눈은 자신도 모르게 스르르 잠이 들었다.

잠시 후, 그는 옥진이 있는 고향을 향해 달려가기 시작했다. 이제는 옥진은 없고 해랑만 있다는 사실을 꿈에서조차도 알지 못한 채였다.

가을을 재촉하는 천둥소리

동학농민운동.

그것은 조선팔도를 태풍처럼 강타하고도 남음이 있었다. 그리고 그보다도 훨씬 앞서 일어난 임술민란의 진원지였던 그 유서 깊은 고을은 어느 곳 보다 들끓었다. 저 '천지개벽'이란 말을 써도 부족하지 않을까 싶을 정도였다.

농민군 집안이라는 사실 하나만으로 그동안 제대로 숨도 쉬지 못한 채 땅속 깊이 웅크린 벌레처럼 살아온 나날들이 얼마나 되었던가? 아예 다른 지방으로 떠나거나 심지어 족보까지 바꿔가면서 농민군 가족이라는 사실을 숨겨 온 이들이 한둘이 아니었다. 우정 댁과 얼이 모자나 송원아 같은 사람이 얼마나 될지 누구도 알 수는 없지만, 임술년 농민군 희생자들을 볼 때 그것은 예상을 크게 뒤엎는 숫자일 것이다. 하여튼 삼족을 멸할 역적도 그런 역적은 없었다.

그 고을에 동학농민운동이 시작되고 있었다. 대지를 온통 시뻘겋게 태우는 오랜 가뭄 끝에 오는 단비처럼. 그런데 얼에게 최초로 그 사실을 알려준 사람은, 나광도 한돌재도 판석이나 또술, 태용도 아니었다.

생면부지의 다른 동학농민군도 아니었다. 뜻밖에도 상촌나루터 터줏대감이었던 꼽추 달보 영감의 큰아들 원채였다. 미국 군인들과 싸우다가 생포되어 포로 생활도 했던 그였다. 강득룡 목사 명을 받은 관아 장졸들에게 쫓기는 관기 효원을 벙어리 총각 효길로 변신시켜 오광대 합숙소에 은신하게 해준 장본인이었다.

하늘이 성내에 있는 공동우물처럼 점점 깊고 푸르러 가는 가을날, 정확히 말해서 구월 스무 아흐렛날 늦은 오후였다.

"자, 나가자꼬."

"아자씨?"

사전에 아무 연락도 없이 나루터집을 찾아온 원채는 다짜고짜 얼이더러 밖으로 나가자고 했다. 얼이는 당장 가슴부터 '쿵' 내려앉았지만, 영문도 모른 채 무조건 따라나설 수밖에 없었다. 사실 그의 얼굴은 무어라고 말을 붙일 수도 없을 만큼 긴장되어 있었다. 다른 사람도 아니고 그가 그럴 땐 그냥 예사로이 넘길 일이 아닐 터였다.

이날도 언제나처럼 넘쳐나는 손님들로 나루터집 식구들은 눈코 뜰 새 없이 바빴다. 여느 때와 다름없이 가게 입구 계산대 앞에 앉아 밥값을 받는 박재영도, 그 두 사람이 함께 나가는 것을 미처 보지 못했다.

"오데가 좋으꼬?"

집 바깥으로 나오자 원채가 대단히 조심스러운 눈빛으로 주위를 둘러보며 말했다.

"넘들이 몬 듣는 데라야 하것는데 오데가 좋으까."

"그라모 거게가 좋것심니더."

얼이 입에서는 당연히 흰 바위라는 말이 나왔다. 얼이는 동물적 감각으로 느꼈다. 내 인생에서 가장 중요하고 급박한 일이 바로 지금부터 일어나려고 한다. 그리고 그것으로 말미암아 모든 것이 완전히 뒤바뀌게 될 것이다.

그날따라 흰 바위로 가는 길이, 한양 가는 길이 그러할까 싶을 정도로 그렇게나 멀었다. 효원과 둘이 걸으면 좀 더 남았으면 하는 아쉬움이 생기는 너무나 금방 닿던 곳이었다. 어쩌면 그때 그들이 다가가는 그만큼 흰 바위가 멀어져 버리는 게 아닐까 여겨질 판이었다.

얼이는 말없이 원채를 훔쳐보았다. 그는 어떤 기분인지 알 수 없었다. 흰 바위가 빨리 나타나지 않기를 바라는 것 같기도 했다. 흰 바위가 가까워질수록 안색은 한층 파리해지고 분명히 걸음마저 느려지고 있기 때문이었다. 그런 사실을 감지하고 있는 얼이는 자꾸만 다리가 엉키면서 넘어지려고 하였다. 뒤에서 누군가 몸을 붙들고 놓아주지 않으려고 하는 듯싶기도 했다.

흰 바위는 언제나 있던 그 자리에 있었다.

"바우에 올라가서 이약하까예?"

얼이가 너무나 깊은 상념에 빠져 다 온 줄도 모른 채 고개만 숙이고 있는 원채에게 거기 도착했음을 알렸을 때, 원채는 완전 다른 사람이 된 듯 화들짝 놀라는 얼굴로 더듬거리며 말했다.

"하, 하고 시, 싶은 대, 대로……."

원채는 손발 묶인 전쟁 포로처럼 지극히 부자유스러운 동작으로 흰 바위에 오르더니 짚 동이 무너지듯 털썩 그대로 주저앉았다. 이야기를 끄집어내기도 전에 탈진해버린 모습이었다.

'생전 안 그라시던 아자씨가?'

얼이는 걷잡을 수 없을 만큼 불안했다. 미군과 싸우다가 붙잡혀 포로 생활까지 한 그는, 어지간한 일에는 흔들리지 않는 사람이라는 것을 익히 알고 있기 때문이었다. 설혹 거기 흰 바위가 그의 눈앞에서 별안간 검은 바위나 회색 바위로 바뀐다고 해도 동요한다거나 당혹할 사람이 아닌 것이다.

'해, 해나 효원이한테 무신 일이 생긴 기까?'

효길이란 가명으로 남장을 하고 벙어리가 되어 오광대패 속에 은신해 있는 효원이 제일 먼저 떠올랐다. 그녀가 관졸들에게 체포되어 끌려가는 악몽에 시달리기도 하지만 요즘은 약간 마음을 놓고 있었던 게 사실이었다. 불안과 초조가 아무런 도움도 될 수 없다는 걸 깨닫기까지에는 많은 시간이 필요했다. 세상 만물에는 본디 기氣라는 게 있어 나쁜 생각을 하면 나쁜 기운이 침입하고 좋은 생각을 하면 좋은 기운이 도래한다는, 서당에서 배운 지식을 가슴팍에 꼭꼭 심고 있었던 것이다. 이유는 또 있었다.

"산에 가모 산꾼이 되고, 또 머를 하모 머가 된다쿠디이."

원채를 통해 들은 바로는, 효원은 이제 거의 오광대 패가 돼 있다. 팔선녀 역뿐만 아니라 할미나 소무小巫 역도 훌륭하게 소화해 낸다 했다. 꼭두쇠 신임 또한 두터워 우리하고 더 오래 있자고 붙든다는 것이다.

그때 언제까지고 침묵할 것만 같던 원채 음성이 거의 잘 전달되지 않을 만치 낮게 들렸다. 평소답잖게 갈라 터진 목소리였다. 달리 들으면, 한겨울 남강의 얼음장이 여러 조각으로 쩍쩍 갈라지면서 내는 소리 같기도 했다.

"효원 처녀 일은 아인 기라."

"아!"

원채 말에 얼이는 가슴을 쓸어내렸다. 원채는 애써 목청을 가다듬으려는 기색이 완연해 보였다.

"그라이 그거는 걱정 말고……."

"예."

얼이는 또다시 안도의 한숨을 삼켰다. 그러자 갑자기 온몸에서 기운이 쫙 빠지면서 흰 바위 위에 그대로 드러눕고 싶었다. 그래, 흰 바위 위에서 잠이 들면 행여 꿈에 효원이 나타날지도 모른다.

그러나 그런 안이하고도 황홀한 감상에 젖을 순간은 짧았다. 급기야 온 세상이 요동칠 소리가 원채 입에서 흘러나오기 시작했다.

"드디어 때가 왔는 기라."

"때."

얼이 표정이 바보스러울 만큼 멍해 보였던지 원채는 이내 덧붙였다.

"우리가 그리 기다리쌌던 일이……."

얼이는 끝까지 듣고 있지 못했다.

"그, 그라모?"

입에서 비수가 튀어나오듯 했다.

"노, 농민군?"

"쉬이! 조, 조용!"

원채가 황급히 주변을 둘러보며 집게손가락을 자기 입술에 갖다 댔다.

"누 들으모 우짤라꼬?"

얼이 몸이 덜덜 떨렸다. 딱딱 이빨 부딪는 소리도 났다.

"소금을 팔다가 비를 만낸다 캤제."

원채는 입술에 가져갔던 손가락을 떼 냈다.

"조심 우에 또 조심 안 하모, 우떤 불운이 닥칠랑고 안 모리나."

가까스로 마음을 다잡으며 얼이가 말했다.

"압니더. 그것도 알고……."

막 서산마루로 넘어가려던 해가 얼른 붉은 얼굴을 치켜들고 이쪽을 바라보는 것 같았다. 얼이는 침착해지려고 무진 애를 썼지만 흰 바위가 제멋대로 흔들리고 그의 몸이 사정없이 강으로 굴러 내리는 착각에 빠졌다.

아아, 마침내 농민군이, 농민군이…….

원채도 숨결이 가쁜지 고개를 두 다리 사이에 처박았다. 그러고는 한참 있다가 머리를 힘겹게 들면서 말했다.

"시방부텀 내가 하는 이약, 잘 들어야 할 끼라."

그렇게 말하지 않아도 그의 입에 귀를 갖다 대며 듣고 싶은 얼이였다.

"하매 각오하고 있으리라 보거마."

그건 농사꾼이나 광대패가 아닌 군인 목소리였다. 어쩌면 그동안 안개에 가려져 있었던 원채 본연의 모습이 이제야 똑바로 드러나기 시작하고 있는지도 모른다.

"이거는 우리 목심이 달리 있는 문제 아인가베."

강물이 흰 바위 밑동에 부딪혀 세찬 물보라를 일으키고 있었다.

"잘 알고 있심니더."

얼이는 천년의 역사와 전통을 자랑하는 그 고을 투우대회에 참가한 싸움소만큼이나 거친 숨을 몰아쉬었다.

"목이 열 개라도 모지란다는 거를."

그 소리 끝에 얼이는 큰 손으로 제 목을 만지며 단호하게 말했다.

"하지만도 이 일을 할라꼬 여태꺼정 지키온 이 목입니더."

원채는 아무 말 없이 얼이 목만 바라보았다. 황소처럼 굵고 튼튼한 목이다. 원채의 강한 눈길을 의식한 얼이는 시간이 있을 때마다 그에게서 배운 택견이 생각났다.

'아자씨만치 무예가 뛰어난 사람은 아즉 만낸 적이 안 없나.'

원채의 택견 솜씨는 정말 출중했다. 신기神技에 가깝다고나 해야 할까? 특히 그의 '덜미걸이'에 한번 걸리면 거의 무사한 사람이 없었다. 오른손을 들어서 상대 목을 잡고 팔꿈치를 구부려 아래팔을 상대 가슴에 밀착시켜 왼발을 뒤로 빼며 몸 안쪽으로 잡아끄는 기술이었다.

그러나 뭐니 해도 얼이가 넋을 빼앗길 정도로 감탄한 것은, 이른바 '곧은발질하며 두발 낭상'과 '뱅뱅이질'이란 기술이었다. 인간이 그런 기술을 구사할 수 있다는 사실이 좀체 믿어지지 않았다.

　"자, 내가 하는 말 잘 듣고 그대로 해 봐라꼬."

　절도 넘치는 말과 동작이었다.

　"먼첨 발 앞꿈치로 상대방의 허벅지를 곧게 찬 후에, 그 자리서 곧바로 몸을 공중으로 솟구치는 기라."

　원채는 '곧은발질하며 두 발 낭상'에 대해 상세히 가르쳐주었다.

　"담에는 연속 동작으로 발등을 곧기 쪽 펴갖고, 상대방의 턱을 아래서 울로 올리 차는 비각술의 일종으로……."

　얼이 입에서는 절로 탄복하는 소리가 터져 나왔다.

　"햐!"

　그 기술을 익히고 나자 이번에는 '뱅뱅이질'이었다. 그는 얼이더러 자기가 가르쳐 주었던 발차기로 공격해 보라고 했다.

　"예, 아자씨. 조심하시이소."

　얼이의 경고에도 원채는 아무런 방어 자세도 취하지 않았다.

　"내 걱정은 하지 말고, 어섯!"

　"그라모 갑니더."

　"택견은 말로만 하는 기 아이제."

　"에잇!"

　얼이는 품을 밟다가 원채를 겨냥해 휙 발을 날렸다. 원래부터 운동신경이 남달리 뛰어난 얼이는 원채가 한 번 가르쳐 주면 금방금방 익히곤 했다. 그렇지만 혹시라도 원채가 다칠세라 대강 발차기를 시도했더니 원채가 나무라듯 독촉했다.

　"시방 사정 봐주는 기가 머꼬?"

두 눈에서 무엇이든 닿기만 하면 깡그리 타버릴 듯한 불길을 내뿜었다.

"더 확실하거로 공격해 봐라꼬, 퍼뜩!"

물새 그림자가 모래밭 위에 드리워지는가 했더니 금세 사라졌다. 날개 달린 것의 날렵함, 그것에 버금갈 택견이었다.

"알것심니더, 아자씨. 요분에는 진짭니더."

원채 목소리가 비장했다.

"대결에서 가짜는 없다."

그 말이 예리한 창이 되어 얼이 가슴팍을 찔렀다.

"얍!"

얼이는 혼신의 힘을 기울여 그를 공격하기 시작했다. 그런데 승부는 너무나도 싱겁게 끝나버렸다. 얼이는 방금 일어난 일을 믿을 수가 없었다.

그가 흔히들 하는 말 그대로 젖 먹던 기운을 다 쏟아 공격하자 원채는 살짝 무릎을 구부리더니 손바닥으로 가볍게 땅을 짚고 앉았다. 뭐 별로 힘들어 보이지도 않고 그렇게 급히 움직이는 것도 아니었다.

그러나 한쪽 발을 축으로 삼고 다른 한쪽 발은 다리를 쭉 펴서 뒤로 원을 그리며 약간 회전하면서 뒤꿈치 부분으로 얼이 다리를 슬쩍 걸어채서 그냥 넘겨버렸다.

"……."

얼이는 땅바닥에 쓰러진 채로 한동안 멀거니 원채를 올려다보기만 했다. 도시 그가 사람 같지 않고 귀신처럼 비쳤다.

'이기 우리나라의 전통무예라이?'

그 와중에도 참으로 충격으로 다가왔던 택견 생각에 아주 잠깐 빠져 있는 얼이 귀에 원채의 말이 들렸다.

"자네, 금지옥엽이라쿠는 말 들어봤제?"

얼이는 뜬금없는 그 물음의 연유를 알지 못했지만 바로 대답했다.

"예, 들어봤심니더."

해가 지고 없는 강가 모래밭은 한번 빠지면 쉬 헤어나지 못할 늪이나 뻘 같은 분위기를 자아내고 있었다.

"그 본래 뜻을 그대로 풀이하모 이렇거마."

얼이 눈에 원채가 스승 권학처럼 보였다.

"금으로 맨든 가지와 옥으로 맨든 잎이 안 되것나. 금가지와 옥잎."

저쪽 멀리 강 언덕에 파수꾼처럼 서 있는 나무들의 가지와 잎은 잠시 후면 보이지 않을 것이다.

"그만치 귀하다쿠는 소리가 되것는데, 얼이 총각이 바로 금지옥엽 아인가베."

"예? 아, 예."

얼이는 가슴이 뭉클해지고 코끝이 찡하니 시렸다. 이번에는 어머니 우정댁 얼굴이 좀 더 가깝게 선명히 떠올랐다. 얼이 자신을 세상에 둘도 없는 귀한 자식으로 금이야 옥이야 키워온 홀어미였다. 한데, 나는 앞으로 무슨 일을 하려는가?

"그러이 자네 그 목을 여태꺼지만 아이라 끝꺼지 잘 지키야 하는 기다."

그렇게 말하던 원채는 다시 한번 아무도 없는 강가를, 닿기만 하면 모든 것을 다 베어버릴 듯한 날카로운 눈빛으로 유심히 살펴본 후 입을 열었다.

"아즉 아모한테도 이약 안 했거마."

둥지 찾아 날아가던 새도 흰 바위 밑동에 와 부딪던 물살도 바람에 흔들리던 물가 수초도 그 동작을 딱 멈추는 듯했다.

"머리는 내삐리고 꼬랑대이는 끊어삐고 이약하것네."

그는 그러고 나서 막 바로 털어놓기 시작했다.

"사실 내는 여게 농민군 지도부에 들가 있는 기라."

"노, 농민군 지, 지도부예?"

얼이는 경악했다. 눈을 있는 대로 치떴다. 기절초풍할 노릇이었다. 원채 아저씨가 농민군 지도부 소속이라니?

"하모."

후회한다거나 뉘우치는 기색은 전혀 없는 모습이었다.

"우짜다 본게 그리 돼삐릿제."

원채는 처음보다는 훨씬 담담한 어조로 말했지만 여간 난삽하고 복잡한 낯빛이 아니었다. 사람 얼굴이 그렇게 많은 걸 담아낼 수 있으리라는 생각은 해보지 못한 얼이였다. 여전히 믿기지 않는다는 표정을 짓고 있는 그에게 원채가 앞뒤 사정을 좀 더 상세히 들려주었다.

"내가 이전에 미군들하고 싸운 갱험이 있다쿠는 사실을 무신 갱로(경로)를 통해서 알았는고, 지도부에서 일해 달라꼬 요청이 안 들왔던가 베."

"아, 그런 일이!"

얼이는 그제야 좀 납득이 되었다. 미군과의 전투 경험자라면 농민군 지도부에서도 충분히 손을 뻗칠 만하지 않겠는가. 사위는 갈수록 어둠이 깔리고 있었지만, 얼이 머릿속은 한층 밝아지는 느낌이었다.

"운맹!"

원채가 아까처럼 비장한 얼굴로 마치 택견을 할 때 기합 내지르듯 말했다. 그는 철저한 운명론자로 비쳤다.

"이거도 운맹이라모 운맹이다 싶거마는."

얼이 몸이 그물에 걸린 물고기같이 마구 파들거렸다. 운명이라는 말이 심장 복판을 강하게 파고들었다.

원채 눈가가 술을 마신 것처럼 붉었다. 어찌 보면 조금 전까지 그의 얼굴을 비추던 노을빛이 그대로 남아 있는 듯싶었다.

"울 아부지가 노상, 우리 농민군 하자, 우리 농민군 하자, 그리 말씀하시더이."

목멘 원채 말에 얼이 목소리도 아련해졌다.

"달보 영감님이예."

지나간 어느 해 2월 초순 무렵이었지 싶다. 얼이가 남강 가에서 여자들이 모여 '용왕 믹이기(먹이기)'를 하는 것을 구경하고 있을 때였다.

"요앙님, 요앙니임."

"부대 살피시사……."

그날 여자들은 짚 위에 밥이며 나물이며 과일이며 명태 등속을 차려 놓고 용왕을 대접하고 있었다. 뭔가 두려우면서도 신비로운 분위기를 자아내었다. 촛불이 바람에 꺼질 듯이 하면서도 용케 살아 있는 게 애처롭게 보이면서도 대견스럽고 신기했다. 무릇 생명의 힘이란 게 어떤 것인가를 나타내 주는 장면이었다.

그때 언제 왔던지 가까이 다가온 달보 영감이 여자들 하는 모습을 가만히 지켜보고 있더니만 옆에서 아주 조그만 소리로 소원을 빌었다. 얼이가 들어보니 자식들이 잘되기를 비는 것 같았다. 그가 어렸을 적에 돌아가셨기에 아버지라는 존재가 항상 그리운 얼이에게는 그 부정父情이 절절이 가슴을 찔렀다.

"농민군을 하다 보모 안 있는가베."

원채는 격한 감정이 차오르는지 잠시 말을 끊었다가 계속했다.

"가매솥 안의 물괴기매이로 증말 이험한 사태를 맞이할 수도 있것지만도 말이제."

얼이는 가매못에서 물고기를 잡는 낚시꾼들을 떠올렸다.

"우짜모 그보담도 더……."

그 대화를 끝으로 잠시 동안 침묵이 흘렀다. 주위는 조용하다 못 해 다른 세상처럼 느껴졌다. '찰싹찰싹' 하고 흰 바위 밑둥치를 때리는 물살 소리만 들렸다. 하기야 이미 다른 세상이 아주 가까운 곳까지 다가오고 있는지도 모른다.

그러자 얼이 뇌리에 또 어머니가 자식을 위해 빌던 이런 소리가 떠올랐다.

― 우리 얼이, 묵고 자고 묵고 자고로만 하거로 해 주이소오.

저 건너 강물 가장자리에 하얀 물새 몇 마리가 있지만 잠을 자는지 아니면 먹이를 노리는지 아무 움직임이 없다. 둥지를 찾아갈 생각도 잊었을까? 그게 아니라 만약 둥지가 없다면. 간간이 소슬바람만 생각난 듯 불었다.

"오늘 밤 지내고 나모, 우리 고을 백성들은 시상이 뒤집힐 통문通文을 받아 보거로 될 것이거마는."

바람 끝에 묻어나는 굵직한 그의 목소리에는 처절한 핏빛 기운이 진하게 느껴졌다. 그의 눈언저리가 붉은 탓에 그런지도 몰랐다.

"토, 통문이라꼬예?"

얼이는 칼이나 창에 찔린 사람이 비명 지르듯 했다. 세상이 뒤집힐 통문이라니!

"우리 고을 농민전쟁이 시작되는 기라."

원채는 피를 토하듯 선언했다. 이번에는 그의 몸 전체가 붉어 보였다. 얼이는 머리를 흔들어 그 환영을 떨쳐버리려 애썼다. 지금 시각이 밤을 향해 가고 있으니 검게 보이면 당연하겠지만 피를 연상케 하는 색깔이라니? 지난날 망나니 칼에 목이 달아날 때 허공을 향해 뿜어져 나오던 아버지 천필구의 피, 피…….

"한 개의 파도가 만 개의 파도를 일으키듯기, 엄청시리 크고도 무서
븐 무엇이 올 것이네."

원채의 약간 두껍고 강인해 보이는 입술 사이로 나오는 그 말들은 강
위로 만 개의 물살같이 여울져 갔다.

"우리 고을 농민전쟁이……."

얼이는 목이 메어 말을 잇지 못했다. 원채가 온몸의 기氣란 기는 전부
모은 듯한 목소리로 짧게, 그러나 단호하게 외쳤다.

"진주초차괘방晉州初次掛榜!"

그 순간, 얼이는 자신도 모르게 복창했다.

"진주초차괘방!"

그 소리도 강 위로 만 개의 민들레 꽃씨처럼 흩어져 내렸다. 원채가
크나큰 감격에 겨운 목소리로 말했다.

"그렇제. 진주초차괘방인 기라."

얼이 음성이 지진 일어난 땅처럼 마구 흔들렸다.

"그기 머심니꺼?"

원채 음성이 천둥 번개 치는 하늘같이 세게 떨렸다.

"우리 농민군 지도부에서 고을 백성들에게 띄울 통문 아인가베."

얼이는 지금 자신이 올라와 있는 흰 바위가 강 위로 둥둥 떠서 흐르는
것만 같았다. 전쟁이 벌어졌을 때 적군의 눈을 피한 아군의 통신 수단이
나 가족들에게 안부를 알리는 편지 수단으로 사용되었다고 전해지는 유
등流燈처럼 느껴졌다.

원채는 대지에 깊숙이 뿌리를 내린 거목처럼 흔들림이 사라지고 조금
씩 안정을 찾아가고 있었다. 흰 바위도 이제 끄떡없어 보였다.

"그 통문을 바로 내일 보내기 된다, 이건 기라."

원채가 무엇인가에 매우 놀란 사람같이 갑자기 흰 바위에서 벌떡 일

어선 것은 막 그 말을 끝내고서였다. 얼이 역시 자신도 모르게 몸을 일으켰다. 하늘이 머리끝에 '꽝' 부딪는 것 같았다.

"저거 좀 봐라꼬."

원채가 오랜 무예 연마를 통해 쇠나 돌처럼 단단해진 손가락으로 어느 한 곳을 가리켰다.

"농민들도 저 새들매이로 비상할 끼라."

얼이는 겨드랑이에 날개가 돋아나는 느낌이었다.

"우리도 새겉이 날아오를 날이 온다꼬예."

땅거미가 내리고 있었지만 아직은 밝은 빛살이 조금은 여운처럼 남아 있는 푸른 남강 상류 쪽에서 황새와 백로가 훨훨 날아다녔다. 세상이 완전한 어둠에 갇히기 전까지 최대한 높이 나는 기쁨을 만끽하려고 하는 것 같았다. 얼이 눈에 들어온 그 물새들의 세찬 날갯짓 자체가 하나의 자유였다. 꿈과 이상을 이루기 위한 열망의 동작이었다.

'저 읍내장터에 있는 동업직물 점포 앞에서 해랑이라쿠는 여자가 추던 그 춤하고는 상구 다리다.'

얼이 눈앞에 비화와 해랑이 팽팽히 맞서던, 그날의 광경이 뒷걸음질 쳐왔다. 그것은 결코 지울 수 없는 영원한 장면으로 그의 가슴에 각인되어 있었다.

'비화 누야가 속이 마이 상했을 끼다.'

얼이는 고개를 흔들어 그 불쾌한 기억을 머릿속에서 몰아내려고 했다.

'안 그래도 빡보 아들 땜에 팽생을 속이 상해갖고 살아야 할 처지 아인가베.'

얼마나 둘이 그렇게 서 있었는지 모르겠다. 원채가 홀연 강 위에 사람들이 있는 것처럼 그쪽을 향해 입을 열기 시작했다. 마치 글을 낭독하는 것 같았다.

"국가의 안위는 국민의 생사에 있고, 국민의 생사는 국가의 안위에 있는데, 어찌 국가를 보호하고 국민을 편안하거로 할 방도가 없어서야 되겠는가?"

"아자씨?"

얼이가 놀란 눈을 끔벅거리며 자기를 바라보자, 원채는 이제 자신감 넘치는 얼굴로 씩 웃으며 말했다.

"우리가 보낼 통문에 나오는 말이제."

얼이는 피가 끓어오름을 느꼈다. 그의 몸 전체가 하나의 용광로가 된 기분이었다.

"그런께 그 초차괘방이란 거는……."

얼이 말이 끝나기도 전에 원채 얼굴에서 웃음기가 싹 가시더니 오싹 냉기 끼치는 음성이 나왔다.

"그거는 민중 봉기를 촉구하는 우리 동학농민군의 통문 아인가베."

"민중 봉기!"

얼이는 너무나 가슴이 벅차올라 멍하니 있었다. 강과는 모래밭을 사이에 둔 저쪽 나무숲은 가을빛이 짙었는데, 거기 부는 바람도 단풍처럼 노랗고 붉은 색깔을 싣고 있는 것 같았다.

"무신 뜻인고 알것는가?"

원채는 두 손으로 무엇을 끌어모으는 동작을 취했다.

"농민군들 보고, 모도 모이라쿠는 동원령 겉은 기라."

얼이는 마법이나 최면에 걸린 사람 같아 보였다.

"동원령, 동원령……."

원채 손가락이 '너우니' 방향을 가리켰다. 그러고는 우렁찬 진군의 나팔소리처럼 말했다.

"너우니, 너우니 쪽인 기라!"

"너우니 쪽은 와예?"

얼이가 어리둥절한 표정을 짓는데 원채는 혼잣말로 중얼거렸다.

"광탄진廣灘津이다."

그런 후에 원채는 좀 더 상세한 내용을 알려주었다.

"우리가 고을 백성에게 보낼 그 통문에는, 내달 초엿샛날 바로 저 광탄진에 모이줄 것을 통보하고 있제."

"내달 초엿샛날 광탄진."

그렇게 마음에 새기듯 하던 얼이가 이제 제법 굵어진 목소리로 물었다.

"광탄진이 오덴데예?"

원채는 학동의 질문을 받은 서당 훈장같이 대답했다.

"너우니가 광탄진 아인가베."

"아, 예."

남강 가장자리에 자라는 수초들이 일제히 한 방향으로 쏠리는 게 보였다. 녹색과 갈색이 조화를 이루듯 섞여 있는 물풀들은 무성했던 지난 여름날에 비하면 약간 성긴 편이지만 아직도 그 꼿꼿한 기세를 잃지 않고 있었다.

"너우니를 한자로 쓰모 광탄진이 되는 기라."

원채 설명에 얼이는 좀 어려운 말이라고 생각하며 머리에 담아두듯 물었다.

"그런께네 너우니, 아니 광탄진에서 모이라꼬예?"

"하모."

원채는 또다시 들려주기 시작했다. 그것은 얼이 가슴 속에 그 숫자만큼의 파문과 회오리를 불러일으키기에 하등의 모자람이 없었다.

"시월 초엿샛날 오전에, 우리 목牧 일흔세 개 면面 각 리里마다 열세 사람씩 한꺼번에 펑거면 너우니에 모이라꼬 알리는 기라."

저 위쪽 길가에 서 있는 나무들이 원채가 말하는 그만큼의 숫자로 보였다.

"너우니, 너우니."

얼이는 평소 그냥 예사로 부르던 너우니, 그러니까 광탄진이란 곳이 별안간 굉장히 낯선 곳으로 느껴졌다. 아니, 세상에서 가장 거룩하고 신성한 장소로 받아들여졌다. 이 고을 동학농민군이 봉기할 곳이다.

원채도 얼이와 비슷한 감정인 듯했다. 그는 다시 흥분된 어조로 바뀌면서 너우니에 대한 말을 꺼냈다.

"솔직히 내도 너우니를 잘 몰랐는데, 농민군 지도부 사람 중에 에나 유식한 양반이 하나 있어갖고 알거로 된 기제."

얼이 뇌리에 임술년 농민항쟁을 이끌었던 비화 누이 친척 유춘계가 곧장 떠올랐다. 아버지 천필구와 원아 이모 연인 한화주, 그리고 모든 농민들이 하늘이나 부처같이 믿고 따랐다는 농민군 지도자. 그가 우리말로 만든 저 '언가'는 아직도 많은 사람들 사이에서 몰래 불리어지고 있다.

"봉기 장소를 너우니로 하자꼬 제안한 사람도 그 선비인 거로 알고 있거마는."

"아, 그것도예."

그 선비가 어디 사는 누구인지 얼이로서는 알 수가 없고 또한 기밀상 물 수도 있지만, 원채는 그 선비를 굉장히 존경하는 것 같아 보였다.

"명태 눈깔매이로 썩어빠진 다린 선비들하고는 상구 다리데."

황새와 백로는 다르다. 얼핏 얼이 머리를 스친 생각이었다. 진정한 선비는 학식은 있되 벼슬은 하지 않는 어질고 순한 스승 권학 같은 사람이 아닐는지.

"내가 오데선가 들은 진짜 선비 멤은 말인 기라."

원채는 단지 얼이에게 들려주는 선에서 그치지 않고 자기 자신에게도 깨우쳐주려는 기색이 엿보였다. 그새 많이 내려 덮인 어둠 너머로 그의 말이 퍼져 나갔다.

"넘보담도 먼첨 걱정하고 넘보담도 난주 즐긴다, 그런 걸로 알고 있는데, 그 선비가 바로 그렇다 아인가베."

밤이 다가올수록 언제나 그렇게 느껴지듯이 강물 소리가 좀 더 커지고 있었다. 얼이 머릿속에 스승 권학에게서 배웠던 올바른 선비 모습이 자리 잡았다. 그건 어떤 모습이었던가?

빛을 감추고 티끌 속에 섞여 지낸다.

그것은 노자老子가 지은 유명한 『도덕경』 속에 나오는 글귀에서 비롯된 것이라고 했다. 준서도 아주 좋아한 그 문장 내용은 이런 거였다.

― 아는 자는 말하지 아니하고 말하는 자는 알지 못하니, 그 구멍을 막고 그 문을 닫으며, 그 예리함을 꺾고 그 어지러움을 풀며, 그 빛을 부드럽게 하고 그 티끌과 한가지로 하니, 이를 신비한 동일성이라 말할 만하도다.

권학은 또한 이렇게도 가르쳤다. 지금 세상은 만 길이나 되게 높이 솟아오르는 붉은 먼지로 자욱하다고. 그런 속세를 맑고 깨끗하게 만들 선비다운 선비가 진정으로 필요한 시대라고.

그렇게 훌륭한 선비가 그날의 봉기 장소로 지목하였다는 광탄진, 너우니. 얼이는 가슴에 새로운 의미로 뿌리내리는 그 너우니에 대해 좀 더 알고자 하였다. 원채만 좋다면 그곳에서 밤을 새워가며 이야기를 나누고 싶었다.

"지한테도 너우니에 대해 함 말씀해주이소."

원채는 다소 의외인 듯하면서도 반가운 빛을 내비쳤다.

"너우니를 말인가?"

"예, 우리 농민군이 모일 곳이란께 꼭 알고 싶다 아입니꺼."

얼이 그 말에 대견하다는 표정을 지은 원채가 스스로에게 타이르듯 말했다.

"그라모 우리 아까맹커로 바구에 도로 앉아갖고 이약하는 기 좋것거마는. 우리가 흥분하모 안 되지 않나."

"예, 아자씨."

강바람이 두 사람 머리칼을 휘날리게 했다.

"우짜든지 침착해야 성공할 수 있는 기라."

"예."

갈수록 짙어지는 어둠에 싸여 사물의 형태가 또렷하게 보이지 않는 사방을 보초 서는 군인같이 노려보면서 원채가 말했다.

"두려버하모 지는 기다."

"알것심니더."

원채는 이제 미군과 싸운 관록이 보다 잘 드러나 보였다.

"우리 멤을 갈앉히자꼬."

얼이는 그가 계절로 치면 '가을' 같다는 생뚱맞은 기분이 들었다.

"예, 그라것심니더."

원채는 자기 마음을 다지듯 신발 끝으로 흰 바위를 꾹꾹 누르며 말했다.

"그라고 사람이 심을 다하모 돌삐이 한가온데에도 화살촉이 콱 박히거로 할 수 있다 안 쿠던가베."

그런 원채를 보니 얼이 마음도 한결 차분해졌다. 그는 '가을 호수' 위로 잔잔한 물결을 일으키며 천천히 노를 저어오는 사람 같았다.

'원채 아자씨가 달보 영감님 큰아드님이라쿠는 사실이 내한테 이런

생각이 들거로 하는 기것제. 달보 영감님이 뱃사공 일을 더 마이 하실 수 있으모 에나 좋을 낀데.'

하지만 지나간 일은 다시 돌이킬 수 없는 것이라는 말을 떠올리며 얼이가 말했다.

"그기 좋것심니더. 일을 시작도 안 해서 이리 흔들리모 큰일이지예."

강 건너편 산기슭에 파수꾼처럼 우뚝 서 있는 나무들도 시나브로 어둠의 옷으로 갈아입고 있었다.

"너우니 이약함서 각오를 단디 굳히야지예."

"어, 우리가 아즉 안 앉고 그냥 서 있네?"

그들은 흰 바위에 엉덩이를 내려놓았다. 그새 낙조는 언제 드리워졌냐는 듯 누가 걷어낸 것처럼 사라지고 하늘가에는 성급한 별들이 하나둘 나타났다. 그 별들의 수만큼 자기도 많아지고 싶다고 외는 말인 '별 하나 나 하나'라는 말을 떠올리던 얼이는 문득 이런 생각이 들었다.

'저 벨은 죽은 사람하고 산 사람이 만낼 수 있는 곳이 아이까.'

가을이 깊어간다는 것을 지상의 인간들에게 알리는 하늘의 목소리일까? 구름 한 점 없이 맑은 하늘인데 번갯불이 번쩍! 하더니만 곧이어 '우르릉, 쾅' 하는 천둥소리가 났다.

"가을은 가을인갑다."

가을 같은 그가 가을을 이야기하고 있었다.

"마린하늘에 저리 번개가 쳐쌌는 거 보이."

원채는 하늘을 올려다볼 때는 옆에 얼이가 없는 듯 혼잣말인 양 중얼거리기도 했다.

"천둥배락을 맞아야 할 인간들이 있은께, 하늘도 저리하시는 거 아이 것심니꺼?"

그렇게 말하며 얼이도 하늘을 향해 잠시 숙였던 고개를 다시 들었다.

"하모, 하모."

두 사람은 목을 뒤로 젖히고는 오랫동안 하늘을 올려다보았다. 흡사 대한 가뭄에 한 줄기 시원한 소나기라도 내리길 기대하는 농민들 모습이었다.

"저 하늘이 우리 머리 우에 있는 한……."

원채는 별자리를 보고 점을 친다는 점성술사나 앞날을 훤히 내다보는 예언자처럼 이렇게 말했다.

"내달 초엿샛날이 되모, 하늘하고 사람이 함께 분노할 몬된 인간들한테 천둥벼락이 마구재비로 내리칠 끼라."

얼이 뇌리에 서당에서 배운 성어成語가 되살아났다. 얼이는 포위하듯이 다가오고 있는 어둠이 흩뜨려질 만큼 큰 소리로 말했다.

"대도무문大道無門입니더!"

원채가 약간 놀란 듯 물었다.

"대도무문?"

얼이는 아무 막히는 것 없이 앞으로 나아가는 동작을 취하며 말했다.

"큰길에는 문이 없다 쿠데예. 우리 봉기도 그래야지예."

원채가 역시 흥분된 어조로 말했다.

"그렇거마는. 옳은 길을 가는 데는 거칠 것이 없는 벱이제."

그러던 원채는 손으로 이마를 문지르며 물었다.

"가마이 있거라, 우리가 무신 이약할라쿠다가 각중애 이런 소리를 하는 기제?"

"너우니 이약예."

얼이가 기억을 상기시켜주었다.

"아, 그랬디제? 요새 들어 내 증신이 와 이리 왔다갔다 하노?"

"앞으로 하실라쿠는 일이 하도 엄청난 일인께 안 그렇것심니꺼."

원채는 얼른 말이 없다. 얼이가 다시 말했다.

"지도 시방 증신이 하나도 없심더."

별이 하나 더 나타나 보였다.

"그날을 떠올리기만 해도예."

얼이 눈동자에도 별이 하나, 아니 가로로 나란히 두 개가 떴다. 원채 입이 돌문처럼 무겁게 열렸다.

"저 강을 함 봐라꼬."

바야흐로 어둠이 채색되고 있는 강이었다. 그렇지만 강변 모래밭은 희뿌연 빛살을 품고 엄청 길고 넓은 무명천이나 한지 모양으로 펼쳐져 있었다.

'똑 누가 그림을 그리는 거 겉다 아이가.'

안 화공은 아직도 어디서 우리 고을 풍경을 그리고 있을까, 아니면 화구를 챙겨 집으로 들어갔을까, 그런 생각을 해보는 얼이 귀에 원채 말이 들렸다.

"물이 고여 있는 강은 안 흘러서 그렇제, 한 분 흐르기 시작하모 단숨에 천 리를 간다 아인가베."

바람이 강만 그런 게 아니라 나도 갈 길이 바쁘다는 듯 술렁거리고 있었다.

"그거맹캐 우리 봉기도 천 리를 넘어 삼천리 방방곡곡에 퍼지 갈 끼라."

소리 죽인 원채 그 말은 그렇게까지는 퍼지지 못하고 흰 바위 부근에는 가능할 것 같았다. 얼이가 눅눅한 목소리로 말했다.

"낙엽 하나를 보고 가을이 온 거를 안다쿠는 말도 배왔심더."

"서당에서 그런 거도 갈카주는가베?"

아마도 저편 나무숲으로부터 날아온 물기 젖어 칙칙한 낙엽 몇 장이 강에서 밀려 나와 모래펄에 뒹굴고 있었다.

"시상 사람들이 요분 우리 봉기를 보모 생각되는 기 마이 안 있으까예."

얼이 그 말에 원채는 택견으로 단련된 강인한 고개를 끄덕였다.

"그렇것제. 상구 달라질 끼거마는."

"농민군 유족이라꼬 올매나……."

그러나 얼이는 그만 콱 목이 메어 뒷말을 잇지 못했다. 목이 붙어 있지 못한 농민군과 천주학쟁이가 하던 말들은 지금 어디를 맴돌고 있을까.

둥지 찾아 날아가는 새도 지금은 다 사라지고 없다. 강심으로부터 점차 짙어지는 어둠이 사위를 물들이고 있다. 저녁밥 생각도 잊은 두 사람 얘기 소리만 강가에 나직하게 퍼져 나간다. 어쩌면 물고기들도 지느러미 짓을 멈추고 그들 대화를 엿듣고 있을지 모르겠다.

"아까 전에 내가 이약한 그 유식한 농민군 지도부 양반 말이 떠오리거마."

원채가 들려주는 말 사이사이로 흰 바위에 와 부딪는 물살이 내는 소리가 섞였다.

"인조 임금 당시 발간한 『진양지晉陽誌』에서 광탄진을 남강 본류가 시작되는 곳으로 보고 있다데."

"아, 그분이 인조 임금 때 쓴 책도 알고 있었어예?"

얼이 머릿속에 또 권학 모습이 자리 잡았다. 모르시는 게 없는 스승님이다. 나도 모르는 게 없는 제자가 되어야 할 터인데. 하지만 그건 도저히 안 될 것 같고 준서라면 가능할 성싶었다. 준서가 되나 내가 되나 마찬가지다.

"에나 아는 기 째뺏더마는."

원채 목소리에 부러워하는 기색이 담겨 있었다.

"무신 일이든지 간에 앞에 서갖고 넘들을 이끄는 그런 사람이 될라모 공불 한거석 해야 하는 기라."

또다시 얼이 눈앞에 떠오르는 건 준서다. 준서만큼 공부를 잘하고 좋아하는 학동도 없을 것이다. 과거科擧는 따 놓은 당상이다.

"자네도 서당에 댕길 때 공부 열심히 해라꼬. 사람은 배울 시기를 놓치삐모 팽생을 두고 후회하는 벱이거등."

그리고 나서 원채는 농담인 듯 진담인 듯 말했다.

"장 효원 처녀 생각만 해쌌지 말고……."

얼이 목이 자라처럼 움츠러들었다. 그의 눈은 하도 예리하여 좀체 속일 수가 없다. 그것은 이른바 손바닥으로 하늘을 가리려는 짓이나 진배없었다.

"내 볼 적에 공부라쿠는 거는 말이제."

원채는 왠지 모르지만 한숨을 내쉬었다.

"나모가 열매를 맺는 거하고 가리방상한 기 아인가 시푸네."

하루가 다르게 갈색으로 말라 가는 강가 물풀이 얼이 눈에 무척 안쓰러워 보였다. 물론 아직은 많이 남아 있는 녹색과 보기 좋은 조화를 이루고 있었다. 그런 물풀을 바람은 자꾸만 괴롭히듯이 계속해서 이리저리 흔들어댄다. 아무래도 밤이 다가오면 강가는 낮보다도 바람이 한층 수런거리는 소리를 키우는가 보았다.

"나모를 안 키워본 사람은 잘 모리것지만도 안 있나."

원채는 득도한 사람이 설법 펴듯 했다.

"복숭아나모는 3년, 자두나모는 4년이 걸리야 열매를 안 맺는가베."

얼이는 알지 못했던 생명의 섭리였다.

"아, 그러키나 짜다라 걸리는 깁니꺼?"

원채는 이제 푸른빛이 스러지고 검은빛으로 출렁이는 강물에 눈길을 보냈다.

"우짜모 우리 사람에게 참스승은 사람이 아이고, 나모나 바구나 새, 물 겉은 것일랑가도 모리것다는 생각이 들 때도 있거마."

밤빛에 싸여 한층 심각하고 어두워 보이는 얼이 얼굴을 돌아보며 물었다.

"내 말, 이해가 될랑가 모리것네?"

"이해가 됩니더."

그렇게 자신감 넘치게 대답하는 얼이 눈앞에 웅게나무(엄나무)가 나타나 보였다. 그것은 그곳 상촌나루터로 이사 오기 전에 쭉 살았던 저 죽골 초가집의 방문 위에 걸려 있던 나무였다.

"니 저 나모 잘 봐라. 가시가 한거석 나 있제? 바로 저 가시 땜새 구신들이 가차이 몬 오는 기다."

"옴마, 와?"

왜 저런 것을 걸어 두느냐고 묻는 얼이에게 곧장 돌아오는 어머니 우정댁 답변이 그랬다. 지금은 원채가 답하고 있다.

"그라이 사람도 머시든 이룰라쿠모, 그만 한 노력하고 시간이 필요할 끼라."

"예."

얼이가 평상시보다도 더 다소곳이 나오자 원채는 자신이 너무 늙은이처럼 굴고 있다고 여긴 모양이었다.

"내가 한 개도 씰데없는 소리 상구 늘어놓고 앉았제?"

얼이는 고개뿐만 아니라 손까지 내저으며 부정했다.

"아, 아이라예."

어둠으로 가려진 원채 얼굴에서 두 눈만 빛나 보였다. 그 눈의 정기를 보자 얼이는 그가 우리나라 전통무예의 고수라는 사실을 한 번 더 실감했다.

"아이기는?"

원채는 이상할 정도로 고집스럽게 나왔다.

"기라, 내가 생각해도."

얼이는 자꾸만 처져 내리려는 고개를 들어 저쪽을 바라보았다. 강 건너편 하늘과 맞닿은 저 능선들은 어디를 향해 저렇게 그 끝 간 데를 모르게 굽이쳐 가고 있는지 모르겠다. 원채가 주먹으로 자기 머리를 쥐어박으며 말했다.

"또 내 증신 좀 봐라, 너우니 이약 해준다 캐놓고."

지금 바로 우리 머리 위쪽에서 반짝이고 있는 저 별은 무슨 별일까? 얼이 가슴팍이 저릿했다. 농민군 별일지도 모른다.

"그런께네 민족의 영산靈山이라쿠는 지리산에서 흐르기 시작하는 덕천수하고, 또 덕유산에서 흘러내리기 시작하는, 머꼬, 저 남천수하고……."

지리산과 덕유산이 있는 저 멀리 위쪽을 바라보며 말했다.

"그 두 개 물줄기가 우리 고을로 흘리듧시로 합치지는 데를 광탄이라 그리캤다는 기라."

원채 설명에 얼이는 고개를 끄덕였다.

"아, 인자 쪼매 알것심니더. 그라모 광탄진은, 넓은 여울이 있는 나루다, 바로 그런 뜻 아이것심니꺼."

원채는 대단히 흡족해 했다.

"하모, 하모. 자네가 서당 공부 부지런히 하고 있는 거 겉거마는."

얼이는 손가락으로 제 뒤통수를 긁적거리며 자랑스레 들려주었다.

"지보담도 비화 누야 아들 준서가 몇 배 더 열심히 합니더."

그러자 원채는 생전 처음 들어보는 이름처럼 되뇌었다.

"준서?"

"예."

어둠 속에서 원채 얼굴이 약간 변하는 듯싶었다. 그의 얼굴은 그대로 인데 어둠이 변하는 건지도 알 수 없다.

"그라고 안 있심니꺼."

얼이는 어머니에게도 잘 말하지 않은 사실을 그대로 실토했다.

"솔직히 지는 머리를 쓰는 공부보담도 몸으로 하는 운동 겉은 기 더 좋거든예."

원채는 자기 경우를 짚어보는 눈치였다.

"머리, 몸……."

은하수가 흐르고 있는 하늘은 아이들이 굴려 가며 노는 굴렁쇠나 새 끼줄을 둥글게 말아 만든 공을 정확하게 절반으로 잘라내어 허공에 걸 어 놓은 것처럼 보였다.

"준서가 공부만 한께 몸이 그리 약한갑다."

원채 얼굴뿐만 아니라 음성에도 어둠이 배여 났다.

"하기사 얼골이 그리됐으이, 공부에라도 낙을 붙이야제 오데다가 낙을 붙이것노."

그 말을 들으니 얼이는 눈물이 솟아나려고 했다. 비화 누이처럼 참하고 악착같이 살아가는 여자의 아들이 어쩌다가 그런 천하의 몹쓸 병에 걸리고 말았을까?

"아자씨께 배운 택견을 준서한테도 갈카줄라 쿱니더."

얼이는 앉은 채 택견 동작을 취해 보였다.

"우쨌거나 비화 그분이 너모 안됐다."

어쩌면 원채 아저씨는 꼽추 아버지와 언청이 어머니를 떠올리고 있는 게 아닐까 싶었다. 그 대상도 뚜렷하지 않은 무엇인가를 겨냥한 크나큰 분노가 왈칵 치밀었다. 그는 반항기 많은 청년처럼 불쑥 말했다.

"너우니 이약이나 더 해주이소."

"그 말이 맞거마는. 무담시 멤 상할 소리는 고만하자꼬."

원채는 강 위 어두운 허공 어딘가를 노려보며 기분을 바꾸려고 애쓰는 기색이었다.

"너우니 저 자갈밭하고 모래사장 안 있나."

"예, 진짜 겁나거로 넓다 아입니꺼."

얼이도 불안하고 긴장된 감정에서 벗어나려고 짐짓 명랑한 목소리로 말했다.

"경호강하고 덕천강이 에나 빠린 물살로 합쳐지는 남강 상류에 있기 땜새 그리됐다 쿠더마는."

"경호강하고 덕천강도 이름난 강이람서예?"

얼이는 언젠가 원채를 따라 백마산에 갔던 기억이 되살아났다. 그렇지만 원채 머릿속은 너우니에 대한 생각만으로 차 있는 듯했다.

"하모, 그렇거마. 그라고 그 덕택에 너우니는 이전서부팀 군사들 훈련시키는 장소로 안 됐는가베."

얼이 두 눈에 별들이 내려와 앉았는가 보았다. 눈빛이 어둠 속에서 매우 반짝였다. 군사들 훈련하는 장소라는 말을 들으니 감정이 새로워졌던 것이다.

"앞으로 우리 농민군 훈련도 너우니에서 할 수 있으모 좋것심더."

얼이 소원을 들은 원채 음성도 기대감에 떨렸다.

"증말 그런 날이 오모 올매나 좋것노."

내일 날이 새면 오늘의 이 어둠이 싹 걷히듯이 말이다, 원채는 마음속으로 그렇게 덧붙였다.

"서당 스승님 말씀이 생각납니더."

"권학 그분이 그리 잘 가르치신다고 들었네."

어느 틈에 하늘은 온통 별세상이었다. 저 많은 별들이 모두 어떻게 태어났을까? 그리고 죽으면 무엇이 될까? 사람에게는 제각각의 별이 있다고 하는데, 그럼 나와 원채 아저씨의 별은 어느 것일까? 목숨을 내걸고 농민군 활동을 하지 않아도 살아갈 수 있는 그런 곳이면 더 바랄 게 없겠다.

달도 뜨기 시작한다. 언제나 별보다 늦장을 부리는 달. 하지만 꼭 그런 것만은 아닌 성싶다. 낮에도 활동하는 걸 종종 보게 되니까. 별이 낮에 활동하는 걸 본 적이 있는가 말이다.

"그래 머라 하시던데?"

"무신 일을 꾸미는 거는 사람이지만도, 그기 이뤄지느냐 몬 이뤄지느냐 하는 거는 오즉 하늘에 달리 있다, 그리 하시더마예."

별들은 하늘의 무수한 눈 같았다. 어쩌면 각각 독립된 개체로서, 지상의 사람들이 자기 별을 찾듯이 천상의 별들 또한 자기 사람을 찾기 위해 저렇게 눈을 반짝이고 있는지도 알 수 없다.

"하나도 안 어긋나고 딱 맞는 말씀이거마는."

원채는 동감하는 빛이었다. 모래밭 저편에 선 나무들이 검은 거인들처럼 비쳤다. 그리고 그 위로 겹쳐 보이는 관군들.

"내가 미군들한테 포로가 됐다가 안 죽고 이리 생생하거로 살아남은 거 보모, 모든 거는 하늘의 뜻이 아일까 시푸네."

그러다가 원채는 이런 말도 했다.

"우짜모 조상 음덕인지도 모리제."

얼이는 흰 바위에 닿은 엉덩이가 약간 차갑게 느껴졌다. 얼마 전까지만 해도 볕기 좋은 거기 올라앉아 있으면 온돌방에 든 것처럼 뜨뜻했었다. 정말 세월은 머무는 듯 흘러가는 강물과도 같은 것인가 보았다.

아버지가 비명에 가신 후 어머니는 아직도 한참 어린 아들을 보면서 늘 하는 말이, '아, 세월이 좀못나' 하는 거였다. 세월이 좀먹다. 그게 세월이 가지 않는다는 것을 의미하는 말이라는 걸 얼이는 나중에 알았다. 어서 아들이 자라야 복수를 할 수 있을 거라는.

"울 어머이가 그리 조상님을 잘 모신께네."

그렇게 말하면서 원채는 강 건너편에 자리하고 있는 그의 작은 집 안방 장롱 위에 올려 있는 세주단지를 떠올리고 있었다.

그의 어머니 언청이 할멈은 그가 어릴 적부터 쌀이 한 되 정도 들어가는 그 작은 단지에 언제나 쌀을 넣어두곤 했다. 수확의 계절이 되어 햅쌀이 나오면 묵은쌀을 들어내고 새 쌀로 갈아주었다. 하지만 언제부터인가 단지 뚜껑이 그만 없어져 버린 탓에 그냥 열어둔 상태였다.

그가 장가갈 때 그 세주단지 앞에 밥과 생선을 마련하고 술도 한 잔 부어놓기도 했다. 그런 기억이 나자 문득 술 생각이 간절해졌다. 목이 말랐다. 그러자 지금 그래서는 안 된다고 그의 마음을 깨우쳐주기라도 하듯 얼이가 말을 했다.

"해나 운제 기회가 나모 안 있심니꺼, 농민군 지도부 사람들한테 너우니를 농민군 훈련 장소로 하자꼬 건의를 함 해 보시이소."

"그리 해 보지 머."

원채는 고개를 끄덕이고 나서 말했다.

"너우니 모래사장에 있는 '청천교장'에서 말이제, 해마다 봄하고 가을에 한 분도 안 빠뜨리고 꼭 군사 훈련과 열병식을 열기도 한다쿠는데 보지는 몬했거마는."

얼이 가슴이 벅차올랐다.

"청천교장."

하늘가에는 도저히 헤아릴 수 없는 별들이 자꾸자꾸 늘어나고 있다.

얼이 눈에 자연이 참 신비스럽게 비쳤다. 사람도 신비스럽게 여겨질 때가 있었다.

저기 저 무수한 별들에는 무엇이 살고 있을까? 정말 나의 별도 있는 걸까? 그러면 우리 어머니 별은? 효원이 별은? 사람이 죽으면 별이 된다고 하던데, 아버지께서는 어느 별로 환생하셨을까?

"그리키나 대단한 너우니를 우리 농민군 봉기 장소로 정한 거는 에나 잘했다쿠는 생각이 듭니더."

"모도 그리 보거마는."

그때 어두운 강 한복판에서 '첨벙' 하는 소리가 났다. 그 소리로 보아 꽤 큰 놈일 것이다. 잉어거나 가물치가 아닐까 싶었다.

"너우니 기운을 받아서 농민군이 더 세졌으모 안 하나."

원채 음성이 간절했다. 미군에게 포로가 되어 있을 당시 제발 풀려나서 고향으로 돌아갈 수 있도록 해 달라고 기도할 때도 그랬을 것이다.

"반다시 그리 될 낍니더. 천하무적의 군대 말입니더."

볼 수는 없어도 흐르는 소리는 들린다. 누가 보든지 보지 않든지 쉼 없이 제 갈 길을 가고 있는 강물이다.

'스승님이 말씀하싯제. 물은 낮은 곳을 채우고서야 다시 흘러간다꼬.'

얼이는 염원한다. 나는 다시 태어나게 되면 물이 되고 싶다고. 그리하여 심산유곡 골짝을 흐르다가 광활한 벌판을 적셔보기도 하다가 하늘에 맞닿은 바다에 이르러 하늘과 내기도 걸어보면서…….

"시방 시간이 마이 됐제?"

원채가 감정에 겨운 소리로 물었다. 얼이 가슴이 걷잡을 수 없을 만큼 두근거렸다. 강물이 역류하는 듯했다. 마치 불의에 항거하는 사람들같이.

"예, 그런 거 겉십니더, 아자씨."

별빛은 갈수록 보석처럼 영롱했다. 달은 매끈한 탱자를 닮았다. 죽골 초가집의 탱자나무 울타리가 생각난다. 도대체 무엇이 그다지도 급할게 있는지 모르겠다. 가을을 재촉하는 천둥소리가 또 밤하늘을 울렸다.

'우르릉, 쾅!'

마른하늘의 천둥소리는 신비스럽고도 두려웠다. 번쩍, 허공을 크게 가르는 푸른 번갯불 또한 무섭기는 마찬가지다.

"날이 밝을 때가 점점 가까버지고 있거마는."

반환점을 돌 때까지는 아직은 갈수록 어두워지고 있는 시각이었다.

"나모에서 새들이 먼첨 울것제."

감회에 젖은 원채 목소리가 얼이 가슴을 다시 한번 예리한 칼로 긋듯이 저릿하게 그었다. 그렇구나. 운명의 날이 가까워지고 있구나. 아이들이 큰 함성과 더불어 마구 달려가면서 돌리는 굴렁쇠처럼 오고 있다.

"그런께네 내일은 우선 초차쾌방을 돌리고예, 실제 봉기는 내달 초엿샛날에 하고, 그랄 계획이란 말씀이지예?"

얼이 음성도 모래밭에 내리는 이슬같이 촉촉했다.

"그때꺼정 이런 비밀이 새 나가모 큰일이제."

원채 말은 어두운 벽 저편에서 들리는 느낌을 주었다. 얼이는 순간적이나마 그곳이 밤골집 골방이 아닌가 하는 착각이 들었다. 원채가 나광으로 바뀌었다.

"먼젓번 전라도 농민군 봉기 실패를 거울삼아야 하네."

얼이는 등을 곧추세웠다.

"예, 압니더."

원채는 수초가 바람에 흔들리면서 내는 듯한 소리로 말했다.

"시작도 해 보기 전에 모돌띠리 죽는 기라."

얼이는 떨리는 제 몸이 원채에게 들키지 않도록 애썼다.

"하늘에 몬 올라가고 이승을 떠도는 원혼이 될 수도 있다 아인가베."

원채 음성이 지금 사위를 뒤덮은 어둠보다도 더 캄캄했다.

"상상만 해도 너모 끔찍하네."

얼이는 손바닥으로 흰 바위를 가만가만 쓰다듬었다. 어쩌면 효원의 체취가 그대로 남아 있어 손바닥에 고스란히 묻어날 것도 같았다. 내가 농민군 하다가 죽으면 효원이도 이 바위에서 나의 흔적을 찾으려고 하지 않을는지. 그리고 나는 인간들 눈에 보이지 않는 귀신이 되어 얼이가 여기 있다고 고함을 치지만, 효원은 듣지 못한 채 계속 통곡하다가 어느 순간 바위에서 저 아래 강으로 뛰어내리고…….

"지는 그보담도 그날 백성이 올매나 모일랑가 그기 더 걱정시럽심니더."

얼이는 쉴 새 없이 떠오르는 고통스럽고 불길한 상상을 쫓아버리기 위해 있는 대로 숨을 몰아쉬며 말했다.

"맞거마는. 그기 젤 중요한 기라."

원채는 또 술 생각이 났다. 마음을 졸이고 있는 탓에 입안이 몹시 말라오는 탓일 게다. 비록 작고 보잘것없는 오두막이지만 지금의 그 집을 새로 지을 적에 그리도 좋아하던 노부모 모습이 눈앞에 어른거렸다.

'아부지가 나룻배를 새로 장만하싯을 때도 그랬디제.'

그래도 명색이 상량식上梁式이라고 행하던 날, 돼지머리와 시루떡으로 상을 차리고 집을 지키는 신령인 성주에게 절을 하였다. 그날만큼 술맛이 나던 때도 없었지 싶다.

그 당시 근처에 사는 손 서방이 선물한 호랑이 그림은 지금 어디 있는지 모르겠다. 버리지는 않았을 것이다. 호랑이가 집을 지켜준다고 가져왔다던가. 그렇지만 이제는 그 그림의 실종처럼 모든 게 아득하고 흐릿할 뿐이다. 그런 가운데 단 한 가지 가깝고 또렷한 것은 내일 그리고 내달 초엿샛날의 거사다.

너우니에 모이라

그때 어두운 강 한가운데서 또 '첨벙' 하는 큰소리가 났다.

두 사람은 몸을 움찔하며 잔뜩 긴장한 얼굴로 그쪽을 바라보았다. 얼이가 초조한 마음을 누그러뜨리려 농담처럼 말했다.

"물괴기도 우리 이약을 듣고 싶은 거 겉심니더, 아자씨."

정말 그래서인지 이내 잠잠해졌다.

"물보담 땅에서 살고 싶은 물괴긴 줄도 모리겄고예."

원채 얼굴 가득 쓸쓸한 미소가 감돌았다. 그는 서글픔이 묻어나는 소리로 말했다.

"울 아부지는 물에서 더 살고 시푸다 글 쿠시던데?"

"아, 그런 말씀을 하시던가예?"

얼이 가슴 밑바닥을 찬바람이 휩쓸고 지나갔다.

"그라고 운젠가 저 멀리 강원도에서 왔다쿠는 우떤 중 하나를 배에 태웠는데, 우리 인생이라쿠는 거는 흰 망아지가 문틈을 지나가듯기, 그리 순식간에 싹 흘러가 삐는 참 덧없는 기라고 하더라는 말씀도 하시더마는."

그렇게 이야기하는 원채 말이 얼이 귀에는 말티고개 쪽 선학산 공동 묘지를 스치는 바람만큼이나 공허하게 전해졌다.

"노를 놓으시고 나서 영 멤이 허전하신갑데."

"안 그라시것심니꺼. 한팽생 나룻배 우에서 살아오싯은께예."

"아, 우리가 또?"

원채는 또 옆으로 새려는 말머리를 고쳐 잡았다. 대화가 자꾸 다른 데로 흘러가는 것은, 자신들도 모르게 긴장과 초조에서 벗어나려고 하는 무의식적인 마음의 발로일 수도 있었다.

"그날 백성이 임술년 때보담 한거석 모이줘야 할 낀데 걱정 아인가 베."

물은 물끼리, 모래알은 모래알끼리, 백성은 백성끼리. 그런 생각을 하며 얼이가 말했다.

"상구 더 마이 올 낍니더."

어둠도 더 켜켜이 쌓이고 있다. 달과 별은 그 어둠의 담을 무너뜨리기 위해서는 더 안간힘을 쏟아야 할 성싶다. 낭만의 달과 별이 사라진 지는 오래다. 그렇다. 백성의 달과 별을 되찾지 않으면 안 된다.

"그러까?"

얼이는 소망 담긴 원채의 그 짧은 말을 들으니 감정이 한층 더 격해짐을 느꼈다. 그래서 원채보다 그 자신에게 힘을 북돋워 주듯 말했다.

"요분에는 통문도 돌리고 있고예."

드디어 밤 물새 소리도 들리기 시작했다. 얼이는 응원군을 기대하는 심정이 되었다.

"전라도 쪽에서도 아조 활발하거로 싸우고 있은께네예."

원채는 밤새가 내는 소리에 귀를 기울이는 모습을 보이며 말했다.

"에나 그리 되까?"

한 번 더 말했다.

"에나 그리 되까?"

결국 얼이는 더 입을 열지 못했다. 탁 터놓고 말하자면 그 스스로도 자신이 없다. 내가 자신이 없는데 어떻게 다른 사람에게 자신을 심어줄 수 있겠는가 말이다.

'원채 아자씨가 내보담도 더 잘 아실 낀데.'

그랬다. 임술년 당시 농민군들 최후가 어떠했는지를 잘 알고 있는 사람들은 어쩌면 계속 몸을 사리기만 할지도 모른다. 그럴 공산이 컸다. 조정에서는 반란군 말로가 얼마나 비참한가를 보여주기 위해 성 밖 넓은 공터에서 공개 처형식까지 거행하지 않았던가? 그러니 아직도 그 광경을 기억하고 있는 그들 속을 어떻게 알겠는가?

'우찌될랑가 모리것다. 하나도 모리것다.'

바로 옆에 앉아 있어도 어둠이 짙어갈수록 점점 잘 보이지 않는 원채의 옆얼굴을 보며 얼이는 걷잡을 수 없는 조바심과 불안감에 싸여갔다.

"이런 소리 안 할라캤는데 해야것거마."

원채가 이런 말을 꺼낸 건 그런 속에서였다.

"내는 걱정되는 기 하나 더 있다 아인가베."

얼이는 삭정이처럼 자꾸만 꺾이려는 용기를 다잡고 그를 똑바로 응시했다.

"무신 걱정예?"

원채는 얼른 말이 없다. 억지로 얼이 시선을 피하고 있다. 그런 그의 모습이 얼이 눈에 생소하다. 얼이 역시 그와 정면으로 눈길이 마주치지 않으려고 강 쪽으로 고개를 돌린 채 기어드는 목소리로 물었다.

"효원이 말씀이지예?"

달빛 때문에 별빛이 조금 희미해진 듯하다. 둘이 힘을 합해도 어둠이란 적을 물리치기가 어려울 형편에 자리다툼을 벌이면 안 되는데, 그런 생각을 하며 얼이가 입을 열었다.

"그 정도 각오는 하고 있심니더."

원채는 흰 바위가 내려앉아라 한숨을 폭 내쉬었다. 그곳에 와서 벌써 몇 번을 하는 한숨인지 모르겠다.

'사람이 한숨을 벌로 내쉬모 안 되는 기다. 그리하모 안 좋은 액이 따라온다쿠는 말이 있거마. 그러이 얼아, 니 아모리 심들고 에려븐 일이 있어도 한숨은 멀리해라, 알것제?'

얼이는 어머니 그 말이 귀에 들리는 듯했다. 하지만 이번에도 원채는 한숨과 함께 말했다.

"내가 오광대 연습하로 갈 적마당 말일세."

"아자씨."

얼이는 그의 입을 막고 싶었다. 그렇지만 끝내 흘러나오는 말이었다.

"직접 말은 몬 해도……."

"말."

천둥 번개도 이제는 기력이 다해버린 걸까? 하늘이 너무나도 적요하다. 달은 별들 사이로 멈춘 듯 움직이는지 그 위치가 약간 달라져 있다.

"운제나 되모 자넬 만낼 수 있으까? 하는 눈빛으로 치다보는데, 내사 고문당하는 기분인 기라."

원채는 남에게라기보다도 자기 스스로의 고통을 못 견뎌 찡그리는 낯빛을 지었다. 얼이는 그에게 고개를 숙여 보였다.

"죄송합니더. 머라꼬 말씀을 드리야 할지 모리것심니더."

원채는 그러면 내가 섭섭하다는 투로 말했다.

"내가 그런 소리 들을라꼬 이라는 기 아이네."

얼이는 고집스럽게 할 말을 했다.

"아입니더. 저희 두 사람이 아자씨께 해서는 안 될 짓을 하고 있심니더."

꼽추 영감 핏줄인 원채 고집도 여간 아니었다.

"그런 생각은 손톱만치도 할 필요 없고, 내는 다만……."

얼이는 강 위로 밤빛보다 어두운 시선을 보내며 말했다.

"어차피 시위를 떠나삔 화살입니다."

"자네사 남잔께 어느 정도 견딜 수 있것지만도, 그 처녀는 그기 아이지 않나."

어둠의 장막에 싸인 원채 얼굴이 한없이 무겁게 느껴졌다.

"효원이도 잘 이기낼 끼라 믿심니더."

완강하게 나가는 얼이 뇌리에 원아 이모와 그녀 연인 한화주가 떠올랐다 사라졌다. 그것은 무슨 좋잖은 징조 같아 얼이 심장이 터질 듯했다.

"그리만 되모 더 바랠 끼 없것네."

"보통 여자들하고는 다립니더. 아자씨도 그리 생각하신다 아입니꺼."

"겉으로 보기에는 상구 강해 비이도, 그런 여자가 사랑에는 한정 없이 약한 경우가 흔하거마는."

그가 보는 효원은 얼이가 보는 것과는 또 다른 모양이었다. 어쩌면 얼이가 틀렸고 그가 옳은지도 모른다.

"이런 소리 진짜 입에 올리기도 싫지마는 그래도 해야 하니 우짜것노."

원채 눈에, 낮에는 흰색인 바위가 밤인 지금은 검은색 바위로 변해 있었다. 그의 마음도 그처럼 무겁고 검었다.

"만에 하나, 자네 신상에 무신 일이 생기기라도 하모……."

"생기도 괘안심니더."

얼이가 예의도 모르는 시정잡배처럼 원채 말을 끊었다.

"아까 아자씨 말씀맹캐 운맹이라모 우짜것심니꺼?"

"너모 비관적으로만 보모 안 되제. 운맹이라쿠는 그 암초를 미리 피해 감시로 노를 저을 수 있는 기, 또 우리 인간들 슬기 아인가베."

"그라고 본께 달보 영감님 안 뵌 지도 에나 오래됐심니더."

"아, 우리 아부지?"

"예, 지 목심을 구해주신 은인이시다 아입니꺼."

그가 물에 빠졌다는 사실을 달보 영감에게 황급히 알려준 손 서방 얼굴도 동시에 떠오르는 얼이였다. 누가 봐도 사람 좋아 보이는 손 서방이었다.

"얼이 자네 목심 줄이 길었던 기지. 안 그래도 아부지가 가다 종종 자네 이약을 하시거마는."

"자조 몬 찾아뵈서 인간 도리도 몬 지킵니더."

"괘안네, 괘안아. 그라고 내가 장 말씀드리제. 얼이 총각은 장차 큰일을 해낼라꼬, 시방 에나 열심히 몸과 멤을 닦고 있다꼬. 크기 기대를 하시도 된다꼬."

얼이는 낮이고 밤이고 물살에 부대끼는 흰 바위도 심신을 수련하고 있는 것인지도 모르겠다는 생각이 들었다.

"예, 꼭 그리 되거로 하것심니더."

그러곤 원채 몰래 뿌드득 이를 갈았다. 살인마 민치목과 그의 아들 맹쫄이 떠오른 것이다. 치목에 의해 강에 빠져 죽은 소긍복이 머리를 풀어헤친 물귀신이 되어 금방 깊고 어두운 강 속에서 불쑥 솟아오를 것 같아 소름이 쫙 돋았다. 원통하게 죽어 '물 감옥'에 갇혀 있는 물귀신은 생사람 열 명만 물로 끌어들이면 그날로 승천할 수 있다던가.

과연 그 끔찍한 살인 사건이 실제로 일어났던 일인지 아직도 좀처럼 믿어지지가 않는다. 어디 그뿐인가? 살인자가 저렇게 버젓이 거리를 활보하고 있다는 것도 이해할 수 없다. 상식적으로 있을 수나 있는 일인가 말이다.

그러나 그 생각 끝에 얼이는 수없이 고개를 끄덕이고 있는 스스로를 보았다. 싫든 좋든 받아들일 수밖에 없는 엄연한 현실이었다. 그 자신 또한 똑같이 당할 뻔했지 않았던가?

'그래, 이기 시상 아인가베. 인간 사는 시상.'

아버지를 비롯한 죄 없는 농민군들을 처참하게 죽인 자들도 아무런 꺼림이 없이 하늘로 머리를 빳빳이 치켜들고 살아가고 있는 게 현실이지 않은가. 그리고 지금, 이 순간에도 세상 어디에선가는 사람이 사람을 죽이고, 그 죽인 사람을 또 다른 사람이 죽이고 있을 것이다. 네가 있으면 내가 있을 수 없다는 듯이.

'멤에 칼을 품어야 하는 기라.'

그렇다. 효원을 향한 그리움부터 떨쳐야 한다. 나약한 마음은 자기를 해하는 독이 될 따름이다. 죽이지 않으면 죽는다.

'불쌍한 우리 아부지.'

효원이 내 생명과도 같이 귀하고 소중하지만, 아버지 생각도 해야 한다. 나는 천 씨 가문 대들보다. 그런 아들마저 당신처럼 개죽음을 당한다면 지하에서도 얼마나 애통해하고 분해하실 것인가? 내 한 몸 살아남기 위해서라기보다도 자식 된 도리가 아니다.

'어머이는 또 우떻고.'

그렇다. 지면 안 된다. 이겨야 한다. 오로지 승리만이 있을 뿐이다. 얼이 입에서는 이런 말이 나왔다.

"지도 농민군 앞장을 서고 싶심니더."

원채는 얼이를 가만히 바라보았다.

"비겁하거로 꼬랑대이나 따라댕기는 쫄장부 짓은 싫심니더."

"사내답거로 하고 싶다?"

하늘에서 별들이 소리를 내는 듯했다.

"예, 그러이 지도부 사람들한테 부탁 좀 해주이소."

얼이 말을 들은 원채 두 눈에서 물고기 비늘처럼 강렬한 빛이 번득이는 게 어둠 속에서도 똑똑히 보였다.

"미안한 일이지만도, 얼이 총각."

원채는 어느 틈엔가 자기 손을 꽉 쥐고 있는 얼이 손을 힘껏 맞잡아주면서 입을 열었다. 그런데 그 소리가 놀라웠다.

"자네 운맹을 우리가 하매 갤정해삣다 아인가베."

"예? 그기 무신 말씀입니꺼?"

얼이는 그만 어리둥절한 표정을 지었다. 원채는 얼이 손을 놓았다. 하지만 그의 두 눈은 정면으로 얼이 얼굴을 쏘아보았다.

"내가 미군들하고 싸울 때 이약을 함 해볼 필요가 있을 거 겉네."

원채 어깨가 탄탄해 보인다는 것을 얼이는 새삼 깨달았다. 칼이나 총알도 들어가지 않을 것 같았다. 택견으로 다져진 몸이었다.

"당시 우리 뱅사들이 전우애보담도, 아니제, 지 목심보담도 더 소중하거로 여깃던 기 한 개가 있는데, 그기 머신 줄 아나?"

아직 한 번도 병사가 돼 보지 못한 얼이는 대답을 하지 못했고, 원채가 한참 만에 스스로 대답했다.

"바로 군대 기밀이었다네."

얼이 등골을 찬 기운이 훑고 지나갔다. 강바람이 흰 바위를 때리고 지나갔다. 바람은 어디서 왔다가 어디로 가는가? 만약 그것도 바람의 기밀이라면 알려고 해서는 안 되리라.

"기밀이 누설되모 그 부대에 소속된 뱅사들은 전맬되고 마는 기거든."

얼이는 간신히 입을 열었다. 전멸이라면 모조리 죽는다는 게 아니냐.

"알것심니더."

원채 목소리가 지극히 사무적으로 바뀌었다.

"내가 자네한테 내일 있을 초차괘방에 대해 미리 말해 줄 수 있었던 거는, 자네와 내 사이의 사사로운 정분이었다고 생각하모 큰 오산이네."

뜻밖의 이야기였다. 졸지에 뒤통수를 얻어맞은 느낌이었다.

"그라모 머심니꺼?"

얼이가 얼핏 반항처럼 묻자 원채는 멀고 험한 길을 허위허위 달려온 사람같이 숨을 몰아쉬고 나서 말했다.

"내 짧기 말하것네."

"예."

하지만 다음 말을 꺼내기까지 긴 침묵이 있었다. 얼이는 하룻밤을 지낸 듯한 기분이었다. 아니다. 실제로 하룻밤을 꼬박 새지 않을 수 없는 것이다. 한참 후에 원채 입에서 나온 말이었다.

"자네가 저 임술년에 형장의 이슬로 사라진 천필구라쿠는 농민군 출신의 아들이란 바로 그 사실 땜이제."

얼이에게 또 한 번 머릿속이 하얗게 비어버리는 느낌이 왔다.

"무신 말씀인고 지는 하나도 몬 알아듣것심니더."

"끝꺼지 들어보모 알 끼거마는."

원채 목소리가 강에서 솟아 나오는 것 같은 착각을 주었다.

"농민군 지도부에서 내한테 몰래 지령을 내릿지."

"지령예?"

그 말이 얼이를 두렵게 했다. 그 말속에는 어쩐지 목숨마저 던지지 않을 수 없게 하는 아주 긴박하고 중요한 무언가가 감춰져 있는 듯했다.

"놀래거나 성내지 말게."

원채 말은 얼이 심장을 얼어붙게 했다.

"얼이 자네를 농민군으로 끌어들이라는 지령이었네."

"예에? 지, 지를 농민군으로 말입니꺼?"

얼이는 흰 바위에서 벌떡 몸을 일으킬 사람처럼 보였다. 흰 바위도 그럴 것 같았다.

"그 정도가 아이제."

"그, 그 정도가 아이라모?"

얼이 음성이 마구 흔들리는 반면 원채는 전혀 그렇지 않았다. 잔인하리만치 차분한 그는 냉혈인간을 연상케 했다.

"농민군 주모자급으로 맨들어라꼬 하더마는."

사람은 감당해낼 수 있는 소리가 있고, 그렇게 하지 못할 소리가 있다.

"노, 농민군 주, 주모자급?"

단말마 같은 얼이의 외침에도 원채는 거의 무신경한 모습이었다.

"그렇제. 주장하여 일을 꾸미는 자."

"지, 지가, 지를!"

얼이의 가쁜 숨소리가 어두운 강가에 물살같이 울려 퍼졌다. 그것은 어찌 들으면 짐승의 비명이나 신음소리와 흡사했다.

"종국에는 이약이 길어지거마는. 하기사 아모리 간단하거로 말할라 캐도 그리는 안 될 기라고 내가 짐작은 했었네."

밤의 강은 낮의 강보다 수십 배는 더 많은 비밀을 지닌 얼굴이었다.

"사연이 하도 복잡하고, 또 머보담도 자네의 한이 그리 깊은께……."

그렇게 말끝을 흐린 원채는 잠시 침묵한 후에 다시 말했다.

"며칠 전부텀 자넬 만나 이런 이약 할라쿠다가 몬 했네. 자네 멤이 너모 너모 아풀 끼다 싶어서 말이제."

"아입니더. 이리 말씀해주시서 증말 고맙고 반갑심니더. 안 그래셨으모 지가 상구 서분하지예."

문득, 별똥별 하나가 강 건너편 소의 잔등 같은 산등성이 너머로 떨어지는 게 얼이 눈에 들어왔다. 아름다운 건 순간적이란 말이 생각났다. 하지만 순간적인 죽음을 두고도 진실로 아름답다고 이름 붙일 수 있을까?

"거사는 내일부텀 시작인데, 오늘꺼지 이약해주지 않으모 안 될 거아이가. 그래 내가 에려븐 작심을 하고 자넬 불러낸 기라네."

원채는 여전히 머리를 수그린 자세였다. 어쩔 수 없이 내려다보는 얼이 눈에 비친 그는 머리숱이 많았다. 그리고 그 머리카락 한 올 한 올마다 가볍지 않은 사연이 서려 있는 느낌을 자아내었다.

"자네라모 하늘 두 쪼가리 난다 캐도 믿을 사람이라 봤다네."

"그리 봐주시이 에나 감사합니더."

하늘에는 숱한 별들이 못처럼 총총 박혀 있어도 결코 갈라지는 일은 일어나지 않을 성싶었다.

"봉기가 시작되모 이 얼이가 누보담도 앞장서것심니더."

얼이는 철판을 방불케 하는 튼실하고 두꺼운 가슴팍을 쑥 내밀며 말을 이어갔다.

"천필구 자슥으로서 부끄럽지 않을 자신이 있심니더."

원채는 얼이를 보지 않고 말했다.

"장하거마는."

"아입니더."

달빛에 비친 원채 이마가 무척이나 반듯했다. 그는 아직도 할 말이 많이 남아 있는 눈치였다.

"그라고 고맙거마는."

"지가 더 고맙지예."

원채 목소리가 새벽에 가장 일찍 뜨는 샛별 떨기인 양 또렷했다.

"우리 잘해보자꼬."

강이 급류를 타기 시작한 걸까? 홀연 세차게 흐르는 소리를 냈다. 두 사람이 그 소리를 통해 무엇을 떠올렸는가는 물어볼 필요가 없었다.

"부탁드립니더."

모래알같이 많은 별인지, 별처럼 많은 모래알인지 모르겠지만, 거사에 참여하는 농민군도 많을 것이다.

"부탁은 무신?"

"그래도예."

"그거는 같은 동지끼리 나눌 소리가 아이거마."

"그래도예."

원채 입가에 작고 엷은 웃음기가 떠오르는 게 어두운 가운데서도 보였다. 얼이는 피가 맺히도록 입술을 꾹 깨물며 말했다.

"든든한 아자씨가 지 곁에 계시서 에나 좋심니더."

"자네가 있어 나도 그렇다네."

어느새 두 사람 손은 다시 합쳐져 있다. 가마솥 물보다도 더 펄펄 끓는 피가 통하는, 두 개가 아닌 하나의 손이다.

밤의 강물 소리가 더 유난히 크게 들린다. 농민군들이 거침없이 내지르는 함성 같다. 그것은 또 어머니에게도 비화 누이에게도 밤골집 어른들에게도 절대 이 기밀을 발설하지 말라는 엄한 소리로 다가온다.

'하늘에 계시는 아부지는 하매 아실 끼거마는.'

그러다가 얼이는 무연히 생각한다. 이 밤에 효원은 혼자 오광대패 본 거지 안마당에 서서 미친 듯이 또 검무를 추고 있을 것이다. 그 칼끝에서 달빛과 별빛이 부서져 내리고 있을 것이다. 이 세상 모든 아름다운 것은 순간적이라고 말하지만, 얼이와 효원과의 사랑은 아무리 아름답다고 할지라도 순간적일 수는 없다.

운명의 날을 향하여 지상의 시간은 강물이 흐르듯 계속해서 흘러가고 있다. 그리고 천상에서는 임술년에 희생된 많은 농민군들 환생인 성싶은 은하수가 푸르게 흐르는 밤이다.

9월의 마지막 날인 30일 아침이 희뿌옇게 밝아온다.

그날도 여느 때와 마찬가지로 나루터집 식구들 가운데서 제일 먼저 일어난 우정 댁은 긴 싸리비로 마당을 쓸고 있었다. 바람이 불거나 비가 내리거나 눈이 오거나 하루도 어김없이 마당으로 나서는 우정 댁이다.

농가에서 추수 전에 우툴두툴한 마당에 흙을 이겨 고르게 바르는 '마당 맥질'이라는 것을 잊은 것도 오래전이다. 섣달 그믐날이나 설에 풍물을 치며 놀던 '마당밟이'도 이제 기억에 아슴푸레하다. 하지만 그래도 탁 트인 마당이 마냥 좋기만 한 그녀다.

초가을 새벽 공기는 더할 수 없이 흔쾌했고, 남강 쪽에서는 우정 댁처럼 부지런한 물새 울음소리가 들려온다. 하던 빗질을 잠시 멈추고 선 채로 그 소리를 듣는 우정댁 가슴이 이상하게 울렁거렸다.

'우째서 이런 기고? 아모래도 알 수가 없다 아이가.'

그렇다. 다른 날과는 뭔가 다르다. 왜 그런지는 몰라도 같지가 않다.

'와 날이모 날마당 듣는 새소리가 오늘따라 내 멤을 이리키나 막 흔들어쌌는 기꼬? 옴마야, 에나 얄궂다 아인가베.'

싸리비를 든 손이 수전증 환자처럼 자꾸 부들부들 떨린다. 아무리 진정하려고 해도 이건 속수무책이다.

'내가 주착맞거로 늦바람이라도 들라쿠나? 남살시럽거로.'

우정댁 눈길이 괜스레 얼이가 자고 있는 방을 향했다. 남편 천필구 생각이 새록새록 나면서 코끝이 찡하니 시려왔다.

'고 인간이 간밤에도 왔었제. 하매 몇 날째고?'

자기 두 손을 들여다보며 손가락이라도 꼽아볼 사람처럼 했다.

'참말로 뻔뻔시럽다 아인가베. 우짜든지 함께 늙어 땅을 파서 같은 구녕에 들가자꼬 한 맹서도 안 지키놓고 오기는 와 오는고?'

그녀는 속으로 남편과 대화를 나누었다.

'사귀던 기집이 고마 도망치삐린 모냥인갑소. 얼이 아부지요! 인자사 조강지처가 좋은 줄 알았는 기요?'

그러자 우정댁 귀에 남편 목소리가 들리는 듯했다.

'맞소. 방금 당신 말마따나 술지게미하고 쌀겨로 끼니를 이어감시로 같이 고생한 아내를 내가 우찌 잊것소?'

벼를 찧어 벗겨낸 껍질과 막걸리를 거르고 난 찌꺼기를 떠올리니, 생전에 쌀밥 한 그릇 제대로 먹지 못하고, 어쩌다 술 마실 돈이라도 생길라치면 특히 막걸리 심부름을 시키곤 하던 남편이 새록새록 생각이 나서 우정 댁은 더 미칠 것 같았다.

'이사를 감시롱 아내를 잊아삐고 간다쿠는 소리는 내 들었어도, 죽어 갖고 저승에 감시롱 아내를 잊아삔다는 소리는 내 몬 들었제.'

그때 마당 가 석류나무 가지 위로 포르르 날아드는 작은 새 한 마리가 그녀 눈에 보였다. 꽁지깃이 색동저고리를 연상시킬 만치 색색인 예쁜 새였다.

"니 이름이 머꼬?"

우정 댁은 흡사 새에게 대화 걸듯 한다.

"에나 이쁘거로 생깃거마는."

새는 연방 고개를 까딱까딱한다. 사람을 보고 새벽 인사를 하는 것 같다.

"똑 색동옷 입은 효원이 겉네."

그렇게 자기 혼자 실성한 여자처럼 한참 중얼중얼하던 우정 댁은, 그 동안 효원이 너무 적조積阻했다는 사실을 새삼 깨달았다.

'얼이 요눔도야?'

그리고 보니 얼마 전부터 얼이 역시 한 번도 효원이 이야기를 입 밖에 내비치지 않았다. 뭔가가 수상쩍다. 변해도 너무 변했다.

저놈이 제 어미는 이제 없고 그저 고 계집밖에 안 보이는 모양이라고 씁쓰레한 웃음을 짓기도 하지만, 그런 서운한 감정보다 둘이 마음을 주 고받는다는 사실에서 맛보는 뿌듯함이 더 강한 우정 댁이다.

'해나 둘이 다툰 것가?'

내내 혼자서 속말을 주고받는다. 남편 먼저 보내고 나서 생겨버린 버 릇이다.

'하모, 그랬는갑다. 안 그랬으모 효원이가 이러키나 오래 안 왔을 리 가 없구마. 고마 오는 길을 잊아삘라.'

아침 댓바람부터 지끈지끈 골머리가 아파온다. 잠시 좀 수그러들었던 그놈의 허리 병이 또 도지는지 거기도 욱신욱신 쑤신다.

'무신 자랑이라꼬 암만캐도 요눔의 뱅을 저승꺼정 갖고 갈랑갑다. 참 우습도 안 하거마. 얼이 아부지한테 비이고 싶은가베?'

그런데 우정 댁이 왼 손등으로 허리께를 통통 두드리고 나서 다시 빗 질을 시작하려 할 때였다. 어디선가 '딸랑딸랑' 하는 종소리가 급히 다가 오더니 대문간 쪽에 사람 그림자가 어른거렸다.

'참말로 부지런도 안 하나. 하기사 우짜든지 저리 열심히 살아야제. 게으름 피우모 입에 풀칠하기도 에려븐 시상인 기라.'

우정 댁처럼 날씨와는 상관없이 이 시각이면 반드시 가게 앞을 지나 가는 두부 장수 어 씨다. 어 씨도 지금쯤 우정 댁이 마당에 나와 있는 줄 안다.

'어?'

한데, 평상시 같으면 우정 댁이 대문을 딸 때까지 얌전하게 집 밖에 서 있을 어 씨가, 이날은 웬일인지 소리도 요란하게 함부로 대문짝을 흔들어댄다. 그 통에 온 나루터 사람들이 시끄러워 잠을 깰 정도다.

'두부 장수가 배꾼 기가?'

바로 옆에 붙은 밤골집에서도 선잠을 깬 밤골 댁이 벌떡 자리에서 일어나 매운탕 냄새 밴 두 손으로 눈을 쓱쓱 비비고 있을지 모른다. 그리고 이렇게 구시렁거리며 씽 치맛바람 소리도 세차게 이쪽으로 달려오고 있지는 않을까.

'저 망할 눔의 두부 장수가 아츰부텀 미칫나? 와 저 지랄 발광이고?'

그런데 어 씨는 진짜 미쳐버린 모양이다. 남의 집 문짝이 곧장 떨어져 나가라 흔들 뿐만 아니라 나중에는 고래고래 고성까지 내지르는 것이다.

"우정댁! 우, 우정 댁요! 쎄이 이 문 좀 열어 보소, 이 문 좀!"

우정댁 가슴이 더한층 철렁하고 내려앉았다. 하도 졸지에 당하는 일이긴 하지만, 그만 정신이 하나도 없고 다리가 후들거려 문간 쪽으로 걸어가는 것조차 힘들다. 그 사이에도 어 씨는 쉴 새 없이 채근을 해댄다.

'사내가 와 저리 방정맞노? 바구덩이맹캐 좀 몬 듬직하고.'

그렇게 속으로 나무라며 이윽고 우정 댁이 간신히 대문을 열었을 때다. 어 씨가 집 안으로 뛰어들며 큰소리로 외쳤다.

"모, 모도 이, 일나 보라 쿠이소!"

"어, 어 씨?"

그러나 어 씨는 우정 댁이 자기를 부르는 그 소리에는 아랑곳하지 않고 더더욱 다급해진 소리로 말했다.

"시방 밖에서 우, 우떤 일이 벌어지고 있는데, 그, 그리키 시상 모리
거로 자, 잠만 자고 있는 기요?"

우정 댁은 빗자루를 겨우 잡고 선 채 더없이 떨리는 목소리로 물었다.

"와, 와 그랍니꺼? 무, 무신 일이 생깄어예?"

어 씨는 두부 지게와 종을 내팽개치듯 땅바닥에 내려놓으며 고함쳤다.

"토, 통문이 돌고 있심니더, 통문이!"

"머라꼬예?"

"통문!"

"통, 머예?"

"통문! 통문!"

우정 댁은 아직 잠을 덜 깬 사람처럼 멍한 표정을 지으며 반문했다.

"통문이라이?"

어 씨 서슬에 질린 그 예쁜 새는 벌써 어디론가 달아나고 보이지 않
는다.

"무신 통문 말인데예?"

우정 댁이 계속 물어도 계속 그 소리다.

"허, 그, 그기 말입니더."

어 씨는 넋이 허공으로 날아올라 뿔뿔이 흩어지는 사람처럼 보였다.
우정 댁은 손에 든 싸리비를 놓아버릴 것같이 했다.

"하이고! 내사 답답해갖고 몬 살것다."

그때 소란통에 잠을 깬 나루터집 식구들이 우르르 대문간으로 몰려나
왔다. 비화와 얼이가 맨 앞에 서고, 재영과 준서, 원아가 그 뒤를 따랐
다. 안 화공은 또 그의 화실에서 밤새워 그림을 그리다가 새벽녘에 잠이
들었는지 보이지 않는다.

"뭔 일이 있는 깁니꺼?"

비화가 새벽 공기처럼 낮고 차분한 목소리로 어 씨에게 물었다. 그러자 어 씨도 조금은 안정되는 모습을 보였다.

"예, 여 옴서 봤지예."

그러고 나서 이번에는 전부 알아들을 수 있는 또렷한 목소리로 알려주었다.

"통문이 돌고 있다 아입니꺼."

"예에?"

모두가 깜짝 놀라는 얼굴들이 되었다. 통문이 돌고 있다니. 무슨 소리냐? 하나같이 얼른 이해하지 못하는 게 잠결에 어떤 말을 듣는 표정이었다. 아니, 사람들뿐만 아니라 집이며 나무 그리고 다른 사물들도 '아닌 밤중에 홍두깨'로 비쳤다.

그러나 거기 아무도 보지 못했지만, 그 속에서 단 한 사람만은 무표정했다. 아니다. 표정이 없다기보다는, 다른 사람들처럼 경악하는 얼굴이 아니라 단호하고 결연한 얼굴이란 말이 더 타당할 것이다.

'드디어 시작됐거마, 원채 아자씨가 말씀하신 일이.'

얼이는 그대로 심장이 터질 것 같았다. 어머니도 모르지만, 지난밤 그는 눈 한 번 바로 붙이지 못했다. 마침내 아버지 원수를 갚게 되었다는 생각에 몸과 마음이 뜨거운 용광로에 들어가 있는 듯했다. 지난밤은 굉장히 길었으며, 또 지난밤은 굉장히 짧았다.

"토, 통문……."

어 씨는 입만 아니라 온몸으로 말해도 부족할 사람 같았다. 두부모를 닮아서 약간 각이 져 보이는 턱을 덜덜 떨면서 전해주었다.

"내, 내달, 그렇께 시월 초엿샛날 오전에, 고을 백성 모두 너, 너우니에 모이라쿠는, 그, 그런 통문이 도, 돌고 있심니더!"

그러자 한꺼번에 폭죽처럼 터져 나오는 소리였다.

"시월 초엿샛날?"

"너우니?"

"고을 백성 모도?"

나루터집 식구들은 신의 계시와도 같은 어떤 예감에 서로의 얼굴을 바라보면서 가까스로 몸을 지탱했다. 우정 댁과 원아는 더 말할 필요도 없고, 바로 옆에 땅불이 떨어져도 끄덕하지 않을 비화마저 얼굴에서 핏기가 싹 가셨다. 예사 통문이 아닌 듯했다.

이럴 때는 아무래도 남자 어른인 내가 앞에 나서야 한다고 판단한 재영이 어 씨에게 다가가며 확인하듯 물었다.

"와 모이라는 깁니꺼? 너우니에 와 모이예?"

사방팔방 제멋대로 흩어졌던 마당 공기가 일사불란하게 한 방향으로 가닥을 잡은 것 같았다.

"아, 참. 내 정신 좀 봐라. 내가 그거부텀 이약 안 하고 머하노."

그러면서 그가 팔러 다니는 두부와 대비해 좀 검어 보이는 손으로 제 머리통을 쥐어박은 어 씨가 여전히 크게 더듬거리는 소리로 말했다.

"구, 국가를 보호하고, 또, 국민을 팬안커로 하기 위해서라나 머시라나? 우쨌든 그리해야 한담서 말입니더."

순간, 우정댁 눈빛이 확 바뀌었다.

"그, 그런께 우, 우리도 노, 농민군을?"

원아도 뜨거운 불에 덴 사람처럼 화들짝 놀랐다.

"서, 성님! 노, 농민군?"

비틀하고 쓰러지려는 원아 몸을 준서가 얼른 손을 내밀어 잡아 주었다. 식구들이 알고 있는 이상으로 민첩한 동작이었다.

"흑흑."

우정 댁과 원아가 동시에 흐느끼기 시작했다. 꼭두새벽의 울음이다.

어둡고 긴 밤을 건너 새날의 여명 속으로 퍼지는 소리였다.

아침 댓바람부터 온 집안이 이상하게 돼버렸다. 분위기가 어지러운 가운데 비화가 조금 전 재영처럼 어 씨 앞으로 한 걸음 다가서며 물었다.

"농민군이라쿠는 소리가 들어 있었어예, 그 통문에?"

그러자 어 씨는 못이 박힌 손가락으로 톡 튀어나온 뒤통수를 긁적이며 대답했다.

"그, 글씨예. 그런 소리는 없는 거 겉던데요?"

하지만 어 씨는 이내 자기 말을 정정했다.

"아, 아입니더. 있었네예! 동학농민군……."

바로 그 순간이다. 동학농민군이라는 말이 새벽 공기를 울리는 것과 때를 같이하여, 지금까지 아무 말과 행동을 하지 않고 그저 지켜만 보고 있던 얼이가 모두를 향해 입을 열었다.

"퍼뜩 안으로 들가이시더. 지가 말씀드릴 끼 있심니더."

그러고 나서 얼이는 앞가슴이 불룩해지도록 숨을 몰아쉰 후에 준서처럼 애 영감 목소리로 어 씨에게 말했다.

"장사하시야 할 낀데, 우리가 너모 오래 붙잡아 놔서 미안합니더. 얼릉 가 보이소. 두부 한 모라도 더 파시야지예."

그 말에 어 씨도 그렇구나! 하는 표정이 되었다. 비화가 얼른 두부 몇 모를 샀고, 어 씨는 두부 지게를 지고 종을 들고 대문을 나갔다. 내가 남들보다 두부를 많이 먹은 덕분에 머리털이 군데군데 빠지는 '두부 백선'이 다 나았다고 농담 섞어가며 좋아하는 그였다.

"얼이 니 알고 있는 기제?"

어 씨 모습이 사라진 것을 확인한 후 얼이더러 그렇게 캐묻는 비화 눈매가 더할 수 없이 날카로웠다. 그런데 얼이는 비장한 낯빛을 지을 뿐 그 눈매에 질리는 기색을 띠지 않았다. 어떻게 보면 낫이나 작두날같이 위험하고 예리하게 번득이는 안광이 비화 그것보다도 더 심했다.

"얼이 아부지요! 으흐흑."

우정 댁의 울음 섞인 음성이 나루터집 넓은 마당에 울렸다. 그 소리는 마치 발이 달린 생명체처럼 이리저리 돌아다니는 듯했다. 저 하늘 높은 곳에서는 아내 부름에 화답하는 천필구의 목소리가 들려오는 것 같았다.

"노, 농민군이 드, 들고일난다는 소리가 딱 맞다."

우정 댁은 정신을 차리지 못했다.

"인자 와갖고 생각해보이, 얼이 아부지가 밤마당 서몽瑞夢을 했다 아이가, 서몽을. 아, 얼이 아부지요오!"

"아, 아아."

원아도 우정 댁과 비슷한 증세를 나타내려는 조짐이 보였다. 그것을 알아채고는 곧 이렇게 말하는 재영이 모두의 눈에는 다른 사람으로 비쳤다.

"우리 일단 방으로 들가서 다 같이 얼이 처남 이약을 함 들어보이시더. 바깥에 서갖고 이리쌌지 말고 말입니더."

역시 이럴 땐 남자가 조금 나은 것인가? 평상시에는 그중 뒤처지는 언동을 하는 재영이지만, 지금처럼 어떤 화급한 상황이 닥치면 뜻밖의 듬직한 모습을 보이곤 한다.

"우리 식구들 모도 모이서 회의할 때 쓰는 저 큰방으로 가이시더."

비화가 앞서서 그 방으로 향했고 모두 그녀를 뒤따랐다. 신발 끄는 소리가 아침 마당에 높다란 울림을 주었다. 나루터집 지붕 위로 까치 한 쌍이 날아와 앉더니 노래하듯 맑은 소리를 내었다.

'깍깍.'

잠시 후 방 안에 빙 둘러앉은 그들은 너나없이 입이 붙어버린 사람들처럼 가만히 있었다. 그 정적을 열고 비화가 서두르지 않는 목소리로 말했다.

"얼아, 니가 알고 있는 대로 싹 다 말해 봐라."

그러자 모두의 눈이 일제히 얼이 얼굴로 쏠렸다. 두 주먹을 꽉 거머쥐는 얼이 두 눈에 불꽃이 튄다. 무쇠라도 단번에 가를 것 같은 강렬한 기운이다.

그런데 그것은 잠시였고 갑자기 얼이 두 눈에 눈물이 가득 괴는가 싶더니만 금방 방바닥으로 뚝뚝 떨어져 내렸다. 얼이 뺨 위로 그야말로 닭똥 같은 눈물방울이 굴러 내릴 때 거기 누구도 입을 여는 사람이 없었다. 이럴 때는 타이르거나 위로한답시고 나서면 도리어 서로가 힘들기만 하여 그냥 그대로 두는 것이 최고 상책이란 걸 깨친 그들이다. 그 정도로 험한 가시밭길을 어렵사리 헤치며 살아온 사람들이다.

"죄송합니더. 아모리 안 울라 캐도 눈물이 나네예."

이윽고 그 큰 주먹을 들어 눈물을 아무렇게나 쓱 훔치며 얼이가 고집스러워 보이는 입을 열기 시작했다.

"아까 어머이 하신 말씀이 맞심니더."

그 넓은 방이 크게 울릴 만큼 깜짝 놀란 목소리들이 튀어나왔다.

"머라꼬?"

"그, 그라모!"

얼이는 집안 식구들에게 조금이라도 경악과 충격을 덜 주기 위해 별거 아닌 것처럼 최대한 심상한 어조로 이야기했다.

"시방 전라도 저짝에서 한창 벌어지는 농민전쟁 불씨가 인자 우리 고을에도 번지고 있는 깁니더."

날이 점점 더 밝아지고 있다는 증거로 방문 창호지에 환한 빛살이 마치 안 화공의 그림물감처럼 번져 나가고 있었다.

"그런께 시방 얼이 니 이약은?"

비화가 말하자 얼이가 대답했다.

"예, 우리 고을 농민전쟁이 시작된 깁니더."

그러자 농민군 이야기만 나왔다 하면 언제나 그래왔듯이, 이번에도 우정 댁과 원아 입에서 거의 동시에 울부짖음이 터져 나왔다.

"얼이 아부지! 인자 때가 온 기라요."

"화주 씨. 흑흑."

강물 소리가 방을 적시듯 밀려들었다. 강마을에서만 느낄 수 있는 그 흐름은 때로는 춥게 또 따뜻하게 다가오는 이웃과도 같았다. 강가에서 살아가는 사람들 마음 깊은 곳을 흐르는 또 하나의 강은 불과 얼음이 공존하는 것이었다.

재영이 놀란 눈빛으로 원아를 바라보았다. 비화 마음도 불편했다. 지금 그 자리에 안 화공이 없기에 다행이었다.

'아즉도 작은이모 가슴에는 그분이 살아 있는 기라.'

비화는 머릿속이 하얗게 비는 느낌이었다. 안 화공이 모든 걸 다 알고 있고, 또 이해한다곤 하지만, 그래도 그런 소리를 듣는다면 그도 사람인 이상 나쁜 결과를 불러올 수도 있다. 더욱이 예술 하는 사람은 감수성이 남다를뿐더러 작은 것에도 깊은 상처를 입는 여린 구석이 있다. 심지어 거기서만 그치지 아니하고 예상치도 못한 어떤 사태를 몰아올지도 모른다.

"그 날짜가 내달 초엿샛날이라 캤제?"

비화는 다른 데로 관심을 돌려 두 사람 울음을 그치게 하려고 얼이에게 물었다. 얼이가 오른쪽 손가락을 부챗살이나 우산 살대처럼 모조리 쫙 펼쳐 보였다.

"예, 오늘 말고 딱 다섯 밤밖에 안 남았심니더."

"다섯 밤, 다섯 밤."

비화는 마음에 새겨두려는 듯 그 말을 되풀이했다. 지난날 재영이 집 나가고 그녀 혼자 살아갈 때, 밭에서 기른 채소 등속을 읍내 장에 내다 팔기 위해 닷새마다 한 번씩 서는 장날을 헤아리곤 하던 모습을 연상케 했다.

그때 애 영감답게 줄곧 그 난리 통을 묵묵히 지켜보기만 하고 있던 준서가 처음으로 아주 조심스레 입을 열었다.

"그날 그곳에 가모, 누라도 농민군이 되것지예?"

재영이 깜짝 놀라는 얼굴로 물었다.

"준서야! 니 해나?"

그러자 얼이가 준서 대신 얼른 대답했다.

"걱정 마이소, 매행."

그래도 더 무어라 말하려는 재영에게 말했다.

"준서는 안 갑니더. 갈 이유가 있어야 가지예."

그 순간이었다. 잠시 가만히 있던 우정 댁이 발작하듯 또 소릴 질렀다.

"내는 간다! 내사 갈 끼다!"

원아는 울기만 했다. 그런 원아를 물끄러미 응시하던 얼이가 조용히 입을 열었다.

"요분 농민군은 그전에 우리 고을에서 일어났던 농민군하고는 다릴 끼라고 합니더. 누가 그리 말하데예."

하지만 얼이는 그가 원채라는 소리는 일절 입 밖에 내비치지 않았다. 농민군 지도부에서 얼이 자신을 주모자급으로 앉혔다는 사실도 아직은 발설할 시기가 아니다. 아니, 끝까지 비밀로 해야 할 것이다.

"다릴 끼라? 우찌 다릴 끼라던고?"

비화가 지금 그 비상사태가 무색하게 변함없이 차분한 목소리로 물었다. 얼이는 이것만은 명확하게 알려줄 필요가 있다고 생각했다.

"일본에 대항하기 위한 봉기라고 합니더."

"일본?"

"예, 누야."

"우리 조정을 상대로 하는 기 아이고?"

햇살이 비치기 시작하는 희고 투명한 조선 문종이가 더없이 은은하면서도 대단히 고상해 보였다.

"그렇다꼬 하데예."

얼마 전 방바닥에 새로 깐 노란 장판지가 어쩐지 샛노랗게 질린 표정을 하는 것 같았다.

"대체 그기 무신 이약이고?"

저마다 멍한 빛이었다. 비화 역시 얼른 이해가 되지 않았다. 신중한 얼이 말소리가 방을 울렸다.

"우리는 여 앉아갖고 잘 모리고 있지만도, 시방 한양에서는 야단 난리가 벌어지고 있는 모냥입니더."

"야단 난리가 우찌 벌어지고 있다 쿠는데?"

재영이 모두의 의문을 대신하듯 물었다. 얼이 답변이 놀라웠다.

"왜눔들이 우리 조선을 잡아무울라꼬 눈깔이 뻘겋다 안 쿱니꺼?"

"머라꼬?"

더할 수 없는 경악과 불안한 기운이 방을 가득 채웠다. 그런 가운데 누가 신음하듯 되뇌었다.

"왜눔들이 우리나라를!"

우정 댁도 잠시 남편 생각이 멀어진 듯 눈을 휘둥그레 뜨며 아들에게 물었다.

"그라모 임진왜란 겉은 기 또 한분 터진다, 그 말이가?"

지붕 위에서는 까치 소리가 아니고 까마귀 소리가 서까래를 타고 내려오고 있었다.

"임진왜란 겉은 긴지 아인지 내도 잘 모리것심더. 올매 전에 스승님한테서 들은 거하고, 방금 말한 그분한테서 들은 거 말고는예."

얼이는 나도 답답하다는 듯 주먹을 들어 복장을 꽝꽝 쥐어박았다. 비화가 잠자코 고개를 끄덕였다.

"하기사 니가 우찌 다 알것노. 나잇살 챙기묵은 어른들도 모리는 일 아이가."

재영이 몹시 걱정스러운 표정과 함께 경련이 이는 입술로 말했다.

"일본을 상대로 한다모, 그거는 더 큰일이제. 쥑인다 살린다 캐싸도, 같은 민족 겉으모 그래도 좀 낫을 낀데, 섬나라 왜눔들은 에나 인정사정 없이 나올 끼라."

그 말을 들은 얼이가 준서를 한번 보고 나서 평소보다 사려 깊은 얼굴로 말했다.

"하지만도 같은 민족끼리 싸우는 거보담은 안 낫것심니꺼? 지 말씀의 요지는……."

그래도 재영은 물론 누구도 무슨 대꾸가 없자, 얼이는 강렬한 적대감을 보이면서 자신감 넘치는 소리로 말했다.

"그눔들이 그런 식으로 나오모, 우리도 그리해 삐모 되지예."

그러자 재영이 이건 그렇게 수월하고 단순한 문제가 아니라는 듯 좀 더 심각한 어조로 응대했다.

"저 크고 심이 센 청나라도 꼼짝 몬 하고 있는 일본이라 쿤께네, 너모 걱정이 돼서 하는 소린 기라."

얼이 고집도 가당찮았다.

"쌈은 상대적이라꼬 봅니더. 동네 아아들끼리 싸와도 그렇데예."

나이와 걱정은 비례한다던가. 재영은 여전히 불안감을 지우지 못하는 낯빛이었다.

"그것들은 칼질도 잘들 한다쿠던데, 생각만 갖고는 안 되는 걸로 안다."

검도에 능한 그들은 심지어 칼로 자기 배를 가르는 소위 할복이라는 것을 한다는 말도 들은 재영이었다. 끝내 얼이는 얼굴을 붉혔다.

"생각이 중요하다꼬 봅니더."

그 방에 특별한 세간을 들여놓지 않은 탓인지 몰라도, 어쩐지 그 두 사람 이야기는 하나같이 텅 빈 겨울 산에 울려 퍼지는 메아리만큼이나 공허하게 들렸다.

"그거는 일이 벨로 안 심각할 적에 하는 소리고……."

재영 얼굴은 장판지에 반사된 듯 노랬다.

"안 그렇다 캐도예, 매행?"

매형이 아니고 다른 사람이었다면 말보다도 주먹이 먼저 나갔을지 모른다.

"그거는 오데꺼지나 처남 생각이라꼬 보네."

"매행 생각도 그렇심니더."

자칫 언쟁으로까지 번질 것 같은 두 사람 이야기를 듣고 있던 비화가, 이래서는 안 되겠다 싶어 그들 대화 중간에 끼어들었다.

"우리 고을에도 일본 군대가 들올 날이 멀지 않은 거 겉심니더."

장판지를 교체하면서 새로 바른 문풍지가 파르르 경련을 일으키고 있는 듯했다.

"이, 일본 군대가!"

저마다 큰 공포에 질리는 빛을 떨치지 못했다. 우리가 사는 고을에 일본 군대가 들어오다니. 그 후에 벌어질 일은…….

'까~악, 까~악.'

지붕이 아니라 그들 바로 머리 위에 올라앉아 울어 대는 것처럼 까마귀 소리가 무척이나 시끄러웠다. 몇 놈이 더 온 모양이었다.

"저 망할 늠의 까마구 새끼들이 오데 초상난 줄 아나?"

우정 댁이 그런 소리와 함께 저주를 퍼붓듯 말했다.

"그리 되모 배봉이 그늠 집구석은 더 좋은 거 아이가?"

원아가 이해하기 어렵다는 듯 물었다.

"우째서 더 좋은데예?"

우정 댁이 성난 멧돼지같이 씩씩거리는 목소리로 대답했다.

"일본에 지들 비단을 내다파는 거 보모, 고것들하고 상구 친하거로 지낸다쿠는 그 소리 아인가베."

비화 안색이 싹 바뀌었다. 생전 남에게 나쁜 소리 함부로 하지 않는 원아도 조롱하는 말투가 되었다.

"성님 그 말씀 들으이, 배봉이하고 점백이 자슥들 고 인간 겉잖은 것들은 쌍수 치키들고 대환영 하것네예. 만세도 부릴 낀데예?"

말없는 비화 얼굴에 큰 떨림이 일었다. 안면 신경통에 걸린 사람 같았다. 진무 스님이 늘 '복손'이라고 하는 두 손에도 비슷한 증상이 나타났다.

하루 수백 명 손님을 치르는 큰 밥집을 운영하면서 귀동냥한 것만으로도, 자칫 조선이 일본에게 통째로 집어삼킬 수도 있다는 두렵고 무서운 예감을 떨치지 못했다. 그렇지만 설마 그런 일이야 있을까 하며 지나친 기우려니 했다.

'사람이 근심걱정을 마중 나갈 필요가 오데 있것노.'

그러나 또 다른 한편으로는, 조금 전 우정댁 입에서 나온 그 임진왜란 당시에 하마터면 조선이 일본에게 완전히 나라를 빼앗길 뻔했다는 역사적 사실이 마음에 큰 가시로 걸려 도무지 뽑히지 않았다. 물론 그렇게 되면 한 가정이나 개인 따위 운명에 신경 쓸 겨를도 없겠지만, 그래도 만약 그러한 세상이 실제로 와서 배봉과 내가 지금같이 철천지원수로 대결하게 된다면 어찌 될 것인가?

'가망이 없는 기라.'

비화는 가슴 한복판이 뻥 뚫리면서 찬바람이 씨잉 지나는 듯했다. 왜놈들을 등짝에 업은 배봉은 그야말로 무소불위의 힘이 생겨 나루터집 식구들 모두의 목숨까지도 노리려 들 것이다. 나루터집과 밤골집을 불태워버리는 건 기정사실일 것이다.

민치목과 맹쭐 부자도 마찬가지다. 훤한 대낮에 사람들이 지켜보는 가운데 얼이를 산 채로 남강에 수장시켜버릴지도 모른다. 운산녀의 하수인이 되어 준서와 혁노도 무슨 핑계든 붙여 해치려 들 것이다.

그렇다. 그 악랄한 족속들은 왜놈들과 서로 죽이 맞아 미친개처럼 동족인 조선인들을 물어뜯으려 할 것이다. 그들을 막을 자 아무 데도 없을 것이다.

"매행하고 내하고 둘이 백날 천날 이래봤자지예."

"알것네, 무신 말인고."

재영과 얼이는 똑같이 체념조로 말했다. 하지만 사람이란 꿈과 소망이 없다면 체념도 할 여지가 없다는 생각을 하며, 비화는 참새 소리가 요란한 아침을 맞을 채비와 함께, 새날의 새로운 태양을 마음의 동산 위로 떠올리고 있었다.

추새미 변사 사건

그곳 동학농민군 지도부에서 초차괘방을 뿌린 이후로 나루터집과 밤골집을 찾는 손님들 화제는 오직 단 한 가지였다. 물론 그것은 때와 장소를 가리지 않고 모두가 하는 소리였다.

두 집 식구들은 손님들 자리에서 끊임없이 흘러나오는 이야기에 귀를 기울이느라 장사도 제대로 하질 못했다. 마음이 너무나 뒤숭숭한 나머지 어떤 것도 손에 잡히지를 않았다. 입이 밥숟갈을 찾는지 밥숟갈이 입을 찾는지 그것조차 모르겠다. 몸은 단단한 땅 위가 아니라 출렁이는 물 위에서 둥둥 떠다니고 있는 듯했다.

시월 초엿샛날. 그날이야말로 지구 최후의 날과도 같았다. 아니다. 천지개벽의 날이었다. 그날만 되면 세상은 완전히 다른 모습이 돼 있을 것 같은 분위기였다. 하지만 사람들이 거는 관심과 기대는 각양각색이었다. 사람들뿐만 아니라 입이 붙어 있는 모든 동물은 저마다 한소리 하지 않고서는 배겨나지 못할 것처럼 보였다. 잘은 모르겠지만 아마도 그 고을이 생겨난 이후로 그렇게 많은 소리들이 한꺼번에 쏟아져 나온 경우도 드물 것이다.

"그날 너우니에 사람이 올매나 모일 꺼 겉노?"

"나라에서 미리 손을 안 쓰까?"

"저 임술년맹캐 관아를 함락하모, 그 뒤에는 우찌 되꼬?"

"뒤에사 우찌 되든가 말든가 우선에 함락만 하모 좋것다."

진원이 확실치 못한 풍문을 놓고 느닷없이 대판 싸움이 벌어지기도
했다.

"전봉준이가 그날 그 장소에 나타날 끼라는 소리가 들리던데 진짜
까?"

"누가 그리 미친 소리 벌로 하데? 녹두장군이 너우니에 온다꼬."

"미친 소리? 방금 내 보고 핸 소리가?"

"내 보고 핸 소리다."

급기야 밥그릇이 뜨고 술잔이 날았다. 말이 칼이 되고, 말이 창이 되
었다. 세상은 가는 곳마다 한 발만 까딱 잘못 내디디면 그대로 추락사하
는 가파른 벼랑 끝이었다. 그랬다. 새로운 투쟁의 역사. 그것을 쓰기 위
해 필시 감수해야만 할 것이 어디 한두 사람의 목숨, 그것뿐이겠는가?

어쨌거나 어떻게 보면 크게 싸울 일도 전혀 아닌데, 지금 모두가 그
만큼 흥분해 있다는 증거였다. 어쩌면, 나도 그날 가야 할까 가지 말아
야 할까 하는, 중차대한 갈림길에 서 있는 자의 큰 불안과 초조, 갈등이
그런 거칠고 지각없는 행동으로 드러나는지도 알 수 없었다.

'인자 함 두고 봐라. 이 천얼이를 모리는 사람이 없거로 될 낀께. 개도
쇠도 내만 보모 꼬랑대이를 흔들 날이 온다 고마.'

얼이는 남강 물도 잠이 든 깊은 한밤중에 밤골집 골방에서 나광에게
서 들었던 홍경래와, 키가 작아 '녹두장군'이란 애칭으로 불리고 있다는
전봉준, 그 두 사람을 내내 머릿속에 그려보면서 전의를 다졌다. 임술
년에 가신 나의 아버지 천필구도 그들 못지않게 훌륭한 농민군이었노라

고, 온 세상을 향해 목이 터지게 외치고 싶었다. 두고 보아라. 천얼이가 천필구를 홍경래나 전봉준과 같은 반열에 올려놓는다.

저 젊은 남녀 변사체가 발견된 것은 그런 와중에서였다. 인간들 사는 세상에서 일어나지 못할 일이 어디 있겠느냐고 하더라도 어찌 그런 일이 있을까. 차마 입술에 묻히기조차 끔찍한 그 사건은 남방 고을을 온통 불도가니로 몰아넣었다. 사람들을 더한층 흥분시키고 경악케 한 것은 변사체 발견 장소였다.

그 고을에서 가장 오래된 우물, 추새미(추정秋井)였다.

추새미는 수백 년 동안, 어쩌면 수천 년 이전부터 있었던 그 추수秋收 마을의 우물이다. 추수 마을이 자리 잡은 평안리 일대에는 관공서가 있기도 하지만 '농청農廳'이라고 하는 농민단체 건물이 있다.

그렇다. 농청. 추새미 속에서 끌어 올려진 주검들은 혼례를 치른 지 얼마 지나지 않은 농민 부부임이 밝혀졌다.

두 가지 이야기가 동시에 쫙 퍼져 나갔다. 하나는 동반 자살이고, 다른 하나는 타살이다. 그렇지만 그 어느 쪽이든 간에, 그들이 우물 속으로 떨어질 때 우물을 형성하는 돌에 세게 부딪혀, 누군지 알아보기 어려울 정도로 얼굴뿐만 아니라 몸뚱이 전체가 상처투성이일 수밖에 없었다. 아주 심하게 훼손된 시신이 얼마나 비참하고 끔찍하던지 사람이라기보다 도살당한 무슨 짐승이나 괴물에 가까웠다.

이른 새벽 물을 길으러 왔던 그 동네 아낙은, 두레박에 걸리는 물체를 확인하는 순간 그만 기절해버렸다고 한다. 사람이 우물에 빠져 죽어 있는 그 사실을 알린 사람은, 두 번째로 우물터에 나온, 역시 같은 동네에 사는 아낙이었다. 관아에서는 그들에게서 사건 해결의 단서가 될 만한 어떤 것도 얻어내지 못했다. 오리무중, 그리하여 자칫 영원한 미제謎題 사건으로 남을 수도 있다는 거였다.

그러나 사람들은 누구도 그렇게 받아들이지 않았으니 그것이 또 큰 문제였다. 관아에서 모든 진실을 잘 알고서도 쉬쉬한다는 것이다. 결국, 자살이든 타살이든 그 이면에는, 다가오는 시월 초엿샛날 너우니에 모일 그곳 동학농민군이 있다는 얘기였다.

우선, 자살로 추정하는 쪽에서 보는 사연은 이러했다.

이제 막 신혼부부의 단꿈에 흠뻑 젖어 있던 신랑이 농민군이 되기 위해 그날 너우니로 가겠다고 했다. 그러자 신부는 당연히 기를 쓰고 신랑을 막았다. 정신 똑바로 박혀 있는 신부라면 어느 누가 그러지 않겠는가? 그리하여 부부싸움이 잦아졌고, 끝내 두 사람은 같이 죽기로 했다.

다음으로, 타살 쪽 내막은 보다 참혹했다.

남자가 농민군이 되려고 하자 여자는 적극 호응했다. 탐관오리 수탈에 항거하고, 특히 반외세 구국의 기치를 들고 너우니에서 봉기하려는, 그러한 동학농민군이 될 지아비가 무척 자랑스러운 아내였다. 남편 또한 그런 신부가 더없이 사랑스러웠다. 그들은 양가 부모와 친지들에게는 비밀로 하고 투쟁할 결의를 나누었다.

그런데 누가 알고 부부를 관아에 신고했다. 포졸들은 남자를 감옥으로 호송하려고 했다. 하지만 그 저항이 대단했다. 여자도 기를 쓰고 나왔다. 큰 몸싸움이 벌어지고 포졸이 남자를 밀어 그만 뇌진탕으로 죽게되었다. 포졸들은 그 일이 들통 날까 봐 유일한 목격자인 아내도 살려둘 수가 없었다. 관아에서는 자살로 위장하기 위해 그들 사체를 함께 우물속에 던져 넣었다.

어떻게 들으면 참으로 억지소리지만 고을 백성은 소문을 믿었다. 농민군 이야기는 모든 곳에서 막힘이 없이 통하는 때였다. 나라와 백성과 외세의 삼각 투쟁은, 그 예리한 날 끝이 낫이나 도끼보다 한층 더 매서웠다. 녹두장군이 이끄는 동학농민군은 지난날, 이 고을에서 일어났던 이른바 임술민란보다 명분이 뚜렷하고 설득력이 강했다.

당시 조선은 일본 무단 침략으로 엄청난 위기감에 빠져 허우적거리고 있었다. 따라서 모든 세력이 힘을 합하여 일본에 대항해야 한다는 주장은 굉장한 설득력과 호소력을 보였다. 물론 사회적 차별과 부정부패를 없애고 농민들이 편히 살 수 있는 세상을 이루기 위한 것이라는 점에서는 임술년 농민 봉기와 다를 바가 없었지만, 저 사악하고 교활한 섬나라 오랑캐 놈들을 몰아내기 위한 농민전쟁이란 면에서는 적잖은 차별화를 나타내었다.

추새미 변사 사건은 얼이에게는 누구보다도 큰 충격으로 다가왔다. 처음에 그 소문을 접했을 때, 얼이는 일종의 정신 착란 증세까지 일으켰다. 우물 속에서 발견된 젊은 남녀의 사체. 그것은 바로 얼이 자신과 효원이었다.

그러고 보면, 대단히 역설적인 이야기가 되겠지만, 강득룡 목사나 선비 고인보는 그들에게 은인이었다. 효원이 오광대패 속에 은신해 있지 않고 어느 정도 자유롭게 나돌아 다닐 수 있는 몸이었다면.

두말할 것도 없이, 효원은 얼이의 너우니 봉기 참여를 목숨 걸고서 말릴 것이고, 얼이 자신은 단 한 발짝도 물러서지 않을 것이고, 그리하여 둘이 추새미에 몸을 던져버렸을 수도 있지 않을까? 그건 충분한 가능성을 지닌 가상假想이었다.

그런데 전봉준이 이끄는 동학농민군은 얼이에게 크나큰 당혹감으로 다가오기도 했다. 스승 권학은 얼이의 급소나 정곡을 찌르는 말을 하였다.

"사사로운 원한 관계로 일어나는 것과, 외세로부터 나라를 구하려는 높고 큰 뜻을 품고 일어나는 것, 그 둘은 하늘과 땅 차이가 아니겠느냐."

얼이가 아버지 복수를 하기 위해 농민군이 되려고 한다는 것을 알 만한 사람은 다 알고 있는 사실인데도, 권학은 잘 모르는 척, 아니 처음부터 제자의 처지나 마음 따윈 깡그리 무시해버리는 태도였다.

"일찍이 나와 동문수학한 사이로, 지금 한양에서 훈장 노릇하는 벗 하나가, 일본의 후쿠자와 유키치가 한 말에 대해 서신을 보내왔더군."

일본인 이름은 왜 그렇게 필요 없이 길고 날카롭고 센소리인지 모르겠다는 생각이 드는 제자들이었다. 얼이를 비롯한 학동들은 그 이름을 곱씹고 두 눈을 빛내면서도 싫은 기색들을 감추지 못했다.

어찌된 셈인지 날이 갈수록 일본이란 나라가 조선인들 입에 자주 오르내리고 있어서, 솔직히 학동들로서도 이제는 그런 소리가 귀에 거슬릴 때가 많았다. 그게 조선을 노리는 일본의 칼끝이 소리도 없이 접근해 오고 있다는 께름칙한 느낌에서 비롯된 것임을 아직은 정확히 인식하지 못하는 상태에서였다.

어쨌든 간에 학동들은 언제부터인가 말 가운데에서 친근한 지역 방언이 사라져버린 스승 가르침에 귀를 모으며 큰 불안과 분노에 떨었다. 권학의 눈에, 그건 어쩌면 아직은 세속에 크게 물들지 않은 젊은이들의 웅지와 패기가 빚어내는 아름다운 반항이요, 더 나아가 위험한 애국심에 가까워 보였다.

그러자 이 무슨 망조인가? 권학의 눈앞에 나타나 보이는 산성山城 하나가 있었다. 저 사근沙斤에 있는 산성이다. 일찍이 대문장가가 읊조리기를, 산성 주변에 어두운 구름이 이니, 밤에 땅의 영靈이 울고 비는 어지러이 내리고 1만이나 되는 귀신들이 모여 낮은 목소리로 수선스럽게 이야기한다는, 역사의 깊은 한이 서려 있는 곳이다.

"저 아래 굽이굽이 흘러가고 있는 강을 보시오들. 참으로 산수화 한 폭을 보는 듯하오."

"강도 그러하거니와 거기 펼쳐진 길은 이 나라 어디를 향해 저리도 끊임없이 이어져 있는지 모르겠소이다."

그날 그와 함께 갔던 선비들은 저마다 큰 감회에 젖은 얼굴로 한마디씩 할 것을 잊지 않았다. 권학은 잠자코 듣기만 하고 있었지만, 심경은 침통하기 이를 데 없었다.

"보아하니 이 산성은 세 개의 봉우리를 잇고 있는 것 같은데, 영호남의 길목에 걸맞게 잘 지어놓았다는 생각이 들어요."

그는 누군가의 그 말을 들으며 지난날 왜구에게 함락되었던 그 성의 어둡고 아픈 과거를 떠올렸다. 그곳까지 오르는 산길이 퍽 가파르고 험했다는 사실과 함께였다.

'성벽을 보니 여기는 성이라기보다도 대갓집을 방불케 하는구나.'

권학이 그 산성을 보았을 때 맨 먼저 다가온 느낌이 그러했다. 비록 오랜 세월의 풍우에 시달려온 탓에 곳곳이 허물어진 모습이지만, 벼랑 쪽에서 꼭 축대를 쌓듯이 해놓은 거기 성벽은 축조 솜씨도 범상치 않거니와, 매끈한 돌을 네모반듯하게 다듬어 건축 재료로 쓴 것이 여간 경이롭지 않았던 것이다.

"이 사람 천성적으로 언변은 없지만도 이 고을 토박이니 안내자 역할을 할 수밖에요. 모자람이 많더라도 이해들 해주시기 바라것소. 허허."

그 고장 선비 도평제는 당나귀를 연상시킬 정도로 귀가 크고 눈빛이 선량한 사람이었다. 권학은 일행들과 함께 그 산성에 오를 때 길의 어귀에 잠시 멈춰 서게 한 후 그가 들려주던 이야기를 되살리고 있었다.

"저거를 보시오. 사실인지 아인지는 모리것지만도……."

그러면서 도평제가 손을 들어 가리키는 곳에는 커다란 바위 하나가 있었다. 겉으로 보기에는 보통 다른 바위와 별로 차이가 없었다. 그런데 이어지는 도평제의 말을 듣는 순간 권학뿐만 아니라 모두의 안색이 달라지기 시작했다.

"전해지기로는, 저 성안으로 몰래 들어가는 비밀통로가 있었고, 시방 우리 눈앞에 있는 저 바구가 바로 그 비밀통로의 입구라는 이약이 있다오."

그 설명을 들은 선비 하나가 물었다.

"그러면 실제 성문은 어디에 있는 겁니까?"

그러자 도평제의 답변이 묘하달까 하여튼 답답했다. 그는 모르는 게 자랑이라고 할 만큼 억지를 부리는 것은 아니지만 심상한 어투로 말했다.

"잘 모립니더, 오데 있는지."

다른 선비가 어이없어 했다.

"예에? 그럼 우리는 성문이 아니라 그냥 아무렇게나 저 산성 안으로 들어가게 된다는 얘깁니까?"

도평제 말에 힘이 없었다.

"예, 그렇지예. 그뿌이 아이고요, 그 성문이 우떤 형태였는지도 알 수가 없심니더."

"음."

권학은 또다시 공복에 독한 술을 들이마신 듯 속이 쓰려왔다. 왜구들의 사납고 더러운 게다짝에 짓밟히고 있는 그 산성의 모습이 뒷걸음질쳐서 눈을 찌르는 것 같았다.

'그 많은 귀신들이 두런댈 만한 성이로다.'

어쨌거나 경사 급한 산길을 어렵사리 올라 산성에 닿았다. 이제 다 왔구나 싶어 주위를 둘러보니 그곳이 바로 성안이었다.

"예전 기록대로라모 여게 성내에 못이 세 개가 있어야 하는데, 시방은 두 개만 보이고 한 개는 오데 있는고 찾을 수가 없심니더."

그 성안 남쪽에 있는 못가에 둘러서서 모두는 도평제 설명을 들었다.

"누가 와 그런 이름을 붙였는지는 확실하거로 알리진 바가 없지만서도, 이 못을 두고 모도 '각시소'라고 부리고 있지예."

하늘이 거꾸로 잠겨 있는 못물을 들여다보고 있던 선비들은 서로의 얼굴을 마주 보면서 고개를 갸우뚱했다.

"각시소? 각시소라."

"신랑, 각시, 하는 바로 그 각시를 말하는 겁니까?"

그에 대한 도평제 응답이었다.

"어지간한 가뭄에는 안 마리는 못이 이 각시소 아입니꺼. 만약 사람 걸으모 총각들이 다 탐을 낼 각시가 될 깁니더."

다른 선비들이 열심히 입을 놀릴 때도 혼자 계속 침묵을 지키고 있던 권학이 처음으로 말문을 열었다.

"각시가 있으면 응당 신랑도 있어야 하겠거늘, 그 신랑이 있는 곳은 어딘가요? 설마하니 우리가 이번에도 이해 못 할 답을 주시지는 않겠지요?"

그러자 모두는 그제야 깨달았다는 듯 고개를 끄덕거리며 도평제를 바라보았다. 도평제가 저쪽으로 눈길을 보내며 대답했다.

"저 동쪽 바깥에 있심니더. 성 안이 아이고 성 밖에 말이지예."

일행들 가운데 가장 말수가 많은 추 선비가 낯을 붉히며 말했다.

"아, 그거는 잘못돼도 한참 잘못된 것이 아닙니까? 어찌하여 신랑과 각시를 그렇게 따로 떼놓는다는 말입니까? 그건 경우가 아니지요, 경우가요."

도평제는 동년배들에 비해 주름이 많이 간 입언저리에 씁쓸한 웃음을 지었다.

"고려시대에도 이 산성이 섬나라 오랑캐들의 침략을 받았다는 사실을 놓고 볼 때, 그거는 하매 정해진 머신가가 있었던 기 아인가 싶심니더만……."

선비들은 알듯 말듯 한 기색들이 되었다. 아니, 알고 모르는 게 중요한 것이 아니라 왜구들에게 수모를 당했다는 사실에 하나같이 입을 다물어버렸는지도 모른다.

"저게 있는 '신랑소'는 내중에 가 보기로 하입시더."

도평제는 말은 그렇게 했지만 권학이 느끼기에 왠지 그 못까지는 일행들을 안내해 주지 않을 것 같았다.

'이곳을 이대로 방치하면 안 돼. 그게 언제가 될지는 모르겠으나 옛모습을 그대로 잘 보존하면서 보수를 해야 할 것이야. 아마 이 산성도 그것을 원하고 있을 테고.'

그런 생각을 하는 권학의 귀에 기쁜 이야기가 들렸다. 그건 일행들 모두가 마찬가지인 듯 아주 흐뭇해하는 낯빛들이었다.

"왜적은 이 산성을 무너뜨리고 나서 저 전라도 운봉으로 나아가다가, 인월 쪽에서 기다리고 있던 우리 군사들의 공격을 받고 모조리 목심을 잃고 말았지예. 하하."

여기저기 있는 망대望臺 자리가 문득 몸을 일으키는 것처럼 보이고, 발길에 채는 것 같던 기와 조각들도 다시 온전한 몸으로 돌아가기 위해 모이는 듯했다.

'황산벌, 대첩비……'

그 산성과 더불어 우리 군사들 손에 의해 왜적이 괴멸되었던 그 벌판을 떠올리던 권학은, 자신도 모르게 실제로 그 소리를 입 밖으로 내고 있었던 모양이었다.

"스승님! 황산벌, 대첩비가 우쨌다는 긴데예?"

그가 놀라 눈을 크게 뜨고 둘러본 거기 글방 안에는 늘 자랑스럽고 마음 든든하게 해주는 제자들이 그의 얼굴을 빤히 쳐다보고 있었다. 저 산성에 있다가 번개같이 빠른 수레를 타고 단숨에 서당으로 날아온 기분이었다.

"아니다. 그 이야기는 다음에 들려주마."

그러고 나서 크게 숨을 몰아쉰 후에 말했다.

"후쿠자와 유키치의 본래 주장이 어떠했을까?"

권학은 마르지 않는 샘물처럼 쉼 없이 가르침을 주기 시작했다. 그리고 제자들은 달고 시원한 샘물을 조롱박으로 떠서 한 방울도 내쏟지 않고 전부 마시듯, 스승님의 말씀 한마디도 그냥 건성으로 흘려듣지 않았다.

"일본은 아시아 문명의 중심이자 동양의 지도자이니 아시아를 보호해야 한다, 만약에 조선이 이를 순순히 받아들이지 않으면 강제로 문명화해서라도 서양 진출을 막아야 한다, 그랬었는데."

급기야 성깔 있는 문대가 몹시 화난 얼굴로 말했다.

"조선을 강제로 우찌한다꼬예? 왜눔들이 에나 건방지다 아입니꺼?"

"맞거마."

얼이와 남열과 철국, 심지어 제일 어린 정우조차 문대 말에 동조한다는 뜻으로 고개를 끄덕이는데, 준서가 어머니 비화를 방불케 할 만큼 낮고 차분한 목소리로 스승에게 물었다.

"본래는 그랬는데, 내중에는 우찌 배꿧다 쿱니꺼?"

"이놈 봐라?"

그렇게 말하는 권학 입가에 흐뭇한 미소가 번졌다.

"그 한양 벗이 내게 써 보낸 글을 보면, 조선의 갑신정변으로 개화파의 목적이 실패로 끝나자, 저들 딴에는 같잖게 무슨 유명하다는 논설을 통해, 앞으로 일본은 아시아의 문명화를 꾀하지 아니하고, 아시아와 관계를 끊고서, 서구 열강과 같은 방법으로 아시아 지배를 추진해 나가자는 것으로 돼 있다는 게야."

'아, 인자사 알것다.'

그때쯤 얼이는 스승 말씀 뒤에 감춰진 뜻을 읽고도 남았다. 비록 그곳에 있는 학동들의 학문 깊이로는 그 일본인이 썼다는 글의 의미를 완벽하게 이해할 수는 없지만, 그자가 무엇을 원하고 있으며 장차 어떻게 하려고 하는가는 짚어낼 수가 있는 것이다. '지피지기면 백전백승'이라는, 그 말이 긴요한 시점이 아닐까 싶기도 했다.

그러나 보다 더 큰 일 때문에 얼이는 어서 공부가 파하기만을 기다렸다. 준서도 먼저 보내고 문대와 단둘만 나눌 비밀 얘기가 있다.

'무신 일이 있어도 준서는 여게 끼우모 절대로 안 되는 기다. 내가 전에 매행한테 했던 이약도 안 있나.'

그리하여 그날 일과를 마치고 준서더러 혼자 집으로 가라고 했을 때, 준서 얼굴에 강한 당혹감이 묻어났지만, 얼이는 크게 심호흡을 하며 준서에 대한 미안한 감정을 삭였다. 얼굴이 얽은 빡보인 준서는 아직도 얼이 몸 뒤에 숨듯이 하며 서당을 오가고 있었다. 얼이는 속으로 준서에게 말했다.

'우짤 수 없다, 준서야이.'

그러나 준서는 역시 대단한 아이였다. 그는 이내 아무렇지도 않다는 얼굴로 고개를 한 번 끄덕여 보이고는 총총히 집을 향해 걸어갔다. 언제나 준서 옆을 그림자처럼 따라붙는 얼이가, 그렇게 준서를 먼저 보내고 문대에게 꼭 할 말이 있다고 했을 때, 문대 표정은 무어라 형언할 수 없을 만큼 긴장돼 보였다. 그도 무언가를 감지하고 있다는 증거였다.

"우리도 간다."

"낼 보자."

남열과 철국, 정우도 각자 자기들 집으로 가고, 얼이와 문대는 무작정 길을 따라 걸었다. 집으로 가는 방향인지 아니면 반대 방향인지 누구도 의식하지 못했다. 옆을 지나가는 게 우마차인지 가마인지 그것도 제대로 보이지 않았다. 신기료장수인지 보부상인지 분별이 안 되었다.

'아, 그러키도 하거마는.'

얼이는 처음으로 깨달았다. 남들이 들어서는 안 될 비밀이야기를 하는 장소로는, 컴컴한 밀실이나 인적 드문 흰 바위보다도 이렇게 사람들이 많이 다니는 곳, 그것도 밝은 시간대가 오히려 더 안전하고 좋았다.

"한거석 걸어왔다 아이가."

"……."

문대는 말하고 얼이는 묵언이었다.

"인자 무신 일인고 함 이약해 봐라."

하늘에는 희지도 검지도 않은 회색 구름이 모였다 흩어졌다 하고 있었다. 그리고 그럴 때 푸른빛은 여기저기서 언뜻언뜻 나타났다 사라지곤 하였다.

"이라다가 밤새거로 둘이 걷기만 해쌌다가 돌아가것다."

마침내 참다못해 문대가 먼저 걸음을 멈춘 곳은 모디기뱃가(칠암진七岩津)였다. 거기 남강 위에는 대나무 같은 긴 '간짓대'를 가지고 노 삼아 젓는 나룻배들이 여러 척 보였다.

얼이 머릿속에 지금은 노를 놓은 꼽추 달보 영감이 떠오르고 그 뒤를 이어 원채 얼굴이 그려졌다. 이제 얼이 자신이 원채가 되고, 문대는 얼이가 될 순간이었다. 입안의 침이 바짝 말라붙었다. 목이 컬컬했다. 문득, 얼이는 자기가 원채 아저씨만큼 나이 먹었다는 생뚱맞은 생각이 들었다.

'그래, 내는 어른이다. 어른이 아아들하고 우찌 다린지 알제?'

얼이는 그렇게 스스로를 다독거리면서 될 수 있는 한 천천히, 그리고 낮은 소리로 입을 열었다.

"시월 초엿샛날 알제?"

"……."

"모리나?"

"안다."

문대가 짧게 답했다. 하지만 벌써 표정부터가 다르다.

"그날이 바로 코앞에 닥칫다."

얼이가 말했다.

"코앞."

문대의 튼실한 어깨가 움찔하는 것이 얼이 눈에 똑똑히 비쳤다. 문대
는 아무 말도 하지 못했다.

"그래서 하는 말인데, 친구야."

얼이는 두툼한 가슴팍을 쑥 내밀면서 어린애들이 가지고 노는 사금파
리처럼 위험한 말을 툭 던졌다. 아무렇게나 휙 던지면서 노는 윷놀이를
하는 듯했다.

"우리 고을 농민군 지도부에서 백성들한테 통보한 초차괘방 봤제?"

"……."

문대의 묵언이었다. 얼이 목소리가 좀 더 가팔라졌다.

"안 봤나?"

문대 입에서 신음 같은 소리가 흘러나왔다.

"그, 그거 몬 본 사람 이, 있것나."

하도 곳곳에 많이 뿌려 심지어 개가 그 통문을 물고 다니는 것을 본
사람이 있다고 할 정도였다.

"우짤 끼고?"

얼이는 다짜고짜 칼로 찌르듯 물었다.

"니도 그날 갈라쿠나, 안 갈라쿠나?"

"음."

"내 말 듣나, 안 듣나?"

"드, 듣는다."

그러고는 계속 입을 다물었다. 지금 내가 보고 있는 저 강물은 상촌 나루터와 너우니를 거쳐 흘러 내려온 그런 물이겠지. 싱거울 정도로 너무나도 상식에 가까운 그러한 사실이 그때 그 순간에는 이상하리만치 얼이 마음을 강하게 휘어잡았다.

"우리 목牧 일흔세 개 면面 각 리里마다 열세 사람씩 해갖고 저 평거면 너우니에 모이라꼬 돼 있제."

얼이 목소리는 원채 목소리를 빼 박았다. 표정 역시 그랬다.

"니도 보고 내도 보고 다린 사람들도 모도 본 그 통문에 말인 기라."

그곳에서 동편으로 바라보이는 뒤벼리 드높은 하늘가를 날고 있는 것은 아마도 솔개가 아닌가 싶었다. 돝골에서 돼지 새끼를 채서 잡아먹었는지도 모른다. 혹시라도 어린아이를 해코지하지는 않았을까 모르겠다. 왜놈들같이 못된 놈. 총까지는 아니어도 활이라도 내 손에 있었으면. 돌팔매질로 잡기에는 거리가 너무 멀었다.

"그날 모인 백성은 모돌띠리 농민군부대로 변하거로 돼 있는 기라."

얼이는 목牧 관아가 있는 북쪽으로 고개를 돌려 매서운 눈으로 쏘아보았다.

"그래갖고 곧바로 관아로 쳐들어갈 끼고."

평소 그답지 않게 여전히 아무 대꾸도 하지 못하고 있던 문대는, 이윽고 물에 빠진 사람이 허우적거리듯 했다.

"그, 그리 되, 되것제."

얼이 입에서는 또 예사롭지 않은 이야기가 나왔다.

"추새미에 빠지 죽은 젊은 농사꾼 부부 안 있는가베?"

"그 사람들은 와?"

"몰라서 묻는 기가?"

문대는 의혹과 두려움이 섞인 눈으로 얼이 얼굴을 빤히 바라보았다. 보통 때 그가 생각하던 문대가 아니어서 얼이는 실망감과 더불어 부아가 치밀었다. 자연히 말도 약간 빼딱하고 퉁명스럽게 나왔다.

"그리 개죽음 당하는 거보담은 말이다."

얼이는 표정 하나 바꾸지 않고 담담하게 말했다.

"도로 싸우다가 죽는 기 백 배 낫다."

"죽는다."

얼이 눈이 또다시 뒤벼리 쪽을 노려보았다. 가파른 벼랑이 가까스로 떠받치고 있는 선학산 저쪽에는, 허연 옷을 입고 입가에 시뻘건 피를 묻힌 귀신들이 출몰한다는 오래된 공동묘지가 있다.

"묻힐 데는 천지삐까리다."

그렇게 말하는 얼이가 벌써 죽은 사람같이 느껴지는 문대 얼굴에서 핏기가 가셨다. 그는 귀신이 내는 소리라도 들은 사람 같았다.

"싸, 싸우다가 죽어 묻힐……."

얼이가 보기 흉하게 입귀를 일그러뜨렸다.

"안 묻히모 우떻노?"

"그, 그라모?"

"배고푼 까마구나 비루묵은 개떼들 밥이 돼주는 것도 안 괘안으까이."

문대 안색이 새파랗게 질렸다.

"어, 얼아."

"그거도 진무 스님이 말씀하시는 시주施主가 될 끼다."

얼이는 입술 사이로 신음소리가 흘러나오는 문대를 흘낏 보고 나서 말했다.

"또 있다. 화장해갖고 뼛가리가 돼서 저 강에 뿌려지는 거."

문대는 당장 얼이에게서 달아날 사람으로 보였다.

"고, 고만!"

돝골과 한들에서 온 똥장군들이 나룻배에 가득 싣고 온 과일을 보고 아낙들, 아이들 할 것 없이 우르르 그쪽으로 몰려가고 있다.

"문대 니도 보고 있제?"

그 광경을 가만히 지켜보며 얼이가 우두커니 섰는 문대에게 예언자처럼 말했다.

"우리 고을 백성이 저거맨치로 마이 모일 끼다."

문대가 응대하거나 말거나 얼이는 눈에서 빛이 나고 목소리도 단호했다.

"안 그라모 우리 고을 백성이라꼬 할 수 없다 아이가."

문대 얼굴이 울음을 터뜨릴 것같이 바뀌었다. 그런 후에 오랫동안 덮어오던 비밀을 털어놓듯 말했다.

"내도 요새 들어와갖고 밤에 잠 한숨도 몬 잤다."

"니도 내맹커로?"

그러고 보니 그의 눈자위가 푹 꺼지고 볼도 홀쭉하다. 영락없는 병자 행색이다. 사람이 몸을 망치기까지는 그다지 긴 시간이 요구되는 것도 아닌 듯싶다.

"하기사 우리 고을 사람이모 싹 다 그렇것제."

거기까지 말하다 말고 문대는 흠칫 놀라며 누가 막은 것처럼 입을 다물었다.

얼이 두 눈에 넘치도록 서리어 있는 것, 그건 분명히 소름 끼치는 살기다. 문대는 새삼 실감했다. 얼이는 이미 어른, 아니 농민군이 돼 있다.

"잠이 문제컷나."

얼이 입에서는 갈수록 두렵고 무서운 소리가 나왔다.

"스승님이 하싯던 그 말씀 안 잊아삣제? 와 안 있나, 두 달 보름 전쯤에 없어져삔 우리 고을 우뱅영에 대한 이약 말이다."

"어, 얼아."

권학의 문하생들 가운데서는 얼이 버금갈 만큼 대범하고 사내다워 '범대'라는 별명을 가지고 있는 문대도, 그 소리를 듣는 순간에는 한없이 나약해 빠진 어린 새처럼 비쳤다.

"와?"

얼이가 계속 물었다.

"겁나나?"

저만큼 나룻배에서 과일을 내려놓고 있는 똥장군들을 잠깐 보고 나서 곱씹었다.

"무서블 끼 머가 있다꼬."

얼이는 조금도 주저하거나 망설이지 않고 더더욱 위험한 말까지 끄집어냈다.

"친일정권 김홍집 내각이 한 짓이라 안 쿠시더나?"

문대가 황급히 손을 내저으며 말렸다.

"고, 고마해라."

하지만 얼이는 거기 모디기뱃가에 그자가 있기라도 하듯 했다.

"흥! 김홍집."

그 소리는 고삐 풀린 말이 치닫듯 당장 주변으로 달려가는 것 같았다.

"누, 누 들으모 우, 우짤라꼬?"

문대는 완전히 사색이 돼버렸다. 얼이가 무서워지기 시작했다. 그로서는 도저히 넘을 수 없는 거대한 산맥이 되어 버티고 서 있다. 얼이는 산이 내는 듯한 소리로 말했다.

"괘안타."

과일을 보고 환호하는 아이들 소리가 슬픈 노래인 양 강 위로 울려 퍼진다. 하지만 정작 그 소리를 들어야 할 자들은 지금 그곳에 없다.

"친일파 김홍집이 손 들어줄 사람 아모도 없다."

얼이는 귓가를 그냥 휙 지나가는 강바람처럼 내뱉었다. 그건 너무나도 예사로이 하는 말 같아서, 문대 귀에는 그 소리가 '오늘 날씨 참 좋다' 하는 정도로 들릴 지경이었다. 얼이는 뭔가 헤아려보는 표정이었다.

"스승님이 대놓고 우리한테 말씀은 안 하시도 안 있나."

물가에 잿빛 물새 한 마리가 사뿐 내려앉았다. 곧이어 그보다 몸집이 약간 작은 흰 새 두 마리도 같은 장소로 날아들고 있다.

"내사 그리 들었다. 니하고 또 다린 사람들은 우찌 들었는지 몰라도."

그곳 우병영右兵營의 폐지. 그것은 실로 엄청난 대사건이 아닐 수 없었다. 장차 일본이 조선을 집어삼키기 위한 일종의 초석이었다.

그런데 이 고장 마지막 병마절도사가 정녕 훌륭하다고 권학은 제자들 앞에서 입에 침이 마르도록 칭찬했다. 평소 칭찬에 인색한 편은 아니지만 여간해선 그런 과찬을 하지 않는 그였다.

"그렇게 소신과 강단이 있는 관리도 흔치 않을 게야."

그곳 병마절도사 민호준은 폐지된 우병영을 끝까지 지키고 있어, 고을 백성은 그런 그에게 슬픔과 존경심을 동시에 품고 있다는 거였다.

"우리 스승님이 그라시는 거, 여지껏 잘 몬 봤제?"

"몬 봤다."

얼이 입에서 바로 그 우병영 이야기가 나오자 문대도 민 병사가 떠올랐는지 굉장히 걱정스럽게 말했다.

"농민군이 성으로 쳐들어가모, 나라의 녹을 묵는 민 뱅사가 가마이 있것나?"

이번에는 얼이가 무어라 하지 못했다. 그러자 문대는 얼이 눈치를 보며 이렇게 말했다.

"울 아부지도 그기 젤 걱정이라 글 쿠시데."

얼이 얼굴에 그림자가 졌다. 그건 원채 아저씨도 똑같았다.

"없어져삔 우뱅영을 마즈막꺼지 지킬라쿠는 저런 고집 정도라쿠모, 그냥 쉽거로 넘어갈 위인은 아일 끼라 보네."

"그라모 우짭니꺼?"

얼이가 몹시 난감한 낯빛으로 묻자 원채는 상을 크게 찡그리며 대답했다.

"만약 그가 강하거로 나오모, 우리 농민군한테는 상구 큰 타격이 안 되것나. 사실 예삿일이 아이거마는."

얼이는 가슴이 서늘했다.

"에나 큰일입니더."

맞는 말이었다. 돈도 세도도 또 다른 어떤 것도 가지지 못한 농투성이들에게 종2품 병마절도사는 결코 만만한 상대일 수 없었다. 하지만 농민군이 목적을 이루기 위해서는 반드시 넘고 건너야 할 산이고 물이었다.

'저승사자가 따로 없을 끼라.'

얼이 머릿속에 이번에는 어머니와 원아 이모가 흥분한 목소리로 주고받던 말들이 생각났다. 임술년 농민 봉기 당시 우병사 자리에 앉아 있던 박신낙에 관한 이야기였다. 그자는 농민군이 관아를 함락하자 부하들에게 모든 죄를 뒤집어씌워 제 목숨을 부지하려는 아주 형편없는 목민관이었다고 했다.

"걱정이사 되제. 하지만도 우짜겟노."

잠시 후 얼이가 문대를 보며 말했다.

"구데기 무서버서 장 몬 담그모 안 된다꼬, 울 어머이가 장 말씀하시거마."

"그거는 무신 소리고?"

그 말뜻을 모를 리 없는 문대였다.

"민호준이가 우리 농민군을 막으모, 이 얼이가 가마이 안 있을 끼다."

그게 얼이 답변이었다.

"농민군이 이 땅에 벌로 발 붙일라는 나쁜 왜눔들 몰아내자 쿠는데, 지가 이 나라 녹을 묵음서 농민군한테 잘몬하모 그거는 안 되제."

돌골과 한들에서 똥장군들이 나룻배에 싣고 온 과일과, '배건너'에 사는 주민들이 가지고 온 쌀이며 보리며 땔나무 등은, 그때까지도 한창 물물교환 중에 있다. 서로 조금이라도 더 이익을 남기려고 얼굴이 벌겋게 된 채 열심히 무어라고 떠들어 대는 그들이었다. 그 모습들이 얼이 눈에 애절하고 고단한 삶의 한 장면으로 들어왔다.

'사람이 산다쿠는 기 머신고?'

얼이는 문득 산다는 게 콧날이 시큰해질 정도로 슬퍼졌다. 이제껏 이름 모를 풀 한 포기 작은 새 한 마리를 보더라도, 생명에 대한 경건함과 기쁨을 맛보았다. 어쩌면 언제나 하느님을 찬양하고 삶을 긍정적으로 이루려는 독실한 천주학 집안 출신인 혁노에게서 받은 영향인지도 몰랐다. 아버지 천필구의 마지막을 떠올리면 한없이 괴롭고 힘들기는 했지만, 그래도 살아 있다는 사실에 고통보다 환희를 느꼈다. 특히 효원과 만나는 그 순간에는 세상이 천국이었다.

그런데 왜일까? 사람살이가 저토록 비감스럽고 애틋하게 보이는 것은. 갑자기 가슴 밑바닥이 바퀴가 빠져나간 수레같이 마구 덜컹거렸다.

그 틈새로 찬바람이 쏴아 불어 닥쳤다.

죽음. 지금 나는 죽음을 떠올리고 있는 것인가? 이 나이에 벌써 그런 생각을. 시월 초엿샛날을 코앞에 두고 공포에 싸인다는 증거인가?

그래, 그날이 오면 무엇이 어떻게 될지 뉘 알겠는가? 임술년 때처럼 이번에도 성 밖 공터나 읍내장터같이 사람들이 많이 모이는 곳에서 농민군 처형이 행해질 수도 있다. 내 모가지가 망나니들이 휘두르는 칼에 의해 뎅겅 달아나는 광경을 어머니가 지켜봐야 할지도 모른다.

'내 생각이 짜다라 모지라는 기까?'

그런 의구심이 덤벼들었다. 문대를 농민군에 끌어들이고 싶다는 마음이 없어졌다. 서봉우 도목수에게 아들을 잃는 고통을 주고 싶지 않았다.

'아, 우찌하는 기 옳은 긴고 모리것다. 잘하는 짓인지 모리것다. 에나 모리것다.'

그러나 모두가 그렇게 몸들을 사린다면 어느 누가 농민군이 될 수 있을 것인가? 나 하나쯤이야 하는 생각만큼 안이하고 위험한 것도 없지 않겠는가? 스승에게서 배운 저 '책임감의 분산'이라는 것도 사실 곰곰이 따져보면 지극히 이기적인 발상에서 갈라져 나온 것일 게다.

'모리는 기 아이고 비겁한 기다.'

결국, 줄기차게 다짐해 온 일도 막상 실행에 옮겨야 할 결정적인 순간이 다가오면 그만 한없이 주저하고 망설이게 되는 것인가? 참으로 사내답지 못한 짓이다. 천필구 아들이 아니다. 아버지가 하늘에서 내려다보고 계신다.

'니가 누고? 내가 니 아부지 맞나?'

얼이는 모디기뱃가를 둘러보았다. 지금 여기 있는 주민들 가운데 그날 너우니에 모일 사람은 얼마나 되는지. 전혀 없지는, 아니 꽤 많은 이들이 저 초차괘방 통문에 마음이 움직여 가담할 수도 있다. 그러다가 잘못되면 그만 목숨들을 잃게 되겠지. 그렇다면 이 세상에서 마지막으로 보게 될 얼굴들이다.

얼이는 입을 다문 채 사람을 처음 보듯이 그곳 사람들 얼굴을 하나하나 바라보기 시작했다. 그들이 입고 있는 흰옷에 비해 피부가 돌갗처럼 너무나도 거칠고 검다. 애달픈 생활의 어두운 면을 보는 듯하다. 제대로 사람답게 한번 살아보지도 못하고 죽어야 한다면. 사람답게? 그래, 사람답게.

거기 모디기뱃가는 촉석루나루터, 호탄의 범골나루터와 더불어 그 고을을 대표하는 나루터다. 상촌나루터는 좀 떨어져 있다. 한평생 나루터를 지키는 '나루지기'로 살아가고 싶다는 생각을 해본 적도 있었다.

그게 언제였던가. 한 번은 왜 그곳을 '나루터'라고 부르지 않고 '뱃가'라고 하느냐고 물은 적이 있다. 그때 어머니와 원아 이모는 우리도 그 이유는 모르겠다며 고개를 갸우뚱했다. 그러자 비화 누이가 잠깐 짚어보는 눈치더니 이렇게 말했다.

"모디기뱃가는 교통 장소보담도 물자를 나르거나 물물교환 하는 데라 놔서 그리 부리는 기 아일까 시푸다."

얼이 눈길이 나룻배를 몰고 있는 사람들을 향했다. 대개가 돌골 농사꾼들이다. 그들은 돌골과 한들의 넓은 들판에다 무, 배추, 수박, 참외, 배, 복숭아, 자두 같은 것들을 키웠다. 눈물겹도록 부지런한 사람들이다. 하지만 더 눈물겨운 건 그들이 그렇게 노력을 하면서도 평생 가난의 굴레에서 벗어나지 못한다는 아픈 사실이다. 그리고 그건 눈물을 떠나 분노다. 더 나아가 저항이다.

'쎄빠지기 일해도 몬사는 이거는 대체 운제 누가 맨든 벱이고?'

아아, 시월 초엿샛날에 저들 중 농민군으로 변신해 있을 사람은 과연 누구일까? 그가 내 앞이나 뒤, 혹은 옆에서 죽어가는 모습을 보아야 한

172

다면? 아니, 그보다도 그들이 이 얼이가 죽는 것을 지켜보게 될 공산이 더 클 것이다. 당연하다. 마땅히 그래야만 하리라. 나를 실은 상여를 저들이 메게 해야 한다.

'아아, 이 내미. 에나 조오타!'

얼이는 코를 벌름거렸다. 똥오줌 냄새다. 오줌통과 똥통이 나룻배에 많이 실려 있다. '배건너' 주민들에게서 쌀, 보리, 땔나무 외에도 똥오줌을 얻어가기 위해서다.

얼이는 하늘가를 올려다보았다. 곧 낙조가 떨어질 시각이다. 이날따라 하늘도 땅도 또 사람들도 모두가 평상시 같지 않았다. 그 모든 것이 난생처음 보는 듯하다. 아마도 신이 조화를 부린 성싶다.

얼이는 아직 오래 살지는 않았지만, 사람이라든지 자연이 여느 때와는 다소 다르게 보인다거나 새롭게 느껴질 때, 꼭 그 자신에게 예상치 못했던 어떤 특별한 일이 일어나곤 했다.

'일어날라모 일어나라제.'

얼이는 그 '특별한 일'에게 말했다.

'내사 하나도 겁 안 난다 고마.'

그때다. 별안간 문대가 '크크' 웃음을 터뜨렸다.

"무, 문대."

얼이는 바보처럼 멍해졌다. 지금 같은 이런 시점에서 웃음이 나오다니?

'운다모 또 모리것다.'

하지만 문대는 얼굴이 화롯불처럼 빨개지도록 그 웃음을 멈추지 못했다. 마치 웃지 못해 죽은 귀신이 문대에게 씐 듯했다.

'해나 문대가?'

얼이는 섬쩍지근했다. 머리털이 거꾸로 곤두섰다. 도저히 감당할 수 없는 고민과 두려움이 문대를 이상한 사람으로 몰아가는 것은 아닐까? 그렇다면 그 책임은 이 얼이에게 있다. 잘 있는 벗에게 농민군 이야기를 하여 그를 잘못되게 하는 꼴이 아닌가?

"함 들어볼 끼가?"

이윽고 웃기를 그친 문대가 그 까닭을 털어놓았다. 그런데 얼이가 진작부터 알고 있는 내용이다. 오줌통과 똥통을 실은 나룻배를 타고 시집간 신부 이야기다.

그러나 얼이는 엉터리 이야기인 줄 알면서도 모르쇠로 나갔다. 신부가 인분 냄새를 맡지 않으려고 코를 막았다가 숨이 막혀 죽었다는 말을 들을 때는 경악하고 슬퍼하는 모습으로 가장했다.

"아, 우짜노? 신랑 되는 사람은 또 올매나 불행하것노?"

문대가 박장대소를 했다.

"내가 멋있거로 기싯다. 이쯤 되모 내 머리도 그리 나쁜 쪽은 아이다, 그자? 준서만치는 몬 돼도. 하하하."

얼이는 문대가 일부러 정신 나간 사람처럼 웃는 연유가 짐작되어 그를 따라 함께 웃진 못하고 그 대신 주먹으로 콱 쥐어박는 시늉을 했다.

"이 자슥잇!"

그런데 문대 또한 주먹을 피하는 듯한 동작을 취하면서 하는 소리에 얼이는 그만 가슴이 뭉클해지고 말았다.

"고맙다, 얼아. 암시롱 몰라서 속아 넘어가는 거맹캐 해줘서. 역시 얼이 니는 진짜 내 동무다. 인자 내 멤이 쪼매 낫다."

강에는 나룻배 몇 척이 둥둥 떠 있고 그 위로 물새들이 선회하고 있는 장면이 멋진 한 폭의 동양화를 연상시켰다. 얼이는 문득 그림 속의 정지된 인물이 되고 싶다는 충동에 사로잡혔다. 그냥 가만히 있기만 하면 된다는 것은 얼마나 마음 편하고 여유가 넘치는 삶이겠는가. 그러자 폭삭 늙어버린 느낌이었다.

'그런데 문대가 또?'

그 지어낸 거짓 이야기를 마친 문대 얼굴이 갑자기 다른 사람처럼 변했다. 우는 것 같기도 하고 찡그리는 것 같기도 하고 성내는 것 같기도 하고 무서워하는 것 같기도 하고…….

'저 얼골!'

얼이는 큰 충격을 받았다. 한세상 살아가면서 그렇게 복잡다단한 얼굴을 대하기도 흔치 않을 것이다. 유사한 경우가 하나 있기는 하다. 천주학을 하다가 병인박해 때 순교한 전창무의 외동아들 혁노. 그의 얼굴에서도 이 세상 모든 슬픔과 아픔을 짊어진 것 같은 빛을 읽고 몹시 당혹스러워했던 기억이 있다.

얼이는 확신했다. 자신이 간파했던 대로 문대는 그의 마음속에 잔뜩 도사리고 있는 두려움을 몰아내기 위해 억지웃음을 터뜨린 것이다. 그렇긴 해도 그 표정을 통해 얼이는 문대 말을 들었다.

- 그날, 내도 간다.

그때 어떤 노파 목소리가 놀빛에 젖는 남강변을 울렸다.

"모도 퍼뜩 모디기뱃가로 오이라!"

얼른 소리 나는 곳을 보니 듬성듬성하게 얼마 남지도 않은 머리카락이 허옇고 입이 해묵은 홍시처럼 합죽한 노파가 개선장군인 양 외치고 있었다.

"시방 돝골과 한들에서 온 똥장군들이 과일 싣고 돌아간다쿤다!"

자연의 황혼 아래서 '인생의 황혼'에 접어든 노파가 흡사 저승길을 재촉하듯 그렇게 막 서두르는 것이다.

"쌔이 물건 갖고 와서 바꿔 가라이!"

얼이는 저러다가 혹시라도 노파가 기력이 다해 쓰러지지나 않을까 염려가 되었다. 하지만 그러고 나서도 노파는 맨 처음에 했던 말을 되풀이하였다.

"모도 퍼뜩 모디기뱃가로 오이라!"

마침내 그 소리가 얼이 귀에는 이런 말로 들렸다.

– 모도 퍼뜩 너우니로 오이라!

문대가 남강 상류 쪽 서녘 하늘을 올려다보며 또 한 번 아주 엉뚱한 이야기를 꺼냈다.

"저 노을 말이다, 노을."

얼이가 바라본 그의 몸이 노을빛을 받아 붉은 사람을 방불케 했다. 몸뿐만 아니라 목소리도 붉었다.

"노을에는 저녁노을도 있고 아츰노을도 안 있나? 그란데 와 사람들은 장마당 노을 하모, 꼭 저녁노을만 떠올리는고 모리것다."

'아, 효원!'

그러자 얼이는 밑도 끝도 없이 효원 얼굴이 떠올랐고, 자신도 모르게 앞뒤 연결도 되지 않은 소리들을 주절주절 늘어놓았다.

"노을이라쿠는 거는 우째서 그런고 상구 쓸쓸하고 외로븐 느낌을 주는 기라서 안 그러까이?"

노을이 마지막 빛살을 내뿜어 그들 얼굴을 한층 붉히고 있다. 아니다. 실은 마음의 빛이 붉어진 탓일 게다.

문대가 그런 소리는 듣기 싫다는 듯 말했다.

"얼이 안 답거로 그기 무신 말고?"

바람에 일렁이는 물살이 추상적이고 불규칙적으로 보였다.

"우째야 얼이다른데? 그라고 아츰노을은 좋은 기다 아이가."

그러다가 얼이가 불쑥 하는 소리가 그 가짜 이야기보다 더 뜬금없었다.

"비화 누야가 소촌역에 좋은 땅이 나왔다 쿠더라."

그러나 끝내 얼이 볼 위로 눈물이 흘러내렸다.

"얼아."

문대가 놀란 얼굴로 바라보다가 견딜 수 없었는지 다른 쪽으로 고개를 돌려버렸다. 놀빛을 받은 얼이 눈물은 핏물을 연상시켰다.

점차 어두워지는 모디기뱃가는 먹물 번지는 화선지를 닮았다.

소촌찰방의 추억

비화가 제법 괜찮은 땅이 급매물로 나왔다는 말을 전해 듣고서 소촌 역으로 간 것은 시월 초이튿날이었다. 바로 동학농민군 지도부에서 저 초차괘방을 통해 백성들에게 너우니에 모이라고 한 그날을 사흘 앞둔 때였다.

하루하루 거사 날짜가 가까워질수록 온 고을은 숨이 막힐 정도의 초 조와 긴장감에 휩싸였다. 겉으로는 잔잔하지만, 안은 소용돌이치는 깊 은 물 속과 다르지 않았다. 어쩌면 유서 깊은 그 고을 전체가 송두리째 날아가 버릴지도 모른다.

비화 마음도 남의 마음같이 제대로 잡히지 않았지만 이럴 때일수록 여유를 가질 필요가 있었다. 우정 댁과 원아는 제정신이 아닌 듯했다. 그건 옆집 한돌재와 밤골 댁도 똑같았다. 밤골집에는 매일 밤같이 판석 과 또술, 태용을 비롯한 농민군들이 박쥐처럼 찾아들었다. 그러고는 유 춘계가 지은 '언가'를 함께 소리 낮춰 불러대며 결의를 다졌다.

'그만치 맴들이 불안하다는 이약이것제.'

그렇게 생각하는 비화 마음 한쪽 귀퉁이에 무척이나 걸리는 사람이

안석록이었다. 그는 원아에게 굉장히 신경을 기울이는 눈치였다. 원아
도 안 화공 앞에서는 내색을 하지 않으려 애썼다. 혼례를 치르지 않고
사실혼事實婚을 유지하고 있는 사이처럼 비쳤다. 그런 부부는 아무리 좋
게 보려고 해도 좀 그랬다.

'백년가약을 맺은 부부도 넘인갑다.'

비화는 마음의 벽이 푸슬푸슬 허물어지고 그 사이로 냉기가 끼쳐 드
는 느낌이었다.

'하매 혼래를 올린 기 운젠데…….'

그러나 비화가 가장 불안을 느끼는 쪽은 당연히 얼이일 수밖에 없었
다. 죽은 천필구와 한화주 원혼이 한꺼번에 씐 것 같아 보였다. 그뿐만
이 아니라 저 임술년 비명에 간 모든 농민군 혼백들이 얼이 몸속에 들어
와 있는 것 같았다.

비화는 굳게 결심했다. 나 하나라도 평심平心을 잃지 말아야 한다. 어
디선가 평심이 곧 도道라는 말을 들었다. 그 절박한 와중에도 소촌역 땅
을 둘러보러 온 것은 바로 그런 다짐 가운데 하나였다.

그러함에도 불구하고 막상 소촌역으로 들어서는 그 순간부터 비화의
마음은 광풍에 부대끼는 나뭇잎처럼 흔들리기 시작했다. 옆에서 묵묵히
걷고 있는 남편 재영이 없었다면 그대로 돌아 나올 뻔했다. 비화는 날이
갈수록 심약해지는 자신이 증오스러울 정도로 한심했다. 그녀는 모두가
존경하는 김호한의 핏줄, 곧 '장군의 딸'인 것이다.

소촌역은 오랫동안 목牧의 관문 역할을 해오면서 찰방察訪의 통제를
받은 꽤나 큰 역촌마을이다. 바로 그 기억이 되살아나면서 비화의 머릿
속에서 좀처럼 지울 수 없는 게, 혁노의 부모 전창무와 우 씨 부부 모습
이었다.

'시상에, 무두묘가 다 머꼬?'

왜 그가 마지막으로 몸을 눕힌 곳이 그렇게 불리어야 한다는 것인가? 하지만 머리 없는 무덤 못지않게 비화 가슴팍에 옹이로 박힌 게 창무의 유족인 우 씨 모자였다. 얼굴을 천으로 가리고 남의 눈을 피해가며 나루 터집으로 찾아왔던 그녀. 그리고 미치광이 짓을 하던 그의 아들 혁노.

지난날 대원군의 천주학 대박해가 시작되어 조선팔도가 천주학 신자들에 대한 색출 작업으로 무섭게 들끓고 있을 때, 그 선봉에 서서 칼을 마구 휘두른 게 바로 찰방이었다. 국가 도로망의 주요 지점에 위치하는 찰방은, 공문서 발송이며 관물 우송, 출장 관리들 교통편의 제공뿐만 아니라, 더 나아가 정보 수집과 범죄인에 대한 검문검색 임무도 맡고 있었던 까닭이다.

이윽고 그들은 저만큼 소촌찰방 관아가 바라보이는 곳까지 당도하였다. 얼마 전 우정국이 새로 만들어져 근대식 우편제도가 신설된 후로 찰방제도가 폐지돼버린 탓에, 지금은 사용하지 않고 거의 비워둔 상태라는 소리를 들었다. 그런 선입견 탓인지 어딘가 잿빛 그림자가 길게 드리워져 있는 듯 약간 어둠침침하고 으스스한 분위기를 풍겼다.

그러나 금방이라도 훌쩍 날아갈 성싶은 기와지붕과 높다란 계단, 특히 커다란 건물 채는 아직도 예전의 위엄을 그대로 지니고 있었다. 그 안에서 역참驛站 일을 맡아 보던 외직外職 문관이 큰기침하면서 밖으로 나올 것 같았다. 건물 앞쪽 마당에 서 있는 나무들은 그곳을 지키는 파수꾼 같아 보였다. 그래서인지 왠지 모르게 사람을 위압하는 느낌을 주었다.

"집이고 물건이고 간에, 손을 안 보고 그냥 놔 놔삐모 암만캐도 좀 그렇거마."

"사람도 안 그러까예?"

"사람 말이오?"

"예."

"하기사 우떤 으미에서는 더 그랄지도 모리겄다는 생각이 드요."

"그래서 모도 움직일라 안 쿠까예."

비화와 재영은 잠시 걸음을 멈추고 소촌찰방 관아와 이만큼 떨어져서서 이야기를 나누었다.

"한창때 저 소촌찰방 위세에는, 어지간한 수령급들도 꼼짝 몬 했다 아이요."

"아, 그랬어예?"

"하모, 말도 마소."

재영은 느낌이 남달랐다. 그가 허나연과 정신없이 애정 도피 행각을 벌이고 있을 때였다. 소촌찰방이 거느리고 있는 역졸들과 맞닥뜨리면 그의 온몸은 쪼그라들고 가슴은 쿵 내려앉기 일쑤였다.

'역시 사람은 죄 짓고는 몬 사는 기라.'

역졸들이 둘러쓰고 있는 검은색 벙거지는 공포 그 자체였다. 바람난 사내계집 잡는 일 따위를 할 찰방 역졸들은 아니었지만, 그래도 도둑이 제 발 저리다고, 혹시라도 우리를 체포하려고 하지는 않을까 신발이 벗겨진 줄도 모르고 부리나케 달아나기도 했다.

'암만캐도 내한테 잡구신이 씌잇던 기다. 안 그라고서야 우찌 그런 짓을 했것노.'

재영이 그런 침침한 기억에 빠져 있는데, 비화 역시 아직 한참 어렸을 적에 아버지 손에 이끌려 거기 왔던 기억을 떠올렸다. 무관 출신인 호한은 늘 딸을 아들처럼 씩씩하게 키울 요량으로 관직 이야기를 아주 세세히 들려주곤 했었다. 비화 귀에 그날의 아버지 음성이 들려오는 듯하여 가슴이 뭉클해지고 코끝이 시렸다.

"소촌찰방은 말이다."

"예, 아부지."

딸은 유난히 영리해 보이는 두 눈을 반짝거리며 아버지 얼굴을 쳐다보았다.

"나라의 육상, 통신, 정보를 맡는 관리라서, 현감보다도 서열이 더 높다."

"아, 그래예?"

딸에게 무엇을 가르칠 때면 간혹 그러듯이, 지역 방언보다 한양 말씨에 가깝게 들리는 아버지 음성에는, 정겨움과 근엄함이 동시에 묻어났다.

"그래서 찰방을 벌줄 수 있는 직속상관은 병마절도사밖에 없다 아인가베."

딸은 발돋움을 하여 까치발로 서서 그 건물을 올려다보며 감탄했다.

"그리키나 높아예?"

아버지는 그중 큰 나무꼭대기로 눈을 돌리며 말했다.

"하늘이 따로 없제."

그렇지만 여자아이의 귀를 가장 솔깃하게 잡아끈 것은, 말만 들어도 어쩐지 심장이 쿵쿵 뛰는 저 암행어사 이야기였다. 당시 비화 마음에 암행어사라고 하면, 영의정은 물론이고 임금보다 더 높은 사람이었다.

그런데 그 암행어사도 소촌찰방이나 찰방 역졸들에게 정보를 얻어갔다는 것이다. 하지만 그 뒤에는 그늘도 있었다. 찰방이나 역졸은 그런 힘을 악용하여 부정부패를 저지르기도 했다는 것이다.

'하여튼 누든지 일단 지 손에 칼자루만 쥐었다 쿠모 와 그 짓이꼬.'

그런데 비화의 그 마지막 기억이 불러낸 것일까? 비화는 너무나도 달갑잖은 뜻밖의 인물을 보고 경악했다. 재영도 여간 당황하는 게 아니었다.

임배봉, 그자가 나타난 것이다. 저기 대단히 크고 으리으리한 가마가 오고 있구나! 하고 무심코 바라보고 있는데, 사인교를 멘 가마꾼들이 몸을 구부려 땅에 내려놓은 가마 속에서 밖으로 나오는 사람이 배봉이었다. 가마가 부서지지 않고 용케 형체를 유지하고 있다는 생각이 들 정도로 비대한 몸집이었다.

"……"

비화와 배봉의 눈이 딱 맞부딪는 순간, 세상은 번쩍! 빛을 발하며 온통 까맣게 타버리는 듯했다. 배봉 역시 오늘 또 이런 곳에서 만나다니 참으로 끈덕지고 모진 악연이구나! 하는 기색이 뚜렷하였다.

"우리 비화가……"

배봉의 그 말에 비화는 머리가 띵했다. 우리 비화라니? 우리, 우리……. 저놈이 또 무슨 수작을 부리려고 내 이름 앞에 그런 말을 붙이는가. 그녀가 바짝 긴장의 끈을 늦추지 않고 있는데, 배봉이 또 먼저 말을 뱉어냈다.

"소촌역꺼지 전담 사로 왔거마는."

그 경황없는 중에도 비화는 배봉이 나이를 거꾸로 먹는지 아직도 정정하다는 생각을 했다. 그뿐만 아니라 눈치가 젊은 사람보다 빠른 듯싶었다. 비단처럼 반지르르 순발력만 늘어난 모양이었다.

"나루터집 여주인이 대단키는 대단타. 에나 존갱시럽거마는."

배봉은 기력도 좋았다. 계속 입을 놀렸다.

"이라다가 조선팔도 땅 모돌띠리 사삘라. 흐흐."

비화는 내심 역공격할 말을 궁리하면서도 궁금했다. 소촌찰방 관아에는 무슨 일로 왔을까? 더욱이 지금 이곳은 비어 있다.

'요런 데 놀로 온 거는 아일 끼고.'

나무들도 의아해하는 얼굴로 보고 있는 것 같았다. 진득진득한 배봉 음성이 다시 들렸다. 이쪽 속을 명경 알처럼 들여다보는 듯했다.

"배봉이 저눔이 요는 우찌 왔으까 시푸제?"

비화가 무어라 입을 열려는데 배봉은 틈을 주지 않으려는 태세였다.

"내 이약부텀 들어 봐라꼬."

서른세 해 꿈 이야기 하는 사람 같았다.

"지난분에 해랑이가, 아니 우리 맏며누리가 비단 판촉 활동하는 거……."

배봉은 자기 뒤쪽에 호기심 어린 얼굴로 서 있는 가마꾼들을 슬쩍 돌아보고 나서 말을 계속했다.

"맨 앞에 나와 서갖고 열심히 봐줘서 고맙다쿠는 인사도 몬 했다 아인가베. 그거는 사람 도리가 아이거등."

비화는 그날의 장면들이 떠올라 말없이 배봉을 노려보고 있는데 재영이 되받았다.

"신주단지 뫼시듯기 해쌌는 며누리를 천한 광대 맨든 일이 머가 자랑이라꼬 이라는 기요?"

그러자 당장 배봉 눈썹이 벌레처럼 꿈틀하더니 독기를 내뿜듯 했다.

"머라?"

재영이 한 번 더 쏘아붙였다.

"고마 떠벌리모 좋것거마는."

"시방?"

배봉도 그렇지만 비화는 더 놀랐다. 소심한 내 남편이 근동 사람들은 혀를 휘휘 내두르게 만드는 천하 개망나니 배봉을 상대로 저런 말까지 할 수 있다니.

배봉은 졸지에 기습당한 표정을 풀지 못했다. 여편네 치마폭에만 폭 싸여 지내는 형편없는 졸장부라고 들었는데 혹시 그 소문이 잘못된 것인가? 그렇다면 왜 그런 소리가 나왔지? 아니 땐 굴뚝이면 연기가 나올 리 없는데? 그럼 아니 땐 연기에 굴뚝이 나온 건가?

그러나 배봉은 배봉이었다. 어떤 위기에 몰린다거나 난감할 때면 단 골로 나오는 그 호방한 웃음을 터뜨렸던 것이다.

"하하핫! 으하하핫!"

비화와 재영의 눈이 마주쳤다. 가마꾼들도 서로 무어라 수군거리기 시작했다. 소촌찰방 관아가 이쪽으로 비스듬히 몸을 기울이는 것 같았다.

배봉의 연기력은 너무나도 뛰어나서 실제로 파안대소하는 것처럼 눈가에 눈물마저 번져 나왔다. 그러자 물기 젖은 얼굴이 이제까지보다 더 추해 보였다. 마치 오물에 담갔다 꺼낸 얼굴 같았다.

하지만 그 눈물 자국이 채 마르기도 전에, 상대가 방심한 틈을 타서 홀연 비겁한 무기를 날리는 게, 그의 간악한 처세술임을 비화는 익히 깨치고 있다. 남편이 그 흉기에 다치기 전에 보호해야 할 긴박감을 느꼈다.

"웃음소리가 삐가리(병아리) 기침소리보담도 몬하거마는."

배봉이 입을 열려는데 이번에도 비화가 또 가로막았다.

"개미가 웃어도 그보담은 낫것소."

배봉은 억지 울상을 지으며 빈정거렸다.

"니 집구석은 웃음이 떨어지고, 눈물만 강을 이룬다쿠는 거 다 알고 있제. 온 동네방네 소문이 났더마. 흐흐."

비화 눈에 증오와 조롱의 빛이 서렸다.

"거 집구석은 술이 못을 이루고, 괴기가 숲을 이룬다쿠는 거 다 알고 있제. 온 동네방네 소문이 났더마. 호호."

그러자 배봉 얼굴에서 눈이며 코, 입이 한층 한가운데로 우 몰리는 인상을 주었다. 못 배운 그였지만, 그 말은 향락이 극에 달한 방탕한 생활을 이르는 말이란 것쯤은 알고 있었다.

"술? 괴기?"

"와 그라요? 괴기가 술 묵는 거 본 사람매이로."

소촌찰방 계단 위에 날아와 앉은 비둘기들이 주둥이로 열심히 무언가를 쪼아대고 있었다. 거기에 뭘 먹을 게 있는지 모르겠다.

"니년, 니년이!"

"내년, 내년은 오데로 보내삐고, 니년, 니년만 찾는 기요?"

말 갖고는 여자 당할 사내 없다 했다. 배봉은 제 성깔대로 하지 못해 방방 뛰었다.

그렇지만 그는 쉽게 무너질 위인이 아니었다. 그의 입에서는 최후의 독화살이 튀어나왔다. 비화는 전신에 치명적인 상처를 입는 아찔한 기분이었다. 배봉이 그런 목적으로 여기 왔다니?

재영도 믿을 수 없다는 표정으로 멍하니 섰다. 그는 오도 가도 못 하는 한 그루 나무를 떠올리게 했다.

"새파랗거로 젊은 기 하매 귓구녕이 멀은 것가?"

비화 귀에 방금 배봉이 필살의 무기로 날린 말이 철퇴처럼 윙윙 돌았다.

'내가 저 소촌찰방 관아를 살라꼬 왔다!'

배봉의 말 한마디 한마디에는 듣는 사람을 철저히 마비시켜버리는 엄청난 독소가 서려 있었다. 그건 삼척동자조차도 믿지 않을 소리였다. 하지만 비화는 그 말속으로 속절없이 끌려 들어가는 자신을 보았다.

무관 출신 아버지와 소긍복 같은 양반마저 굴복시킨 배봉이다. 일본에까지 비단을 수출하는 수완을 가진 장사치다. 고을 목사를 매수하여 나루터집에 특별세무조사를 하게 한 원흉이다. 무엇보다도 해랑을 며느리로 만든 장본인이다. 그런 배봉이라면 소촌찰방 관아를 제 손에 넣을 수도 있다.

비화는 언젠가 저주했던 말을 똑똑히 기억하고 있다. 배봉이 일본에 비단을 수출한다면, 나는 일본 땅덩어리를 모조리 사버리겠다고.

비화가 배봉의 말을 흰소리라고 무시해버릴 수 없는 것은, 이즈음 조선이 너무 형편없는 나라로 전락하고 있음을 잘 알기 때문이다. 만나는 사람마다 말했다.

"조선은 망해뺏다."

"지구 종말이 온 기라."

나라에 돈이 없어, 일반 개인의 살림집으로 치자면, 광에 쥐 한 마리가 물고 갈 쌀 한 톨 없는 극빈 가정이었다. 실제로 요즘 국가에서는 나라 땅이나 건물을 내지인이나 외국인에게 팔아넘기려고 한다는, 아니 벌써 그렇게 하고 있다는 풍문이 나돌았다. 그건 유언비어가 아니라 사실인 것 같았다.

'억장이 다 무너질 소리 아이가.'

비화는 절망했다. 하지만 그것을 넘어 기대했다, 시월 초엿샛날을. 그리하여 임술년 농민 봉기 당시와 마찬가지로, 관군에게 승리한 농민군이 임배봉 같은 악덕 부자나 강득룡 목사 같은 탐관오리를 처단해 주기를 소원했다.

지방의 주州와 현縣에 있던 수령의 탐학을 조정에 보고하던 소촌찰방 관아가 대체 누구 손에 넘어간다는 것인가? 그보다 한참 더 예전인 임진년에 왜군과 싸울 때, 소촌찰방이 백의종군하는 몸으로 수곡 진뱀이에서 군사훈련을 하고 있던 이순신을 찾아가서, 왜군을 물리칠 대책을 논의했다는 이야기도 들었다. 그런 찰방 관아를 임배봉이 제 손아귀에 넣을 꿈을 꾸는 그런 세상이 돼버렸다니.

"배봉 나리! 저런 건물을 사서 머하실랍니꺼?"

빼빼 말라깽이 가마꾼이 배봉에게 물었다. 그러자 배봉이 이거 잘됐다는 듯 비화를 힐끔 보고 나서 대답했다.

"개조해갖고 우리 동업직물 비단 전시장으로 이용할라쿠네."

몸뚱어리 퉁퉁한 가마꾼이 말했다.

"그 옆에 있는 저게 넓은 공터꺼정 모돌띠리 사 넣어갖고 큰 비단공장을 세우모 상구 더 좋것거마예."

배봉이 아주 기분 좋게 웃었다. 숫기 좋게 언죽번죽 구는 그 넉살에는 세상 누구도 못 당할 것이다. 그러더니 사업 기밀 하나를 알려준다는 듯이 말했다.

"공장 부지는 여게보담 몇 배 좋은 데를 사놨다 아인가베."

가마꾼들이 필요 이상으로 놀라는 시늉을 했다. 배봉의 힘은 저 위에서 저 밑까지 미치지 못하는 데가 없는 성싶었다.

"호오, 그리 좋은 땅을!"

"거가 오덴데예?"

그곳에는 말라깽이와 뚱뚱이 말고도 또 다른 가마꾼 두 사람이 더 있었는데, 그냥 평범해 보이는 얼굴과 체구를 가진 그들은 이상하리만치 입을 굳게 다문 채로 서 있었다.

"오데냐꼬? 난주 보모 알것지만도, 고을 목사가 있는 관아 건물은 상대도 안 될 끼라."

말라깽이가 너무너무 부럽다는 얼굴로 신세타령 늘어놓듯 했다.

"우리매이로 코딱가리만 한 토지도 없는 사람은, 저 정도 농사지을 땅만 있으모 허리가 탁 뿔라져도 좋은께 에나 열심히 살아볼 낀데…….
요새 겉으모 하도 속이 답답해서 고마 오데 가갖고 있는 대로 고함이라도 실컷 지리모 좋것다."

뚱뚱이가 문득 떠올랐는지 이렇게 말했다.

"시월 초엿샛날 너우니에 가서 그래보지 와?"

"시월 초엿샛날? 너우니?"

말라깽이가 되묻자 뚱뚱이는 무언가 억울하다는 얼굴이 되었다.

"다 우리 겉은 사람들일 낀께, 욕도 안 할 끼거마는."

경계를 늦추지 않은 자세로 듣고 있던 재영이 가마꾼들 이야기에 끼어들었다.

"우리 그날 같이 가 보이시더."

그러자 배봉 상판이 더없이 험악해지며 저주 퍼붓듯 했다.

"죽을라모 가 봐라꼬."

노란색과 갈색이 섞인 낙엽 하나가 배봉이 타고 온 사인교 위로 떨어져 내렸다.

그곳 나무에는 이상하게 새가 날아들지 않고 있었다. 소촌찰방이 문을 닫으면서 나무에 붙어사는 벌레들도 모조리 떠나버린 걸까? 그래 비둘기들도 배가 고파 계단만 쪼아대고 있는 건 아닌지 모르겠다.

"임술년 농투산이들 꼴 날 끼다."

배봉이 계속 겁을 주었다. 비화가 차갑게 내뱉었다.

"그리 될랑가 안 될랑가 누가 알아서?"

배봉이 볼썽사나운 웃음을 지었다. 상판대기가 꽹과리 같다더니, 파렴치하기가 단연 타의 추종을 불허할 만했다.

"우리 내기하까?"

유치하기 그지없는 소리가 이어졌다. 하긴 딱 그의 수준이다.

"동업직물하고 나루터집 걸어놓고."

"목심을 안 걸고?"

그러면서 재영이 또 나서려는데 배봉은 비화만을 상대로 하겠다는 품새였다.

"니가 이기모 우리 동업직물을 니한테 주고, 내가 이기모 너거 나루터집 내한테 주고."

비화 입언저리에 야릇한 웃음기가 피어났다.

"말한다쿠는 기 똑……."

"내가 말하는 기 똑 우때서?"

"하기사 몬 배운 그 머리에서 머가 나오것노? 아모것도 들어 있는 기 없다는 거는 소도 알고 개도 안다데."

"머?"

일순, 배봉 안색이 돌변했다. 그가 가장 듣기 싫어하는 소리를 비화가 한 것이다. 여유 철철 넘치는 것처럼 굴던 배봉이 성난 불곰같이 씩씩댔다.

"네 이녀언! 몬 배운 머리? 온냐, 좋다. 내는 천해빠진 신분이 맞았제."

소촌찰방 관아 기와지붕이 와르르 내려앉을 듯이 불안해 보였다. 건물은 사람이 기거해야 수명을 유지한다더니, 빈집이 되자 아무도 돌보지 않은 늙은이처럼 쇠약해져 버린 흔적이 엿보였다.

"니년이 방금 말한 소하고 개 겉은 짐승보담도 몬했던 기라. 그란데 몬 배운 내 머리하고, 한거석 배왔다쿠는 니 애비 머리하고, 둘이 싸와서 우찌돼 있노?"

말라깽이와 뚱뚱이 가마꾼은 그 말싸움이 재미있는지 계속 들으면서 서 있고, 말이 없는 가마꾼 두 사람이 다리가 아픈지 내려놓은 가마 옆 땅바닥에 쭈그리고 앉는 모습이 보였다. 비화는 이런 생각이 들었다.

'착해 비이기는 한데 좀 딱한 사람들 아이가.'

나무가 있는 곳으로 가서 그 둥치에 등을 기댄다든지 근처 바위에 앉아 좀 더 편안한 자세로 쉬어도 되련만 그렇게 불편한 짓을 하는 게 보기 영 그랬다. 어쩌면 배봉의 호출이 언제 갑자기 떨어질지 몰라 비상대기를 하는 것 같은 꼬락서니였다. 그리하여 조금만 늦어도 경을 치게 될 것이다. 아마도 그럴 공산이 더 컸다. 비화는 배봉이 더욱 가증스러웠다. 이 더럽게 나쁜 인간아, 저도 없이 살아본 놈이 아니더냐.

"요분에 너우니에 사람들이 모이모, 임술년 그때하고는 다릴 끼요."

비화가 싸늘한 눈빛으로 말하자, 배봉도 입에서 얼음조각 뱉어내듯 했다.

"하모, 다리것제. 그때 당시는 앞에서 설치쌌던 주모자들만 죽었지만도, 인자는 씨도 안 냉기고 모돌띠리 몰살시킬 낀께네. 에나 볼 만할 끼 거마는."

"시상이 배뀔 수도 있다쿠는 생각은 몬 해봤소?"

옆에서 그 소리를 들은 가마꾼들이 일제히 비화를 바라보았다. 저런 무서운 소리를 겁도 없이 하다니, 하는 빛이 역력했다.

"내 당장 관아에 달리가서 시방 니년이 핸 소리 그대로 싹 일러바칠 낀께 그리 알아라 카이."

배봉은 몹시 사나운 얼굴을 만들어 보였다. 악귀를 상징하는 광대탈을 방불케 했다.

"그거는 나라에 반역하는 것들이 할 소린 기라."

배봉 말에 가마꾼들 안색이 노래졌다. 어느 나무에도 새는 여전히 그림자도 비치지 않았다. 그새 계단 위에 앉아 있던 비둘기들도 자취를 감추었다.

"니년은 삼족을 맬할 만고역적 아인가베."

그러면서 두 손을 칼 모양으로 세워 목을 베는 동작을 지어 보이는 배봉이었다. 말라깽이와 뚱뚱이가 흠칫 놀라며 뒤로 물러섰다.

"목사들하고 한통속이 돼서 밤낮으로 어울린다는 소문이 방문 밖꺼지 자자하더이, 똑 지가 목민관맹캐 해쌌네? 가서 신고할라모 올매든지 해보든지."

"시상 다 됐는갑다. 말세다, 말세. 저런 소리 벌로 씨부리싸도 잡아가는 내 아들 눔 하나 없는 거 보이."

"당신 겉은 인간이 양반 행세할 때부텀 시상은 고마 다 됐던 기요."

비화는 누구나 한번 타보기를 원할 것 같은 화려한 가마를 잔뜩 업신여기는 눈으로 보고 나서 쏘아붙였다.

"왜눔 장사치들하고 거래한다꼬 온 동네방네 마구 나발 불고 댕긴 뒤 끄트머리가 우떻소?"

지금 여기서 이러고 있는 시간이 아깝기도 하고 아깝지 않기도 하다는 이중적인 기분에 젖는 비화였다.

"갤국 왜눔들이 우리나라를 집어무울 끼라꼬 저리 눈깔이 빨개갖고 덤비쌌고 있는 거 생각하모, 내사 당신 겉은 인간이 진짜 역적이라 보요."

가마꾼들은 한편 재미있기도 하고 한편 두렵기도 하다는 눈빛으로 두 사람 언쟁을 지켜보았다. 그들은 지금까지 배봉을 상대로 하여 그렇게 하는 사람을 본 적이 없을 것이다.

한편 그 와중에도 재영은 짙은 두려움과 동시에 강렬한 궁금증이 솟아났다. 고을 백성에게 시월 초엿샛날 너우니에 모일 것을 촉구한 동학 농민군 지도부 초차괘방이 몰아올 여파…….

아내 말처럼 정말 세상이 뒤바뀔 것인가, 그게 아니면 배봉 말처럼 저 임술년 농민 봉기 때보다도 무서운 피바람이 심하게 몰아닥칠 것인가? 그 어느 쪽이든 간에 엄청난 결과를 낳을 것임은 불 보듯 뻔하다.

재영 눈길은 자꾸만 소촌찰방 관아를 향했다. 거기 건물 계단을 밟으며 보기에도 섬뜩한 검은색 벙거지를 둘러쓴 찰방 역졸들이 우르르 달려 내려와 그에게 덤벼들 것 같았다.

비화와 배봉은 이제 둘 다 목이 마른 탓에 더 이상 무어라 대거리들은 하지 않고 상대를 집어삼킬 듯이 노려보기만 했다. 나뭇가지는 미동도 없었다. 사위가 무척 조용해지면서 어디서 귀신이라도 튀어나올 분위기였다.

그러자 문득 재영 귓가에 들려오는 노래가 있었다. 그가 오래전에 들었던, 그리고 요즘 부쩍 사람들 사이에 다시 널리 불리기 시작하고 있는, 우리말 가사로 된 '언가'였다.

재영은 입속으로 가만가만 되뇌었다.

'이 걸이 저 걸이 갓 걸이 진주 망건 또 망건……'

시월 초엿샛날 너우니로부터 들려오는 농민군들의 우렁찬 함성을. 하늘을 찢고 땅을 가를 핏빛 노래를. 검게 탄 이마에 흰 수건을 질끈 동여맨 농민군들을. 햇빛을 받아 매우 반짝이는 죽창과 몽둥이와 지겟작대기와 농기구들을.

백정 방상각

서장대 벼랑 서쪽 저 밑으로 끝도 없이 펼쳐진 벌판으로부터 바람이 불어온다.

그곳을 내려다보며 비화는 깊은 감회에 젖었다. 마음이 한없이 울적하거나 복잡할 때면 항상 지금처럼 그렇게 혼자서 찾는 장소가 서장대 쪽이다. 왜인지 그것은 그녀도 알 수가 없다. 그래서 더 거기 오는지도 모르겠다.

나루터집 식구들에게는 읍내장터에 있는 나루터집 1호 분점을 둘러보러 간다고 했다. 그 소리를 들은 모두의 얼굴이 난삽해졌다. 1호 분점 맞은편에 있는 동업직물 점포 때문일 것이다. 그동안 한 가족처럼 함께 어울려 지내다 보니 나루터집 다른 사람들도 이제는 비화 못지않게 배봉가家에 대한 증오와 반감이 대단히 강해져 있는 실정이었다. 임술년에 그것들이 농민군에 대한 여러 정보를 관아에 제공하여 농민군이 더 큰 수난을 당했다는 사실도 알고 있는 그들이었다.

분점은 송이 엄마에게 점장店長을 맡겨 놓고 있다. 천성이 수더분한 송이 엄마는 주방 아주머니들을 데리고 별 무리 없이 장사해 나갔다. 사려도 깊은 편이어서 동업직물 점포에 대해서는 일절 입을 다물었다.

'동업직물에 옥지이만 없어도 내 멤이 이러키꺼지는 안 할 기다.'

비화는 또다시 치솟는 해랑 생각을 지우기 위해 벌판 저 멀리 눈을 던졌다. 강을 옆구리에 끼고 허위허위 달려와 이제는 지치고 고단한 듯 길게 몸을 눕히고 있는 광활한 대지였다. 동에서 서로 흐르는 강과는 달리 서에서 동으로 흐르는 강, 남강. 자연은 서로가 주고받은 것들이 얼마나 될까? 정녕 부끄럽기만 하다, 서로가 빼앗을 생각만 하는 우리 인간은.

'내가 갱상도 곳곳에서 땅을 사 모았지만도, 저게 땅은 한 뼘(뼘)도 안 샀제.'

그랬다. 이제 경상도 안에서는 제법 알려진 땅 부자로서 여러 곳에 전답을 준 마름이나 소작인이 있다. 그렇지만 지금 바라보이는 저곳에는 땅이 하나도 없다. 그 사실을 아는 사람은 고개를 갸우뚱한다. 왜인가? 그건 비어사 진무 스님의 각별한 타이름 때문이다.

"그곳 땅은 절대로 사들이지 말거라."

"예?"

처음에는 까닭을 몰랐다.

"이제 겨우 정착한 사람들이 살아갈 땅이니라."

"예."

고개를 크게 끄덕이는 비화 뇌리에 오래전 고종 황제가 즉위하던 때가 생각났다. 당시 고종은 왕위에 오르면서 큰 성은聖恩을 베풀었다. 천민들에게 거주 이전의 자유를 준 것이었다.

"에나가?"

"시상에, 백정들을!"

임금의 은혜는 여기 남방 고을에도 내렸다. 촉석루 건너 망진산 아래 섭천에 살고 있던 백정들이 수백 년 동안이나 감금돼 오던 곳에서 드디어 벗어날 수 있게 되었던 것이다. 그리고 그들이 새롭게 자리 잡은 곳이 서장대 절벽 아래의 드넓은 들판이었다. 거긴 백정들에게 '신천지'나 다름없었다.

"내 뜻을 알아주니 고맙구나."

그러니 무슨 일이 있어도 서러운 백정들의 그 새 둥지를 넘보아서는 안 된다는 게 진무 스님의 대자대비한 불심이었다. 바로 비화가 거기 땅에 손을 대지 않은 감춰진 이유였다.

'에나 안된 사람들인 기라.'

백정들은 저 땅에다 움막 터전을 잡고 살면서 남강 건너편에 있는 그네들 예전 거주지를 바라보며 온갖 추억에 잠긴다고 들었다. 하지만 그 지긋지긋한 구역 안으로 다시 들어갈 마음은 그들이 살기 위해 죽여야만 했던 소의 터럭만큼도 없다고 했다.

그런데 비화가 전해 듣기로는, 백정들 삶이 큰 변화를 맞은 것은 아니라고 하였다. 비록 이승과 저승 사이에 가로놓였다는 저 '망각의 강'보다도 더 깊고 넓게 느껴오던 그 강은 건넜지만, 그들은 여전히 조선 최하위에 놓인 천민들로서 인간 이하의 대접을 받아가며 근근이 연명하고 있다는 것이다.

'아모리 작고 초라한 그들 집이라도 성주는 있을 낀데⋯⋯.'

그 성주는 집을 지키고 보호하는 가신家神들 중에서 최고 상위의 신이라고 알고 있다. 상량신上樑神, 혹은 성조成造라고도 했다.

어머니 윤 씨는 일 년 내내 성주를 잘 모시었다. 바가지에 쌀을 떠놓고 문종이를 덮어서 왼새끼로 감아 방에 두었다. 이웃에 있는 옥진이 집에 놀러 갔을 때 보니, 거기는 방이 아니라 부엌에 있었다. 비화가 물으니 옥진 어머니 동실댁 대답이었다.

"하이고! 비화는 알고 싶은 거도 째뺏다."

비화가 낯을 붉히자 옥진이 뾰로통한 얼굴로 제 어머니에게 대드는 투로 말했다.

"그거 좀 말해주모 우때서?"

동실 댁은 다른 의미는 없다는 듯 얼른 말했다.

"머리가 영리하이 그라것지만도."

"그거는 옴마가 딱 맞다."

비화는 부끄러움을 느껴 가만히 있는데 옥진이 싱긋이 웃었다.

"성주는 집에 따라 쪼꼼씩 다린 기라."

동실 댁이 자상하게 설명을 곁들이기 시작했다. 비화 눈빛이 반짝였다. 눈 하나만 놓고 보면 절대 옥진에게 뒤지지 않는 미모였다.

"방에 뫼시는 집안도 있고, 정지에 뫼시는 집안도 있고, 안 그런가베."

듣고 있던 옥진이 어머니에게 물었다.

"우리도 비화 언가 집매이로 방에 뫼시모 안 되예?"

그러자 비화가 동실댁 눈치를 보며 옥진을 불렀다.

"진아."

동실 댁이 '호호' 하고 소리 내어 웃으며 옥진더러 말했다.

"이것아! 에미가 집에서 쫓기나는 꼴 볼라꼬 그라나?"

"씨이."

옥진이 혀를 쏙 내밀었다가 도로 집어넣었다. 작고 붉은 꽃술 같았다. 저런 아이가 꼭 선머슴처럼 군다는 게 도시 이해가 닿질 않았다.

"아, 방하고 정지에 그리 안 하는 집도 안 봤나."

그러면서 동실 댁은 두 손으로 크게 동그라미를 그려 보였다.

"우떤 집에서는 쌀이 한 말 넘거로 들어가는 동우(항아리)에 나락을 넣어놓기도 하고, 보리가 나모 보리를 넣어놓기도 하더마는."

그리고 나서 덧붙이기를, 성주를 잘 모셔야 그 집안이 잘되는데, 바가지에 담아 둘 쌀이 있으면 우선 당장 식구들 입에 풀칠부터 해야 하므로, 그것도 말처럼 그렇게 쉬운 노릇은 아니라고 했다.

그게 언제였던가. 그러잖아도 한정 없이 고단한 백정들 삶에 엄청난 재앙이 내린 것은. 그해 대홍수는 차마 입에 올리기도 몸서리쳐질 만큼 끔찍했다. 얼마 안 되는 백정들 세간이 모조리 세찬 강물에 휩쓸려가 버렸으며, 더군다나 많은 이들이 희생되었다. 강도 수장水葬 된 이들을 위해 여러 날 울음 같은 소리를 내었다.

'아, 오늘 노을은 와 저리 더 슬퍼 비이노?'

비화는 붉게 물들기 시작하는 노을을 바라보며 갈수록 깊은 상념 속으로 빠져들었다. 그녀의 강한 집착력을 그런 데서도 엿볼 수 있었다.

'저 노을은 백정들의 서러븐 역사를 이약해주는 거 매이다.'

내가 사는 고을에 유난히 백정이 많다는 사실이 비화의 마음 위로 또 다른 노을이 지게 하였다.

관찰사와 부사, 목사, 현감이 있는 행정 단위에는 관아에서 필요로 하는 성냥이며 가죽 등을 담당하는 천민들이 있다. '무자리'라고도 불리는 백정이 그들이다. 그들은 양수척, 수척, 화척 등으로 부르다가 조선 시대부터 백정으로 불리었다. 그렇지만 그 이름이 중요한 게 아니었다. 어떻게 불리든 사는 것은 똑같았다.

경상우도 중심지인 거기 목牧은 관할 구역이 대단히 넓고 백성 수도 매우 많아 조선의 대표적인 지방 가운데 하나라고 할만했다. 특히 병영兵營과 목이 필요로 하는 육류와 피혁, 아교풀의 공급을 위해서 설치된 현방懸房은 국가기관에 준하는 백정들 단체라고 들었다.

그러나 비화는 그때까지 조금도 예상치 못했다. 그녀 앞에 해랑의 이름을 들먹이는 백정 하나가 불쑥 나타날 줄은 몰랐다.

'저 사람은?'

비화는 그의 행색을 한 번 보고 곧바로 백정임을 알았다. 얼핏 보아 나이는 비화 자신과 거의 동년배가 아닐까 여겨졌다. 어쩌면 몇 살 아래 인지도 모르겠다. 혁노처럼 제멋대로 기른 머리카락이며 초라한 차림새 가 실제 나이보다도 좀 더 들어 보이게 할 수도 있는 것이다.

비화는 반사적으로 주위를 둘러보았으나 공교롭게도 아무도 보이지 않았다. 비화는 다소 긴장했지만 그렇다고 위기감을 느낄 정도는 아니 었다. 아직은 날이 어둡기 전이었고, 무엇보다 그의 눈매가 퍽 선해 보 였기 때문이다. 사람의 심성을 가장 잘 알 수 있게 해주는 것은 눈이라 는 생각을 하고 있었다.

"저, 저."

그런데 백정은 왠지 크게 더듬거렸고, 비화는 의아한 눈빛으로 그를 바라보았다. 하지만 다음 순간 비화가 깜짝 놀랄 소리가 약간 부르튼 그 의 입술 사이로 흘러나왔다.

"저, 상촌나루터…… 저, 나루터집…… 주, 주인……."

비화는 자신도 모르게 고개를 끄덕였다.

"맞아예. 내가 나루터집……."

그러자 백정은 새카만 얼굴 가득 반가운 빛을 띠었다. 어떻게 보면, 지금 거기 서장대 벼랑같이 흙빛에 가까운 낯빛이었다. 그가 또 말했다.

"저, 운젠가 저, 길에서 뵌 적이 이, 있심니더."

비화는 눈을 크게 떴다.

"낼로예?"

"예."

서장대 가파른 벼랑에 위태롭게 붙어 자라는 나무들이 저 밑에서 불 어오는 강바람 속에서 술렁거리는 소리를 내고 있었다.

"그라모 낼로 압니꺼?"

"예."

백정은 목을 움츠리며 시선 둘 곳을 찾지 못해 허둥거리는 모습이었다.

"우찌?"

백정이 비화의 의문을 풀어주었다.

"저, 그때 누가 저 나루터집 여주인이라꼬 저, 말하는 소리를 들었심니더."

알고 보면 의외로 단순한 게 인생사였다. 꼬일 대로 꼬이는 경우도 다반사였지만.

"아, 예에."

비화는 언제부턴가 자신도 모르게 신분이 노출되고 있다는 사실이 당혹스러웠지만, 진무 스님 말이 언뜻 뇌리를 스쳤다.

― 허, 그렇구먼, 그래! 숨어 있는 꽃, 신비로운 꽃이라. 하지만 이 세상 사람들이 그 꽃을 발견할 때쯤이면…….

그것은 아주 어릴 적 그녀의 집 대문간 밖에서 그를 처음으로 만났던 날, 그녀 이름이 비화라는 것을 알고 나서 그가 했던 말이었다. 그리하여 비화는 그것을 '화두'처럼 꼭꼭 가슴에 담아 두고 살아왔다.

"저, 저."

백정이 또 한참이나 더듬거렸다. 그는 제가 사람을 바로 보았다는 것을 알고 무척 반갑고 기대하는 눈치였다.

"이약해보이소."

비화는 경계심까지는 아니지만 적잖게 괴이쩍었다. 백정이 그렇게 나오는 까닭이 자못 궁금했다. 그러자 백정은 비화 표정을 읽었는지 얼른 다시 말했다.

"저, 실은 저, 해랑이라쿠는 저, 그분 땜에……."

그는 미처 생각이 잘 나지 않거나 꺼내기 거북한 이야기를 하게 되어, 금방 말을 할 수 없을 때 내는 군소리인 '저'라는 말을 습관적으로 쓰는 사람이 아닌가 싶었다.

그러나 끊어질 듯하면서도 용케 이어지는 그의 어설픈 그 말속에서도 비화는 분명히 들었다. '해랑'이란 이름을. 그렇다. 해랑이라고 했다.

'저 사람이 옥지이를?'

비화는 귀를 의심했을 뿐만 아니라 머리카락도 쭈뼛이 곤두서는 느낌이었다. 난생처음 만나는 백정 입에서 옥진, 아니 해랑의 이름이 나오다니.

"해랑은 우찌?"

거센 물살이 와 부딪는 뱃전에 선 것처럼 심하게 흔들리는 마음을 진정시키려고 애쓰며, 비화는 그의 얼굴을 빤히 바라다보면서 조심스럽게 물었다. 그러자 백정은 낯을 붉히며 한층 말을 더듬었다.

"저, 해랑 그분하고 저, 비화 마님하고 저, 치, 친자매겉이 저, 지내신다쿠는 소문을 저, 들어 알고 있심더."

그 속이 훤히 내비치는 물고기가 있다더니, 비화는 졸지에 자신이 그런 물고기가 된 기분이었다. 주변 사람들이 그런 사실을 알고 있다는 것은 모르는 바 아니지만, 그렇다고 할지라도 생면부지의 백정에게까지 이 비화와 해랑의 관계가 드러나 있었다.

'안 되것다.'

비화는 우선 상대방에 대해 알아야겠다고 마음먹었다. 저쪽은 이쪽을 명경 알같이 밝게 들여다보고 있는데, 이쪽은 저쪽에 관해 캄캄하다. 그가 '해랑이라쿠는 그분 땜에'라고 했던 말이 떠올랐다.

"해랑이하고 우떤 사이라도?"

그렇게 물어놓고 비화는 크나큰 막막함에 빠졌다. 도대체 그들 사이에 무슨 연고가 있을 수 있겠는가 말이다. 관기 출신과 백정 신분 사이에.

그때 백정이 사뭇 떨리는 목소리로 꿈꾸듯 말해왔다.

"저, 그분이 저, 지 생맹의 은인입니더. 저, 그분이 아이었으모 저, 지는 하매 주, 죽었을 낍니더."

"머라꼬요?"

비화는 다시 한번 망연자실, 그저 백정 얼굴만 빤히 바라보았다. 저건 또 무슨 말이냐? 해랑이 제 생명의 은인이라니? 그것은 누구 귀에도 참으로 터무니없는 소리가 아닐 수 없었다.

'에나 조심해야것다. 안 그라모 큰일 나것다.'

보통 사내들은 그림자도 얼씬 못 할 감영 교방청과, 구중궁궐과도 맞먹을 임배봉의 대저택 안방에서만 생활한 해랑을 백정이 어떻게 만났을 것이며, 설혹 그런 일이 있었다 하더라도 나비같이 연약한 몸을 가진 여자인 해랑이 무슨 수로 백정 목숨을 구해 줄 수 있었다는 말인가?

'텍(턱)도 아인 소리 씨부리고 안 있나.'

여차하면 품에 들어 있는 은장도를 꺼낼 각오까지 했다.

'이 백정이 노리는 기 머실꼬?'

비화는 잔뜩 의혹 서린 눈길로 백정을 쏘아보다가 고개를 갸우뚱했다.

'에나 벨촉시럽다. 저거는 또 무신 짓이고?'

더더욱 알 수 없는 일이었다. 백정 얼굴은 감격을 넘어 황홀경에 빠지는 듯했던 것이다. 그 표정이 어쩐지 비화 눈에 몹시 거슬렸다. 도대체 지금 무슨 상상을 하는 것인가? 비화는 그를 같은 인간으로 대해 주던 지금까지와는 달리 너무나도 매정하리만치 차갑게 내뱉었다. 어지간한 사내라도 두려움에 싸일 정도였다.

"내는 고마 가봐야것소. 그라이 저리 썩 비키시오."

그 순간, 백정은 더할 나위 없이 당황하는 기색이었다. 그는 손을 뻗어 비화 몸을 잡을 듯이 하며 다급하게 외쳤다.

"저, 저, 부, 부탁이 저, 이, 있심니더, 마, 마님!"

"……."

"저, 저, 오, 오해, 저, 저, 마, 마시고예."

목소리며 해 보이는 행동이 매우 안타깝고 간절한 느낌으로 다가왔다. 비화 마음이 다시 동정심으로 바뀌었다. 백정 입에서 한꺼번에 많은 말들이 쏟아졌다. 잘은 모르겠지만, 그 백정은 아마도 이날까지 살아오면서 그렇게 허둥지둥 숱한 말들을 꺼냈던 적은 별로 없을 것이다.

"저, 우, 운젠가 저, 오광대 기경 갔다가, 저, 양반 자제들한테 저, 몰매 맞아 저, 죽을 뻔했는데, 저, 그, 그때 해랑이 그분이 저, 사람들한테 아, 알리주시갖고, 저, 그 양반 자제들을 저, 쪼, 쫓아주싯심니더."

비화로서는 아무래도 이해가 닿질 않는 말이 아닐 수 없었다. 너무 말을 더듬는 탓도 있겠지만, 이야기 내용 자체부터 더없이 허튼소리로만 들렸다. 그뿐만 아니라 백정은 도대체 어디서부터 무엇을 어떤 식으로 얘기해야 할지 무척이나 난감해하는 얼굴이었다.

놀라운 일이었다. 그 백정은, 얼마 전에 해랑이 봉곡면 타작마당 거리에서 벌어지는 오광대 탈놀음판에 갔다가, 거기 골목 안에서 양반 젊은이들에게 몰매를 맞고 있는 한 백정을 발견하고, 꼽추 달보 영감에게 그 사실을 알려 위기를 모면케 해주었던 바로 그 백정이었던 것이다.

그 뒤, 죽음의 문턱까지 갔다가 돌아선 그 백정은 제 생명의 은인이 해랑과 달보 영감이라는 사실을 어떻게 알아낼 수 있었다. 그리하여 우선 상촌나루터로 급하게 달려갔는데 그때는 이미 달보 영감이 기운에 부쳐 뱃사공 노릇을 그만둔 후인지라 애석한 노릇이지만 만날 수가 없었다.

할 수 없이 백정은 이번에는 해랑을 찾아가서 고마운 뜻을 전하려고 했으나 해랑은 달보 영감보다도 훨씬 더 만나보기가 어려운 사람이었다. 그래 혼자 애만 바싹바싹 태우다가 또 어찌어찌하여 해랑이 나루터집 여주인 비화와 친자매 같은 사이라는 소리를 듣고서, 행여나 그곳에 올까 봐 나루터집 주변을 서성거렸지만 해랑은 나타나지 않았다.

그럴 수밖에 없었다. 해랑은 억호 재취가 되어 임배봉 대저택에서 거의 바깥출입을 하지 않고 있었기에, 그 백정뿐만 아니라 다른 사람들도 해랑 얼굴 보기가 여간 힘든 형편이 아니었던 것이다. 여하튼 곡절이 적지 않은 사연이 담겨 있었다.

"저, 저, 실은 그기……."

"실은 머 말이오?"

백정은 서툴고 부족하나마 더듬더듬 그 당시 이야기를 비화에게 들려주었다.

"아, 그런 일이!"

비화 낯빛이 좀 풀리자 백정은 크게 안도하는 얼굴이 되었다.

"예. 저, 그, 그래서……."

비로소 비화는 어느 정도 이해가 되었다. 그러자 그날의 은혜를 잊지 않고 다시 만나 감사의 뜻을 전하려는 그 백정 마음씨가 아름답게 느껴졌다. 더욱이 그는 이런 말까지 하여 더한층 비화를 놀라게 했다.

"저, 지한테는 저, 꼭 이루고 싶은 한 가지 저, 목적이 있심니더. 저, 반다시 이루고 말 낍니더."

이야기를 할수록 고집스러운 구석이 엿보이는 백정이었다.

"저, 그라고 물괴기를 저, 얻고 나모 그물을 저, 잊아쁜다 쿠지만도, 지는 저, 절대로 그런 사람은 저, 안 될 낍니더."

어부가 잡는 물고기에서 시작하여 그의 신분인 백정과 연관된 동물에 빗대어 말할 줄도 알았다. 조선 최하위 계층인 백정이 설사 용빼는 재주가 있다고 할지라도 무슨 소용이 있겠냐마는, 그래도 그냥 범상한 백정은 아니라는 자각이 일었다.

"저, 소 겉은 짐승도 저, 고마븐 거를 저, 모리모 안 되지예."

비화는 언제나 진무 스님이 그녀에게 보내는 그 온화한 미소를 지었다.

"알것심니더, 무신 뜻인지."

백정은 그제야 조금은 편안하고 무거운 짐을 덜었다는 표정이었다.

"이약이라도 저, 하고 난께, 저, 인자 지 멤이 쪼매 낫심니더."

그렇기는 해도 해랑을 만나기는 결코, 쉽지 않을 것이다. 달보 영감 또한 너무 노쇠하여 집으로 찾아가도 일어나 앉아 이야기나 나눌 수 있을지 모르겠다. 백정도 그런 사실을 깨닫고 있는지 이렇게 말했다.

"저, 마님께서 운제 저, 그 두 분을 만내시모, 저, 그날 모, 목심을 구해 주신 저, 그 백정 눔이 저, 죽을 때꺼정 저, 그 고마븜을 아, 안 잊는다꼬 저, 꼭 전해 주이소. 저, 부, 부탁합니더."

비화는 가슴이 뭉클하여 자신도 모르게 물었다.

"이름이?"

백정이 심히 부끄러운 듯 기어드는 소리로 대답했다.

"저, 이리 천한 눔한테 저, 이름이 무신 소, 소용있것심니꺼. 저, 하지만도 물으신께 저, 말씀드리것심니더."

그러더니 추위를 타는 사람처럼 어깨 사이로 목을 집어넣으며 알려주었다.

"저, 지 이름은 저, 방상각이라 쿱니더."

바람의 방향이 바뀌어 그곳 서장대에서 남강으로 내려 불고 있었다.

"방 상 각."

그런데 비화가 입속으로 그 이름을 한 자 한 자 되뇔 그때였다. 서장대 벼랑이 기울어지는 듯한 충격적인 말을 백정이 꺼냈다.

"저, 지가, 이 방상각이가, 저, 우리 백정도 저, 사람답거로 살 수 있는 날을 저, 꼭 맨들고 말 낍니더."

"예?"

비화는 방금 내가 무슨 소리를 들었나 싶었다. 백정도 사람답게 살 수 있는 날을 꼭 만들고 말 거라고? 백정도 사람답게?

비화는 놀람을 금치 못했다. 처음으로 그의 얼굴을 자세히 바라보았다. 비록 새카맣고 거친 흙빛 피부지만 꽤 잘생긴 얼굴이었다. 약간 아집이 있어 보이는 입술은 얼핏 얼이와 많이 닮았다.

'아, 백정이 저런 소리를 하다이?'

비화 입속에서 이런 말이 아이들이 가지고 노는 팽이나 굴렁쇠같이 빙빙 맴돌았다.

'우찌 무신 수로 그런 날을 맨든다는 기요?'

아연해하는 비화 표정을 읽은 백정은 내가 섣불리 괜한 소릴 했구나! 하고 좀 뉘우치는 빛이었지만 이왕 내친걸음이란 듯 말했다.

"저, 시방꺼지 우리 백정들은 저, 개돼지 취, 취급받음서 살아왔심니더. 아, 아니 저, 살아온 기 아이라 저, 죽어 있었심더."

"죽어……."

비화는 뜨거운 기운과 찬 기운 속을 번갈아 드나드는 느낌이었다. 이쪽 귀는 이런 말을 듣는데, 저쪽 귀는 저런 말을 듣고 있는 듯싶기도 했다.

"저, 지는 그날 밤 저, 백정이라꼬 지를 때리쥑일라캔 저, 그 양반집 자슥들을 저, 절대 절대, 요, 용서 몬 합니더."

그는 힘줄이 튀어나오도록 주먹까지 불끈 쥐여 보였다. 소를 죽이는 자의 손이다. 한데, 과연 소만 죽일까? 그의 손에 묻힐 수 있는 게 소의 살과 뼈와 피뿐일까?

비화는 넋을 잃었다. 하루에도 수백 명 손님을 대하는 나루터집을 운영하며 요즘 세상이 굉장히 변했다는 사실을 누구보다도 피부로 강하게 느끼고 있는 그녀였다. 더군다나 고을 백성들 사이에 다가오는 시월 초 엿샛날 너우니에 모이라고 하는 동학농민군의 통문인 저 초차괘방까지 나도는 세상이 아닌가 말이다.

그러나 백정 입에서 저런 소리까지 나올 줄이야. 비화는 전율했다. 백정 방상각은 결코 제 혼자 생각만으로 저런 이야기를 하는 것은 아닐 거라는 자각 때문이었다. 그렇다면? 농민들이 봉기하듯 백정들이 들고 일어날 날도 왔다는 것인가?

그때, 또다시 경악할 사태가 벌어진 것이다. 그것도 이제까지와는 비교도 할 수 없는 엄청난 일이었다. 대체 오늘이 무슨 날인지 모르겠다.

"어? 천하의 나루터집 여주인이 시방 백정 눔하고 통정하는 기가, 머꼬? 요런 데서 둘이 넘들 모리거로 만내갖고 머하는 기라?"

"아."

비화는 이게 꿈이 아닐까 했다. 악몽도 그런 악몽이 없었다.

"비화야, 내다, 내. 낼로 모리것나?"

온몸에 송충이가 스멀스멀 기어가는 것처럼 징그러운 목소리, 배봉이다. 얼마 전에 소촌찰방에서 만났던 그와 또 맞닥뜨릴 줄이야.

"천한 백정 눔 재조 함 봐라. 놀래 후딱 나자빠지것다."

더 이상 치욕스러울 수 없는 소리가 뒤를 이었다. 비화는 당장이라도 서장대 벼랑 아래로 몸을 날리고 싶었다. 하필 백정과 단둘만 있는 자리에 배봉이 나타나다니. 이건 단순히 악재라는 말로는 모자랄 수밖에 없는 참으로 독하고 모진 악연이 아닐 수 없었다.

'이, 이거를 우, 우짜노?'

꼼짝없이 당하게 되고 말았다. 배봉이 무슨 엉터리 소문을 제멋대로 퍼뜨려도 세상 사람들을 납득시킬 수 없게 돼버렸다. 만약 남편 재영이 이 사실을 알게 되면 어떻게 나올 것인가? 그를 자격지심에 빠뜨려 아내와 처가 식구들 앞에서 언제나 죄인처럼 살아가게 만드는 허나연의 모습이 뒷걸음질 쳐서 눈을 찌르는 것 같았다.

남편 외에도 그녀 주변의 여러 얼굴들이 쭉 나타나 보였다.

'무신 이런 일이 다 있노?'

너무나도 나쁜 상황으로 가버렸다. 정말이지 저놈과 나는 얼음과 숯 같은 사이라는 생각을 지울 수 없었다. 같은 땅에 발을 디딜 수 없고 한 하늘을 함께할 수 없는 대천지원수다.

그런데 비화가 어쩔 줄 몰라 하고 있을 때, 놀랍게도 백정 방상각이 배봉을 상대로 이런 소리를 했다.

"저, 잘 오싯심니더, 배봉 나리. 저, 부탁이 있심니더. 저, 며누님을 조, 좀 만내거로 저, 해주시모······."

비화는 황당하기 짝이 없는 와중에도 깨달았다. 방상각도 이 고을 사람들과 마찬가지로 해랑이 배봉가家의 며느리가 되었다는 사실을 알고 있었다.

'하지만도 이거는 아이다.'

그는 지금 돌이킬 수 없는 엄청난 실수를 저지르고 있다. 배봉이 어떤 인간인지 아직 모르는 모양이다. 아니, 그렇진 않을 것이다. 집 앞을 지나가는 개나 소도 그것은 알 것이다. 그렇다면? 그는 오로지 해랑을 만나야겠다는 한 가지 바람에만 사로잡힌 나머지 앞뒤 헤아릴 겨를이 없었다는 게 맞는 말일 것이다.

"머, 머라꼬?"

아니나 다를까, 배봉은 서장대 벼랑이 저 나불천 아래로 폭삭 무너져 내릴 것 같은 고함을 내질렀다.

"니늠이 시방 내한테 머라캔 기고? 내 며누리하고 만내거로 해 달라꼬?"

"……."

"이, 이 고, 고얀누움!"

배봉은 얼굴 근육에 경련을 일으킬 뿐만 아니라 전신을 덜덜 떨기까지 했다. 비록 돈을 주고 산 가짜배기지만 그가 양반이 되고, 또 일본에까지 비단을 수출하는 저 동업직물의 경영자로서 근동 최고의 갑부 자리에 오른 후로, 그에게 감히 그따위 소리를 나불거리는 정신 나간 자는 없었다.

"배, 백정 눔이 모, 몬 하는 소리가 없다 아이가?"

생쥐에게 코털을 뽑힌 호랑이가 된 것처럼 굴었다.

"네 이노옴! 내 당장 요 자리서 니늠을 쥑이고 말 끼다!"

그러더니 배봉은 자기 뒤쪽에 호위무사들같이 서 있는 종들을 돌아보면서 더없이 무섭게 명했다.

"여봐라! 당장 이 백정 눔을 저 절벽 밑으로 떠밀어삐라!"

"아."

비화는 하늘의 해가 사라져버린 듯 눈앞이 캄캄해져 왔다. 방상각 안색도 새파랗게 질려버렸다. 그건 살아 있는 사람 얼굴이 아니었다.

"저, 저, 저……."

그런 소리만 연발하고 있는 방상각은 그야말로 백 척이나 되는 장대 끝에 선 형상이었다.

'크, 큰일 났다. 주, 죽기 생깃다.'

비화의 마음속에서 터져 나오는 소리였다. 빌미를 주어도 너무 빌미를 주었다. 배봉은 그저 단순한 으름장만 놓은 게 결코 아닐 것이다. 그깟 인간도 아닌 백정 하나쯤 만천하에 외치고 때려죽여도 아무 상관이 없다고 여길 놈이다. 또 그만한 배경도 있다.

"이 보이소!"

비화는 잽싸게 배봉과 종들 앞을 막아서며 방상각에게 급히 소리쳤다.

"쌔이 피하이소!"

너무나 창졸간에 당한 일이라 어쩔 줄 모르고 그냥 돌같이 서 있는 그에게 한 번 더 외쳤다.

"퍼뜩 도망치란 말이오, 퍼뜩!"

그러나 방상각은 얼른 발이 떨어지지 않는 모양이었다. 어쩌면 자기 대신 비화가 봉변을 당하지나 않을까 싶어 달아나지 못하는 건지도 모른다.

"허허, 이거! 이거!"

그런 비화와 방상각을 번갈아 보며 배봉이 함부로 이기죽거렸다.

"시상 말세다, 완전 말세. 말세도 요런 말세가 오데 또 있것노? 콧대 높은 양반 집구석 여자가, 천한 백정 눔하고 둘이서 해쌌는 조 꼬라지라이."

윗대로 거슬러 올라가서 비화 할아버지를 건드리는 소리도 나왔다.

"김생강이 가문도 볼짱 다 봤거마는."

그러면서 눈꼴사납다는 듯 입을 비쭉이던 배봉은 다시 종들에게 버럭 호통을 쳤다.

"이눔들아! 내 말이 안 들리나, 으잉? 얼릉 저 백정 눔을 절벽 밑으로 콱 밀어삐라 안 쿠나!"

"예? 예, 예."

그러자 처음에는 머뭇거리기만 하던 종들이 비화 뒤쪽에 서 있는 방상각을 향해 접근해 오기 시작했다. 벼랑 위를 떠돌던 바람이 기겁을 하며 달아나고, 벼랑 아래 나불천도 나 살려라 하고 도망치는 것 같았다.

210

"허, 안 비키고야?"

방상각을 보호하느라 온몸으로 막아선 비화를 본 배봉은 정말 끝장을 낼 심산인 듯했다. 악마 같은 모습에다 년눔 소리를 입에 달았다.

"조년을 확 옆으로 밀치삐고 백정 눔을 쥑이라!"

"예, 나리."

종 하나가 비화를 옆으로 밀치기 위해 손을 뻗어 왔다. 갈고리 같았다.

"이눔드을!"

비화가 악을 썼다.

"내 몸에 손가락 하나라도 대 봐라. 누라도 살아남지 몬할 끼다!"

"헉!"

그 시퍼런 서슬에 손을 뻗치던 종이 멈칫했다. 대롱처럼 속이 비어 있다는 곰의 뼈같이 통뼈로 보이는 그 종도 비화의 명성을 모르지는 않을 것이다.

"아, 이 썩을! 니눔 상전이 누고?"

그것을 본 배봉이 방방 뛰면서 그 종을 향해 더욱 큰소리로 명했다.

"후딱 내가 시키는 대로 몬 하것나?"

종은 오줌 마려운 강아지처럼 한자리에서 빙빙 돌며 죽는 소리를 냈다.

"하이고! 하이고!"

그런 종에게 날벼락이 내리쳤다.

"안 그라모 내 니눔부터 저 밑으로 콱 밀어서 쥑이삐릴 끼다. 알것 나?"

배봉 얼굴은 이미 사람이 아니었다. 말 그대로 저승사자로 변했다.

"그래도야? 좋다, 내 손으로……."

"하, 하, 합니더!"

그 종은, 에라 모르겠다, 하고 작정한 듯 급기야 비화 팔을 붙들었다.

비화는 두 눈에 시퍼런 불을 켜고 몸을 비틀면서 저항했다.

"이, 이눔이?"

종은 강제적이 아니라 사정하는 목소리로 말했다.

"이, 이짝으로 조, 좀 비, 비켜줘라꼬요."

사람의 입만 마르는 것이 아니라, 사시사철 언제나 물이 흘러 '만물도랑'이라고도 불리는 나불천마저도 말라버릴 것 같은 엄청난 긴장감과 위기감이 팽배하고 있었다.

"놔라, 놔! 이거 몬 놓것나?"

비화는 그야말로 젖 먹던 힘을 다해 종의 손아귀에서 벗어나려고 발버둥질 쳤지만 어림도 없었다. 오히려 종이 이끄는 대로 질질 끌려 한쪽 옆으로 비켜나고 말았다.

"망할 년, 진즉 그리 안 하고?"

배봉은 대단히 만족스러운 표정을 짓더니 이번에는 다른 종들에게 명했다.

"너거들은 저 백정 눔을 절벽 밑으로 밀어삐라!"

주인 지시에 더 이상 거역할 수 없다는 것을 깨달은 종들이 충직한 개처럼 했다.

"예, 알것심니더."

방상각은 이미 반은 죽은 얼굴이었다. 떨떨 떨리는 그의 입술 사이로 신음 같은 소리가 흘러나오고 있었다. 수레바퀴 자국 안에 고인 물속에 놓여 있는 붕어라는 소리는 그 순간의 그를 두고 한 말 같았다.

비화도 더는 저항할 기력이 없었다. 자신의 한계를 깨닫는다는 것보다 더 비참하고 슬픈 것은 없을 것이다. 되레 두 눈을 딱 감아버리고 싶었다. 마치 어린아이들이 무섭거나 할 때 자기만 보지 않으면 되는 줄로 알고 눈을 꽉 감아버리듯이.

"이눔!"

"꼼짝 마라!"

"각오 단디 해라!"

그러는 사이에 종들은 짐승몰이하듯 백정을 빙 에워싸고 점점 포위망을 좁혀갔다. 그러면서도 종들은 연방 상전 눈치를 살피기에 급급했다. 아무래도 그냥 겁만 먹이려는 것으로 이제 그만하라고 할 때가 됐는데, 하는 얼굴들이었다. 저 아래 나불천도 서장대 위를 올려다보는 것 같았다.

그런데 배봉의 본심이 과연 어떠했는지는 영영 알아낼 길이 없게 돼버렸다. 배봉이 다시 입을 열기도 전에 그 끔찍한 사고가 발생한 것이다. 여러 사람 입에서 단말마 같은 외마디가 튀어나왔다.

"아!"

"허~억!"

그것은 아무도 내다보지 못했던 너무나 엉뚱한 결과였다. 종들이 한꺼번에 우우 덤벼드는 순간 방상각이 엉겁결에 몸을 피했는데, 종들 가운데 하나가 달려들던 동작을 멈추지 못하고 가파른 벼랑을 향해 그대로 돌진하고 말았던 것이다.

"으아아악~!"

그 종은 그 비명만을 유언처럼 남기고 한 장 낙엽같이 벼랑 아래로 떨어져 갔다. 남달리 큰 코 옆에 팥알만 한 붉은 혹 하나가 달린 종이었다. 그것은 참으로 순식간에 벌어진 사태였다. 전혀 예상하지 못한 돌발 사고에 모두는 그만 얼이 빠져버렸다.

하지만 그것은 극히 잠시였고, 하나같이 벼랑 끝으로 다가가서 고개를 숙이고 밑을 내려다보기 시작했다. 그러던 종들은 이윽고 누가 먼저랄 것도 없이 전부 허겁지겁 그곳으로 내려가는 길 쪽으로 내닫기 시작했다. 그들의 발걸음 소리가 먼저 가 닿을 듯했다.

거기는 이미 주인이 시키고 종은 따르고 하는, 그런 주종적主從的인 절차 따윈 깡그리 사라지고 없었다. 오로지 생명을 가진 존재의 천성적이고 본연적인 행위만 남아 있을 따름이었다.

그리고 이제 그곳에는 비화와 배봉, 방상각만 남았다. 백지장만큼이나 새하얗게 질려버린 세 사람만 있었다.

비차, 혹은 비거라고 불리었다는

그날 어떻게 집에까지 왔는지 전혀 알 수 없었다. 바람을 타고 왔는지, 구름에 실려 왔는지. 비화가 정신을 차려보니 집이었다.

그런데 정말 묘했다. 배봉이 어떻게 했을지는 안 화공의 고을 풍경화처럼 훤히 그려졌다. 원근과 명암 그리고 색채가 뚜렷한 그림 같았다.

배봉은 그 자리에 있던 종들에게 무섭게 입단속을 시키고 있다.

"잘 듣거라. 누라도 오늘 이 자리서 있었던 일을 발설하는 눔이 있으모, 눈깔을 빼삐고 주디이를 짤라뻴 끼다."

"예, 예."

종들은 그저 그렇게 대답해가면서 머리통만 연방 조아린다. 자기들 옆에 있었던 머리통 하나가 사라지고 없다는 것을 생각이나 할까? 사실 그들 모두가 공범이란 것은 무식한 종들이라도 잘 알 것이다. 그리고 자신들도 종이지만 종의 변사變死는 뭐 크게 문제될 것도 없다고 여길 것이다. 결국 죽은 놈만 섧다.

"스승님께서 말입니더, 임배봉이 그눔을 머라꼬 하시는 줄 압니꺼?"

언젠가 서당에서 돌아온 얼이가 나루터집 식구들에게 하던 소리가 문득 비화 기억 속에 되살아났다.

"갓을 쓴 원숭이라꼬 하시데예."

식구들은 멀뚱멀뚱 얼이 얼굴을 보며 물었다.

"갓을 쓴 원숭이?"

"그기 무신 소리고?"

"원숭이가 우뚷게 갓을 써?"

우정 댁과 원아뿐만 아니라 비화도 궁금하긴 마찬가지였다. 그러자 얼이가 해주는 설명이었다.

"겉모습은 갖찼지만도 내면은 사람답지 몬한 사람을 그리 말한답니더."

한편, 방상각 얼굴도 망막에서 지워지지 않는다. 생명줄이 퍽 긴 백정이다. 그러고 보니 그가 비화 자신을 부축해 주었던 것도 같다. 남의 이목이 있으니 멀리까지는 그러지 못하고, 거기 서장대를 벗어날 때까지는 금방이라도 쓰러지려는 그녀 몸을 조심스레 붙들어 주었지 싶다.

'내가 사람을 잘몬 본 거는 아인갑다.'

비화는 황황망조한 중에도 가슴 한쪽이 뿌듯했다. 인간 도리를 아는 착한 백정이다. 언젠가는 반드시 몰라보게 변해 있는 그를 다시 만날 것 같은 예감이 든다. 비화의 선견지명에는 진무 스님도 놀라곤 했다.

"저, 이런 말씀 저, 입에 올리는 거도 저, 큰 죄를 짓는 일입니더마는, 저, 배봉이 그눔이 저, 마님하고 지하고를 저, 모함하는 짓은 저, 몬 할 낍니더. 아모리 저, 지 집안에서 부리는 저, 종이라 캐도 멀쩡한 생사람을 저, 쥑잇으이, 오늘 일을 저, 꼭꼭 숨길라 안 쿠것심니꺼. 저, 그러이 너모 심려마시소."

방상각이 마지막 헤어질 때 하던 말이 이제야 기억났다. 또한, 그 말을 끝내고는 휙 몸을 돌려세워 어디론가 휑하게 달려가던 그의 뒷모습도 아른아른 떠오른다. 흡사 바람과 구름을 일으킬 듯했다. 몹시 애처로우면서도 어딘가 모르게 더할 수 없이 위험한 기운이 전해지던 백정이다.

'수리지끼 겉은 사람인 기라.'

그렇지만 맑은 정신이 돌아올수록 그녀의 몸은 한층 더 떨렸다. 배봉이 잔혹한 놈인 줄은 알지만, 사람 죽이는 것을 파리나 모기 한 마리 죽이는 것같이 예사로이 행할 줄은 몰랐다. 엄청난 재력에다 고을 목사 같은 든든한 줄이 있는 그가 어디서 어떤 짓을 하며 다니고 있을지 몸서리가 쳐졌다. 배봉가家가 난공불락의 성채처럼 눈앞을 막아서 있었다.

"애도 애지만, 여보, 이라다가 어른 잡것소."

아내가 아프면 가장 힘든 사람은 아무래도 남편일 수밖에 없다.

"인자 내한테 적선積善한다 셈치고, 준서 일 좀 잊어주소."

"⋯⋯."

"얼골은 저리 돼삣지만 그래도 다린 데는 아모 이상이 없은께 천만다행 아이요. 그러이 이만큼만 하고, 더 큰 데다가 비합시다, 우리."

"⋯⋯."

재영은 이마를 싸매고 누운 비화 머리맡에 붙어 앉아 평소의 그답지 않게 사근사근 굴었다. 그러나 비화는 남편이 그러면 그럴수록 더 생각 키우는 게 당연히 저 동업이었다. 이제는 영원히 다시 돌아올 수 없는 강을 건너가 버린 아이다.

바람결에 묻어나는 이런저런 소문들에 따르면, 배봉이 장차 억호 뒤를 이어갈 동업직물 후계자로 벌써 점찍어 놓았다고 했다. 그리하여 사업상 중요한 자리에는 꼭 배석시킨다고도 들었다. 호랑이 새끼를 키우고 있었다.

세월이 갈수록 동업이 저렇게 크고 튼튼한 기반을 다지며 훌륭한 젊은이로 장성해 가고 있는 이때 준서는 어떡하고 있는가? 음습한 땅 밑으로만 한없이 파고드는 지렁이처럼 자꾸만 밝은 세상과 멀어지려고 하는 위태로운 아이였다.

'얼이가 아이었으모 우짤 뿐했노?'

남편만큼이나 미더운 얼이였다.

'서당에 몬 댕기는 기 문제가 아이고, 고마 패인(폐인)이 다 돼삐릿을 끼라. 그래도 우리 준서가 영 복이 없는 거는 아이라서 다행이다.'

전창무와 우 씨 부부 소생인 혁노가 돌아와 준 것도 준서에게는 더할 수 없는 행운이었다. 성질로 보면 얼이보다 혁노가 더 준서와 살갑게 지낼 수 있을 듯했다. 비화는 얼이 못지않게 혁노도 정이 가고 사랑스러웠다.

그래서일까, 비화가 그런 꿈을 간혹 꾸기도 하는 것은. 농민군 하다가 달아난 얼이 아버지 천필구 목과, 천주학 하다가 달아난 혁노 아버지 전창무 목, 그 두 개의 목이 서로 몸을 바꾸어 붙어 있는 꿈이었다.

그런데 이상한 건 분명 엄청 무섭고 징그러운 악몽임에도 불구하고, 꿈속에선 전혀 그런 느낌이 들지 않는다는 사실이었다.

'그 사유가 머시꼬?'

그게 앞날에 대한 무슨 서몽瑞夢 같아 비화는 혼자 무척이나 궁금하였다.

그즈음 비화만큼이나 궁금하고 힘든 시간을 보내고 있는 한 여자가 있었다. 관아 장졸들을 피해 오광대패 합숙소에 숨어 지내는 관기 효원이다.

강득룡 목사와 고인보 선비를 겨냥한 원한은 날이 갈수록 더해만 갔다. 벙어리 행세야 더 이를 것도 없지만 남장 여인 행세도 여간 사람을 힘들게 만드는 것이 아니었다. 또한, 그녀 머릿속을 가득 메운 채 안절

부절못하게 하는 것이, 오광대 사람들이 연습을 하다가 잠시 쉬는 시간에 서로 주고받는 대화를 통해 알게 된 바깥소식이었다.

시월 초엿샛날 평거면 너우니에 모두 모이라는 이 고을 동학농민군 지도부의 초차괘방. 효원은 기를 쓰고 원채에게서 그것에 대해 듣고자 했다. 하지만 고개를 크게 저으며 원채가 하는 말은 간단했다. 야박스러울 정도였다.

"내도 잘 모리오."

하지만 효원은 여자의 예민한 감각으로 알았다. 원채가 그녀에게 거짓말을 하고 있다는 것이다. 무엇보다 얼이 도령에 관한 일이었다.

"아자씨!"

효원은 울면서 애원했다.

"얼이 되련님이 농민군이 되고 말 기라예."

효길이가 효원이로 될 수 있는 시간과 장소를 얻기는 쉽지가 않았고, 따라서 그 귀하고 아까운 기회를 어떻게든 살려야 했다.

"부탁해예, 아자씨. 아자씨가 말리주이소."

꼭 닫아 놓은 방문을 통해 오광대 사람들이 있는 안마당 쪽을 계속해서 살피며 애타는 목소리로 말했다.

"얼이 되련님이 원채 아자씨 말씀은 들을 기라예. 지가 하는 말은 안 들어도예."

방에 잠깐 들어간다는 말도 없이 사라진 그 두 사람을 찾아 나선 누군가가 오고 있는지 신발 끄는 소리가 나자, 효원은 곧 잡혀가 죽을 사람이 마지막으로 남기는 부탁처럼 말했다.

"그러이 지발예."

듣다듣다 못 한 원채는 끝내 목청을 높였다.

"내사 아모것도 모린다 캐도요?"

때로는 크게 성까지 내는 체하면서 시치미를 똑 따고 있었지만 내심 매우 미안하고 고통스러웠다. 만일 자기가 얼이를 농민군 지도부로 끌어들였다는 사실을 효원이 알게 되면 칼을 들고 덤빌 것이다. 그렇지만 무슨 일이 있어도 거사하는 그날까지 효원이 모르게 해야 한다. 귀신도 몰라야 할 일이다.

'얼이 총각이 여자 하나 땜에 대사大事를 그르치는 일이 있어서는 절대 안 되제. 해나 내가 들어서 그런 불상사가 생기기 되모, 원채라쿠는 인간은 만고에 남을 죄를 지잇다는 더러븐 이름을 몬 벗을 기라.'

그래도 마음이 흔들리면 스스로에게 윽박지르듯 했다.

'머보담도 얼이 총각은 지 아부지 웬수를 꼭 갚아야 할 사람인 기라. 그란데? 니가 무신 권리로 그거를 막을라꼬? 임술년 원혼들이 내를 그냥 안 둘 기다.'

그래도 가슴이 답답하면 이렇게도 생각했다.

'그라고 이거는 장 핍박받는 모든 농민들을 살리라쿠는 하늘의 뜻 아인가베. 바로 천맹 아이가, 천맹.'

그러나 이건 천명天命이라며 그렇게 자위하고 거듭거듭 다짐해도 원채 마음은 너무 무겁고 편하지를 못했다. 그리도 얼이를 그리워하면서 남몰래 혼자 노심초사하는 효원의 모습은 사람이 차마 두 눈 뜨고서는 보지 못할 지경이었다. 저러다가는 해골처럼 말라서 죽어갈지도 모른다.

'암만 그래도 안 된다. 몬 한다. 누가 내 입을 찢어서 말을 끄낼라 캐도……'

또 아무도 모른다. 그날 이후로 원채 자신이며 얼이는 물론이고 모든 가담자들이 어떻게 될지는. 하나뿐인 목을 내놓은 지는 오래다. 그것은 얼이도 마찬가지일 것이다. 아니, 농민군이 되려는 이들은 모두가 그럴 것이다. 만약 그렇지 않다면 그건 농민군이 아니다. 농민군, 그 이름이 어디 아무 데나 예사로 갖다 붙여도 될 이름인가 말이다.

더군다나 이번에는 이 나라뿐만 아니라 일본이라는 외부 세력까지도 버티고 있다. 원채는 바다 저편에 있는 일본이라는 나라의 힘에 대해서 속속들이 알지 못했다.

허리에 '닛뽄도'라는 긴 칼을 차고 괴상망측하게 생겨 먹은 게다짝이란 것을 발끝에 꿰고 다니는 일본인의 속내에 대해서도 깊이 모른다.

한 가지 확실한 것은, 피를 부르는 일이라는 것이다. 벌써부터 피비린내가 풍겨오는 듯하다. 지난날 미군들과의 전투에서 맡았던 그 섬뜩하고 처절한 죽음의 냄새가 또다시 물큰물큰 끼친다. 사람이 가장 못 맡을 냄새는 같은 사람이 내는 '사람의 피 냄새'라는 사실을 체득한 바가 있다. 이번에는 일본군과의 혈전이 될 공산이 크다.

원채는 거창한 것 같은 생사의 차이가 종이 한 장 두께보다도 더 얇은 전쟁터에서 십분 경험하고 실감했다. 남녀 사랑보다도 한층 더 강렬한 생존에의 욕망.

다른 사람들은 어떻게 볼지 모르지만 적어도 그에게는 그랬다. 사랑을 주고받는 것보다 살아남는 것이 더 절실한 세계가 그곳이었다. 본능이 가장 크게 힘을 펴는 동물 세계와도 같은 곳이 그곳이었다. 모든 것이면서도 아무것도 아닌. 처음이면서도 끝이고, 끝이면서도 처음인 곳이다.

얼이는 어떨는지 모르겠다. 하지만 분명한 사실은 목숨이 없으면 사랑도 없다는 것이다. 원채 자신에게는 목숨을 바쳐서까지 사랑하고픈 여자가 없었던 게 이런 감정의 원인일 수도 있겠지만 말이다. 그런 측면에서 볼 때 얼이는 행복하다. 사랑의 울타리가 있으니까. 아니다. 그래서 더 불행하다. 어느 울타리보다 넘기 어려운 울타리가 그 울타리니까.

결국, 부전자전인가? 내 아버지 달보 영감은 어머니 언청이 할멈보다도 그의 나룻배를 더 사랑했다. 그렇지만 또 안다. 꼽추 남편은 언청이 아내 몸에서 갈라져 있는 윗입술을 가장 사랑하며 살아왔고, 언청이 아내는 꼽추 남편 몸에서 등짝에 난 혹을 가장 사랑하며 살아왔다.

자식이 꼽추가 아니고 언청이가 아니라는 것을 아무에게나 자랑하고 싶어 안달 나 하던 부모였다. 그러나 부모가 그토록 자랑하는 온몸이 멀쩡한 자식은 스스로 그 몸을 버리려 하고 있다. 포기하려 한다. 장애인 부모의 최고 자랑거리였던 비장애인 자식의 그 귀한 몸뚱어리를. 아아, 그 불효가 치러야 할 대가는?

어쩌다가 그가 지금 여기까지 오게 되었는지 도무지 이해가 안 되고, 이해가 되지 않는 그만큼 또 힘들었다. 떠오르는 건 하나였다. 원채는 혼자 입속으로 가만히 되뇌어 보곤 했다. 단 두 글자다.

'운명.'

효원은 지금 원채가 안마당에서 한창 연습하고 있는 오광대패 속에 섞여 있는지, 아니면 혼자 먼저 집으로 갔는지 알 수가 없었다. 그러나 분명한 것은 무언가가 있다는 예감이었다. 그는 속이고 있다. 그런 확신이 한층 효원을 짐승몰이하듯 몰아갔다.

'안 되것다. 내가 이랄 끼 아이다.'

그녀 마음 같아서는 관아에 붙잡혀 가는 한이 있더라도 당장 상촌나루터로 막 달려가고 싶었다. 얼이 도령이 벌써 거기 흰 바위에 앉아 눈이 빠지도록 자기를 기다리고 있을 것만 같았다. 기다리다 기다리다 그만 지쳐 남강 물속으로 뛰어들고 있는 모습도 보였다. 그를 부르며 함께 익사하고 있는 여자도 있다.

그게 아니다. 얼이 도령은 은밀한 곳에서 농민군들과 모여 그날의 거사를 모의하고 있을 게 틀림없다. 원채도 지금 그곳으로 가고 있을지 모른다. 오광대 사람들 하는 얘기로는, 여기 이 고을 남정네들은 모두가 이번 일에 관심을 가진다 했다. 오광대 중에도 가담할 이가 반드시 있지 않을까 싶다. 워낙 막중대사인지라 내놓고 말은 하지 않았다.

그 생각 끝을 물고 효원은 지독한 외로움을 느꼈다. 하늘 아래 땅 위에 오직 나 혼자뿐이라는 이 막막함. 문득 그녀의 붉은 입술 사이로 이 고을 '낭군' 노래가 띄엄띄엄 끊어질 듯 흘러나온다.

'그럭저럭 삼년 되어, 임 생각이 절로 나네. 편지 한 장 전하여도, 편지 한 장 아니 오고……'

터지려는 가슴을 부여안는다.

'길섶에다 나를 두고, 숙인 갓 더 숙여 쓰고, 못 본 듯이 지나친다.'

효원은 끝내 방바닥에 머리를 처박고 통곡하기 시작했다. 마음은 갈가리 찢겨 나가 천 조각처럼 너덜거리는 듯했다. 이제 더 참아낼 수가 없는 엄청난 슬픔과 불안감이 덮쳤다. 해저물녘 산그늘처럼 서서히 다가오는 죽음의 그림자였다.

"임아."

효원은 울부짖듯 노랫말을 이어갔다.

'임아 임아 우리 임아, 나도 따라가렵니다.'

그것은 말 물이라도 끓여주고, 소 물을 끓이더라도, 꼭 '임'을 따라가겠다는 여인네의 한 서린 아픔과 설움을 담은 노래였다.

그런데 꼭두쇠 이희문과 중앙황제장군 최종완이 기척도 없이 그 방으로 들어온 건 바로 그때였다. 효원은 깜짝 놀라 서둘러 한 손으로 눈가를 훔치고, 다른 한 손으로 옷매무시부터 바로 고쳤다.

그것을 본 최종완의 눈빛이 아주 야릇하게 번득였다. 입가에 기묘한 웃음이 번졌다. 그에 반해 평상시와 별반 다를 바가 없는 표정의 이희문이 껄껄 큰소리를 내어 웃으며 농담인지 진담인지 모를 소리를 했다.

"우리 효길이 총각이 노상 팔선녀하고 할매하고 소무 역만 하다 보이, 진짜 여자가 돼간다 아인가베?"

그러더니만 최종완을 한번 보고 나서 자문하듯 했다.

"우짜지? 우짜모 좋것노?"

효원의 고개가 끝도 없이 숙여진다. 붉어지는 얼굴을 보여서는 안 된다. 이희문이 또 혼잣말을 했다.

"이거 안 되것다. 앞으로는 남자 역도 맽기야것다. 까딱하다가는 멀쩡한 총각 하나 다 베리것다(버리겠다)."

그러자 최종완이 누구도 예상치 못할 말을 했다.

"내가 하는 황제장군 역을 주까예?"

이희문이 쥐어박듯 했다.

"머요?"

최종완은 희죽 웃으며 말했다.

"중앙황제장군이 딱이거마요."

효원은 자기 몸이 천장에 가 붙었다가 벽에 가 붙었다가 하는 환각에서 빠져나오기 위해 안간힘을 썼다.

"그, 그거를 준다꼬요?"

이희문은 차마 믿어지지 않아 귀를 의심하는 모습이었다.

"허어, 낼 아츰에 해가 오데서 뜰랑고?"

평상시 내가 오광대를 안 하면 안 했지 중앙황제장군 역은 절대 남에게 넘겨줄 수 없다고 빡빡 고집피우는 최종완이었다.

'함정을 파고 있는 기라, 함정을.'

효원은 더욱 바짝 긴장했다. 저 늑대 같은 놈이 이번에는 여우 짓을 하려는가? 그날 밤 가슴을 스치던 놈의 손이 바로 눈앞에 있다. 능구렁이를 수백 마리는 고아 먹은 것 같은 저 인간이 정말 내가 여자란 걸 알아채지 못한 걸까?

아직도 기적으로 여겨진다. 지난날 교방에서 배운 검무가 나를 위기에서 구해 주었다니. 강득룡 목사와 선비 고인보의 심장을 검무 칼로 푹 찔러 죽이지 못한 게 한이 된다. 하지만 어쩌면 그 칼로 내 목을 겨냥해야 할 순간이 올지도 모른다.

그때 꼭두쇠 입에서 털을 곤두세운 고슴도치같이 잔뜩 경계하고 있는 효원 몸을 한층 움츠러들게 하는 말이 나왔다.

"하매 우리가 함께 지낸 날들이 짜다라 돼서 인자는 한 건구(식구) 같아갖고 하는 말인데, 효길이 총각한테는 무신 비밀이 있는 기 맞제?"

"……."

가슴이 뜨끔해진 효원이 벙어리 흉내를 내어가며 머리를 막 흔들었지만, 이희문은 끈덕지게 물고 늘어졌다.

"운제꺼지 여 있을 낀고도 궁금하다 아인가베."

효원이 몹시 당황하고 있는데 최종완이 나섰다.

"와 그라요, 꼭두쇠."

이희문은 명색 꼭두쇠인 그에게 버르장머리 없이 나오는 최종완이 썩 기분 좋지는 않은지 퉁명스럽게 말했다.

"와요, 내가 우짜는데?"

최종완은 효원을 누구보다 잘 대해 주는 사람처럼 행세했다.

"똑 우리 효길이 총각을 후차낼라는 사람매이로 안 하요."

"후차내요?"

이희문은 모르는 소릴랑 하지 말라는 듯 눈알까지 부라렸다.

"효길이 총각을 애끼고 좋아해서 하는 소리제. 머 도울 끼 없는가 해서……."

그 말이 떨어지기도 전에 최종완이 또 야릇한 소리를 했다.

"도와주모 좋을 끼 하나 있기는 하요."

효원은 가파른 뒤벼리나 서장대 절벽에서 아래로 곤두박질치는 것 같은 아찔함에 사로잡혔다.

'저눔이 또 무신 나쁜 재조를 부릴라꼬 저라노?'

최종완이 내뱉는 말 한마디 한마디는 이마에 와 닿는 예리한 칼날이 되어 효원의 신경을 날카롭게 긁어댔다.

"그기 머시요?"

효원의 속마음을 알 리 없는 이희문이 최종완을 재촉했다.

"쌔이 말해보소, 도울 끼 머신고."

최종완은 보기 역겨울 정도로 허옇게 살찐 손가락으로 감질나 보일 만큼 콧잔등을 살살 어루만지며 얼버무렸다.

"마, 그거는……."

피가 거꾸로 돌다 멈추는 것 같은 긴장 속에서도 궁금한 건 효원도 마찬가지였다. 내가 오광대 패로부터 받을 도움이 무엇인가? 은신처 제공 말고도 또 다른 무엇이 있단 말인가?

"우리 꼭두쇠는 모리실 끼라요."

최종완이 안 보는 척하면서 효원의 얼굴을 슬쩍 훔쳐보았다. 그런데 저런 철면피, 만무방이 세상에 또 있을까?

"놀래지 마소. 내가 우연히 봤는데 말이오, 효길이 총각 칼솜씨가 에나 쥑이주데요. 구신도 몬 당할 끼라요."

효원은 그대로 숨이 넘어가는 것 같았다. 하마터면 비명소리를 낼 뻔했다. 아무리 별별 일들이 일어나는 게 이 세상이라고는 하지만 그래도 이건 결코 있을 수 없는 일이었다.

'저눔이 지 주디로 저런 소리를 하다이?'

최종완은 효원을 노골적으로 응시하며 능글능글한 목소리로 말했다.

"그러이 오광대패 되는 거 말고, 칼을 써서 묵고살 수 있는 일이 있는

가 찾아보고, 그런 데를 소개해 주는 기 좋것다는 기요."

당연히 이희문은 깜짝 놀랐다.

"아, 머라꼬요? 효길이 총각 칼솜씨가 우떻다꼬요?"

최종완은 효원의 몸속 어딘가에 감춰져 있을 은장도를 찾아내려는 사람처럼 효원을 보는 눈에 잔뜩 힘을 넣으며 말했다.

"에나 겁나거로 좋다 안 캤소."

이희문은 커질 대로 커진 눈으로 효원과 최종완을 번갈아 보았다.

"대, 대체 무신 이바구고?"

효원은 즉시 일어나 달아나고 싶었다. 그보다 앞서 은장도를 꺼내 최종완을 찌르고 싶은데 그가 부르르 진저리를 치면서 말했다.

"칼솜씨 함 비이줘라 글쿠소."

최종완은 그날 밤 효원에게 호되게 당한 기억이 나서 허위가 아니라 실제로 몸이 떨리는지도 몰랐다.

"에이, 고만하소, 그런 농담은."

이희문이 절레절레 고개를 흔들었다.

"내사 몬 믿것소. 믿을 수 있는 거를 믿어야제. 얼골도 몸매도 저리 여자 겉은데, 우찌 무시무시한 칼을 쓴다 말이오?"

"흐."

우물에 두레박줄을 내릴 때 '첨벙' 하고 나는 물소리보다 크게 울리는 심장소리를 효원은 들었다. 그녀가 관기라는 사실이 백일하에 확 드러날지도 모른다. 웬만한 사람이면 이 고을 교방 검무가 유명하다는 것을 안다. 이희문이나 최종완이라고 해서 관기들이 추는 검무를 보지 않았으리란 법이 있겠는가?

그뿐만 아니라 효원 자신은 관기들 중에 가장 칼춤 실력이 뛰어나다고 알려져 있다. 따라서 조금만 더 깊이 헤아려보면, 효길이가 효원이란 관기라는 사실을 눈치챌 수도 있을 것이다.

'이 위기를 우찌 벗어나노?'

그런데 최종완은 진득진득한 눈길로 효원을 할금할금 곁눈질하면서 갈수록 험한 태산 같은 소리를 늘어놓았다.

"우리 오광대 놀음판에 칼춤 추는 광대를 하나 더 보태모 우떻것소?"

"칼춤 추는 광대를요?"

이희문은 영락없는 얼간이 같은 표정이 되었다. 그 순간에는 꼭두쇠인 그가 도리어 어릿광대처럼 비쳤다. 최종완은 꼭 그렇게 하는 것이 좋겠다는 고집을 부렸다.

"그 칼솜씨 보모, 시러베 불한당 늠들도 감히 시비 몬 걸어올 끼라요."

그러자 이희문은 여전히 믿어지지 않는다는 기색을 지우지 못하면서 말했다.

"황제장군이 자꾸 그라시는 거 본께, 노다지 거짓말은 아인 거 겉고……."

그러고 나서 효원에게 얼굴을 돌리는 그의 입에서는 효원을 더욱 곤경에 빠뜨리는 소리가 나왔다.

"칼 쓰는 벱은 우찌 배운 긴고?"

효원은 숨이 붙어 있는 것 같지 않았다.

'요 칼!'

금방이라도 그들이 와락 달려들어 그녀 품을 헤치고 은장도를 끄집어내면서 그렇게 소리칠 것 같았다.

'얼이 되련님…… 원채 아자씨…….'

효원은 기도하는 마음으로 두 사람만 불렀다. 그러면 거기 방문이 열리면서 그들이 달려 들어와 줄 듯했다. 이희문과 최종완에게 야단을 치고, 여기서 나가자고 그녀 몸을 일으켜 세울 것 같았다.

그러나 그때 당장 들리는 건 대답을 독촉하는 이희문의 목소리였다.

"운제 누한테서 익힛는가 말이제."

효원은 강경하게 부정하고 싶었지만 그러면 오히려 더 의심을 살 것 같았다. 그래 그건 별것도 아니라는 듯이 애써 아무렇지도 않다는 웃음만 지어 보였다. 원채가 주의를 준 그대로 무덤덤한 사내 웃음으로 가장하고서였다.

최종완도 입술을 일그러뜨리며 웃었다. 그것은 가식과는 거리가 멀어 보였다. 기실 그는 벌써부터 그가 하고 싶은 대로 해왔다.

'저 웃음! 내 영원히 니눔 그 웃음을 안 잊을 끼다.'

효원은 최종완이 그게 아니라고 더 노골적이고 구체적으로 나올까 봐 두려웠다. 이 일은 어쨌든 그냥 흐지부지 넘어가야지 콩이니 팥이니 가리다 보면 본색이 탄로 날 위험이 더 높았다. 그런데 최종완은 더는 말이 없었다.

'또 무신 꿍꿍이속을 꾸밀라꼬?'

효원은 최종완의 그런 태도가 더 마음에 걸렸다. 음침한 장소에 허연 줄을 쳐놓고 먹잇감이 걸려들기만을 기다리는 거미 인간이라고 보았다.

거미의 웃음. 그것은 너무나도 징그럽고 싫었다. 계속해서 그의 입언저리에 보일락 말락 내비치는 웃음기, 그건 네가 아무리 시치미 뚝 따고 남자인 척 가장해도 내 눈은 절대 못 속인다는 자신감에 찬 조소나 협박으로 받아들여졌다.

'이 짐승만도 몬한 인간아, 두고 봐라.'

효원은 속으로 뿌득뿌득 이를 갈았다. 화가 받치니 두려움도 가셨다.

'내가 운젠가는 칼로 니눔 배때지를 꽉 찔러 죽일 끼다. 인간 탈을 둘러쓰고 우찌 이랄 수가 있노?'

그리고 보니 그녀가 죽이고 싶도록 증오와 지탄을 퍼붓고 있는 대상이 하나둘이 아니다. 강득룡 목사, 고인보 선비 그리고 얼이 도령이 되고 싶어 하는 농민군도 그렇고, 그 농민군의 적들도 그렇다.

효원이 화들짝 놀라며 잔뜩 몸을 움츠린 건 그때다. 별안간 꼭두쇠 손이 그녀 어깨 위에 척 얹힌 것이다.

"효길이 니 진짜 여자맹캐 이랄래?"

효원이 몸뿐만 아니라 마음까지 얼어붙은 것은, 이희문의 그 말도 말이거니와, 그의 손이 그녀 어깨에 얹히자 그녀가 하는 반응을 최종완이 뱀눈을 하고 아주 유심히 지켜보고 있다는 사실이었다.

'와 그라심니꺼, 꼭두쇠 어른.'

그런 눈빛을 지어 보이면서 효원은 어깨에 붙은 벌레를 털어내듯 상체를 흔들었다. 하지만 이희문은 손을 거두지 않은 채 말했다.

"자네가 자랑시러버서 이란다."

"……."

효원 눈이 이희문 눈을 보았다.

"자네 어깨 함 만지본께, 내가 짐작한 대로 꽤 딴딴하거마는. 칼을 짜다라 휘둘러 본 솜씬 기라."

'후우.'

효원은 그 정신없는 와중에도 내심 안도의 한숨을 삼켰다. 이희문 그 말이 옳았다. 그녀 몸에서 유일하게 살이 단단한 부위는 어깨였다.

'어깨가 아이고 딴 데를 만졌으모 우짤 뿐했노?'

이희문은 즉각 눈치챘을 수도 있다. 설혹 그가 감각이 아주 둔하다고 하더라도, 아무래도 여자 몸은 부드럽고 약하기 마련이므로 남자 신체와는 다른 것이다. 그렇지만 경계심을 늦춰서는 안 되었다. 아직 다 끝난 게 아니었다. 또 다른 무기가 새로운 허점을 노리고 들어올지 모른다.

"칼솜씨 출중한 거, 그거 에나 좋은 일인 기라."

굉장히 부러워하는 이희문이었다. 그런데 거기에서 그친 게 아니었다.

"꽉 안아주고 싶다 아인가베."

이희문의 나중 말에 효원 가슴이 또 덜커덩 내려앉았다. 혹시라도 다 알아챈 건 아닐까? 그러면서도 시치미를 따고 있다면?

그때 최종완이 이물질이라도 들어간 듯 눈을 깜박이며 말했다.

"그기 무신 말씀이오, 꼭두쇠. 안아주고 싶다이?"

이희문은 나이에 비해 튼튼한 이빨을 드러내고 씩 웃었다.

"농담 한분 해봤소. 내는 농담하모 안 되는 사람인 기요?"

그러나 최종완은 밤길에 무엇을 밟은 사람이 구시렁거리듯 했다.

"사람 쥑이는 칼이 머가 좋다꼬. 머를 몰라도 그리키 모리는 소리 마소."

이희문이 효원 어깨에서 손을 떼며 말했다.

"시방 우리나라에 한거석 들와갖고 지멋대로 설치쌌는 왜눔들 안 있소."

갑자기 방은 지금까지와는 또 다른 위험한 기류가 흐르는 분위기였다.

"사무라이니 머니 함시롱 닛뽄도라나 머라나 하는 상구 긴 칼을 떡 차고 댕김시로, 우리 조선 사람들을 막 공포로 몰아넣는다 안 쿠던가베요?"

효원은 그녀의 호신용인 은장도와 일본 사무라이들이 차고 다닌다는 일본도를 나란히 놓고 바라보았다. 대결하게 되면 어느 칼이 더 우세할까?

"내도 그런 이약은 들었소. 우짜모 올매 안 가서 우리 고을에도 칼을 찬 왜눔들이 들올 끼라고 하데요."

몸을 떨어대면서 그런 소리를 하는 최종완이 중앙황제장군과는 너무나 거리가 멀어 보였다. 효원은 그 경황 중에도 경악과 함께 호기심과 비장감이 일었다.

칼을 차고 다니는 일본인. 그렇다면 조선인도 검법을 배워야 할 것이다.

'하기사 우리한테는 다린 거도 있은께네.'

그녀가 아는 바로는, 우리 선조들이 잘 사용한 무기는 칼보다도 활이었다. 임진년에 조선군이 풍신수길이 보낸 그 많은 왜군을 물리치는 데 큰 공을 세운 게 화살이라 했다. 진천뢰나 질려포 같은 뛰어난 병기도 소유했다고 들었다. 그리고 심장의 피를 끓게 하는, '기적의 새(鳥)'와도 같은 또 하나가 더 있었다.

비차飛車, 혹은 비거飛車라고 불리었다는, 진주대첩 비밀 병기.

언젠가 얼이 도령이 그의 스승 권학에게 들었다면서 효원에게 해준 그 이야기는 그 무슨 말로도 표현할 수 없는 경악과 감동 그리고 영원한 숙제로 다가왔었다. 얼이 도령이 한 이야기를 간추리면 이렇다.

18세기 조선 실학자 신경준과 이규경이라는 사람이 쓴 고문헌에 따르면, 임진왜란 당시 목사 김시민이 수성장이 되어 이끄는 진주성 싸움에서, 화약 담당 별군관으로 있던 전라도 김제 사람 정평구가 비차(비거)를 발명, 성주를 태워 30 리를 날아 왜적의 칼날에서 피하게 했을 뿐만 아니라, '조선의 귀신 새'라고 두려워하는 왜군 머리 위를 날아다니며 그들 진지陣地 배치와 군사, 무기 등을 염탐하고 아군의 물자 보급용으로 활용하는 등 크나큰 전공戰功을 세웠는데, 그 비차(비거)는 네 사람 가량 태울 수가 있고 모양은 따오기와 비슷하고 추진(동력)장치로서 화약을 장착, 배를 두드리면 바람이 일어나서 공중으로 떠오를 수 있는, 그러니까 세계 최초의 비행飛行 물체인 바, 우리는 모름지기 선대先代의 그 위대한 유산을 널리 알려서 계승하고 발전시켜야 한다.

한갓 관기 신분에 불과한 효원으로서는, 하늘을 나는 비행 물체라는 건 구경조차 한 적이 없거니와, 과연 예전에 그런 게 존재할 수 있었을까 하는 의혹이 생기기도 하여, 아마도 그건 설화나 전설에 나오는 이야기가 아닐까 싶었다.

그러나 얼이 도령이 가장 존경하고 따르는 스승일 뿐만 아니라, 근동에서 최고의 학식과 덕망을 갖춘 선비이자 대학자로서 명망이 자자한 권학이란 그 사람 입에서 나온 거라면, 결코 허황된 것이 아니고 신뢰성이 충분히 있는 실화實話라고 보아야 마땅하리란 생각도 드는 효원이었다. 특히 기록물이 있다지 않은가 말이다.

어쨌거나 일본 낭인들에 대한 이야기가 나오자 이희문과 최종완은 그쪽으로 대화를 끌어가기 시작하여 효원은 가슴을 쓸어내렸다. 정말 다행이었다. 하마터면 큰일 날 뻔했다.

"그날이 운제쯤 되까요?"

"우짜모 바로 내일이 될랑가도 안 모리요."

"아, 그리키나 쌔이요?"

"그것들이 원숭이 겉다 안 쿠디요……."

두 사람의 최대 관심사는 일본인이 언제 우리 고을에 들어올 것인가 하는 거였다. 발등에 불이 떨어져 있는 처지였지만, 효원 역시 조선 백성으로서 들으면 들을수록 불안하고 염려스러운 내용이 아닐 수 없었다.

"왜눔들이 임진년에 우리 조선을 몬 집어삼킨 기 한이 돼갖고, 시방 와서 또 그 야욕을 드러내는 거 겉애서 에나 걱정이 되는 기라요."

이희문 말에 최종완이 맞장구를 쳤다.

"한양이나 부산포매이로 큰 고을은 하매 그런 공기가 돌고 있다 쿠데요. 대처大處 사람들이 갖는 낌새라모 별로 넘어갈 사안은 아일 낍니더."

신경 끝이 예민해질 대로 예민해져 있는 탓일 것이다. 최종완의 말에 홀연 공기가 크게 바뀌는 듯하여 효원은 금방 토할 것같이 속이 울컥거리고 머리가 어지러웠다. 이어지는 최종완의 말이 그녀 귀를 '웅웅' 울렸다.

"우리 사는 이 고장은 조선 남방 끄트머리에 붙어 있어갖고, 시상 돌아가는 물정에 상구 어둡다 아이요."

이희문이 한숨 섞어 말했다.

"우쨌든 나라에 무신 안 좋은 일이 생기모, 젤 피해를 마이 입는 쪽이 우리 겉은 서민들 아인가베?"

까마귀 울음소리가 가까워졌다가 멀어졌다. 그 집 마당에 나무가 있었다면 날아와 앉았을 것이다.

"맞거마예. 맨 첨에 그 불벼락을 맞아야 하고요, 또오……."

"또? 인자 고만하소. 듣기만 해도 징글징글하요."

그러다가 화제는 또 한 번 효원을 긴장시키는 방향으로 돌아갔다. 이희문이 치를 떨며 이랬던 것이다.

"이리 살벌한 판국에, 다가오는 저 시월 초엿샛날 너우니에 모이라쿠는 초차괘방이 나돌고 있으이, 이거를 우짜요?"

"아, 증말 우찌될랑고 모리것네요."

최종완은 그날을 생각만 해도 공포가 몰려드는 모양이었다.

"그날 누가 가담할랑고는 알 수 없지만도, 진짜 시상이 발칵 뒤집어질 끼라요."

이희문 또한 진저리를 쳤다.

"난리, 난리, 캐싸도 그런 난리는 없을 끼거마요."

효원의 전신에 경련이 일어나는 이런 소리도 나왔다.

"저 임술년에 죽은 농민군들 원혼도 거게 안 오것소. 뻘건 피를 철철 흘림시로요."

"에이, 섬뜩한 그런 소리는 입에 올리지도 마소. 내는 상상만 해도 입맛이 없어갖고 밥도 몬 묵것거마는."

"농민군 일인데 안 하모 됩니꺼."

"그래도 하지 마소. 그거를 떠올리기만 해도 온몸이 달달달 떨리요."

"머, 하지 마라 쿠모 안 하모 되지요."

그러던 두 사람은 모반을 꾀하려는 자들처럼 사뭇 음성을 낮추기 시작했다.

"우리 겉은 사람들이 모도 알고 이리 쑥떡 저리 쑥떡 해쌌는데, 시방 관아에서는 우짜고 있는고 모리것소."

"내 말이 바로 그 말인 기라요. 온 근동 사람들이 똑 학 모가지매이로 목을 쭈욱 빼고 기다리고 있으이."

"관아에서도 바짝 긴장해서 대처할 방도를 궁리하고 있을 끼요."

"하매 그 방도를 안 찾았으까이."

"방도? 우떤 방도요?"

"아, 그거는 내도 모리지요. 내가 그런 거꺼지 알 사람이모 이리 있것소."

"우쨌든 또 저 임술년 꼬라지는 안 돼야 할 낀데 모리것소."

"요분에는 상구 더 심할 낀데요?"

"그렇것지요? 누가 좀 잘 해갤해 줄 사람이 없으까요? 하기사 그랄 사람이 있으모 이런 식으로 할라쿠지도 안 하것지만도……."

"언청이 아이모 째보라 쿠요?"

급기야 효원은 그만 방에서 빠져나오고 말았다. 계속 듣고 있다간 자칫 비명이라도 내지르고 말 것 같아서였다. 만약 입술이 단 한마디라도 내뱉게 된다면 그것으로 모든 건 끝장이다.

또한, 효원은 몸서리쳐지도록 확연히 느낄 수가 있었다. 얼이 도령과 효원 자신이 불바다 속으로 던져지고 있다는 것이다.

흰 길에 흰 발자국이

시월 초엿샛날.

여명의 하늘이 밝아온다.

어느 들녘 모퉁이에서 가녀린 코스모스는 흔들리고 있을까. 무슨 나무 둥지에서 작은 새는 옹크린 채 숨을 죽이고 있을까.

지난 구월 마지막 날, 그러니까 음력 갑오 초2 일자로, 동학군 지도부에서 그 고을 백성에게 통문 한 초차쾌방에서는 무엇을 촉구하였던가.

나라의 안위는 백성의 생사에 있고 백성의 생사는 나라의 안위에 달렸으니, 어찌 나라를 보호하고 백성을 편안케 할 방도가 없어서야 되겠는가. 앞서 이런 뜻을 적어 73개 면리수面里首에게 통문을 돌려보게 했으나, 혹 없어지기도 하고 혹 전해지기도 하여 이 점이 걱정되나니. 우리 고을 백성은 대개 흩어져 있는 고로 별로 진휼해 나아갈 방도가 없는즉, 어떻게 지보支保할 대책을 세울 것인가. 시월 초엿샛날 오전에 각 리에서는 13명씩 평거 광탄진두로 와서 회합을 갖고 의논 처결토록 하면 천만 다행이겠노라.

그 통문의 한 자 한 자가 사람들을 부른다, 부르고 있다.

그 부름을 좇아서 온다, 오고 있다, 온 고을 백성이. 구름처럼 모여든다, 바람같이 달려온다.

그곳 목牧 73개 면面 각 리里에서 열하고도 셋씩 일제히 평거면 너우니로 간다.

"얼이 총각! 보는가?"

사람들이 본 통문, 이제는 그 통문이 사람들을 본다.

"자네 아부지들 아인가베, 아부지들."

아들이 피를 토하는 소리로 울부짖는다.

"아부지이!"

강, 그리고 물가의 나무와 풀과 자갈과 모래, 그리고 강줄기를 따라 길게 늘어서 있는 산이, 그 소리에 일제히 눈을 뜨고 귀를 여는 것만 같다.

"천필구가 천 맹이 왔나, 2천 맹이 왔나……."

꼽추 달보 영감 아들 원채가 눈물 젖은 목소리로 말하고 있다. 얼이도 목이 멘 채로 함께 말한다.

"봅니더! 왔심니더! 아부지들입니더!"

원채는 사방을 둘러보며 갈수록 감격에 찬 얼굴로 말했다.

"운제 또 우리가 이런 날을 맞이할 수 있것노. 시방 이 장면을 우리 두 눈에 똑똑히 찍어 놓자꼬."

세상 모든 게 투명해 보인다. 깨끗이 닦아 놓은 거울만큼이나 흐리지 않고 속까지 환히 트여 밝기만 하다.

"그래야지예, 그래야지예."

얼이는 바로 눈앞에서 보면서도 도시 믿을 수 없다는 빛이다.

"그란데 동학군만 모이는 기 아이고예, 일반 백성들꺼지 저리 모이는 기 에나 신기하다 아입니꺼, 아자씨."

원채는 흔들리지 않는 나무처럼 땅바닥에 두 발을 굳게 디딘 채 속속 모여드는 인파 속으로 눈길을 주며 말했다.

"요분 봉기는 이전하고는 다리거로 이 땅에서 왜눔들을 몰아내자쿠는 기치를 걸고 하는 긴께, 모든 백성들이 거국적擧國的으로 동원되는 기 맞다 아인가베."

온몸에 햇살을 받고 있는 원채 음성에 작두 같은 날이 섰다.

"특히 쎄빠지거로 농사 지이갖고, 몬된 탐관오리들한테 모돌띠리 빼앗긴 농민들은 더 그렇고……."

얼이가 문득 깨친 듯 물었다.

"아, 그래서 동학농민군이라 부리기도 하는갑네예?"

"이 나라 백성 중에 농사꾼이 젤 많으이, 그거는 당연하것제."

"장사치도 천지삐까리다 아입니꺼?"

"배실아치도 너모 넘친게 그기 문제제."

"그렇네예? 그리 짜다라 필요도 없는 거 아입니꺼."

원채는 더 무서운 소리도 했다. 그것은 모두가 잠든 깊은 밤 아무도 없는 곳에서도 금기해야 할 성질의 것이었다.

"시방맹캐 이랄라모, 왕하고 조정은 머할라꼬?"

얼이는 그만 등골이 송연해지며 되뇌었다.

"왕하고 조정이 필요 없다."

그들이 나누는 이야기는 끝을 몰랐다. 너우니 하늘 아래 너우니 땅 위에, 자꾸자꾸 모여드는 인파도 도무지 그 끝을 몰랐다. 아마도 마지막 끝에서 새로운 시작이 열리려고 하는 것이다.

그런데 동학군 지도부 사람들은 오히려 한참 멍해 보였다. 이렇게도 많은 사람이 모일 줄이야. 가슴이 터져 날 것만 같았다. 아니었다. 벌써 다 터져 버리고 더 이상 남아 있는 가슴도 없는 듯했다.

도통령都統領 정승운마저도 그러했으며, 백여 명을 이끌고 달려온 도통찰都統察 또한 마찬가지였다.

"역시 이 고을은 다른 고을과는 다르군요."

그렇게 말하는 사람이 있었다.

"나는 일찍이 이런 봉기 장소에는 가본 적이 없습니다."

그는 나광이었다. 한밤중에 밤골집에 몰래 와서 섬진강 너머 전라도 쪽 농민활동 소식을 전해주곤 했었다.

그의 옆에는 판석, 또술, 태용이 서 있다. 모두가 금방이라도 온몸이 타버릴 것만 같은 흥분에 싸인 모습들이다. 저마다 불을 가득 담아 부은 듯이 붉어진 얼굴이고 마음은 그보다 더 붉어 있을 것이다.

너우니 강바람에 옷깃을 나부끼며 얼이는 아까부터 혼자 계속 주위를 두리번거리고 있었다. 스승 권학 밑에서 동문수학하는 서당 벗들을 찾기 위해서다.

'오데 와 있을 낀데.'

다른 사람은 몰라도 도목수 서봉우 아들 문대만은 반드시 어딘가에 와 있을 게다. 사람들이 이렇게도 많이 운집한 걸로 미뤄봐서는 남열과 철국도 섞여 있지 않을까 싶다. 지난날 읍내장터 채소공판장 거물이었던 이명환의 아들 정우 또한 어쩌면 와 있을지 모르겠다. 아니다. 이 고을 사람치고 여기 오지 않은 이는 없으리라. 어디 두발짐승만 그러랴. 네 발 가진 짐승들도 전부 올 것이다. 발이 없는 생명체도 기어서, 몸을 굴러서 오리라.

지금 거기 지천으로 깔려 있는 자갈이나 모래알보다 더 많게 느껴지는 군중이다. 덕유산에서 발원한 남천수와 지리산에서 발원한 덕천수, 그 큰 두 물줄기가 한데 합쳐진 것보다도 더 세찬 흐름을 이루어 가고 있는 인간 파도 더미다.

얼이 눈은 저 뒤쪽 여자들이 모여 있는 곳을 향한다. 남자들이 운집해 있는 광경은 가끔 보았지만, 여자들이 그렇게 한꺼번에 둘러서 있다.

어머니 우정댁, 비화 누이, 원아 이모, 밤골댁, 송이 엄마, 순산집, 나루터집과 밤골집 주방 아주머니들, 그리고 이 고을과 인근 마을 여자들.

그들 모두가 모여 서서 남자들이 있는 곳을 바라보면서 가슴 벅차 하리라. 옷고름 끝을 들어 퉁퉁 부어오른 눈두덩을 꾹꾹 찍어내고들 있겠지. 볏짚으로 삼은 신발 속의 작은 발가락을 꼼지락거리고 있을까.

화공 안석록은 지금 그 광경을 그림으로 남기기 위해 어딘가에서 열심히 두 눈에 담고 있을 것이다. 훗날 그 그림은 스승께서 늘 말씀하시는 '역사적 기록물'로서 대단한 가치를 갖게 될지도 모른다. 아, 그 그림 속에 이 얼이 모습도 들어 있다면. 아니, 있을 것이다, 있도록 해야 한다.

매형 박재영은 흰 바위 부근에서 만나던 그 정체불명의 여자와 마주치지는 않았는지 몰라. 그 여자가 설마 여기까지 와서 돈을 요구하지는 않을 테지. 도대체 매형이 그 여자에게 무슨 죄를 지었기에 그럴까? 정말이지 지금 생각해도 때려죽이고 싶도록 얄미운 여자다. 이 세상 여자들을 도매금都賣金으로 악녀들이라고 치부하게끔 몰아갈 것 같은 여자다. 한 번만 매형한테 더 그러면 내 삼수갑산 가는 한이 있다 해도 그대로 있지 못한다.

그리고 준서와 혁노는? 오늘의 거사가 성공으로 이어지지 못할 경우, 바랄 수 있는 것은 그런 아이들뿐이다. 얼이는 형장의 이슬로 사라져버리고 없을 테니까. 하지만 슬프거나 무섭지는 않다. 오히려 아버지가 가셨던 영광스러운 길이기에 반갑기조차 하다. 남자로, 그것도 농군의 아들로 태어나길 정말 잘했지. 복을 받았어. 아무렴, 다음 세상에서도 그래야겠다.

그렇다면 저 임배봉 일가는 어떨까. 그 인간들만은 세상없이도 이곳에 나타나지 않을 것이다. 그게 아니라 모습을 드러내지 못할 것이다. 누구든 잘됐다 하고 먼저 본 사람이 절대 그냥 곱게 두지 않을걸. 그 큰 공을 이 천얼이가 세워야지. 그리고 아버지 영전에 그 영광을 바치리라.

꼽추 달보 영감과 언청이 할멈은 올 것이다. 서로를 부축해가며 허위 허위 달려올 것이다. 맹꿀이 그놈 때문에 남강에 익사할 뻔했던 얼이 자신의 목숨을 구하게 해준 손 서방과 함께일 거야. 그 손 서방의 식솔들도 올 것이다.

얼이는 새롭게 태어나는 얼이, '천얼이'를 느꼈다. 가다 벗들이 농담으로 던지는 말처럼 '천 개의 얼이'다. 그렇다, 오늘 나는 천 개의 얼이로 행동할 것이다. 한 사람의 얼이가 세우는 한 개의 공적이 아니라, 천 사람의 얼이가 세우는 천 개의 공적을 모두는 반드시 보게 될 것이다.

그때 접주接主 김규창과 손석은이 서로 주고받는 말을 들으며 얼이는 또다시 온몸이 활활 타오르는 불길에 싸이는 듯했다.

"지난 5월에 희생당한 지도자들을 떠올리모 눈물이 나요."

"나모 잎이 참 파랬던 기 벨시리 기억납니더. 그 좋은 계절에 말입니더."

"대접주 백홍도가 저게 덕산에서 맨 먼첨 올린 깃발을 신호로 해갖고, 오늘날 우리가 이리하고 있는 거를 생각하모……."

"내는 목牧의 병방兵房 박방희만 떠올리모 너모 치가 떨립니더."

"이 사람도 그래요. 병방이라쿠는 기 머하는 깁니꺼. 병전兵典에 관한 일을 맡아 보는 지방 관아 육방六房의 하나가 아닙니꺼. 그런 자리에 앉아 있는 그눔이 장날에 수많은 장꾼들이 지키보는 데서 고마 백홍도를 안 쥑잇소."

"그런 거 생각하모, 우리만 이렇게 살아남았다쿠는 기 증말 부끄럽다아이요."

"아, 그래서 오늘 우리가 이리하는 기지요."

"앞으로도 계속 이래야 하는 기라요."

"하모, 맞소. 그 길을 잘 닦아 놓지 않으모 중도에 고마 꺾이삘 수도 안 있것소."

"우리 말이라도 그리 안 좋은 상상은 하지 맙시더."

"그렇심니더. 나쁜 기氣는 될 수 있는 대로 가차이 안 하는 기 좋지요."

얼이가 알면 알수록 더욱더 분하고 안타까운 건, 대접주 백홍도를 비롯한 몇몇 지도자들이 전라도 백산에서 들고일어났다는 소식을 접하자, 무기도 제대로 마련하지 못한 허술한 상태에서 봉기했다는 사실이었다.

"그런 인물이 되기도 쉬븐 거는 아일 끼거마."

원채 말에 얼이는 눈을 크게 뜨며 물었다.

"아자씨도 그분을 아시는 기라예?"

그러자 원채는 백홍도에 대해 많이는 아니고 조금은 안다며, 너무 빨리 접주가 된 게 실패한 원인이 아닌가 본다고 했다. 그를 만나본 적도 있는데, 눈을 감고 단정히 앉아 가르치던 모습이 매우 인상적이었다고 덧붙였다.

"얼이 총각, 인사를……."

"예."

얼이는 원채 소개로 접주급 인물 여럿을 만나보기도 했다. 김규창과 손석은 외에도 김경상, 김기용, 박화재, 전순희, 박일규, 김규상 등등 무척 많았다. 하지만 그들 모두가 하나같이 새로운 세상을 향한 염원과 기대감으로 차 보였다. 그들은 얼이가 지금까지 만났던 사람들 가운데 그중 우뚝해 보였다.

"아, 그런 젊은이라꼬?"

"이거 증말 반갑거마는!"

그들은 얼이가 임술년에 맹활약을 떨쳤던 천필구의 아들이라는 사실 하나만으로도 오랜 동지처럼 대했으며, 특별히 따로 교육시킬 필요가 없다고 판단하는 듯했다. 얼이는 가슴이 뿌듯하면서도 어깨가 무거워짐을 느꼈다.

'아부지!'

얼이는 그들 한 사람 한 사람에게서 돌아가신 아버지를 만났다. 그들이 나누는 대화는 얼이의 젊은 피를 뛰게 하기에 부족함이 없었다.

"살다 보이 이런 날도 있네예."

"성을 쇠로 맹글고, 성 주위에다가 펄펄 끓는 연못을 파놓는다 쿨지라도, 우리는 반다시 성을 함락시킬 낍니더."

"몸에 쪼꼼만 묻어도 살이 썩고 뼈가 녹아삐는 독이 든 연못물이라캐도 내는 건너갈 끼라요."

"내가 시방꺼지 살아옴시로 짐승이 아이고 사람이라쿠는 실감이 이만치 마이 나는 때도 없었다 아입니꺼."

"오늘이 내 일생에 처음임시롱 또 마즈막 날이라꼬 그리 생각합니더."

이윽고 그 동학군 지도부 사람들이 앞으로 나섰다. 그러자 거기 드넓은 너우니 일대는 홀연 숨 막힐 것 같은 공기에 뒤덮이기 시작했다. 모두는 하나같이 입을 다물고 동작을 멈추었다. 시간도 중지해 버리는 느낌이었다.

지금 그곳에는 아무도 없는 것 같았다. 시월 초순 오전의 투명한 햇살만 온 누리에 내리비치고, 바람은 잠잠했다가도 문득 생각난 듯 불어오곤 하였다. 그 바람 끝에 묻어나는 것은 꽃향기 같기도 하고 피 냄새 같기도 했다.

군중들을 향한 농민군 지도부의 성토 내용은, 얼이가 듣기에는, 초차 괘방에서 밝힌 것과 거의 엇비슷했다.

우리 고을 백성은 전부 뿔뿔이 흩어지게 될 지경에까지 이르렀으나, 그것을 구제할 만한 마땅한 방도가 없으니, 어떻게 존재할 수가 있겠는 가. 나라 형세가 백척간두에 선 것과 같은데, 조정 관리들은 강 건너 불 구경하듯 손을 맺고 있으니, 이제 우리 백성 스스로가 마땅히 살길을 찾아 나서야 할 때가 온 것이다.

시간이 흐를수록 분위기는 한층 더 뜨겁게 달아오르고, 이곳저곳에서 무어라 마구 외치는 소리가 커지기 시작했다. 어떻게 들어보면 사람이 아닌 다른 무언가가 내지르는 소리 같기도 했다. 어쨌거나 사람들은 누구 눈에도 더없이 위험하고 아슬아슬해 보일 만큼 점점 흥분돼 갔다.

그것은 그저 단순히 '군중심리'라고 치부해버릴 성질의 것이 결코 아니었다. 팽창할 대로 팽창한 고무풍선이 '펑' 소리 내며 터지기 직전이었다. 엄청난 바윗덩이 밑에 깔려 질식하려는 순간의 마지막 발악과도 유사했다.

그날은 그렇게 시작되고 있었다.

그 장소에 운집한 사람들은 민중 봉기를 촉구하는 동학군 통문인 초차괘방이 곧 농민군 동원령이었다는 사실을 확실하게 깨달았다.

동학군 통문과 농민군 동원령.

"어? 저, 저거는?"

"운제 저러키나!"

좀처럼 믿기 힘든 정황이 벌어지기 시작한 것은 그때부터였다. 군중은 경악했다. 어디에 숨겨 두었던 것일까? 죽창과 몽둥이, 지겟작대기, 농기구가 하나둘씩 보이기 시작했다. 하늘을 향해 치켜드는 그것들은 그야말로 비가 온 뒤에 쑥쑥 솟아나는 죽순과도 같았다. 그리고 그 기운은 불에 기름 들이붓듯 순식간에 확 번져 나갔다.

그럴 수가 있을까? 그런 조화가 일어나다니? 동학도소가 있는 평거면 광탄진두에 모인 백성들은 당장 동학농민군 부대로 변해버렸다! 천지신명이 부리는 조화라도 그럴 수는 없었다.

– 가자! 가자!

– 돌격 앞으로!

민간인의 군인으로의 변신은 그다지 오랜 시간이 걸리는 것도 아니었다. 민간인 신분이 군인 신분으로 된다는 것이 그렇게 어려운 일도 아니었다. 농민군과 농민군 아닌 사람, 애당초부터 그런 구분 자체가 불가능하고 아무런 의미가 없었는지도 모른다. 결국, 하나의 이름으로 귀결되는, 하나의 원圓 안으로 귀속되는 것이다.

백성.

– 우리는 같은 핏줄을 나눈 한 형제다!

– 누가 형제를 돌보지 않고 해치려 하는가?

손에 손에 무기를 들지 않은 사람은 없었다. 입에, 입에 함성을 내지르지 않는 사람도 없었다. 가슴에, 가슴에 새 하늘과 새 땅을 열망하지 아니하는 자, 아무도 없었다. 그 숫자도 자그마치 1천인지 2천인지, 아니면 그보다도 훨씬 더 되는지, 어떤 눈도 밝혀낼 수 없는 대군이었다. 일찍이 자원自願하는 그런 대군大軍을 가진 나라가 세상 어느 곳에 또 있었을까.

경악할 일은 비단 그뿐만이 아니었다. 누가 먼저고 누가 나중이고 할 것도 없었다. 그 엄청난 동학농민군부대 속에서 터져 나오는 노랫소리. 그건 '언가', 바로 〈이 걸이 저 걸이 갓 걸이〉 노래였다. 그 노래는 몇 번이고 되풀이되고 있었다.

'이 걸이 저 걸이 갓 걸이 진주 망건 또 망건.'

'아부지! 아부지!'

얼이 두 눈 가득 진한 눈물이 고였다. 마침내 피맺힌 아버지 한을 푸는 역사적인 순간이었다. 지난날 아버지가 농민군 동지들과 행군하며 목이 터지게 불렀던 그 노래가 여러 해가 흐른 지금 또다시 세상을 뒤흔들고 있다. 그 씨앗이 싹을 틔우고 꽃을 피우고 이제 열매를 맺으려 한다.

'짝 발이 휘양건 도르매 줌치 장독칸.'

얼이는 듣는다. 군중들 노래 속에 섞여 있는 아버지 노랫소리를. 원아 이모 연인 한화주 노랫소리를. 돌아오고 있다, 모두가 돌아오고 있다.

'머구밭에 덕서리 칠팔월에 무서리 동지 섣달 대서리.'

문득, 얼이 등짝을 세게 탁, 치는 어떤 손이 있었다. 얼이는 소스라쳐 뒤쪽을 돌아보다가 당장 표정이 환해지며 눈을 크게 떴다. 문대와 남열, 철국이 아닌가?

"우리다!"

벗들이 합창하듯 말했다. 한 나뭇가지에 나란히 올라앉은 새들이 똑같은 한 소리로 노래하는 것 같았다. 하나의 나무줄기에 똑같은 모양과 빛깔로 피어난 꽃인 듯했다.

"너, 너거들도 와, 왔거마?"

어쩌면 왔을지도 모른다고 기대는 하고 있었지만, 동문수학하는 벗들이 그렇게 한꺼번에 나타나니 그 감동은 더할 수 없이 컸다. 글방 안에서 대하던 그들과는 사뭇 다른 모습에 얼이는 그날의 봉기가 더 실감이 났다.

"고, 고맙다."

얼이는 눈물 그렁그렁한 얼굴로 웃어 보였다. 누군가 말했다.

"그 소리 취소해라."

"취소?"

얼이가 어리둥절한 표정을 짓고 있는데 문대가 목수 아들답게 큰 주먹으로 얼이 복부를 쥐어박는 시늉을 하며 말했다.

"안 그렇고? 그라모 이 일은 얼이 니 혼자 일이고, 우리하고는 아모 상관도 없는 일이다, 그런 말이가?"

"하모, 하모."

남열과 철국도 그렇다는 듯 동시에 고개를 끄덕였다. 얼이 자신이나 문대만큼은 못해도 젊은이답게 팽팽한 고개였다. 얼이는 생각했다. 저 푸르고 완강한 고개를 어느 뉘 감히 꺾을 수 있으랴.

"취소한다."

얼이는 손등으로 눈물을 쓱 닦으며 말했다.

"내 혼자 일이 아인 기 맞제."

사내답게 사과하는 얼이에게 평소 여자 같은 남열이 한소리 했다.

"짜아식."

그러나 그들이 더 말을 주고받을 겨를이 없어졌다. 드디어 동학농민군 부대가 본격적으로 움직이기 시작한 것이다. 그것은 실로 오랜 세월 동안 깊은 잠에 빠져 있던 거대한 공룡이 눈을 뜨고 기지개를 켜는 형용이었다.

"얼이 총각! 인자 진격인 기라, 진격!"

지도부 사람들 속에 섞여 잠시 보이지 않던 원채가 다시 돌아와서, 감격에 넘치는 목소리로 이제부터 진격이 시작되었음을 알렸다.

"그렇심니더, 아자씨."

얼이는 힘차게 벗들을 돌아보며 큰소리로 복창했다.

"진격!"

그러자 벗들도 입을 모아 '나아가서 적을 공격'할 것을 크게 외쳤다. 그 표정들이 너무도 진지하고 단호하여 다시 한번 다른 사람들 같았다.

248

지도부에서는 미처 가져오지 못한 일부 군중들에게 비밀리에 준비한 무기를 나눠 주었다. 그중에는 얼이와 원채가 남강변과 비봉산에서 잘라온 대나무로 여러 날에 걸쳐 함께 만든 죽창도 있었다. 세상은 죽창과 몽둥이, 지겟작대기, 농기구로 꽉 찼다.

저 '언가'가 또다시 천지에 진동했다. 누가 누구인지 도무지 구별조차 되지 않는 가운데 백성들은 오직 '동학농민군'이라는 그 이름 하나로 함께 숨 쉬고 함께 소리 지르고 함께 나아갔다.

"시방 오데로 가는 기고?"

"보모 모리것나."

"모린께 묻제, 앎시로 와 묻것노."

"성으로 쳐들어간다 아이가!"

"성!"

누군가가 묻고 누군가가 답했다.

"성문이 부숴지것제?"

"오데 성문만 그렇것나."

"그라모?"

"성 전체가 안 그러까이."

"저 좋은 성을……."

그들 머리 위로 산새와 물새들이 어울려 날아다니고 있다.

"에나 아깝다, 그자?"

"새로 지이모 되지 머."

"하기사!"

"성도 바까뻬고 사람도 바까뻬고 해야제."

"새 성, 새 사람!"

얼이와 원채는 튼실한 어깨를 나란히 하고서 진군하였다. 지난날 미군을 상대로 한 전투 경험이 있어 그런지, 얼이 눈에 원채는 쉬 믿어지지 않을 정도로 침착해 보였다. 더욱이 차마 겪지 못할 극한 상황인 저 포로 생활까지 했던 그였다. 얼이는 시샘이 날 만큼 그가 부러웠다.

'최고의 용사 아이가.'

강을 따라 길을 따라 사람을 따라 그렇게들 얼마를 나아갔는지 모른다. 별안간 원채가 이상하리만치 복잡한 표정으로 변하며 얼이에게 물어왔다.

"시방 누가 성을 지키고 있는고, 얼이 총각은 모리제?"

"예? 아, 예."

동학농민군의 노랫소리, 고함소리, 발걸음 소리로 인해 주위가 굉장히 시끄러웠기 때문에 얼이는 간신히 원채 말을 알아들을 수 있었다.

"누가 지키고 있는데예?"

그렇게 큰소리로 되물어놓고 얼이는 가슴이 벌름거렸다. 살점이 떨리고 피가 거꾸로 치솟는 듯했다. 무기를 잡은 손에 저절로 더욱 힘이 들어갔다.

목사 강득룡. 효원을 지금 저 지경으로 만든 장본인 강 목사. 성에는 그 못된 자가 있지 않겠는가? 만천하가 알게 외고 때려죽일 놈.

"놀래지 마라꼬."

한데, 원채 입에서는 한층 더 높아진 목소리를 타고 다른 이름이 나왔다. 얼이는 지금 주변이 하도 어수선하여 내가 잘못 들었나 싶었다.

"뱅마절도사 민호준인 기라."

얼이 음성도 덩달아 더 커졌다.

"민호준예?"

이번에는 소음을 뚫고 똑똑히 들렸다.

"그렇제, 민호준."

얼이는 밝은 햇살 아래 흙먼지가 폭삭폭삭 일기도 하는 저 앞쪽에 쏘는 듯한 눈길을 둔 채 말했다.

"뱅마절도사라모?"

답변이 놀라웠다.

"종2품 무관 배실 아인가베."

얼이 마음에는 지리산 천왕봉처럼 크고 높게 와 닿는 벼슬이 아닐 수 없었다.

"종2품예?"

원채는 입을 다물었다. 그게 얼이 보기에는 너무나도 버거운 상대이기에 그러는 것처럼 전해졌다. 얼이 심장이 덜컥 내려앉았다.

'아, 인자 떠오린다.'

그러고 보니 바로 얼마 전에 스승을 통해 그에 대해 들었던 이야기가 있었다. 종2품 병마절도사 민호준. 그는 폐지된 우병영을 마지막까지 지켜 고을 백성들이 큰 슬픔과 존경심을 동시에 느끼고 있다고 했다. 그렇게 소신 있는 자가 성을 지키고 있다면.

그러나 그 대화를 끝으로 또다시 말 없는 진군만 계속되었다. 사실 갈수록 행렬은 더욱 불어나고 한층 소란스러워져 말을 주고받는다는 게 거의 불가능했다. 어쩌면 행동만 요구되고 말이 필요 없는 순간이 왔는지도 모른다.

'사람들이 저랄 수가!'

그리고 성을 향해 가는 도중 길에서 만나는 고을 백성들 모습에 마음을 빼앗길 수밖에 없었다. 참으로 놀라웠다. 그 열광적인 환영이라니! 그 심심한 응원과 격려의 표시라니! 설혹 임금 행차라도 그럴 순 없었다. 그런 기쁨과 더불어 이런 걱정도 엇갈렸다.

'해나 무신 함정이 있는 거는 아일까? 이리 순순히 길을 내줄 수가 있

다이.'

아직은 동학농민군을 가로막는 그 어떤 세력이라든지 무리도 없었으며, 시간이 흐르면 흐를수록 뒤따르는 이들은 점점 불어났다. 그것은 마치 여러 지류의 물들이 한데 모여 하나의 거대한 물줄기로 굽이쳐 흐르는 것 같은 형상이었다. 많은 작은 산봉우리들이 다 한 개의 최고봉으로 달려가는 듯한 기운이었다.

그때쯤 얼이와 원채는 농민군부대 거의 맨 앞쪽에 서서 걸었다. 그리고 간간이 뒤돌아본 저 뒤로는 그 끝을 알 수 없는 인간 띠가 길게 펼쳐져 있었다. 까마득한 개미 대열과도 흡사했다. 흰옷이며 무기들로 말미암아 하얗게 반짝이는 강줄기를 방불케 했다. 그래서 그들이 강가를 지나갈 때는 두 개의 강이 어깨를 나란히 겯고 흐르는 것 같은 인상마저 던져주었다. 흰 강과 푸른 강.

그런데 얼마 동안 아무 방해물 없이 순조롭게 진격했을까? 갑자기 어느 한순간 농민군은 그만 주춤하며 일제히 그 자리에 멈춰 서고 말았다. 누군가 크게 외치는 이런 소리가 들렸던 것이다.

"영장營將이다! 영장이 우리 앞에 서 있다!"

3품 무관 영장.

엄청난 긴장감과 경계심이 한꺼번에 우 밀려왔다. 조선 초부터 수영水營이나 병영兵營 밑에 두었던 군대의 직소職所인 진영鎭營. 그 진영의 으뜸 장수가 바로 영장인 것이다.

"에잇!"

얼이는 자신도 모르게 그런 기합소리를 내지르면서 손에 쥔 죽창을 불끈 거머쥐었다. 그 소리는 택견을 연마할 때 내는 소리와는 또 달랐다. 드디어 지금부터 관아 군사들과의 충돌이 시작되려는가 보았다. 비로소 진짜 농민군이 되려는 극적인 순간이다.

자, 오너라. 이 천얼이가 상대해주마. 누구든지 좋다. 아버지 천필구가 저 높은 곳에서 지켜보고 계신다. 네까짓 것들 천 명은 너끈히 물리칠 수가 있다. 왜냐고? 나는 천 개의 얼이니까.

그런데 약간 이상했다. 영장이 거느린 군사가 너무나도 미미했던 것이다. 아무리 관군의 무기가 민간인의 그것에 비해 월등하다고는 할지라도, 그런 소수 병력으로 수천이 넘는 농민군부대를 대적할 수는 없었다. 과소평가라도 유분수지.

그런 와중에서였다. 영장 앞으로 성큼 다가서는 이가 있었다. 얼이는 그의 신분을 알자 자신도 모르게 속에서 감탄사가 터져 나왔다.

'아, 도통령 정승운이다!'

그는 동학농민군 지도부 중에서도 최고 주모자였다.

'저 어르신께서 잘하시야 할 낀데.'

얼이는 그와는 단 한 번, 그것도 아주 짧게 만난 적이 있다. 서로 이야기는 전혀 나누지 못했다. 다만 그가 관군들이 굉장히 두려워하는 정승운이라는 그 이름을 가졌으며, 사실상 농민군 지도부 총지휘권자라는 것은 알았다. 그런 대단한 인물인 정승운이 영장과 마주 선 것이다.

"……."

둘 다 침묵이다. 터지기 직전의 팽팽한 긴장감이 현장을 무섭게 옥죄었다. 농민군과 관군을 대표하는 두 사람이 사활을 걸고 한판 승부를 겨루는 장면이 모두의 눈앞에 펼쳐졌다. 누가 이기고 누가 질 것인가?

무혈입성

얼이는 여차하면 곧바로 달려갈 태세를 취하며 원채 쪽을 바라보았다. 그런데 이상했다. 뜻밖에도 원채는 아주 느긋해 보였던 것이다. 얼핏 바람 쐬러 나온 사람 같았다.

'무예가 뛰어난 것 못지않게 실전도 중요하다쿠디이 증말 그런갑다. 원채 아자씨는 천하 이름난 장수 같다.'

얼이는 원채가 매우 부럽기도 하고, 또 다른 한편으로는 나도 어서 저렇게 되어야겠다는 결심도 굳혔다. 앞서 천 명 운운한 것은 용기를 잃지 않기 위해 자기 최면을 걸었던 것이고, 실제로 내가 관군 셋을 대적할 수 있다면 그는 서른 명을 거꾸러뜨릴 수 있지 않을까 싶었다.

그러자 입안이 바싹바싹 타들어 가는 그 긴박한 순간에 떠오르는 게 비화 누이의 아버지 김호한 장군과 관련된 무용담이었다. 그는 혼자서 임배봉의 난봉꾼 자식 점박이 형제 둘을 단숨에 제압한 적이 있었다고 한다. 문무를 겸비했으며 부하들의 존경을 한 몸에 받던 올곧고 청렴한 관리였다.

'아, 해나?'

문득, 그의 근황이 궁금해졌다.

'그분은 요 안 오싯으까?'

얼이가 퍼뜩 정신이 돌아온 건 원채의 이런 목소리를 듣고서였다.

"얼이 총각! 증신 똑바로 채리야 하거마는. 시방 오데다가 넋을 빼놓고 있노?"

얼이는 그만 어쩔 줄 몰라 했다.

"예? 예."

원채는 매섭고 날카로운 눈빛으로 얼이 표정을 살피며 말했다.

"설마 천하의 천필구 아들이 무서버서 그라는 거는 아일 끼고……."

얼이는 낯이 붉어지며 얼른 말했다.

"아, 아입니더, 아자씨."

원채가 씨익 웃었다.

"내도 그리 믿거마는."

"……."

얼이는 또다시 그를 새로이 보았다. 이런 극한 상황 속에서도 저토록 여유 있는 웃음을 보일 수 있다니. 그의 심장은 강철이고, 그의 간담은 덕석만 하다는 걸까? 역시 중요한 건 경험이다. 흔히들 이야기하는 역전歷戰의 용사 말이다.

'아부지도 하늘에서 내리다보고 계실 낀데.'

정말 정신 똑바로 차려야겠다. 얼이는 골이 울렁울렁할 정도로 머리통을 여러 번이나 흔들고 나서 정승운과 영장이 마주 서 있는 쪽을 노려보았다.

그곳에 있는 누구도 예상치 못한 일이 벌어진 것은 다음 순간이다. 얼이는 그만 눈을 의심하지 않을 수 없었다. 영장이 정승운에게 허리를 크게 굽히고 머리까지 깊이 숙이면서 말했던 것이다.

"어서들 오시오. 병사께서 농민군의 그 의로운 뜻을 받들어 이 사람을 보내시었소. 어서 나가 정중히 맞이하라는 명을 받고 나왔소이다."

"……."

정승운은 여전히 꼼짝도 하지 않고 선 채로 영장의 말을 듣기만 했다. 장승을 연상시켰다. 얼이 눈에는 어쩌면 관군이 무슨 간계를 꾸미고 있는 게 아닐까 하고 경계하는 것처럼도 보였다.

'하모, 안 그렇것나. 내라도 그라제.'

그건 극히 당연한 일일 것이다. 병사가 영장을 보내 농민군을 영접하라는 명을 내렸다니. 그것도 우병영을 지키고 있는 병마절도사가 아닌가 말이다.

"우리를 맞이하라……."

이윽고 정승운이 입을 열었다. 돌문이 열리는 것 같은 인상을 주었다.

"알것소. 그라고 고맙소. 우리 백성들 멤을 알아주시이."

정승운의 목소리는 그다지 높지는 않았지만 아주 단호했다. 그는 강가 차돌처럼 단단해 보였다. 얼이는 자신도 모르게 그들에게 좀 더 가까이 다가가면서 바싹 귀를 기울였다.

"관군이 우리 앞을 가로막지만 않는다모……."

정승운은 관군과 농민군을 번갈아 보고 나서 말을 이었다.

"우리도 무담시 일을 안 일으키고 얌전하거로 행동할 것이오."

영장이 땅이 꺼져라 긴 한숨을 내쉬었다.

"어쩌다가 일이 이런 지경에까지 이르게 되었는지 정말 모르겠소이다. 참으로, 참으로 알 수가 없구려."

그러면서 그는 진심어린 목소리로 말했다.

"여하튼 그대들의 뜻이 바르고 의롭다는 것을 조정에서도 알아주면 더 이상은 바랄 것이 없겠소만……."

그때 몸이 하나의 무기처럼 느껴지는 접주 손석은이 영장 앞으로 다가가며 매서운 목소리로 입을 열었다.

"갤국 요분 우리 거사가 조용하거로 끝날 낀가 아이모 피를 부를 낀가는, 나라에서 우떤 식으로 나오는가에 달리 있다쿠는 거를 우에다가 알리시오."

그 말을 들은 영장이 난삽한 표정을 지었다.

"이 사람은 앞으로도 상관이신 민호준 병사의 지시대로 행동하겠지만, 이 사람이 심히 우려하고 있는 바는, 혹시라도 지금 우리 조선을 둘러싸고 있는 주변 여러 국가들의 간섭이 과하지 않을까 하는 것이외다. 특히 일본은……."

그러나 영장의 그 말이 미처 떨어지기도 전이었다. 이번에는 접주 김규창이 무섭게 일갈을 터뜨렸다.

"그 입 썩 닥치지 몬하것소?"

"……."

홀연 살벌한 기운이 감돌기 시작했다. 역시 농민군과 관군은 물과 기름처럼 서로 섞일 수 없는 관계라는 것을 또렷이 입증이라도 하는 현장이었다.

"우리 앞에서 일본 이약은 하지 마시오!"

농민군 무기는 이 나라 조정뿐만 아니라 일본까지 과녁으로 삼아 정조준을 하고 있다는 사실을 일깨워주는 순간이었다.

"대체 일본이란 나라가 우땧단 말이오?"

농민군 총지휘권자인 정승운과는 서로 대화를 나누던 영장이 다른 접주들이 나서자 내내 묵묵부답으로 나왔다. 아니다 싶으면 참지 못하는 성질로 보이는 김규창은 계속해서 추궁하는 말투로 일관했다.

"우째서 조선이 섬나라 오랑캐 눔들 눈치를 봐야 하는가 그 말이오?

여꺼정 나와갖고 와 아모 말이 없는 기요? 퍼뜩 답을 해보시오.”

김규창이 채근하자 그 서슬에 질렸는지 아니면 나도 억울하다고 항변해야겠다고 마음을 먹었는지 영장이 비로소 약간 더듬거리면서 입을 열었다.

“이 사람도 그게 불만이기는 하오만…….”

그 말을 들은 누군가가 큰 소리로 빈정거렸다.

“흥! 불만이라이 다행이거마는.”

그런데 영장은 확실히 나라의 녹을 먹는 사람다웠다. 마지막까지 나라를 옹호하는 말을 잊지 않는 것이다.

“그래도 나라가 힘이 없다 보니…….”

그러자 호위무사처럼 정승운의 좌우에 선 지도부 두 사람이 동시에 번갈아 가며 고함을 쳤다.

“나라 심이 없는 기 우리 백성들 잘못이오? 우리 백성들 죄난 말이오?”

“그기 모도 지 사리사욕이나 채움서, 특히나 농민들 고혈을 빨아묵는 배실아치들이 많기 땜새 생긴 일이라쿠는 거 모리는 기요?”

“영장 당신도 똑겉은 기라. 당신은 책임이 없는 줄 아요?”

“한통속들 아인가베!”

붉으락푸르락하는 영장 얼굴을 보면서 가만히 듣고 있던 정승운이 손을 내저으며 그들을 말렸다.

“아, 참으시오들.”

하지만 지도부 사람들은 화가 난 멧돼지처럼 씩씩거렸다. 그들을 막기는 쉬울 것 같지가 않았다.

“우찌 참으라꼬 하시는 깁니꺼?”

“그런 말씀 마이소.”

"하모요, 참을 끼 따로 있지요."

정승운이 차분하게 그들을 타일렀다.

"그래도 영장께서는 우리 뜻을 바르고 으롭거로 여기시고, 이리 멀리 마중꺼정 나오싯다 아이요. 그러이……."

그런데 정승운의 그 말이 미처 끝나기도 전이었다. 느닷없이 얼이와 원채 뒤쪽에서 이런 고함소리가 터져 나왔다.

"영장이고 송장이고 모돌띠리 필요 없소! 여러분! 우리 저눔들을 하나도 냉기지 말고 싹 다 쥑이삐기로 합시다아! 우리를 몬 살거로 맨든 눔들인 기라요!"

그 선동이 신호탄이었다. 졸지에 분위기가 급변했다. 온갖 소리들이 커다란 동이로 물 들이붓듯 쏟아져 나왔다.

"시상이 달라질 꺼 겉은께 관리라쿠는 것들이 저리 나오요."

"맞소. 또 시상이 달라져 보소. 내가 운제 그랬다고? 함시로 싸악 배 뀌는 기 바로 저것들인 기라요."

"하모, 하모. 내는 아즉 기억하거마는. 임술년에 우리 농민군부대가 성을 점령했을 그때 당시에 높다쿠는 것들이 우쨌노."

"이 사람도 안 잊아삐고 있소. 저거들은 아모 죄 없다쿰서, 농민군들 보는 데서 심도 없는 아랫것들만 픽픽 쥑이데?"

"한 분 속지 두 분 속나? 저눔들하고 이리쌌고 있을 틈새 없소. 싹 다 쥑이삐고 성으로 가자 안 쿠요!"

"내 생각도 그렇소. 까딱 잘몬하모 또 저것들이 맨들어 논 함정에 빠지서 모도 실패로 돌아가삘 이험도 있는 기라요. 내 이약이 틀릿소?"

"한 개도, 아니 반 개도 안 틀리요. 그러이 여러분! 우리 앞에 걸리적 거리는 것들은 우떤 누든지 쥑입시다아!"

그 외침들을 들은 영장과 그가 거느리고 온 얼마 안 되는 휘하 장졸들의 낯빛이 새파랗게 변했다. 언제 어디서 갑자기 죽창과 몽둥이와 농기구가 동시에 날아들지 모르는 지극히 위험천만한 찰나였다. 그들 목숨은 그야말로 경각에 달렸다.

'원채 아자씨도 똑같다.'

그렇게 대범한 원채 안색도 크게 달라지는 것을 얼이는 지켜보았다. 얼이는 자신도 알지 못하는 새 죽창을 잡은 손아귀에 더 강한 힘이 들어갔다. 손에 땀이 배었다. 등줄기를 타고 땀방울이 굴러내렸다. 시월 초순인데도 그랬다.

어느 쪽이 먼저 공격을 개시할 것인가? 누구 무기가 누구 심장에 박힐 것인가? 관군이 선제공격을 해온다면 어떻게 방어할 것인가?

얼이는 소름이 돋도록 깨달았다. 불과 단 몇 초 간격으로 죽고 죽이는 자가 결정 나는 게 전쟁이라는 것이다. 생사의 차이가 문짝에 바르는 창호지 한 장 두께보다도 더 얇은 곳이 전쟁터였다. 당연하게 너무나 무서웠지만, 또 다른 한편으로는 어이없는 웃음기가 흘러나올 것 같기도 했다. 그것은 그가 오늘날까지 살아오면서 한 번도 지어 보지 않았던 그런 불가해한 웃음일 것이다.

"우찌하까예?"

정승운의 오른쪽에 선 키 큰 지도부 사람이 정승운에게 물었다.

"공객하라꼬 시키까예, 아이모?"

정승운의 왼쪽에 선 지도부 사람은 체구가 작았지만 좀 더 기백이 넘치고 성질이 급해 보였다.

"음."

어떤 명령도 선뜻 내리지 못하고 있는 정승운의 창백한 얼굴에 깊은 고민과 갈등의 빛이 가득 서려 있었다. 햇볕이 드리우고 있는 그의 그림자도 그의 마음의 표징인 것처럼 이리저리 흔들리고 있는 듯했다.

"시간이 없심니더."

"그렇심니더. 우떤 갤정이라도 얼릉 내리시야 합니더."

"이라고 있다가 저들이 먼첨 움직이모 큰일입니더."

지도부 사람들은 모질고 딱하다고 여겨질 만큼 계속 정승운을 독촉했다. 정승운은 피가 밸 정도로 입술을 질끈 깨물었다. 도저히 피해 갈 수 없는 막다른 골목이었다.

"내 생각을 말하것소."

드디어 그가 아까보다도 더 무겁게 입을 열었다.

"일단은 성 앞에꺼지 가보고 판단하는 기 좋것소."

그 말을 들은 원채가 얼른 얼이 귀에 대고 낮은 소리로 속삭였다.

"핸맹한(현명한) 판단 아인가베."

"예?"

여전히 자기 행위의 시시비비를 판단할 수 있는 정신적인 능력을 회복하지 못하고 있는 얼이었다. 하지만 원채는 그 아슬아슬한 극한 상황 속에서도 나름대로 판단 능력을 지니고 있었다.

"내도 같은 생각을 했디제."

"그라모?"

제대로 머릿속 그림이 그려지지 않는 얼이에게 원채는 여전히 낮은 목소리로 좀 더 구체적으로 얘기해주었다.

"우선 간에 뱅사 민호준을 만내보고 나서 최후 갤정을 내리는 기 맞는 기라. 그가 우리한테 우떻게 나오는가를 보고 말이제."

얼이도 원채에게만 들릴 만한 소리로 말했다.

"그 민호준 뱅사가 예사로븐 사람이 아이라꼬 들었심니더. 조정 눈치도 안 보고, 고집도 에나 세고⋯⋯."

원채도 무슨 뜻인지 안다는 듯 고개를 끄덕였다.

"맞거마는."

"그란데예?"

못 미더워하기는 두 사람 다 마찬가지였다.

"그래서 더 불안하고 걱정인 기라."

"민 뱅사가 핸 일이 보통 일이 아이라서……."

그것은 당시 서슬 퍼런 친일파 김홍집에 대한 정면 도전이 아닐 수 없었다. 김홍집 내각은 약 3개월 전에 우병영을 폐지시켰다. 그런데 반역 행위가 벌어졌다. 그건 어쩌면 삼족을 멸해야 할 대역 죄인이었다. 나라가 하도 어수선한 바람에 칼날이 비껴갈 수도 있었는지 모른다.

남방 고을 마지막 병마절도사 민호준. 그는 끝까지 우병영을 고수하고 있었다. 그러고는 동학농민군 봉기 소식을 듣고는 부하인 영장을 급히 보내어 농민군을 정중히 맞이하라는 명을 내렸던 것이다.

진정 누구도 쉬이 믿기 어려운 처사가 아닐 수 없었다. 하여튼 농민군부대는 정승운의 지시를 따라 움직였다. 그들 목적은 몇몇 악덕 관리들의 목을 베는 게 아니었다. 그러면 그것은 무엇이었나? 바로 입성入城이었다. 저 임술년 농민항쟁 때처럼 성을 함락하여 백성을 구제하는 것.

– 자, 진격, 앞으로!

농민군부대와 영장은 나란히 발을 맞추어 성을 향해 나아갔다. 그것은 두 번 다시 보기 힘든 진풍경이 아닐 수 없었다. 세계 어느 나라 역사를 살펴보더라도 그런 사례는 드물 것이었다. 반란군을 진압해야 할 관군과 적폐를 처단하기 위해 출동한 농민군이 하나로 된 행진이었다.

어쨌든 간에 성까지 가는 도중에 만난 수많은 백성은 자발적으로 참여했으며, 왕의 행차보다도 더 극진한 환영을 해주었다. 감히 그들을 가로막을 자 세상에 아무도 없었다. 길거리에 늘어서 있는 가로수들이 가지를 팔처럼 높이 치켜들고 맞아주는 듯싶었다. 공중을 날아다니는 새들도 행렬의 뒤에서만 따라왔다.

어느새 얼이는 천필구가 돼 있다. 정승운이 유춘계로 보였다. 원채 또한 원아 연인 한화주 같았다. '언가'는 끊어졌다 이어지고 이어지다가 끊어지기를 되풀이했다. 일찍이 그런 운동가運動歌는 찾아볼 수 없었다.

그런데 이제는 성을 얼마 남겨 두지 않은 곳까지 당도했을 때였다. 누가 먼저 그런 말을 꺼냈는지는 알 수 없지만, 농민군은 서로가 아주 엉뚱한 이야기들을 주고받기 시작했다.

― 너우니. 너, 우니?

한층 더 야릇하고 묘한 건 그런 말들을 하는 농민군들 두 눈에서는 누구를 막론하고 쉴 새 없이 눈물이 줄줄 흘러내리고 있다는 사실이었다.

― 너, 우니? 그래, 너우니.

상대에게 그렇게 말하면서도 정작 자신이 운다.

― 너, 우니. 너, 우니.

상대에게서 그런 소리를 들으면서도 운다.

너우니의 감격. 바로 그것이었다. 그 얼마나 기다리고 또 기다려온 일인가? 오직 이날이 오기만을 빌면서 죽지 못해 살아온 나날들. 그동안 마음속에 쌓이고 쌓였던 한과 고통과 슬픔이 이제 눈물이 되어 쏟아지고 쏟아지는 것이다.

그리하여 '너우니'는 '너, 우니?'가 되었다.

그렇지만 그 울음은 더 이상 한과 고통과 슬픔의 표출이 아니었다. 오히려 기쁨과 희망과 후련함의 상징이 되었다. 너우니의 변신이었다. 대변신이었다.

얼이와 원채도 똑같은 말을 주고받았다. 너, 우니?

그 말속에는 높임말이니 낮춤말이니, 질문이니 대답이니 하는 구분이 들어 있지 않았다. 그리하여 그 말 자체가 하나의 진실이면서 정이면서 생명이었다. 맞았다. 그들은 비로소 새로운 생명을 얻었다. 사람이 되었다. 지금까지는 사람이 아니었다. 두 발로 걸어 다니는 짐승이었다.

얼이는 간간이 뒤를 돌아다보았다. 아는 얼굴도 있고 모르는 얼굴도 있다. 긴 얼굴, 짧은 얼굴, 큰 얼굴, 작은 얼굴, 둥근 얼굴, 네모난 얼굴……. 그러나 그 모두가 전우다. 피를 나누고 살을 섞은 형제다. 아니, 하나다.

죽창 끝마다 푸른 하늘이 묻어 있다. 몽둥이 끝마다 검은 땅이 딸려 온다. 농기구 끝마다 흰옷의 농민군이 내닫는다. 그리고 허공중에 떠 있는 혼, 혼, 혼.

'아부지! 아부지이!'

얼이는 불러본다. 부르다가 그만 지쳐 쓰러져도 좋다고 생각한다. 그만한 영광이 세상 또 어디에 있으랴. 이름도 얼굴도 알지 못하는 임술년 농민군도 불러 본다.

"요분 봉기는 임술년 그때하고는 성질이 다리거마는."

"우찌예?"

"예전에는 환곡의 폐단과 농민들에 대한 수탈, 그런께네 탐관오리 학정에 저항한 반봉건 투쟁이었다꼬 할 꺼 겉으모, 시방은 거기에다가 반외세 구국의 기치꺼지 들었다쿠는 기 안 그런가베."

"반봉건 투쟁, 반외세 구국의 기치……."

"우떻노, 자네 듣기에는?"

"에나 대단합니더. 그라고 무섭고예."

"무섭다?"

"예, 아자씨."

"음, 그렇구마. 무섭다쿠는 그 말이 딱 들어맞는 기라."

정승운에게서 들었다며 원채가 전해주던 말들이 아직도 얼이 귀에 쟁

쟁하였다. 하지만 그럼에도 얼이 마음에 비추어 이번 동학농민군 봉기
는 어디까지나 그 임술년 농민항쟁처럼 받아들여졌다.

그런데 어디선가 갑자기 고함소리가 들려와 얼이를 소스라치게 만들
고 바짝 긴장케 몰아갔다.

"미치개이다! 미치개이가 여 있다아!"

얼이 가까이 있던 농민군들이 일제히 소리 나는 방향을 바라보았다.

'아!'

얼이는 실로 놀랍게도 농민군 속에서 발견했다. 전창무와 우 씨 부부
소생 혁노를.

'혀, 혁노가?'

그런데 더더욱 경악할 노릇은, 그가 손에 든 것이 죽창이나 몽둥이,
농기구 같은 무기가 아니었다.

혁노의 손에 들려 있는 것은 분명 성경책이었다!

얼이는 그때까지 한 번도 성경책을 직접 본 적은 없었다. 어머니 우
정 댁을 통해 듣기만 하였다. 어머니도 자신은 가져보지 못했고 지난날
전창무와 우 씨 부부가 몰래 가지고 있는 것을 보았다고 했다.

그러나 얼이는 확신했다. 지금 혁노가 들고 있는 그 서책은 보나마나
천주학의 성경책이 틀림없었다. 스승 권학의 서고書庫에 학동들과 들어
가 본 적이 있는데, 여러 서적들이 산같이 쌓이거나 바늘 하나 들어가지
못할 만큼 아주 빼곡하게 꽂혀 있는 그곳에서도 성경책은 발견하지 못
하였다. 그렇지만 성경책이었다. 성경책이 아니고서는 혁노가 그것을
들고 있을 리가 없었다.

그렇다. 이 천얼이에게 가장 중요한 것이 농민군이라면, 전혁노한테
제일 소중한 것은 천주학이 아니겠는가? 천주학 신자들에게 성경책은
농민군들 '언가'와 같을 것이다. 얼이 눈이 옳았다. 예서제서 이런 소리

들이 터져 나왔다.

"미치개이가 천주학재이다!"

"성갱책을 갖고 있다아!"

숱한 농민군 가운데 어떤 이는 성경책을 보았을 것이다. 천주학 신자가 있을 수도 있다. 천주학쟁이 농민군.

'우, 우짜노?'

하지만 얼이는 미쳐날 듯했다. 금방이라도 누군가가 혁노의 목덜미를 와락 틀어쥘 것만 같았다. 서양귀신 이야기라고 당장 성경책을 빼앗아 북북 찢어버리거나 그냥 땅바닥에 내동댕이칠지도 모른다. 그들은 지금 신경이 날카로워질 대로 날카로워져 있어 그 정도 선에서만 그치는 게 아니라, 자칫하면 혁노를 사정없이 거꾸러뜨리고 발로 짓밟거나 무기로 찔러 죽일 수도 있다. 이미 다른 것은 그 어느 것도 눈에 보이지 않을 그들이다. 그들과 같지 않으면 모두가 살려둘 수 없는 적인 것이다.

그런데 천주학 하느님의 보우하심이 있어서일까, 천만다행으로 그런 일은 일어나지 않고 있었다. 만약 발생한다면 막을 도리가 없을 것이다. 얼이는 그 경황 중에도 두 가지 면에서 약간은 안심이 되었다.

우선, 세상은 혁노를 미치광이로 알고 있다. 미치광이가 어떤 짓을 못 하랴. 무슨 책을 못 가지랴. 정신이 온전한 사람이 미친 사람을 상대한다는 그 자체부터가 미친 짓이다. 그러니 공연히 스스로 엉뚱하게 굴어 광인 취급을 받고 싶은 자가 세상 어디에 있겠는가 싶었다.

다음으로, 그때 거기 있는 사람들은 모두가 수탈당하고 핍박받는 백성들이라는 자각이었다. 나라에 강한 불만을 가진 이들이 나라에서 하는 천주학 박해에 동조할 리는 없다. 비록 코쟁이들 '학문'이라고 알고 있는 천주학을 좋은 눈으로 보지는 않을망정 굳이 해칠 필요도 마음도 없을 것이다.

그리고 그 모든 것에 앞서 지금 농민군들 관심은 오로지 단 하나, 성을 함락하는 일이다. 그러니 한갓 미치광이 따위에게 정신을 기울일 형편이 아니었다. 적어도 이들에게 있어 그 순간만큼은 천주학이 별다른 의미를 주지 못할 것이다.

그러나 얼이만은 그렇지가 않았다. 혁노가 누구 자식인가? 세상 사람들 마음이란 참으로 간사하고, 또 자기 일이 아니면 오랫동안 기억하지 아니하는 아주 단순하고 이기적인 동물이어서 그런지는 몰라도, 언제부터인가 전창무의 무두묘 이야기는 짙은 안개 속의 물체같이 희미해지면서 하나의 전설처럼 변해가고 있다. 정말 그런 일이 있었던가? 하는 정도였다. 이러한 추세라면 그건 실제로 있었던 일이 아니라 진짜 전설로만 남을지도 알 수 없다. 그러다가 세월이 좀 더 가면 그 전설마저도 바스라지고 닳아 끝내 자취도 없이 스러지는 모래알같이 되지 않는다고 어느 누가 장담할 수 있겠는가?

'그래서는 안 되는 기 오데 그뿐이가?'

얼이가 또 분노를 느끼는 게, 임술년에 형장의 이슬로 사라진 농민군을 추모하는 기운이 갈수록 엷어지고 있다는 사실이다. 그뿐만 아니라 아직도 아버지 천필구가 한 일을 두고, '농민반란'이니 '임술민란'이니 하는 데는 정말이지 참아낼 수가 없었다. 결국, 농민군이나 천주학이나 무심한 세월 앞에서 그 빛이 퇴색되고 있는 셈이다. 그건 거꾸로 가고 있는 꼬락서니다. 바로 가고 있다면, 시간이 흐를수록 농민군과 천주학은 더욱 깊이 각인되고 한층 높이 평가받아야 마땅할 것이다.

그렇다면? 그렇다! 혁노는 사람들에게 기억시키고 싶었을 것이다!

지난날 천주학 하다가 억울하게 죽어간 전창무라는 사람이 있었다는 것을. 아니 어쩌면 그보다도 혁노는, 농민군은 다시 봉기하고 있는데 천주학 신자들은 여전히 포교 활동을 접고 있다는 데 대한 반감이나 안타

까움을 지니고 있다는 것이 옳을 것이다.

'혁노는 지 혼자서라도 천주학을 시상에 퍼뜨리야 한다쿠는 다짐을 한 기까?'

얼이가 그런 생각 끝에 다시 보았을 때, 흡사 꿈에 나타났다가 꿈을 깨니 사라져 버린 어떤 인물이나 풍경처럼, 혁노는 이미 어디에도 보이지 않았다.

그래, 그건 꿈이었어. 꿈이긴 해도 과거에 꾸었던 꿈이 아니라 미래에 꾸게 될 꿈, 바로 그런 꿈.

혁노는 농민군 속에 섞였는지 아니면 그 행렬에서 빠져나가 버렸는지 알 재간이 없었다. 하지만 그 어느 쪽이든 간에 그는 하느님이 있는 곳에 가서 하느님과 함께 있을 것이다. 당연히 그의 아버지 전창무도 함께 말이다.

동학농민군들은 어느새 그 미치광이를 잊어버린 듯 또다시 한층 더 기운차게 '언가'를 부르고 죽창과 몽둥이, 지겟작대기, 온갖 농기구들을 크게 흔들면서, 마침내 저만큼 보이기 시작하는 성을 향해 진격하였다.

'이 걸이 저 걸이 갓 걸이 진주 망건 또 망건……'

그로부터 잠시 후였다. 얼이는 거의 비명에 가까운 고함소리를 들었다.

"병사다! 민호준 병마절도사가 나타났다!"

하늘과 땅이 일시에 들러붙는 것 같은 아찔한 기운이 밀려들었다. 곳곳에서 무기를 힘껏 거머쥐는 소리들이 났다. 그러고는 무서운 정적이었다.

그런데 민호준에게 먼저 다가간 사람은 동학농민군이 아니었다. 그의 명령을 받고 농민군을 정중하게 맞이했던 영장이었다. 그는 병사에게로 가더니 거기 다른 누구도 알아들을 수 없는 귓속말로 무어라고 했다. 병사와 영장의 그 모습은 밝은 태양 아래 있음에도 불구하고, 밖에서는 그

안을 잘 들여다볼 수 없는 밀실에 들어가 있는 듯한 인상을 자아내었다. 그래, 모든 것은 그렇게 비밀리에 행해질 수밖에 없을 것이다.

정승운을 비롯한 농민군 모두가 더할 수 없이 긴장하는 빛에 싸였다. 적막강산같이 조용한 가운데 홀연 누군가 자지러지는 기침소리를 내었다. 그 일상적이고 하찮은 소리에 사람들이 경기驚氣 든 어린아이처럼 움찔움찔 놀라고 있었다.

이윽고 영원히 그치지 않을 성싶던 기침도 시간이 지남에 따라 멎었고 농민군들은 하나같이 숨을 죽였다. 대체 무슨 보고를 했으며, 어떤 반응이 나올 것인가?

"얼이 총각!"

그때다. 원채가 아주 낮은 소리로 얼이에게 급히 물었다.

"뱅사가 거느리고 온 부하 장졸들이 몇 맹이나 돼 비이노?"

"몇 맹."

얼이는 거의 반사적으로 민호준 병사를 근접 호위하고 있는 관군 숫자를 헤아려 보았다. 그러고는 아무리 자제하려고 해도 어쩔 수 없이 떨리는 소리로 대답했다.

"자세히는 모리것지만, 지가 볼 적에는 서른 맹 쪼꼼 더 되는 거 겉심니더."

원채가 택견 고수답게 튼실한 고개를 끄덕이면서 얼이뿐만 아니라 그 스스로에게도 확인시키듯 말했다.

"대강 그 정도 되는 거 겉제? 삼십여 맹……."

얼이는 여전히 관군들에게서 눈을 떼지 않고 말했다.

"예, 아자씨. 마흔 맹꺼지는 몬 됩니더."

그러자 무슨 영문인지 얼른 들어도 원채의 음성이 확 밝아졌다. 그는 혼잣말처럼 이랬다.

"다행인 기라, 다행."

"예? 다, 다행예?"

"올매 안 되는 저런 군사들이라모…….."

"아, 예."

얼이도 그만 감격과 안도감에 젖는 목소리가 되었다.

"싸울라꼬 온 거는 아인 거 겉심니더."

원채가 급히 자기 입술에 손가락을 갖다 대며 주의를 주었다.

"쉬! 기다리 보자꼬."

"예."

숫자를 하나, 둘, 그 정도 셀 시간도 되기 전에 말했다.

"단, 긴장은 늦추모 안 되고."

"예, 아자씨."

이윽고 민호준이 엷은 웃음기를 띤 얼굴로 딱딱한 표정을 짓고 있는 정승운에게 말하고 있었다.

"어서 오시오."

시월 초순의 해가 찬 기운이 감도는 지상으로 볕기를 내려주고 있었다. 그렇지만 따스하다는 느낌보다 어쩐지 을씨년스럽고 썰렁하다는 기분을 맛보게 하였다. 지금 그곳에는 수많은 사람이 있었지만, 무인도를 방불케 하는 분위기였다.

"참으로 수고가 많소이다."

"음."

민호준이 또 말했지만, 정승운은 아까 영장에게 했던 것보다 더 경계하는 눈빛으로 입을 다물고 병사를 바라보기만 했다. 정승운뿐만 아니라 동학농민군 지도부를 위시한 모든 이들이 저마다 탐색하는 눈길로 병사의 일거수일투족을 주목했다.

– 무슨 흉계가 감춰져 있는지도 모른다.

– 간교한 술책을 부릴지 모르니 조심하지 않으면 안 된다.

– 본디 높은 관직에 있는 것들은 믿을 수 없는 족속들이다.

모두가 그런 표정들이었다. 얼이와 원채도 손에 들고 있는 대나무창과 몽둥이를 더 힘껏 거머쥐었다. 그들이 기댈 수 있는 것은 그것뿐이었다.

"여봐라!"

민호준이 이번에는 고개를 돌려 부하들을 돌아보며 명했다.

"어서 이분들을 성안으로 정중히 모시도록 하라. 대접함에 있어 한 치의 소홀함도 있어서는 아니 될 것이야."

그러자 부하들이 명을 받들어 일제히 말했다.

"옛! 알겠사옵니다, 병사 나리."

얼이는 지금 눈앞에서 벌어지고 있는 광경을 도저히 믿을 수 없었다. 병마절도사가 성 밖까지 직접 나와서 반란군인 동학농민군 부대를 영접하다니. 눈을 닦고 다시 보더라도 이건 도저히 아니다 싶은 일이었다. 대체 이게 있을 수 있는 사실이냐?

"아까 영장이 핸 말들이 모도 사실인 거 겉심니더, 아자씨."

어쨌거나 얼이는 반신반의하면서도 원채에게 조그만 소리로 그렇게 말했다. 그런데 이건 또 어찌 된 노릇인지 원채는 얼이만큼 의아해한다거나 크게 안도하는 기색은 아니었다. 단지 무엇인가를 확인한 듯 이렇게만 말했을 뿐이다.

"영장보담도 뱅사가 우리를 대하는 태도가 더 극진하거마는."

원채는 이번에는 긴장을 늦추지 말라는 소리도 하지 않았다. 얼이는 내심 고개를 갸웃했다. 아무래도 원채 아저씨 하는 언동이 수상쩍었다.

'와 저라시까? 에나 알 수 없다 아이가.'

그러나 얼이는 더 원채를 관찰할 겨를이 없었다. 참으로 경악할, 아니 그 정도 말로는 도저히 표현할 수 없는 장면이 발생했다.

'저, 저랄 수가?'

민호준이 직접 정승운의 손을 잡고서 성내로 안내하기 시작하는 게 아닌가! 그뿐만 아니라 영장을 비롯한 다른 관군들도 하나같이 그들 최고 상관인 병사처럼 허리까지 굽혀가면서 동학농민군을 모시고 있다. 농민군도 관군도 실체가 아니라 모두 허상으로 보였다.

농민군 사이에 엄청난 소요와 함께 환호성이 터져 나왔다. 그 소리는 지금 그들이 막 들어서고 있는 철옹성 같은 성곽마저도 와르르 무너뜨릴 만하였다.

"와! 드디어 성이 우리 농민군 수중에 들어왔다 아이가!"

"무핼입성이다, 무핼입성!"

"인자 우리 농민들 시상이 온 기라!"

"우리가 모도 다스리기 될 것이다아!"

기적은 거기서 그치지 않았다. 시간이 갈수록 더욱 놀라운 일들이 잇따라 일어났다. 말 그대로 농민군이 다스리는 농민군 세상이었다.

"와아! 이기 다 머꼬?"

"그런께 말이다!"

"이기 꿈은 아이것제?"

"꿈이모 우떻노? 꿈이라도 요런 꿈은 아조 쾌안타."

"누가 뒤에서 낼로 건디리노? 꿈 깨거로."

"내는 눈 안 뜰란다. 계속 잠이 들어 있어야……."

"그래도 눈을 떠야 이 좋은 기경을 할 수 있제."

성대한 잔치판이 벌어졌다. 모든 것들은 완전히 바뀔 것같이, 아니 바뀐 것같이 보였다. 종2품 무관인 병마절도사가 무지렁이 백성들에게 이렇게 융숭한 접대를 하다니. 일찍이 농민군은 태어나고 나서 그런 잔치에 초대받은 적이 없었다.

소를 잡고 개를 잡고 닭을 잡고 거위를 잡았다. 온갖 술이 나오고 형형색색 떡이며 하얀 쌀밥이며 상상도 하지 못한 최고 요리가 나왔다. 천국에서나 볼 수 있음 직한 음식의 향연이다.

"이 사람……."

정승운은 민호준이 권하는 술잔을 들며 말했다.

"민 뱅사께서는 지난 임술년 우리 농민항쟁 때의 우뱅사 박신낙겉이 썩어빠진 그런 관리가 아이라는 거를 알았소이다."

귀를 쫑긋 세운 채 듣고 있던 민호준이 말했다.

"그렇소이까?"

"예."

잠시 서로 눈빛을 주고받았다.

"허허, 고맙소이다."

"우리도 고맙소이다."

정승운은 농민군을, 민호준은 관군을 보고 나서 말했다.

"자아, 드시면서……."

"그럽시더."

민호준이 자기 앞에 놓인 잔을 들어 정승운의 잔에 부딪치며 하는 말이었다.

"본관이 그대들을 기꺼이 이 성안으로 맞아들인 건, 임술년 그때 당시와는 시대가 너무나 크게 바뀌었기 때문이오."

정승운뿐만 아니라 모두의 눈이 민호준을 향했다. 그는 탈을 둘러쓰고 꼭꼭 감추어 두었던 것 같은 침통한 얼굴로 바뀌며 말했다.

"조정에서는 우리 우병영을 버렸소."

"조정에서……."

정승운이 되뇌었고 민호준은 한 번 더 말했다.

"버려진 우병영이오."

"버려진……."

거기 버려진 성내 하늘을 크고 작은 새들이 날아다니고 있었다. 성곽 벼랑에 붙어 자라는 아름드리나무들은 무섭도록 빨갛거나 샛노란 단풍 빛을 뿜어내었다. 겨울이 와서 앙상한 나뭇가지만 남기 전에 마지막 빛의 잔치를 벌이기 위해 안간힘을 다하는 듯했다. 인간들이야 어떻게 되든 아무런 관심도 없어 보이는 자연이 그려놓은 한 폭의 수채화였다.

"이제는 충성을 바칠 곳이 없어져 버렸다, 그 말이외다."

상다리가 내려앉을 정도로 깊은 한숨 섞인 민호준 말에 정승운이 붉은 신음처럼 또 곱씹었다.

"충성을 바칠 곳이……."

그러면서 깊은 상념에 잠기는 정승운과는 대조적으로 민호준은 그냥 아무렇게나 툭 내던지는 어투였다.

"그러니 할 일이 뭐가 있겠소이까?"

듣기 불편하고 민망할 만큼 자조 섞인 어조로 말했다.

"이렇게 술이나 마시는 일 말고는요."

"술이나 마신다."

정승운의 입귀가 비틀어지는 것을 보며 민호준은 타협이나 권유를 떠나 강요에 더 가깝게 말했다.

"이왕 여기까지 온 것, 우리 좀 더 솔직해집시다."

"솔직, 좋지요."

정승운은 씨알도 먹혀들지 않을 소리란 듯 물었다.

"그런데 시방 우리 사이에 그기 가능하다고 보시는 깁니꺼?"

농민군들이 건배를 외치는 소리에 관군들이 눈치를 보며 아주 조심스럽게 주고받는 낮은 소리는 속절없이 파묻혀 버리고 있었다. 훗날, 지금 그네들 모습이 어떻게 전해질 것인가는 중요한 게 아닐 것이다.

"허허허."

병사의 웃음소리는 성대한 잔치판과는 어울리지 않게 한없이 공허하게만 들렸다. 그곳에 시득시득 말라 가는 잔디밭 한가운데 있는 오래된 커다란 우물 속에 두레박을 내릴 때 나는 소리가 그러할까. 차고 텅 빈 겨울 산에 울려 퍼지는 메아리 같았다.

"자, 자!"

영장은 농민군 지도부 사람들에게 손수 술을 따라주며 말했다.

"본관도 조금 전에 우리 병사 나리께서 도통령께 말씀하신 솔직, 바로 그 솔직을 바탕으로 한 심정으로 고백하건대……."

누군가가 거침없이 덥석 집어 든 술잔을 여전히 갈증이 가시지 않은 사람 모양으로 입에 가져가며 말했다.

"오데 함 말씀해보시지예."

영장은 아직도 어이가 없고 믿기지 않는다는 빛이었다.

"기껏해야 대나무로 만든 창과 농사짓는 농기구가 그렇게 대단한 무기로 바뀔 줄은 정말 꿈에도 몰랐소."

그는 술보다도 더한 무엇에 취한 사람같이 말하고 행동했다.

"지난 임술년에 죽창과 몽둥이로 무장한 농민군이 이 성을 함락시켰다는 이야기는 들었어도, 설마 그게 가능했을까 하고 믿지 않았던 게 사실이외다."

그때 손가락으로 술잔을 매만지며 묵묵히 듣고 있던 원채가 얼이 쪽을 한번 보고 나서 영장에게 물었다.

"시방은 우떻심니꺼? 아즉도 그렇심니꺼?"

영장이 싸움소처럼 굵은 목을 있는 대로 흔들며 대답했다.

"아니요, 아니요."

"아이라모?"

원채는 조금도 꿀리지 않는 당당한 태도를 잃지 않았다. 그리고 그는 술을 거의 입에 대지 않은 사람 같았다. 영장은 농민군 지도부 사람들 얼굴을 둘러보았다.

"그대들을 보고 믿지 않을 수가 없게 되었소이다."

자기 앞에 놓여 있는 술잔을 들어 단숨에 쭉 들이켠 후에 '탁' 소리 나게 상 위에 내려놓고 나서 말했다.

"어떻게 믿지 아니할 수가 있단 말이오. 하하하."

영장의 웃음소리는 병사와는 달랐지만 허탈해하는 느낌을 주는 것은 마찬가지였다. 병사를 비롯한 그들은 술 마시기와 웃기를 마치면 그 자리에서 그대로 절명해버릴 사람들로 비쳤다.

'하기사 와 안 그렇것노.'

얼이는 경계심을 풀지 않으면서도 그들을 십분 이해할 수 있었다. 명색이 나라의 녹을 먹고 살아가는 관리 신분으로서, 더욱이 수성守城의 막중한 임무를 띠고 있는 고위직 무관들로서, 생명만큼이나 소중한 모든 것을 버린 사람들이다. 훗날 역사는 저들을 어떻게 기록할까 궁금했다.

농민군을 이해하고 수용했던 훌륭한 선지자先知者로 우러러볼 것인가, 김삿갓으로 불리는 김병연의 조부 김익순처럼 겁쟁이 장수로 낙인 찍힐 것인가?

그러나 지금 당장 그들에게 절실한 건 그깟 후대의 평가 따위가 아닐지도 모른다. 나라 입장에서는 백번 대역죄로 처단해야 마땅할 반란군과 어울려 잔치를 벌이고 있는 바로 이 순간이 중요할 것이다. 그 자리가 전부일 것이다.

"우리 농민군들이 술을 너모 마이 마시는 기 아일까?"

원채가 문득 옆자리에 앉은 얼이 귀에 대고 낮게 말했다.

"아, 그런 것도 겉심니더, 아자씨."

이번에는 무엇을 한번 먹어볼까 하고 거창한 음식상 위를 내려다보던 얼이는 얼른 주위를 둘러보았다.

"내가 보기로는……."

원채는 걱정과 불만이 엇갈리는 목소리가 되었다.

"암만캐도 쪼매 심하다 아인가베?"

기실 관아 대청마루며 넓은 뜰이며 하여튼 송곳 하나 꽂을 만한 공간이면 술상으로 가득 들어찼다. 그리고 상머리에 다닥다닥 붙어 앉아 생수 마시듯이 술을 들이켜며 허겁지겁 음식을 집어삼키는 농민군들이었다.

"모도 하나뿐인 목심을 걸고 얻어낸 승린께네."

그렇게 밑자리 까는 소리부터 하고 난 후 얼이는 동의를 구하듯 원채에게 물었다.

"하루 이틀 정도사 이리해도 안 괘안것심니꺼?"

"하루 이틀 정도사 괘안타?"

그렇게 반문하는 원채 얼굴에는 조금도 붉은 기운이 엿보이지 않았다. 얼이는 한층 술이 깨는 느낌이었다.

'해나 아자씨는?'

어쩌면 그는 술잔을 받는 시늉만 했지 실제로는 거의 마시지 않았는지도 모른다. 그러자 자기 혼자서 그 많은 술을 전부 마신 기분이 드는 얼이였다.

그곳 마당에 서 있는 나무에는 음식물 냄새를 맡고 날아든 까치와 까마귀, 비둘기 등이 올라앉아 사람들, 아니 음식들을 내려다보고 있었다.

그런데 믿어지지 않을 정도로 그 새들은 아무 소리도 내지 않았다. 그 미물들도 일단 표적이 정해지니 입을 열어 무슨 소리를 낼 필요가 없어졌다고 생각하고 있는 것인가?

"시방꺼정 올매나 억눌리서 살았고, 또 올매나 굶주릿심니꺼."

얼이는 원채가 농민군을 이해해 주길 바라는 심정이었다.

"그래서?"

하지만 원채의 말끝은 높고 날카롭기가 이를 데 없었다. 그의 짧은 한마디에 거기 성내 모든 것들이 그만 기가 죽어 납작 엎드리는 것 같았다.

"허기가 질 만도 하지예. 그러이……."

얼이는 갈수록 주눅이 드는 기분이었다. 원채가 이를 악다무는 소리로 말했다.

"진짜 허기는 이런 기 아일 끼라 보거마."

얼이로서는 얼른 사리 분별이 되질 않는 소리였다.

"진짜 허기예?"

얼이는 그를 빤히 바라보았다. 그는 아무 대꾸도 하지 않고 와자지껄한 술좌석에서 비틀거리듯 일어서고 있었다. 일부러 취한 체하는 게 틀림없었다.

'아자씨는 술을 한 모금도 입에 안 대신 기 확실타.'

그런 자각과 함께 더없이 가슴이 서늘해져 옴을 느끼며 얼이도 엉겁결에 그를 따라 몸을 일으키고 말았다.

"어이, 요거 한분 무우(먹어) 봐."

"우떤 거? 아, 이거? 와! 에나 죽으삐것거마."

"그래, 그래. 묵고 죽은 구신이 때깔도 좋다 캤은께네."

"이거는 우떻고? 생전 기경도 몬 했을 낀데?"

"생전이 다 머꼬? 생후도 가리방상하것제."

"챙피하거로 그런 소리는 안 하모 안 되나."

"하모, 내 말이 딱 그 말인 기라. 가마이 있으모 될 꺼를 와 지가 잣아 내갖고, 지 얼골에 머를 칠하는 긴고 모리것다 아인가베."

"하하, 하하하."

두 사람은 정신없이 먹고 마시고 웃고 떠들고 있는 무리에서 벗어났다. 그러고는 동헌 넓은 마당을 지나 문밖으로 나왔다. 농민군과 관군이 함께 어울려 함부로 쏟아내는 온갖 말소리와 웃음소리가 다른 나라에서 나는 것처럼 생소하고 아스라이 들려왔다.

일본공사관과 빛의 저쪽

원채는 커다란 팽나무 아래에서 걸음을 멈추었다.

그 나무는 밑둥치가 어지간한 장정 허리통보다도 서너 배는 족히 더 돼 보이는 대단한 거목이었는데, 갈색과 청색 털이 썩 잘 어우러진, 새 한 마리가 높은 가지 끝에 올라앉아 가을 풀벌레가 내는 것 같은 소리를 내고 있었다.

'찌, 찌, 찌르. 찌이, 찌르르.'

얼이도 그의 그림자처럼 덩달아 같이 섰다. 약간의 취기와 함께 발이 땅바닥에서 떨어져 허공에 붕 떠 있는 느낌이었다. 효원이 나를 보려고 잠시 저 새의 몸을 빌려 이곳에 나타난 게 아닐까 하는 엉뚱한 기분이 들기도 했다. 정말 효원이 여기 와서 이렇게 하고 있는 나를 본다면 무슨 말과 행동을 할까?

"우리 조선군이 와 미군 눔들 포로가 돼삐린 줄 아나?"

잠시 후 원채가 그들이 이제 막 빠져나온 쪽을 돌아보며 침통하고 무거운 어조로 입을 열었다. 얼이 귀에는 육중한 맷돌이 돌아가면서 내는 소리 같았다.

"처음 전투에서 이기갖고 그 승리감에 도취돼삘 남어치……."

그는 몹시 답답한지 숨을 몇 번이나 크게 몰아쉬었다가 무슨 저주 하듯 했다.

"저리 술판을 벌임서 긴장을 풀었기 땜이 아인가베."

"예."

얼이 가슴이 평소의 그답지 않게 아주 형편없이 팍 쪼그라들었다. 새가슴이었다. 꼭 이날만 그런 것이 아니었다. 원채와 마주하면 한없이 왜소해지는 그런 느낌은 어쩔 수가 없었다. 원채는 항상 그의 앞에 결코 무너뜨릴 수 없는 거인으로 우뚝 서 있는 것이었다.

"승리감에 긴장을……."

원채 말을 제 마음에 새기듯 하며 딱딱하게 굳어 있는 얼이 얼굴을, 원채는 더없이 난삽하고 복잡한 눈빛으로 보면서 예언가처럼 말했다.

"우짠지 예감이 안 좋거마는."

얼이는 온몸에 소름이 돋는 으스스함을 느꼈다.

"그것도 너모 말이네."

"아자씨!"

팽나무 음영에 반쯤 가리어진 원채 얼굴은 기형적인 광대탈처럼 약간 괴기스럽게 비쳤다.

"승리와 패배는, 장 나란히 붙어 댕긴다쿠는 이약도 있제."

얼이는 자꾸만 그런 께름칙한 말을 하는 원채를 이해할 수 없었다. 이렇게 좋은 날에 왜 저런 나쁜 소리를 입에 올리는가?

"인자 고마하이소."

얼이가 만류했다. 새가 소리를 딱 멈추었다.

"아이라."

원채는 한층 어두운 얼굴로 변해갔다. 팽나무 그늘 탓만은 아닐 것이다.

"똑 미군하고 싸울 때 일이 재핸(재현)될 거만 겉어서 말이네."

그러면서 몸까지 부르르 떠는 원채였다. 그것도 얼이가 좀처럼 볼 수 없었던 그의 모습이 아닐 수 없었다. 택견의 고수다운 면모는 더더욱 찾아보기 힘들었다.

"지발 그런 말씀은 안 하시모 좋것심니더."

얼이는 갈수록 불길한 말들을 꺼내는 원채가 그만 싫어지기 시작했다. 말이 씨가 된다고, 늘 함부로 입을 열지 말라고 이르는 어머니 우정댁이었다.

"지 생각은 아자씨하고는 쪼매 다립니더."

얼이는 억지 부리는 아이를 달래는, 아니 그 자신이 억지라도 부리고 싶은 심정으로 말했다. 아니다. 그것도 아니었다. 그건 억지가 아니라 사실인 것이다.

"농민군 지도부가 올매나 대단합니꺼?"

"대단?"

얼이는 그의 얼굴에서 팽나무 그림자를 지워버리고 싶다는 충동에 사로잡혔다.

"예."

"우찌?"

원채는 어쩐지 약간 졸려 보이는 눈빛을 했다. 하품이라도 할 것 같은 얼굴이었다. 그것 또한 그들이 현재 처해 있는 정황과는 너무나 어울리지 않는 모습이었다.

"각지의 이임里任한테 일본을 몰아내자쿠는 통문꺼정 보냄서……."

얼이 말을 원채가 탁 끊었다. 그가 택견을 할 때 내지르는 기합소리와는 너무나 다른 소리였다.

"아, 고만!"

팽나무 둥치가 휘청, 하는 듯했다. 잎들이 놀라 수런거리는 것 같았다.

"예?"

"됐는 기라."

푸드덕, 그 깜찍한 새의 날개 치는 소리가 머리 위에서 났다.

"지 이약 함 들어보시고 나서……."

"고만해라 캐도?"

원채가 또다시 신경질적으로 얼이 말을 싹둑 잘랐다. 여태 하지 않던 일이었다.

"아자씨?"

그는 적잖게 놀라고 당혹스러운 빛을 보이는 얼이를 향해 천천히 입을 열었다. 그 스스로 진정하려고 애쓰는 기색이 역력했다.

"얼이 총각한테 사과할 일이 하나 있네."

"사, 사과예?"

내가 잘못 들었는가 싶어 물어보는 얼이에게 돌아오는 원채 답변이 짧았다.

"그렇다네."

얼이는 이번에는 혹시 내가 자기에게 사과하라는 말이 아닌가, 그렇다면 내가 뭘 잘못한 거지? 하는 생각도 하면서 물었다.

"지한테 말입니꺼?"

원채는 성벽이며 나무들 말고는 별로 보이는 것도 없는 거기 주위를 돌아보았다.

"그라모 여게 자네 말고 또 누 있는감?"

얼이는 그가 무척 낯설어 보인다는 기분을 억눌렀다.

"아자씨가 지한테 사과라이예? 지가 아자씨께 그리하라는 기 아이고……."

성곽 남쪽 저 아래 남강에서 물새 울음소리가 간헐적으로 들려오고 있었다.

"음."

"그기 뭔 말씀이라예?"

얼이 눈이 꽈리처럼 휘둥그레졌다. 효원을 떠올리게 하는 그 깜찍한 새가 자리를 뜨자, 이제 막 팽나무 가지에 날아와 앉아 짹짹거리던 참새들이 짧은 고개를 빼어 밑을 내려다보고 있었다.

"퍼뜩 말씀 좀 해 보이소."

그때부터는 얼이가 마구 보채는 아이 같았다. 어불성설, 그것은 듣기만 해도 죄스러운 말이었다.

"아자씨가 지한테 무신 잘몬하신 기 있다꼬예?"

원채 입에서는 더욱 알 수 없는 이야기가 흘러나왔다.

"농민군 지도부가 핸 그 일 말인데, 실은……."

성곽 북동쪽에 파놓은 해자垓子, 대사지 쪽에서 불어오는 바람 속에는 연꽃 냄새가 엷게 섞여 있는 것 같았다.

"농민군 지도부가 핸 일예?"

얼이가 반문했지만 원채는 또 아무런 말이 없었다. 얼이도 어쩔 수 없이 침묵할 수밖에 없었다. 그런데 잠시 후에 나온 원채의 말이었다.

"민 뱅사의 묵인 아래 이뤄졌던 것이라네."

"예에? 민 뱅사의 묵인예?"

얼이 목소리가 성벽보다도 더 높아 보이는 팽나무 꼭대기까지 함부로 치솟았다. 나무는 하늘에 있는 보이지 않는 어떤 기운과 이야기를 주고받는다는 신비스러운 그 말이 떠오르는 순간이었다.

"그렇제."

원채 음성은 팽나무 뿌리 근처에 머물러 있는 듯했다. 실제로 그의 시선도 팽나무 밑둥치 부위에 가 있었다.

"무신?"

얼이는 도무지 무슨 소린지 하나도 알 수가 없었다.

민 병사의 묵인? 민호준 병마절도사가 무얼 모르는 체하고 슬며시 승인해주었다는 것인가?

얼이는 처음 보는 사람이기라도 한 것처럼 원채를 멀거니 바라보기만 했다.

"내 하나도 기심없이 다 털어놓것네."

고개를 들어 얼이를 보며 원채가 다시 입을 열었다.

"이거는 반다시 극비에 붙이야 할 일이라 놔서, 접주들하고 몇몇 지도급 사람들만 알고 그 남어치 사람들한테는 비밀로 했던 일이니, 이해해주모 고맙것네."

얼이 얼굴에 파르르 경련이 일었다. 목소리는 그보다 더 떨렸다.

"그런께네 민 뱅사가 접주들하고 말입니꺼?"

원채는 말없이 고개만 끄덕였다.

"아, 그래서!"

얼이는 비로소 때때로 알 수 없던 원채가 이해되었다. 참새들이 날개를 퍼덕거리며 강가에 면한 성가퀴 쪽으로 자리를 옮기고 있었다. 유사시에 수성군들이 은폐, 혹은 엄폐를 하고 외적을 물리치도록 축조해 놓은 성가퀴 위에 철없는 아이들이 올라가 놀다가 밑으로 떨어져 크게 다치는 사고도 있었다.

"애초부텀 기실 뜻은 없었네."

원채는 진정으로 미안해하는 빛이었다.

"근분 벌로 할 수 있는 사안이 아이라서 말이제."

"아입니더, 아이라예."

얼이가 농투성이 집안 출신답게 투박한 두 손을 내저으며 말했다. 서운하기는커녕 오히려 원채가 더한층 훌륭하고 믿음직스럽게 여겨졌다.

저 평거면 광탄진(너우니)에 모이라고 한 것은 그곳에 동학도소가 있기 때문이며, 마치 관아에서 동원령을 내리듯 통문을 내걸고 고을 백성을 동원한 것도, 알고 보면 다 그럴 만한 연유가 있었던 것이다.

얼이 마음의 바탕 위에 초차쾌방이 조목조목 찍혀 나오기 시작했다.

1. 이장은 리里별로 사리에 밝은 사람 2명과 과유군(果遊軍, 결단성 있고 과단성 있는 농군) 10명씩을 대동하고 죽립을 쓰고 와 대기할 것.

1. 만일 불참한 면面이 있으면 마땅히 조치한다.

1. 각 리里는 아래에 게재한 바와 같이 3일분의 식량을 제각기 갖고 와서 기다릴 것.

1. 시각을 어기지 말고 와서 대기할 것.

그것을 되새기니 그만 울음보가 와락 북받쳐 오르는 바람에 얼이는 아무나 붙들고 엉엉 소리 내어 울고 싶었다. 원채가 그런 얼이 심정을 읽어내고는 손으로 가만가만 얼이 등짝을 두드리며 비장한 목소리로 말했다.

"시방부터가 시작인 기라, 시방부터가."

"흑."

급기야 얼이 눈에서 왈칵 눈물이 솟아났다. 길게 이어진 성가퀴를 넘어온 강바람이 얼이 옷자락을 휘날리게 했다. 눈물을 닦아주듯 뺨을 어루만져 주었다.

"기집애맹캐 어설픈 감상에 젖는 일은……."

원채 목소리는 농민군 죽창처럼 단단하고 날카로웠다.

"앞으로 우리 거사에 큰 방해물이 된다쿠는 거를 잊아삐모 안 되네."

촉석루 아래 가파른 비탈에 서 있는 붉나무와 뽕나무가 그날따라 어쩐지 예스러운 고화古畵를 연상케 했다.

"아자씨."

얼이는 소매 끝동으로 두 눈에 글썽거리는 눈물을 쓰윽 닦았다. 원채는 보았다, 그 눈물 속에 어리는 두 얼굴, 천필구와 효원을.

"내 이약 알것는가?"

"예."

일반적인 다른 성城들과는 다르게 산이나 언덕이 아니라 거의 평지平地에 가까운 땅 위에 지어진 그곳 성은, 성내나 성외나 그 높이가 크게 차이를 보이지 않았다. 그래서 이 고을 사람들은 일찍부터 인간 평등을 구가하는 정신을 길러왔는지도 모른다.

"그라모 됐거마는."

"흑흑."

그의 말이 백번 옳았다. 하나뿐인 목을 내놓고 하는 일이다. 그리고 나 하나 죽는 것은 별로 섧지 않으나, 임술년에 원통하게 숨져 간 농민군들 원한을 씻어 주지 못한다면, 그것은 죽어 지하에 묻혀도 낯을 들지 못할 일이 아니겠는가? 더군다나 그렇게 못난 꼴로 아버지 앞에 선다고 상상해 보라. 그런 불효가 다시 있을까.

그러나 얼이나 원채는 고사하고 동학농민군들 누구 한 사람도, 그때 일본이 어떻게 움직이고 있는지는 잘 내다보지 못했다. 여우같이 교활하고 박쥐만큼이나 음침한 그들이었다.

자기들의 주 무기이자 유일한 무기인 죽창과 몽둥이와 농기구 등속을 들고 따라나선 농투성이들은, 승리감에 도취한 나머지 돌림병처럼

만세만 불러대고 있었다. 또한, 지도부에서는 저 충경대도소의 명의로
된 〈영남우도인에게 항일전에 나서기를 호소하는 방〉을 보내기로 하는
등, 당장 동학농민 세상이 보장된 듯한 큰 환희에만 빠져들었다.

　부산 주재 일본공사관.
　"어이, 다께오!"
　"왜, 또?"
　늘 방정맞게 어깨를 건들건들하는 습관이 있는 히라조시가 그를 부르
자, 다께오는 신경질적으로 보이는 이맛살을 있는 대로 찌푸렸다. 그러
고는 책상 위에 펼쳐 놓고 한참 들여다보고 있던 문서에서 고개를 들고
뭔가 못마땅하다는 눈초리로 동료를 째려보았다.
　"눈에 들어가 있는 힘 좀 빼라고."
　그렇게 핀잔주듯 한마디 더 던지고 나서, 히라조시는 그곳 사무실 의
자에 푹 파묻은 어깨를 계속해서 건들거리며 물었다.
　"자네 친척 사토가 거래하는 조선 비단이, 이번에 동학군 무리가 말
썽을 일으키고 있는 그 고을에서 나는 거라며?"
　그러자 다께오는 한층 험한 인상을 그리며 욕설 내뱉듯 얘기했다.
　"젠장! 그래, 맞아. 그놈의 고장이라고 하더군."
　"그렇구먼."
　그러면서 혼자 의미심장한 표정을 짓는 히라조시에게 다께오가 물
었다.
　"그런데 그건 왜?"
　히라조시 얼굴에 탐욕스럽고 음흉한 미소가 흘렀다.
　"궁금해? 그럼 말을 해주지."
　손가락 총을 만들어 쏘는 시늉을 하면서 말했다.

"그 고을 기생이 죽여준다고 들었거든?"

"기생?"

다께오는 바보 같은 낯빛을 지었다. 어떻게 보면 진짜 총알을 맞은 사람 같기도 하였다.

"이 봐, 어때?"

히라조시는 원족遠足 가는 아동처럼 크게 들떠 보였다.

"우리 이참에 그 고을에서 들고일어난 동학당 그놈들 조사하러 간다고 핑계 대고, 거기 한번 가볼 의향은 없냐고. 그럴싸한 핑곗거리라고 여겨지지 않아?"

다께오는 더욱 어이없다는 듯 통을 주는 어조로 나왔다.

"지금 제정신으로 말하고 있는 거야?"

"그렇잖고."

히라조시는 다소 다혈질로 보이는 다께오에 비해 많이 능글능글한 것 같았다. 그는 조선 사람들이 적당히 핑계를 붙여 놀러 간다고 할 때, '핑계 핑계 도라지 캐러 간다'고 하는 말을 쓴다는 걸 알고 있을 정도로, 조선에 대한 많은 정보와 지식을 갖춘 자였다.

"그 고을 놈들이 어떤 명분을 앞세워 반란을 일으킨 줄 몰라서 그래?"

다께오는 문서를 집어 들어 히라조시를 향해 던질 사람처럼 보였다.

"무슨 명분인데?"

그저 지나가는 투로 묻는 히라조시를 힐끔 보며 다께오는 같잖다는 듯 말했다.

"우리 대 일본국 세력을 조선 땅에서 몰아내자, 그따위 불경한 뜻을 품고 마구 설쳐대는 거라고."

햇볕이 창틀을 감질나게 핥고 있는 모양새였다.

"그래서?"

히라조시가 심드렁하게 물었다.

"그것들은 우리 일본 사람을 보면 당장 그 자리에서 때려죽일 거라고 승냥이 떼같이 막 덤벼들 게 뻔한데, 그런 위험한 곳에 스스로 발을 들여놓자고?"

다께오의 따지는 말에 히라조시는 껄껄 웃으며 얼버무렸다.

"농담, 농담이라고."

"뭐?"

"아, 농담 한번 한 것 가지고 그렇게 정색을 하고 난리야? 그것도 자네하고 나 사이에 말이지."

"지금 우리가 농담이나 하고 앉았을 때야?"

"그럼 사무실에서 앉지, 누워? 정 그렇다면 일어설 수는 있겠지만 말이야."

"그렇게 한가하면 그 시간 좀 뚝 떼서 나한테 주라고."

다께오는 이마와 귀밑까지 물감을 들인 듯 벌게졌다.

"역시 자넨 나보다 나아."

히라조시는 이번에는 어깨를 건들거리는 대신 손을 휘휘 내저었다. 얼핏 칼잡이가 칼을 쥔 손목을 이리저리 돌려보는 것처럼 비치기도 했다. 어쩌면 그자는 그네들이 항상 자랑삼는 검도를 수련했는지도 모른다.

"지금 우리가 조선 기생 이야기할 때가 아니지."

그는 고개를 뒤로 꺾어 거기 밋밋하게 네모진 천장을 올려다보며 반복했다.

"아암, 아니고말고."

"그러니 여자 이야긴 꺼내지도 말라고."

다시 문서에 코를 처박는 다께오더러 히라조시는 한층 무료한 표정으로 들쑤셨다.

"그러면 세상 무슨 재미로 살라고."

"못 살면 죽으면 되잖아?"

책상다리가 삐거덕거리는 소리를 내었다.

"아, 그게 친구한테 할 소리야?"

"친구 좋아하네. 방금 여자가 좋다고 해놓곤. 하여튼 알겠어?"

쏘아붙이는 다께오 충고에 히라조시 어깨가 또 건들거렸다.

"그렇다고 그리 심한 핀잔을 주면 어떡하나, 이 사람아."

그러자 다께오가 생뚱맞게 나왔다.

"알았다네. 그 대신 내가 언제 사토에게 잘 이야기해서, 그 고을에서 나는 비싼 비단 한 필 자네한테 선물하도록 해 보겠네."

"비단을?"

히라조시 입귀가 대번에 쫙 찢어졌다. 꼭 승냥이 같았다.

"그, 그게 정말이야?"

다께오는 사람 어찌 보냔 투로 응대했다.

"정말이잖고?"

히라조시는 침이라도 흘릴 사람 같았다.

"그렇게 좋은 비단을 내게 선물한다고?"

그곳 일본공사관 사무실 유리창이 번쩍, 빛을 발하는 듯싶었다. 왠지 모르게 차갑고 예리하게 느껴지는 유리창이었다. 모가 나고 딱딱한 책 상이며 의자는 좀 더 깊숙이 몸을 내려놓는 것 같았다.

"아니지."

다께오 그 말에 히라조시는 금세 안색이 싹 바뀌었다.

"뭐야?"

다께오는 상대 반응은 본체만체하고 혼잣말로 중얼거렸다.

"나는 그의 사위 무라마치와 더 잘 통하니, 사토보다 무라마치에게 부탁하는 편이 더 빠르겠군."

히라조시가 손을 머리 높이로 들어 약간 삐딱하게 틀어진 뒤통수를 긁적거렸다.

"난, 또……."

다께오 머릿속에 무라마치 얼굴이 떠올랐다. 그는 새삼 시간의 흐름을 실감한 끝에 생각했다.

'이제 많이 변해 있을걸.'

그는 문서를 옆으로 제쳐 놓고 잠시 과거를 회상했다.

'자기 장인하고는 다른 면이 있는데, 사업은 잘 돼가는 모양이지?'

본국에 있을 때는 가끔 만나 술잔을 기울이기도 했었다. 술에 금방 붉은 반응이 오는 다께오 자신과는 달리 무라마치는 몸에 술이 들어가면 되레 상相이 노래지곤 했는데, 그런 그를 보고 있으면 어쩐지 정나미가 똑 떨어지기도 하였다. 술기운을 빌려 불그레한 얼굴들을 하고서 서로 헤헤거리는 게 술친구의 멋이 아닌가 말이다.

"고마우이. 역시 자넨 멋진 친구야. 의리가 있다고."

의자에서 일어나 이쪽 몸이라도 껴안을 것처럼 굴어대는 히라조시를 향해 다께오가 눈을 하얗게 흘겼다.

"입 닥치게. 툭 터진 입이라고 함부로 놀리면 입병이 도진다는 것도 몰라?"

그러자 히라조시는 조금 전 뒤통수에 가져갔던 손으로 제 입을 틀어막는 동작을 취하며 과장되게 숨을 몰아쉬었다.

"흐~읍!"

다께오는 그가 조선에 와서 언제나 부러워하는, 푸르고 깨끗한 조선 하늘이 펼쳐져 있는 유리창 밖으로 눈을 돌렸다.

"선물 준다니까 친구 의리 찾고 있군 그래."

"애먼 사람 음해하지 마."

짐짓 화난 표정을 짓는 히라조시에게 다께오는 잇따라 빈정거렸다.

"그놈의 친구 의리, 시궁창에나 콱 처박아 넣어야지."

"그럴까? 하하, 하하하."

히라조시는 한참 웃고 나서 말머리를 돌렸다.

"어쨌든 조센진 놈들이 결코 만만한 놈들은 아닌 것 같아."

두꺼비같이 튀어나온 눈알을 이리저리 굴리며 실내를 둘러보았다.

"내가 얼마 전에 한성에 있는 우리 일본공사관에 가 봤는데 말이야, 여기 부산에 있는 이 공사관과는 아예 비교가 안 되더라고."

"한성 공사관은 어떻던데?"

다께오가 흥미를 보였다. 어느새 둘 다 꽤 진지한 목소리로 바뀌어 있었다. 그 변화가 왠지 불온하고 경계해야 할 대상으로 비쳤다.

"동경에서 온 도목수 중촌진오中村辰吾가 그 건물을 지었다고 하더구먼."

히라조시는 탄복했다는 기색을 내비쳤다.

"집 짓는 솜씨가 참으로 대단했어. 여기 조선 여자처럼 말이지, 보면 볼수록 그 공사관 건물이 내 마음에 쏘옥 들었거든?"

그러나 다께오는 여전히 불만투성이인 표정을 풀지 않고 따지듯 물었다.

"원래 우리 일본공사관은 청수장淸水莊을 청사廳舍로 사용했다며?"

그 말을 들은 히라조시 낯빛이 금방 벌겋게 달아올랐다.

"빌어먹을!"

다께오도 덩달아 안색을 붉혔다.

"왜 욕은 하고 지랄이야?"

사무실 흰 벽면에 부착된 게시물들이 그들을 무연히 바라보고 있었다. 히라조시는 몹시 탈기하는 모습을 보였다.

"그게 임오군란 때 불타버렸지 않나 말이야."

다께오가 약간 질린 얼굴로 뇌까렸다.

"임오군란……."

히라조시는 어느 방에선가 발작하듯 들려오는 쟁그라운 전화벨 소리에 잠시 귀를 기울이고 있다가 물었다.

"자네도 들었지?"

"그럼!"

"그래서 금릉위錦陵尉 박영효의 저택을 사서 나무로 새 청사를 지었지 않나."

축농증이라도 있는지 코를 훌쩍이며 듣고 있던 다께오가 끔찍하다는 얼굴로 치를 떨었다.

"하지만 그 건물도 준공한 지 1개월 만에 또 소실되지 않았었냐고. 갑신정변인가 뭔가로 말이지."

"그래, 갑신정변인가 병신정변인가가 또 있었지."

히라조시가 뭔가 사념에 잠기는 기색을 보이는데 다께오가 툭 내뱉었다.

"하여간 이 나라는 시끄러운 나라야."

잠시 끊어졌던 전화벨 소리가 또 요란했다. 무슨 비상사태라도 벌어졌는지 알 수 없었다. 다께오는 기밀 서류를 보관하는 방처럼 굳게 닫혀 있는 은회색 출입문을 노려보며 지껄였다.

"조용한 날이 없다니까?"

히라조시도 퍽 아쉽다는 표정이었다.

"정말 아까운 노릇이야."

"자네 생각도 그렇지?"

오랜만에 의기투합하는 모습들이 되었다.

"아무렴. 그 건물이야말로 한양 최초의 2층 양옥이었으니까."

"한양 최초 2층 양옥이라."

창밖으로 올려다보이는 하늘가에 보이지 않던 흰 구름장이 두어 조각 나타났다. 그러자 하늘은 조각배가 떠 있는 바다처럼 비쳤다.

"그러니 나중에 문화재로도 가치가 있을지 모르는데 말이야."

"그거야 우리 일본 사람들 사이에서나 하는 소리고, 조센진들은 그렇게 보고 있지 않은 모양이던데?"

"그게 무슨 소리야?"

다께오도 히라조시처럼 어깨를 한 번 흔들고 나서 대답했다.

"건축사적으로 아무 가치도 없다고 한다는 거야."

"건축사적으로?"

다께오는 지금 그들이 근무하고 있는 그 건물도 마찬가지라는 듯 아주 만족스럽지 못한 눈길로 실내를 백안시 하듯 했다.

"형편없이 치졸한 건물이라고 말이지."

히라조시가 두꺼비눈을 끔벅거렸다.

"하긴 솔직히 털어놓자면 조선의 전통적인 기와집이 멋은 있어."

다께오가 고개를 크게 끄덕거렸다.

"그건 그래. 조선 기와집은 세계 어느 나라 집들보다도 훌륭하지."

히라조시는 두 팔로 새처럼 날갯짓을 해 보였다.

"특히 날아갈 듯한 추녀는 신기神技에 가깝다고."

다께오는 손가락으로 제 신발을 가리켰다.

"조선 여자들이 신는 버선과 닮은 점도 있잖아."

히라조시 눈빛이 욕정에 흔들려 보였다.

"버선 신은 조선 여자들 발, 참 예뻐."

"맞는다고. 곡선미가 뛰어나."

그때 창가를 휙 스쳐 지나가는 건 유난히 식탐이 많은 것으로 알려진 비둘기였다.

"곡선미? 그야 발만 그런 게 아니지."

"그것도 맞아. 몸맵시 또한 아름다워."

그런데 또다시 업무를 벗어난 그들 대화는 거기서 끊겨야 했다. 별안간 출입문이 조심성 없이 벌컥 열리면서 고함 소리가 그들 머리 위로 불덩이처럼 떨어졌다.

"일은 하지 않고 또 무슨 잡담들이야?"

"헉!"

두 사람 입에서 동시에 놀라는 소리가 터져 나왔다. 직속상관 소와는 대뜸 고함부터 쳤다.

"경상우도 동학당 그놈들 반란에 대한 기록이나 빨리 하지 않고, 엉?"

"지, 지금 하고 있는 주, 중입니다."

히라조시가 다께오에 앞서 얼른 변명했다. 그런 것에는 이골이 붙어 있는 자였다.

"열심히 하다가 피곤해서 잠깐 휴식을 취하고 있는……."

부하의 말은 듣는 둥 마는 둥 소와는 눈을 매섭게 뜨며 다그쳤다.

"위에서 보고하라는 지시가 내려오기 전에 신속 정확하게 작성해 놓아야 해. 내 말 무슨 뜻인지 알겠어?"

"예, 잘 알고 있습니다!"

이번에는 다께오가 큰 소리로 대답했다. 히라조시가 고개를 모로 돌리고 소와가 모르게 픽 웃었다.

"그런데 현지에 간 놈들은 왜 아직 돌아오지 않는 거야?"

소와는 부하들을 족치는 게 취미인 모양이었다.

"오다가 다리몽둥이라도 부러진 거야, 뭐야?"

다께오와 히라조시의 눈이 마주쳤다. 두 사람 눈은 똑같이 이렇게 말하고 있었다.

'오다가 기방에 들러 조선 기생들하고 진탕 놀아나고 있을걸?'

소와는 유리창을 통해 정문 쪽을 노려보면서 욕을 했다.

"빠가야로!"

다부진 체격의 소와는 가늘게 찢어진 매 눈을 계속해서 번득이면서, 히라조시가 황급하게 일어난 의자에 털썩 몸을 내려놓았다. 그 바람에 의자가 부서질 것 같아 보였다. 하나같이 거칠고 난폭한 사내들 등쌀을 견디지 못해 아무래도 오래가지 못할 성싶은 의자였다.

"길어."

"예?"

"휴식인가 휴면인가 길다고."

"하이!"

히라조시가 세워 놓은 통나무를 방불케 하는 부동자세를 취하면서 필요 이상의 큰소리로 보고했다.

"우선 현지에서 보내온 내용들을 토대로 기록하겠습니다."

"알았어."

소와는 무척이나 불량해 보이도록 의자에 비스듬히 몸을 눕힌 채 높이 치켜든 발을 뱀 대가리처럼 까딱까딱하며 가소롭다는 투로 내뱉었다.

"쥐새끼 같은 놈들이라니까!"

"누구 말씀입니까?"

히라조시가 묻자 소와는 몸에 붙어버린 버릇인지 또 냅다 소리부터 내질렀다. 대책이 없는 인간이었다.

"조센진 놈들이지 누군 누구야?"

상관에게 꾸중을 듣는 동료가 고소한지 다께오 입술에 웃음기가 묻어났다.

"관에서 체포하려고 하면 약삭빠르게 달아났다가도, 또 어느 틈인지 모르게 다시 살짝 모여서 도적질을 한다는 거야."

그러던 소와는 몹시 분통이 터진다는 듯 치켜들었던 발을 사무실 바닥에 꽝 내려놓으며 저주처럼 퍼부었다.

"한데, 더 문제가 되는 놈이 경상우병사 민호준 그놈이야."

다께오와 히라조시가 한꺼번에 반문했다.

"경상우병사 민호준이라고 하셨습니까?"

"그래!"

소와 얼굴이 빨간색을 칠한 듯했다. 욕이 입에 익었다.

"칙쇼!"

몸을 움찔하는 부하들에게 한 수 가르쳐준다는 투로 말했다.

"동학당 놈들이 무리를 모아 합치는 것을 금하지 않았을 뿐만 아니라, 거기에다 한술 더 떠서 동학당 기세를 도와 지금 같은 화근을 불러온 거라고."

제 책상 앞에 다시 앉아 그 사건에 관해 부지런히 적어 나가고 있던 다께오가 잠시 쓰기를 멈추고 소와에게 물었다.

"동학당이 살인과 방화를 하여 각 읍이 소란하고, 또한 분묘를 도굴하고 돈이나 물품을 억지로 빼앗는 등, 못 하는 짓이 없으므로 그 참변을 다 기록할 수가 없다, 이런 식으로 써넣으면 되겠습니까?"

얼핏 당나귀 귀를 연상시키는 귀를 쫑긋 세우고 듣던 소와가 어지간해서는 하지 않는 칭찬을 했다.

"잘했어. 잘했어."

다께오는 얼간이 같은 웃음을 흘렸다.

"예. 헤헤."

"딱 마음에 든다고."

소와가 만족스러운 미소를 지었다. 그러나 이내 극히 사무적이고 고압적인 어투로 바뀌었다.

"하지만 그 기록만으로는 부족해."

"부족."

좋았다가 만 얼굴이 되고 말았다.

"그러면 어떻게?"

조심스럽게 묻는 다께오에게 소와가 명령했다.

"있는 머리를 다 짜내란 말이야."

다께오에게 지시하는데 히라조시가 소외당하고 있다고 느꼈는지 슬쩍 끼어들었다.

"없는 머리도 짜내서……."

소와는 히라조시에게 눈을 흘기는 다께오를 못 본 척했다.

"그렇지! 그보다도 더 못된 짓거리들을 한 것처럼 꾸며 놓으란 말이야. 내 말뜻 알겠어? 흐흐."

그의 음산한 웃음소리가 벽에 부딪혀 내리면서 책상과 의자의 다리 사이를 맴돌다가 바닥으로 가라앉았다.

"하! 하! 역시 대단하신 두뇌이십니다."

히라조시가 여전히 꼿꼿하게 선 자세로 아부를 늘어놓기 시작했다.

"훗날에라도 누가 그 기록을 보게 되면, 동학당 놈들이 천하에 못된 불한당이라고 보지 않겠습니까?"

"그렇겠지?"

그 아침에 한껏 기분이 부풀어진 소와는 어깨를 으쓱하더니 굉장히 중요한 정보 하나를 알려준다는 것처럼 했다.

"조선에는 일성록日省錄이라는 게 있다는 걸 몰랐지들?"

"일성록이라고 하셨습니까?"

빤히 잘 듣고서도 상관에게 한 번이라도 더 말을 붙일 요량으로 그렇게 물어오는 히라조시에게 소와가 거들먹거리는 목소리로 말했다.

"사람 피곤하게 자꾸 말 시키지 마."

"그게 무엇입니까?"

다께오가 히라조시보다 더 관심을 나타냈다.

"모두 귓구멍 확 뚫어 놓고 잘들 들어 봐."

소와는 내려놓았던 발을 마치 앞발 차기 하듯 다시 높이 들어 올렸다.

"조선 국왕의 동정과 조선 국정 제반사항을 기록한, 에, 말하자면 뭐랄까, 그래, 일기체 연대기인 셈이지. 흐음."

"오! 그런 책이라면……."

다께오는 말이 없고, 히라조시는 연방 감탄사를 발했다.

"어떻게 그걸 알게 되셨습니까? 그 굉장한 것을 말씀입니다."

소와는 흐뭇한 미소를 지으며 어울리지 않게 겸손을 떨었다.

"뭐, 나도 어쩌다가 그런 기록이 있다는 걸 알게 됐지."

부하들 마음이 불안했다. 그 허위에 찬 겸손이 뒤에 이끌고 올 또 다른 위기의식에 사로잡힌 것이다. 그러고 나서 소와는 목에 이물질이라도 걸려 있는 것같이 헛기침을 했다.

"흐음."

그 소리의 여운은 부하들 귀를 한참이나 붙들었다.

"조센진 놈들은 기록을 별로 하지 않는 걸로 알고 있는데……."

히라조시 혼잣말을 다께오가 받았다.

"기록이라면 우리 대 일본국이 단연 최고 아닌가?"

히라조시는 소와를 슬쩍 보고 나서 반대를 위한 반대로 나왔다.

"그건 어디까지나 우리 생각이고 말이지."

다께오는 이번 동학당 사건을 기록하는 것에 대한 공치사 늘어놓듯 했다.

"우리나라만큼 기록을 잘하는 나라가 있으면 어디 나와 보라고 해."

히라조시는 상대 공적을 깎아내리기로 작심한 모양이었다.

"그러다가 정말 나오면 어떻게 감당하려고 큰소리야?"

"너, 자꾸 내 말끝마다 시비 걸 거야?"

각자의 말들은 유리창에 반사되어 나오는 단단하면서도 잘 깨지는 유리의 파편처럼 서로를 겨냥해 튀고 있었다.

"시비? 이게 어떻게 시비야?"

"시비 아니면?"

야유와 빈정거림이 오갔다.

"그냥 단순히 내 견해를 말하는 거라고."

"씨! 비단이고 뭐고!"

"아, 그래. 더럽다, 더러워. 쥐도 안 받는다."

내부가 별다른 실내 장식도 없이 사각형으로 되어 있는 사무실 구조는 거기서 근무하고 있는 구성원들을 삭막하고 공격적으로 만드는 건지도 모른다.

두 사람은 끝이 보이지 않는 언쟁을 하면서 금방이라도 그 자리에서 윗도리를 확 벗어 제치고 한판 붙을 기세들이었다.

"아아, 시끄러워! 조용, 조용."

부하들 대화를 일방적으로 끊어버린 소와는 다시 일성록을 들고 나왔다.

"그 기록 말인데, 이번 사태에 대해 거기에서 뭐라고 해놓은 줄 알아?"

다께오는 앉은 자리에서, 히라조시는 선 자리에서 외쳤다.

"하이!"

"그러니까 그게 말이지……."

소와는 일부러 말끝을 흐리는 품이 그 정보의 값어치를 최대한 높이려는 속셈으로 보였다.

"아, 알겠습니다."

소와가 선뜻 그다음을 들려주지 않자 다께오가 입을 열었다.

"조센진 놈들이 쓰는 기록이니까, 팔이 안으로 굽는다고, 당연히 조선에 유리하게 해놓지 않았겠습니까."

한데 소와는 매눈에 경멸과 조소를 담으며 예상을 한참 벗어난 소리를 했다.

"그게 아냐."

"예?"

다께오뿐만 아니라 히라조시도 눈을 멀뚱거렸다. 소와는 조선인에 대해 달관이라도 한 사람처럼 했다.

"역시 조센진 놈들은 어쩔 수 없다니까?"

"그게 아니란 말씀입니까?"

다께오 물음에 대답하는 대신 소와는 입속으로 중얼거렸다.

"하긴 그만큼 순진한 민족이라고 볼 수도 있으려나?"

히라조시도 궁금해 참을 수 없다는 빛이었다.

"어서 말씀해 주십시오. 대관절 거기 뭐라고 썼는데 그러십니까?"

그러자 소와는 또 한참이나 통쾌하다는 웃음을 터뜨리고 나서야 느릿느릿 들려주기 시작했다.

"그 일성록에 어떻게 기록해 놨는지 알아봤더니만, 글쎄, 전 경상우병사 민호준은 다만 어리석게 겁을 집어먹고 사람 같지 아니한 비류非類

를 후히 대했으며, 그뿐만 아니라 하동부河東府가 위급할 때 병졸 하나 보내지 않았으니, 바로 잡아다가 엄히 심문하여 처리하라, 그렇게 적었다는구먼. 하하하."

"예에? 그, 그랬다는 겁니까?"

소와가 또 웃자 히라조시도 상관 비위를 맞추느라 억지웃음을 짓는데, 다께오가 혼잣말로 중얼거렸다.

"어떤 조센진이 그렇게 적었는지는 몰라도, 꼭 임배봉인가 하는 그 인간 같구먼."

"임배봉?"

소와는 귀가 무척 밝은 자인 듯했다. 다께오가 작은 소리로 한 그 말을 알아들은 모양이었다. 그는 매눈을 번득이며 물었다.

"어이, 다께오! 임배봉이 누구야?"

조선인 이름이 나오자 히라조시도 다께오를 바라보았다.

"하이! 말씀드리겠습니다."

다께오는 자기 친척 사토를 상관에게 자랑할 기회를 얻었다는 듯이, 책상과 의자의 다리가 흔들릴 만큼 큰소리로 지껄이기 시작했다.

"제 친척 중에 아주 큰 사업을 하는 사람이 있는데, 이곳 조선과도 거래를 하지요. 바로 국제무역 말입니다."

"뭐? 그게 사실이야?"

소와가 눈을 둥그렇게 떴다.

"허, 다께오 자네에게 그런 대단한 친척이 있었어?"

히라조시 눈이 샐쭉해지더니 다께오를 다그치듯 했다.

"어서 동학당 사건을 기록하지는 않고……."

부하가 그러거나 말거나 소와는 다께오에게 재촉했다.

"어디 더 얘기해 보라고, 어엇!"

"알겠습니다."

다께오가 정보에 매우 밝은 양 자랑스레 늘어놓았다.

"지금 동학당 그놈들이 막 설쳐대고 있는 그 고을이 비단으로 유명한 고장인데, 거기서 비단 사업을 하는 조센진 이름이 임배봉이라고 들었습니다."

소와는 마치 지명수배범을 들먹이듯 했다.

"아, 그자가 임배봉?"

"하이!"

다께오는 의자에서 벌떡 일어섰다가 다시 앉았다. 소와는 권위의식을 실은 거만이 느껴지는 턱짓과 함께 명했다.

"계속하라고."

다께오는 주섬주섬 주워섬겼다.

"회사 이름이 동업직물이라던가, 하여튼 꽤 큰소리깨나 치는 사업체인 모양입니다."

자기 친척 회사가 대기업이라고 홍보라도 하는 모양새였다.

"조센진으로서 우리 대 일본국 상인과 상거래를 하는 걸로 봐서도 말입니다."

그러나 소와는 장사 따위에는 흥미가 없으니 네가 그렇게 자랑하는 그 친척 재산이 얼마나 되는지 그거나 말해 보라고 채근했다. 다께오가 한바탕 풀어놓으려 하는데 히라조시가 두꺼비눈을 데록데록 굴리며 또 끼어들었다.

"그것보다 말입니다, 그 고을 기생들이 아주 유명하다고 합니다."

소와의 게슴츠레하던 눈이 노랗게 번득였다. 눈에 황달기가 있는 사람 같았다. 그는 재산보다 그게 더 마음에 끌린다는 기색이었다.

"기생들이?"

히라조시는 거기 사무실 기둥처럼 **빳빳**한 자세로 대답했다.

"하이!"

소와는 보물섬 이야기를 들은 아이를 떠올리게 했다.

"가만, 그러고 보니 그 고장이 바로 논개라는 기생이 살았던 곳 아냐?"

정문을 통해 불어온 바람에 덜컹거리는 유리창이 소리를 내는 듯했다.

"논개!"

다께오와 히라조시는 불에 덴 것같이 동시에 크게 외쳤다. 소와가 의자를 박차고 벌떡 일어나더니 다께오에게 다가가면서 죄를 추궁하듯 큰 소리로 물었다.

"이것 봐, 다께오! 혹시 너 혼자만 그곳에 몰래 가서 재미 보고 온 것 아냐?"

그러자 다께오는 아까 소와가 오기 전에 히라조시에게 했던 말을 그대로 하였다.

"거기 조센진 놈들이 우리 일본 사람을 보면 그냥 있겠습니까?"

"하, 하긴 그렇겠지."

소와의 말꼬리가 밑으로 처졌다.

"당장 때려죽이려고 덤벼들 텐데, 조선 기생들이 아무리 아름답다고 해도 하나밖에 없는 목숨과 바꿀 수는 없잖습니까?"

"제 목숨을 여자와 바꿀 수는 없지."

"더욱이 거기 기생들은 논개를 닮아서 독종들일 텐데요."

"그 말은 맞는다."

그러나 소와는 이내 얼굴 가득 탐욕스러운 빛이 엿보였다.

"하지만 조금만 더 기다리면, 조센진 놈들 눈치 안 보고 우리가 하고 싶은 대로 할 수 있는 날이 반드시 올 것이다."

곧이어 히라조시 얼굴을 뚫어지게 바라보면서 킬킬댔다.

"그때가 되면 두꺼비 파리 잡아먹듯……."

다께오도 입을 반쯤 벌리고 바보같이 헤헤거렸다. 히라조시 낯짝이 대번에 벌겋게 달아올랐다.

"또 사람을 놀리십니까?"

"이것 봐라?"

소와가 눈에 흰자위를 드러내며 히라조시를 째려보았다.

"지금 건방지게 누구 앞에서 눈깔 딱 치뜨고 있는 게야? 빨랑 밑으로 못 깔겠어?"

히라조시는 죄도 없이 벌을 받는 사람이 따지듯 했다.

"제발 제 앞에서는 두꺼비가 어떠니 저떠니 하는 그런 소리는 하지 말아 달라고, 제가 술 사 드리고 담배 사 드리고 안 해 드린 게 있습니까?"

소와가 볼멘소리로 말했다.

"안 해 준 게 있지, 왜 없어."

"예?"

부하가 작성해 올린 결재서류를 앞에 놓고 들여다보면서 중얼거리듯이 말했다.

"생각을 해보면 금방 알 수 있을 텐데."

"모르겠습니다. 그게 뭡니까?"

그는 두꺼비 눈알이 튀어나올 것 같아 보였다.

"여자, 여자는 안 사 줬잖아?"

그러던 소와는 다께오 쪽을 힐끗 보더니만 입을 다물었다. 얼마 전에 히라조시만 빼놓고 그들 둘이서 살짝 기생집에 간 일이 있었던 것이다. 그들이 일본인이라는 사실을 알자 기생 하나는 몸이 아프다는 핑계를 내세워 방에서 나가려 했고, 그걸 막으려다가 한바탕 큰 소동을 일으키기도 했다.

물론 집안이 부유한 다께오가 모든 뒷돈을 댔었다. 그런데 친척이 조선 비단에까지 손을 댈 수 있을 정도로 다께오가 대단한 가문 출신인 줄은 몰랐다. 앞으로 써먹을 가치가 무한정으로 있는 놈이라고 계산하며 소와는 속으로 기뻐했다.

여하튼 이번에 동학당이 크게 말썽을 피우고 있는 그 고을이 예사로운 고장이 아니구나 싶었다. 그 유명한 논개가 살았고, 조센진 따위가 감히 대 일본국을 몰아내자는 난동을 부리고, 외국에 수출할 정도의 비단이 나고……

그렇지만 그곳에서 속속 올라오고 있는 보고를 보면 그냥 감탄만 하면서 앉아 있을 일이 결코 아니었다. 일본인들로서는 너무나 기가 차고 이해가 되지 않는 사건들이 하나둘이 아니었다. 대체 가당키나 한 짓거리들인가 말이다.

관아의 호장과 이방 등이 그곳 동학농민군들에게 모두 붙잡혀 갔고, 그들에 의해 병장기를 보관해 두는 군기고가 부서지고 무기를 탈취당했다. 심지어 총칼을 가진 폭도들은 관속官屬을 만나면 온갖 공갈 협박을 한다느니, 어디까지가 사실이고 어디까지가 거짓인지 도무지 모를 이야기들이, 쇠똥에 똥파리 떼 날아들 듯이 정신없이 날아들고 있었다.

그때 다께오가 다시 필기구로 기록을 하려다가 멈추고 소와에게 말했다.

"그런데 아무리 생각해 봐도 한 가지 알 수 없는 게 있습니다."

소와가 눈을 크게 떴다.

"무슨 소리야? 알 수 없다니?"

다께오가 같잖다는 투로 말했다.

"저들이 말하는 소위 농민군 지도자들이란 놈들 말입니다."

소와 얼굴이 금세 팍 일그러졌다. 그 험상궂기가 둘째가라면 서러워할 만했다.

"농민군 지도자?"

"하이!"

"그놈들이 왜?"

"학식도 갖추고 있는 데다, 도탄에 빠진 백성을 구하려는 의로운 뜻을 품은 자들이 많다고 하는데, 정말 그게 사실일까요?"

소와는 뚜벅뚜벅 발소리 나게 실내를 왔다 갔다 하며 말했다.

"사실이니 일단은 그대로 기록하도록 햇!"

"하이!"

대답은 했지만 다께오는 시답지 않아 하는 기색이었다. 소와가 덧붙였다.

"물론 일반 농민군으로 활동하고 있는 자들은, 대대로 가난한 농민이거나 신분이 낮은 놈들이 대부분이라고 볼 수 있어."

다께오는 이번에도 이해가 되지 않는다는 낯빛이었다.

"그리고 또 있습니다. 한 번 그 농민군이라는 것이 되면, 그자들은 별천지에 든 것처럼 여긴다는 겁니다."

소와가 딱 걸음을 멈추었다. 그러고는 취조하듯 물었다.

"그건 또 웬 말이야? 별천지라니."

얄밉게 히라조시가 다께오보다 먼저 대답했다.

"그래서 그자들은 귀가하여, 다시 가래와 호미를 드는 일이나 가정을 돌보는 일은 아주 내키지 않아 할 정도라고 합니다."

히라조시가 끼어들자 다께오도 질세라 입을 열었다.

"우리가 그간 수집한 자료에 의할 것 같으면, 예전부터 동학이란 것에 입도入道를 하고서도 겉으로 드러내지 못하고 있었던 자들까지, 이제는 동학당이 큰 힘을 쓰기 시작하니까, 모두 한꺼번에 들고일어나 서로 '접장接長'이라고 한다는 겁니다. 정말 방책이 서질 않을 노릇입니다."

복도를 지나는 발걸음 소리가 가까워졌다가 멀어졌다.

"접장이라."

소와는 그새 조각구름이 사라진 유리창 밖 높은 하늘을 올려다보면서 두 번 다시는 떠올리기 싫은 기억을 들추어내듯 찡그린 얼굴로 말했다.

"나도 그놈들을 본 적이 있다."

"예에?"

상관 앞에서 습관이 된 듯 과장되게 놀라는 빛을 보이는 부하들이었다.

"들어들 봐. 나중에 혹시 도움이 될 수도 있을지 모르니까."

그러더니 약간 질린 듯 경계하는 눈빛으로 말했다.

"염주를 목에다 걸고 부적을 붙이고 주문을 외우며, 총칼을 들고 떼 지어 진陣을 이룬 모습이 여간 아니었다고."

"아, 그런?"

그 모습을 그려보는 셋의 얼굴이 다 같이 불안하고 야릇했다.

"그러니 명색 이 나라 관리라는 것들도⋯⋯."

소와는 생각하면 할수록 화가 치미는 모양이었다.

"저 경상우병사 민호준처럼 동학당과 한패가 돼간다니까? 이거 정말 사람 미치고 팔짝 뛰겠구면!"

그는 두렵기도 하고 신기하기도 하다는 얼굴로 동학과 관련된 이야기들을 주절주절 늘어놓기 시작했다.

"동학에 입도하려면 하늘에 제사를 지내는데, 재물은 간단했어."

관심과 흥미에 찬 얼굴로 다께오가 물었다.

"어땠는데요?"

소와 답변이 간단했다.

"맑은 술과 물고기, 과일 등이 담긴 접시가 전부야."

히라조시가 조롱조로 나왔다.

"형편없는 재물이 아닙니까? 역시 조센진은 어쩔 수 없다니까요?"

"모르는 소리!"

소와가 고개를 가로저었다.

"동학당 놈들이 외우는 주문은, 강신주降神呪와 강령주降靈呪라나. 여하튼 간에 간단한 주문이고 강요하지도 않지만, 그 주문을 들으니 어쩐지 등골이 서늘해지더라고. 지금 와서 돌이켜 봐도 무슨 까닭이었던지 도통 모르겠어."

겁을 집어먹은 표정으로 히라조시가 물었다.

"강신주와 강령주가 무엇입니까?"

"나도 잘은 모르지."

하지만 부하들에게 깔보일까 봐 소와는 얼른 말했다.

"신이 내려오게 해 달라고 기도라든가 주문을 외는 게 강신주고, 신의 영이 인간 몸에 강림하게 해 달라고 비는 게 강령주 아닐까?"

유리창은 볕의 정도에 따라 투명해지기도 하고 탁해지기도 했다.

"그렇다면 결국 그게 그것 아닙니까?"

소와는 다께오 말은 무시한 채 자못 기이하다는 눈빛을 해 보였다.

"그것들이 하는 짓에 또 놀라운 게 있어."

다께오와 히라조시는 얼굴을 마주 보았다. 히라조시가 물었다.

"어떤 놀라운 짓을 하던데요?"

이번에는 발소리를 내지 않고 조심스럽게 걸음을 옮겨놓듯, 다시 그 안을 천천히 오가기 시작하며 소와가 대답했다.

"귀천과 노소에 상관없이 똑같이 인사를 주고받더군."

"예?"

"아, 똑같이 말입니까?"

"그으럼."

다께오와 히라조시가 알 수 없다는 표정을 지었다.

"조선만큼 귀천과 노소를 따지는 나라도 없지 않습니까?"

"맞습니다. 그런 것에 상관없이 인사를 주고받다니 놀랍기는 한 일입니다."

하지만 소와는 놀람에 앞서 공연히 부아와 질투부터 나는 모양이었다.

"그러니 사노비며 역졸, 무당, 백정 같은 비천한 자들이 서로 앞을 다퉈가며 동학당에 들어가려고 하는 거야."

"아, 그래서……."

다께오와 히라조시가 또 동시에 고개를 끄덕였다. 이번만은 가식이 아닌 듯싶었다.

"결국, 그 농민군이라는 것들은 대부분 동학당이 되고 있으니, 그게 큰 골칫거리야."

"아, 예."

"바로 그것이 문제라고, 문제."

"문제."

"빠가야로! 칙쇼!"

소와는 발로 의자를 걷어찼다.

풀잎에 손가락 베이다

이곳은 왕이나 고관대작이 거처하는 곳처럼 으리으리한 임배봉의 사랑방이다.

지금 그곳에는 동업직물 식솔들이 속속 모여들고 있었다. 처소 주변에 배치되어 두 눈을 노랗게 희번덕거리며 경비를 서고 있는 종들은, 상전들이 올 때마다 허리가 꺾어지도록 굽실거리며 맞이했다.

그자들은 그 집안의 하고많은 비복들 중에서도 배봉이 각별히 가려 뽑은, 그러니까 소위 사병私兵이라고 할 수 있었다. 그래서 하나같이 건장하고 완력도 세어 보였다. 얼핏 봐도 설단 남편 꺽돌이나 억호 심복 양득과 맞먹을 만했다.

이윽고 배봉은 방안 가득 모여 앉은 식구들을 둘러보면서 헛기침부터 했다.

"으~흠!"

여느 때 같으면 동업직물 최고급 비단으로 만든 네모진 큰 베개에 팔을 기댄 채로 화려한 보료에 비스듬히 앉아서, 노리끼리한 눈을 가느다랗게 뜨고서 한껏 여유와 위엄을 부릴 배봉이, 이날은 붉은 방석 위에 반듯이 자리한 품이 무언가에 쫓기는 모양새로 여간 심각해 보이지 않았다.

"싹 다 모인 기가? 빠진 사람 없제?"

배봉이 묻자 억호가 모두를 대표하여 좌우를 돌아보며 대답했다.

"예, 아부지. 안 온 사람 없심니더."

열두 폭 병풍을 배경삼고 앉은 배봉은 딱딱한 어조로 말했다.

"됐다, 그라모."

그는 한 번 더 식솔들의 얼굴을 찬찬히 훑어보기 시작했다. 그 표정이 자못 진지해 보였다. 간간이 안면 근육이 파르르 떨리기도 했다. 그러고 보니 요즈음 들어와서 손발이 자주 저리기도 한다는 그였다.

의원에게 알아본 바로는, 몸에 피가 잘 통하지 않는 데다가 지나치게 무리를 한다나 뭐라나? 배봉이 고 의원놈 모가지를 확 비틀어버리고 싶은 건, 그 무리라는 것이 사업 하나에만 국한되지 아니하고, 그 무어야, 한참 새파란 것들과 노닥거리기 위한 기생방 출입, 그게 더 결정적인 단서라는 말 때문이었다.

억호와 해랑, 동업과 재업이 서로 붙어 앉아 있고, 만호와 상녀 그리고 은실이도 가까이 자리했고, 혼자 따로 좀 떨어져 앉은 사람은 운산녀다.

"임자!"

배봉은 맨 먼저 운산녀에게 짜증 섞인 소리부터 툭 내던졌다.

"임자는 와 노상 그리 내하고 떨어져서 앉는 기요?"

"그거는 팽소 영감이 원하는 일 아이요?"

배봉 말이 채 떨어지기도 전에 기다렸다는 듯 곧장 되받아치는 운산녀 말에 가시가 잔뜩 돋았다. 식물 가시와 물고기 가시가 독하고 성가시다고 해도 사람 말 가시보다는 덜할 것이다. 아무튼 배봉이 한마디 더 했다.

"아, 남펀 곁에 가차이하모, 누가 잡아묵나 우짜나."

"식인종인가베, 잡아묵거로."

터럭만큼이라도 질세라 딱딱 말대꾸하는 운산녀였다.

"허, 사람이 좋은 말을 해도……."

배봉은 억지로 화를 삭이는 품새였다.

"똑 임자는 과부 가리방상하고, 내는 홀애비 축에 드는 거 안 겉은가 베?"

그러자 과부가 홀아비에게 한다는 소리였다.

"낯짝이 벌거지 기어댕기는 거매이로 상구 간질간질 해싸서 내사 여 더 몬 앉아 있것거마."

자식들이나 손자 손녀 보는 앞이라고 해서 고분고분 얌전빼고 듣고만 있을 운산녀가 아니다. 더구나 지금 그 자리에 있는 인간들 가운데서 그 녀의 피나 살이 싸라기눈 떨어진 만큼이라도 섞인 사람이 하나 없다. 아니, 솔직히 털어놓자면 남보다도 못한 것들이다. 그래, 차라리 남이라면 기대나 안 하지.

"에나 눈물나거로 지 각시 위해주는 척하네?"

운산녀의 끝없는 빈정거림에 배봉은 게를 먹다가 게다리에 입이 찔린 사람이 소리 지르듯 했다.

"머라꼬?"

운산녀 입에서는 배봉보다 더 신경질적이고 공격적인 소리가 나왔다.

"흥! 내사 과부지만서도, 영감이 우째서 홀애비요?"

언제나처럼 문갑 위에 장식용으로 놓여 있는 문방사우가 왠지 위태위 태해 보였다.

"홀애비 아이모?"

배봉의 반문에 운산녀는 일침을 가했다.

"기생방 가모, 빨간 년 파란 년 노란 년 줄줄이 있음시로."

그들이 이날 거기 모인 목적 따윈 개가 물고 가버린 것 같았다. 끝내 배봉 성깔이 폭발 직전에까지 이르렀다.

"저, 저런 싸가지하고는!"

운산녀 눈에 힘이 들어갔다.

"싸가지고 바가치고, 와 내가 틀린 이약했소?"

"아, 그래도야?"

배봉이 주먹으로 제 복장을 탕탕 쳤다. 그래도 운산녀는 거침없다. 단단히 작심을 하고 온 게 분명했다.

"자슥보담도 에린 기생년들 데꼬 논다꼬, 오데 세월 가는 줄이나 알까이?"

"할마이가 손자 손녀 앞에서 몬 하는 소리가 없다 아이가!"

"그리싸도 손자 손녀가 겁나는갑네?"

"하모, 겁이 난다, 와?"

한동안 그러다가 여편네하고 계속 말씨름 붙어봤댔자 나만 손해다 싶었는지 배봉은 조금 뒤로 물러서는 어투였다.

"지발하고 채통 좀 지키라쿤께?"

"내 손이 발이 되거로, 아이제, 손이 모돌띠리 닳아 없어질 때꺼정 싹싹 빌 낀께, 지발하고 영감이나 좀 그리하소."

그 말끝에 운산녀는 제 분을 이기지 못하겠는 듯 홀연 고함을 질렀다. 세상에 광녀가 따로 없었다.

"동네 사람들아! 내 말이 한군데라도 틀릿나 함 말해보소오!"

모두의 귀가 먹먹할 지경이었다.

"동네 사람들아, 모도 쌔이 여 와서……."

그대로 놔두었다간 완전 날밤을 거꾸로 샐 판국이다. 만호가 깔고 앉은 큰 방석이 좁을 만큼 거대한 엉덩짝을 들썩거리며 참견했다. 그 성깔에 참 오래도 참았다.

"시방 때가 우떤 땐고 모립니꺼?"

창이 아버지를 겨냥해서 날아갔다.

"우리를 와 이리 모이거로 했는고, 아부지가 불러놓고 하매 모도 잊아삐릿어예? 내 고마 나가까예?"

그러자 배봉 낯짝이 찌그러진 양철같이 팍 일그러지는 것을 본 억호가 서둘러 입을 열어 만호를 나무랐다. 아버지에게서 후한 점수를 딸 수 있는 절호의 기회를 놓칠 그가 아니었다. 그건 만호도 비등비등했다.

"니 시방 하는 소리가 그기 머꼬?"

부부에서 형제로 '패'가 돌아갔다. 만호가 대뜸 쏘아붙였다.

"와요?"

대갈통이 굵어질수록 명색 형 알기를 저 통싯간 똥 작대기보다도 우습게 아는 동생이다.

"그라모 아부지가 망녕(망령)이 드싯다, 그 말이가?"

억호가 다시 공격의 화살을 날렸지만 만호는 억호 말끝마다 방패를 앞세우고 계속 물고 늘어진다.

"요만치도 안 그런 내 이약을 그런 식으로 받아들이는 거 본께네, 성이 도로 아부지를 그리 생각하는 기 아이요?"

억호의 눈이 갈색 장식장 속에 세워져 있는 장검長劍으로 갔다.

"니 말 다했나?"

"아즉 남았소."

둘 다 한 치 양보도 없고 끝장낼 태세다. 부부도 그렇고, 형제도 그렇고, 모든 식솔들이 싸우려고 모인 성싶다. 그럼에도 지금까지 굴러온 집안이 참 대견스럽다. 그 힘은 물어볼 것도 없이 돈이다.

"이, 이 쌔끼가?"

"쌔끼라이? 내가 아부지 쌔끼지, 오데 니 쌔끼가?"

이제는 '성'이나 '새이'가 아니라 숫제 '니'다. 덩치가 더 커지니 나이고 서열이고 뭐고 눈에 보이지도 않는다.

분녀가 가마에서 떨어진 후유증으로 식물인간이 되어 무진 고생하다가 죽고 해랑이 새 형수 자리를 차지한 후로, 동업직물 후계자 무게중심은 억호에게 기울었다는 위기감과 분노에 사로잡혀 있는 만호였다.

"……."

만호는 갑자기 입을 꾹 다물고 먹잇감을 노리는 맹수처럼 해랑을 노려보았다. 방안 가득 살벌하기 그지없는 공기가 쏴 밀려들었다. 그는 야생 늑대가 으르렁거리듯 했다.

"내도 니가 씨부리는 새끼가 있는 몸인 기라. 그라고 내 마누래는 딸이라도 놓았지, 니 마누래라쿠는 저 여자는……."

그 순간, 배봉 입에서 호통이 터졌다.

"만호 이누움! 그기 성하고 행수 앞에서 할 소리가, 으잉?"

"아부지! 그거는……."

"내사 이대로는 몬 산다!"

화가 치밀 대로 치민 억호가 만호를 발로 걷어차기 위해 자리에서 벌떡 일어서려고 할 때였다. 해랑이 재빨리 손을 뻗어 그의 팔을 꽉 붙들며 배봉에게 말했다.

"괘안심니더, 아버님."

"머라?"

배봉뿐만 아니라 모두가 해랑의 얼굴을 바라보았다. 그녀의 얼굴은 너무나 담담해 보여서 보는 사람이 눈을 의심할 판이었다.

"사실이 안 그렇심니꺼?"

억양도 거의 느껴지지 않는 해랑의 그 말에 배봉은 무슨 소리냐는 식
으로 나왔다.

"사실이 그렇다이? 큰며눌악아, 니는 자존심도 없나?"

억호는 여전히 성을 삭이지 못하고 씩씩거렸다.

"동업이 아부지, 그냥 앉아 계시소."

그런 다음 해랑은 조용히 말했다. 얼핏 방에 보슬비가 내리는 느낌이
었다.

"시동상이 틀린 소리는 아이지예."

만호 몸이 움찔했다.

'한주먹도 몬 될 조게?'

시동상이란 말 한마디가 이상하게 그의 가슴 한복판을 콱 찔렀다. 그
것은 한없이 연약해 보이는 풀잎에 손가락을 베여 피를 흘릴 때 맛보는
황당함이나 오싹함과도 유사한 그런 감정이었다.

'관기 출신이라서 그런 것가. 아죽 나이도 올매 안 된 기 뺀들뺀들 닳
아묵은 차돌삐이 겉다 아이가.'

만호 마음이 달라지기 시작했다.

'저 눈초리도 함 봐라. 차가븐 기 남강 얼음장보담도 더하다.'

만호는 거짓말같이 해랑이 두려워지기 시작했다. 그건 전혀 예상치
못했던 실로 기이한 현상이 아닐 수 없었다. 오늘날까지 그의 마음에는,
한참 어렸던 시절의 대사지와 얼마 전의 새벼리 숲, 바로 그 두 곳에서
의 해랑이 그녀의 참모습으로 새겨져 왔었다. 그것 말고는 일종의 허상
에 더 가까워 보였다.

'해랑이가 아이고 옥지이.'

현실적으로는 비록 해랑이 자기 형수가 되긴 했지만, 그의 가슴 밑바
닥에는 해랑이라는 존재가 기분 내키는 대로 해도 아무 상관 없는 여자,

곧 옥진으로 남아 있었던 것이다.

'해나 시방꺼지 내가 저 여자를 잘못 알고 있은 기까?'

만호가 자신의 감정 기복에 놀라면서 내심 허둥거리느라 무어라 입을 열지 않자, 격해졌던 방 안 분위기는 저절로 사그라졌다. 무엇보다 지금 그 고을을 휩쓸고 있는 회오리바람이 그들에게는 더없이 급박하고 위험하여, 형제싸움에 계속 힘을 쏟을 여유나 겨를이 없다는 게 더 큰 원인이기도 했다.

"모도 내 이약 잘 들거라."

배봉도 그런 상황을 잘 알고 있기에 만호를 더 나무란다거나 집안 이야기는 하지 않고, 식솔들을 불러오게 한 바깥세상 이야기를 끄집어내기 시작했다.

"농민반란이 장난이 아인 기라."

저마다 똑같이 바짝 긴장하는 모습을 보였다. 그럴 때 보니 진짜 한가족 같았다. 꿀꺽 마른침 삼키는 소리도 났다. 거기 사랑방을 꾸미고 있는 온갖 장식품도 그 집 주인들처럼 일제히 숨을 죽이는 듯했다.

"땅강새이맹캐 땅만 파묵고 사는 무식하고 거친 저놈들이, 성꺼지 빼앗아갖고 벨벨 지랄 발광을 다하고 있다 아인가베. 후우."

배봉은 자꾸만 숨이 가빠오는지 손바닥으로 가슴팍을 여러 번이나 싹싹 문지르고 나서 말을 이었다.

"임술년에 농사꾼 그놈들이 하던 일이 시방도 눈에 서언하거마."

그의 눈에 붉은 비수 같은 핏발이 곤두섰고, 작금의 사태에 대해서 듣자 기가 꺾였는지 식솔들은 묵묵히 듣기만 했다.

"우리 집도 홀랑 불태와뺏다 아이가."

고대광실高臺廣室도 불씨 하나에 재가 된다는 것을 체득한 그였다.

"우리 식구들 모돌띠리 쥑일 끼라꼬 고것들이 우짜더노?"

그의 눈앞에 죽창, 몽둥이, 지겟작대기, 농기구 등속이 악령같이 어른거렸다.

"눈깔 빨개갖고 찾아댕기고 난리가 났더라."

지금 그곳은 그 방 주인 한 사람밖에 없는 것처럼 작은 기침 하나 들리지 않는 적막한 공간이었다. 저마다 벙어리가 돼버린 듯했다. 방문이 뇌옥의 문 같아 보였다.

"으으, 으으으."

오장육부가 뒤틀리는 성싶은 신음과 함께 배봉은 뿌득뿌득 이빨을 갈았다.

"내는 죽은 소긍복이 그눔 집구석에 가서 숨고……."

'내도 민치목이 집에 숨었소.'

듣고 있던 운산녀는 하마터면 그렇게 말할 뻔했다.

'요 방정맞은 주디가 낼로 쥑일 끼다.'

세상은 전혀 알지 못하지만 소긍복을 죽게 한 장본인은 운산녀 자신이 아닌가. 치목이 귀신도 모르게 감쪽같이 긍복을 살해한 덕분에, 지금까지는 아무 탈 없이 살아오고 있긴 해도, 언제 들통날지 모르는 실로 아슬아슬한 일인 것이다.

또한, 그녀가 치목과 목재상 하는 것을 냄새 맡은 배봉 부자들이다. 혹시 그게 완전히 드러나게 되면 긍복 사건도 다시 수면 위로 떠 오를 가능성도 다분히 있다. 불륜 관계에 있던 앞의 사내를, 역시 불륜 관계로 맺어진 뒤의 다른 사내를 시켜 죽이도록 한 살인 교사죄教唆罪는, 그 고을에서 발생한 최고 희대의 사건으로 두고두고 사람들 입방아에 오를 것이다.

운산녀가 그런 위험한 생각들을 굴리고 있을 때, 점박이 형제도 눈이 마주쳤지만 이내 둘 다 고개를 슬그머니 돌려버렸다. 당시 단골 기생집에 가서 질펀하게 돈을 뿌리던 기억이 되살아난 것이다.

"요분에도 그눔들이 우리를 노릴랑가 모린다."

참으로 무서운 경고장을 읽어 내리는 것 같은 배봉 목소리가 사뭇 흔들렸다.

"……."

아무도 입을 열지 않는다. 오동나무 장롱 문짝이 마치 살아 있는 생명체처럼 무슨 소리인가를 냈다가 조용해졌다.

"아이다."

배봉만 입이 달린 듯 혼자 이야기했다. 사람이 불안하고 초조하면 말수가 늘어난다더니 맞는 소리였다.

"모리는 기 아이고 안다. 그럴 끼다."

만호가 듣다가 더 못 듣겠던지 덩치 아깝게 몸을 떨며 말렸다.

"아부지! 인자 그런 말씀 고마하이소."

그러자 저마다 동의하는 빛을 띠었다. 그런 속에서 해랑이 어떤 작은 흔들림이나 떨림도 없이 차분하게 물었다.

"우째서 그리하까예, 아버님?"

배봉은 너무나 마음에 들지 않는다는 투로 대답했다.

"임술년 그때 당시하고 가리방상 안 하것나."

눈을 치뜨고 허공 어딘가를 잔뜩 노려보았다.

"저거들 딴에는, 몬된 탐관오리들하고 악덕부자들 처단한다쿠는, 돼도 안 한 엉터리 깃발을 내걸고 그라것제."

억호가 참으로 분하다는 듯 목청을 높였다.

"요 나라는 벱도 없고, 윤리도덕도 없는 깁니꺼?"

이번에도 모두 동조한다는 듯 억호에게로 얼굴을 돌렸다.

"농투산이들이 머신데 그리한다쿠는 기라예?"

억호는 싸움판에 나설 때면 언제나 그렇게 하듯, 오른쪽 눈 아래 박힌 점을 왼손등으로 쓰윽 문지르며 말을 계속했다.

"상감도 그리하모 안 될 낀데."

지금까지 아무 말이 없던 상녀가 별안간 매우 놀란 목소리로 말했다.

"바, 밖에 누, 누가 온 거 겉십니더!"

일순, 넓은 사랑방 가득 엄청난 긴장감이 차올랐다. 하나같이 얼굴들이 배추이파리처럼 새파랗게 질렸다. 망나니 칼 앞에서 목을 늘어뜨리고 있는 죄인들을 연상케 했다.

그래도 그중 제일 침착한 사람이 해랑이었다. 저 임술년에 농민군에게 당한 경험이 없는 동업과 재업, 은실도 조금 나은 편이었다.

"와? 와 그라노?"

만호가 여차하면 냅다 달아날 동작을 취하며 급히 상녀에게 물었다. 하지만 상녀가 입을 열기도 전에 방문 밖에서 먼저 목소리가 들려왔다.

"마님! 새마님!"

언네다.

'아, 언네가?'

해랑은 아찔했다. 웬일인지 언네가 다급하게 그녀를 부르고 있다. 소리의 주인공을 알자 배봉과 만호 얼굴에 엄청 노기가 퍼졌다.

"조, 조 요망한 것이 있나? 종년이 오데 와서 사람을 놀래거로 하는 기고, 으잉?"

배봉이 방문에 가려 보이지도 않는 언네를 향해 마구 호통을 쳤고, 만호도 곧바로 일어나서 달려나갈 것같이 하며 버럭 화를 터뜨렸다.

"간 떨어지는 줄 알았다, 요년아! 내 당장 저 늙은 년을……."

그러나 해랑도 그렇거니와 억호 역시 언네를 나무라는 빛이 없었다. 세상 모든 일이 다 그러하듯이 여기에도 이유가 있다. 언젠가 아버지와 동생 부부의 밀담을 엿듣고 그것을 고해바친 언네였기에, 억호는 언네에게 좋은 감정을 지니고 있었던 것이다.

"지가 나가보것심니더. 말씀들 더 나누시이소."

해랑이 자리에서 일어섰다. 비단 치맛자락 서걱거리는 소리가 왠지 모르게 아주 불길하고 불안한 느낌을 자아내었다. 그 순간에는 고운 화장 냄새도 풍기지 않는 듯했다. 억호가 걱정스러운 얼굴로 말했다.

"안 좋거나 급한 일이모, 쌔이 와서 이약하소."

"알았어예."

해랑은 방문을 열고 곧장 밖으로 나갔다.

"무신 일고?"

그렇게 물으면서 방문 밖 대청에 서 있는 언네를 보는 순간 해랑의 가슴이 철렁 무너져 내렸다.

어지간히 화급한 일이 아니면 그곳까지 와서 찾지는 않을 거라는 예상은 했었지만, 언네 얼굴은 꼭 저승사자를 만난 사람 같았다.

"와 그라노? 시방 아버님께 중요한 말씀 듣고 있는데……."

하지만 언네는 그 말은 아예 들은 척 만 척하고 손을 내밀어 다짜고짜 해랑의 팔부터 잡아끌었다. 아무도 없는 데 가서 얘기하자는 것 같았다.

"폴 빠지것다, 이 폴 놔라."

해랑은 언네 손아귀에 틀어 잡힌 팔을 겨우 뺐다. 언네는 나이가 무색하리만치 굉장한 악력을 가지고 있었다.

"오데꺼지 갈라쿠노?"

해랑이 물었으나 언네는 아무런 대꾸도 없이 그저 발걸음만 바삐 떼놓았다. 바람은 그녀 치맛자락 끝에서만 부는 듯했다.

"저리로 가이시더."

"그라까."

그들은 철통같이 처소를 지키고 있는 사병들 옆을 지나서 중문께로 갔다. 늙은 감나무가 파수꾼처럼 서 있는 곳이다. 감꽃이 한창일 때면 특히 집안 여종들이 감꽃을 줍기 위해 그 나무 아래로 몰려들어 시끌벅 적하기도 했다.

이윽고 걸음을 멈춘 언네는 시든 감잎 같은 얼굴을 들어 주변을 휘 살 펴보더니 흔들리는 목소리로 말했다.

"고년, 고년이 또 왔심더!"

대문 안에 거듭 세운 중문은 방음장치의 역할을 톡톡히 해내고 있었다.

"고년이라이? 누 말이고?"

해랑은 영문도 모르면서 심장부터 내려앉았다. 다리가 휘청거렸다. 언네는 정녕 무섭고 어이없다는 기색이었다.

"그란데 요분에는 집 안에꺼정 안 들왔심니꺼?"

해랑은 배봉에게 농민군 이야기를 들을 때보다 백 배는 더 놀랐다.

"머, 머라꼬? 집 안꺼정 들왔다꼬?"

누가 열고 들어오는 것처럼 중문이 덜컹거렸다. 아니면 안에 숨어 있 다가 달아나는 걸까. 감나무도 몸을 사리는 듯했다.

"예, 간디이가 배때지 밖으로 불거져 나온 년입니더."

그때쯤 해랑은 알았다. 고년이 누구인가를.

"그날 딱 잡았어야 하는 긴데."

언네는 아직도 뛰는 가슴을 주체하지 못하겠는 빛이었다. 그녀는 그 곳까지는 들릴 리가 없음에도 불구하고 사랑채 쪽을 훔쳐보며 목소리를 낮춰 말했다.

"그, 그래서 이리 달리온 깁니더, 마님."

"그거는 알것는데……."

해랑은 어지럼증이 나서 감나무 둥치에 손을 갖다 대고 가까스로 몸을 지탱했다. 언네도 식은땀이 솟는지 주름진 손으로 이마를 닦았다. 그러고는 여전히 숨 가쁜 모습으로 말했다.

"정지에서 아모 생각 없이 나오다가 헛간 쪽에 꼭 숨어 있는 고년을 보고 고마 기절할 뻔했심니더."

해랑은 도저히 믿을 수 없다는 얼굴로 물었다.

"증말 어멈이 바로 본 기가?"

"예, 확실히 봤심니더."

개보다도 집을 더 잘 지킨다는 거위들은 낮잠이라도 자는지 아무 데서도 소리가 없었다.

"해나 머를 잘몬 본 거는 아이것제?"

해랑이 재차 묻자 언네는 자신도 너무나 이해가 안 된다는 표정으로 말했다.

"고년이 날개 달린 짐승 겉으모 붕 날아 들왔다고 보것지만도, 이거는 에나 있을 수 없는 일 아입니꺼, 마님."

그 순간은 집채의 지붕 어디에도 새 한 마리 앉아 있지 않았다.

"있을 수 없는……."

그러면서 해랑은 감나무 둥치에 등짝을 붙이고 이마에 손을 갖다 댔다. 머리가 너무나도 어지럽고 가슴이 벌름거려 서 있기조차 힘들었다. 눈앞에서 수도 헤아릴 수 없을 정도의 굴렁쇠들이 뱅뱅 돌아가는 것 같았다.

'와? 머 땜새?'

대체 그 여자가 노리는 게 뭘까. 무슨 재주로 그 많은 비복들 눈을 용케 피해 안채까지 들어올 수 있었는지도 궁금했지만, 그보다도 발각되면 엄청난 처벌을 받을 게 불을 보듯 뻔한 일인데도 위험을 무릅쓰고 잠입했다는 사실이 더 마음에 걸렸다.

우리 집안과 무슨 관계가 있는 여자이기에, 어떤 비밀을 가졌기에 귀신도 상상하지 못할 이런 짓을? 목숨까지 담보로 할 결심을 하지 않고서야.

"어멈, 안 있나."

얼마나 지났을까, 해랑 입에서 누가 들어도 어이없을 소리가 나왔다.

"해나 농민군 첩자가 아이까?"

언네는 가는귀먹은 노파처럼 되물었다.

"예에? 머라꼬예? 농민군 첩자예?"

이즈음은 농민군이라는 말만 나와도 밥을 먹다가 숟가락을 내려놓거나 잠을 자다가 벌떡 일어난다는 소리가 있는데, 거기에다 어쩐지 으스스하고 비밀스러운 느낌이 드는 첩자라는 말까지 보태지니 기분이 아주 그랬다.

"하모."

심각한 상황에 처해지면 언제나 그렇듯 눈동자가 못처럼 딱 고정되는 해랑이었다.

"그기 무신 이약이라예?"

눈동자가 팽이같이 팽글팽글 돌아가는 언네였다.

'깍깍.'

조금 전까지 보이지 않던, 꽁지깃이 기다란 까치 두 마리가 그들 존재를 알리기 위한 듯 소리를 내며 감나무에 날아와 앉았다. 그 바람에 약간 흔들거리는 가지들이 이쪽으로 일제히 고개를 돌리는 것처럼 비쳤다.

"그런 기 좀 있다."

해랑은 언네를 붙들고 앉아 밤을 새워 이야기해봤자 아무런 소득이 없을 거라는 사실을 깨달았다. 그 여자는 달아난 지 이미 오래고, 더욱이 언네에게 들켰으니 당분간은 여기 다시 나타나지 못할 것이다.

"아버님 말씀 더 들어야 한께, 내는 도로 들가봐야것다."

그 말끝에 해랑이 지시했다.

"어멈은 일단 돌아가 기다리라."

"그라모 고년 일은예?"

여전히 잔뜩 신경이 쓰인다는 언네였다.

"그거는 난주 내하고 이약 더 하고……."

"예, 마님."

까치들이 해랑보다 먼저 배봉의 사랑채로 날아가 거기 지붕 위에 올라앉았다. 검은빛과 흰빛이 많은 몸에 약간 어우러진 군청색이 무척 인상적으로 보였다.

"그라모 쉰네는 가서 문단속 한분 더 해놓것심니더."

"알것다. 단디 해놔라."

돌아서서 종종걸음으로 안채로 내닫는 언네 뒷모습이 해랑 눈에는 꼭 작고 늙은 고양이 같았다. 해랑은 지난번에 언네가 말하다가 주춤하며 흐지부지 끝을 흐리던 그 소리를 떠올렸다.

"동업이 되련님의……."

골머리가 지끈거렸다.

'그뿐이 아이고, 그날 언네 하던 언동이 모도 요상시러벗다 아이가.'

해랑은 식구들이 모여 있는 곳을 향해 걸음을 옮기면서 고개를 가우뚱했다. 자꾸만 뭔가 심상찮다는 영감 비슷한 것이 발목을 휘어잡았다.

'언네는 내가 모리는 머신가를 알고 있는 거 겉다.'

해랑의 의심이 팔월 한가윗날 비봉산 능선 위로 떠오르는 보름달처럼 커져갔다.

'기시는 기 있는 기라. 그기 머시꼬?'

해랑은 그것에 대해서는 나중에 더 생각해 보기로 하고 곧 배봉의 방으로 다시 들어갔다. 그러고는 혹시 자신이 없는 사이에 무슨 다른 이야 기들이 있지 않았나 하고 분위기를 살펴보았다. 하지만 모든 것은 그녀가 방을 나가기 전과 별반 달라진 게 없어 보였다.

"머 땜새 그라던고?"

그래도 한 이부자리 쓴다고 그런지 남편인 억호가 제일 먼저 물었다. 해랑은 아무 일도 아니라는 듯 말하고 아까 앉았던 그 자리에 가서 앉았다.

"언네가 머를 잘몬 안 거 겉십니더."

"무신 일인고 안 묻소?"

억호는 해랑 얼굴에서 뭔가 비상한 빛을 읽었는지 한 번 더 물었다.

"들어본께 벨거도 아인데……."

해랑의 말이 끝나기도 전에 억호가 욱하는 성깔을 주체하지 못하고 소리쳤다.

"그란데 그랬다꼬?"

"언네 지 요량에는 상구 급한 일이라꼬 착각해갖고……."

해랑은 말끝을 얼버무렸다. 별것이 아니라 하면 그런가 보다 하고 그냥 대범하게 넘어갈 노릇이지, 명색 근동 최고 대갓집 장자라는 사람이 좀팽이 같다는 한심한 생각에 그녀는 한숨이 절로 나왔다.

"벨거 아이모 됐다."

그런 면에서는 아들보다 좀 더 나은 배봉이 혀를 차며 말했다.

"그런께네 몰상식하고 무식한 상것들이제. 우떤 기 앞이고 우떤 기 뒨고, 선후도 모림서 천둥벌거숭이맹캐 벌로 설치쌌는다 아인가베."

그러던 배봉은 제 출생 성분에 생각이 미쳤는지 얼른 다른 말을 했다.

"그보담도 내 이약을 잘 새기들어야 할 끼다."

해랑이 찬찬히 둘러보니 아까와는 차이가 있는 듯싶었다. 하나같이 여간 긴장하고 초조한 얼굴들이 아니다. 배봉은 갈수록 한층 흥분된 목소리로 나왔다.

"내 쪼꼼 전에 동업이 에미가 없을 때도 당부했지만서도, 요분 농민군 사태가 잠잠해질 때꺼지는 될 수 있는 한 바깥출입을 안 해야 하는 기라."

"예, 아버님."

점박이 형제는 기분이 나쁜지 입을 열지 않고 상녀만 말했다.

"꼭 해야 할 일이 생기모 아랫것들한테 시키라. 알것제?"

배봉은 재차 다짐받듯 했다. 그러자 이번에는 억호와 만호도 대답했다.

"예, 아부지."

해랑이 언네와 이야기를 나누고 있는 동안 할 말은 거의 다 한 모양이었다. 모두는 각자 자기 생각에만 빠져 있는 것처럼 비쳤다.

'무신 이약이 오간 기까?'

그러나 해랑은 그녀가 자리를 비운 중간에 시아버지가 식구들에게 했을 말을 굳이 알고 싶지 않았다. 솔직히 농민군이 그다지 무섭지 않았다. 저 임술년에 농민군을 이끌던 주모자가 비화의 먼 친척 아저씨뻘 되는 사람이었다는 선입견 때문인가. 또한, 지금은 배봉가의 맏며느리가 되어 근동 최고 갑부로 살지만, 그전까지는 해랑 자신의 신분도 농민들과 별 차이가 없었다는 계산도 그 바탕에 깔려 있을 것이다.

'저거는 또 무신 소리고?'

그런데 이어지는 이야기를 듣고 있자니 해랑은 홀연 신경이 바늘 끝같이 날카로워졌다. 화톳불을 담은 듯 얼굴이 벌게진 만호가 누군가를 때려눕힐 사람처럼 주먹을 휘두르며 하는 말이었다.

"저 '삼정三政의 난' 때 죽을 둥 살 둥 모리고 상구 설치쌌던 천필구의 아들 눔이 요분 농민반란에 앞장서고 있담서예?"

"하모, 얼이라쿠는 눔 아이가."

억호 얼굴 점이 파르르 떨리는 것 같았다.

"모도 기억들 하제? 와 지난분에 안석록인가 하는 그 환재이 그림 사로 갔을 적에, 감히 이 억호한테 겁도 없이 뎀비던 그 째끼 말이다."

해랑은 아무렇지 않은 척 잠자코 듣고 있었지만, 가슴속에서는 쉴 새 없이 세차게 방망이질을 하는 소리가 나고 등골이 칼날에 대인 듯 서늘했다.

비화가 운영하는 상촌나루터 나루터집에 함께 사는, 효원과 서로 좋아하는 얼이가 농민군이 되어 그렇게 큰 활동을 하다니. 그렇다면 이건 절대로 예사로운 일이 아니다. 그는 우리 집안이 비화 집안과 철천지원수라고 하는 사실 때문에 무슨 짓을 자행할지 모른다. 무엇보다 지금까지 동업직물이 범해 온 갖가지 악행에 온 고을 백성들이 이빨을 갈아대고 있는 터이니 그럴 수 있는 빌미도 한두 개가 아니다.

'아, 그거 땜새 모도 이리?'

해랑은 무소불위로 구는 식구들이 이렇게 긴장하고 두려워하는 까닭을 좀 더 분명하게 깨달을 수 있었다. 그러자 문득 비화를 향한 반감과 적개심이 위험한 불길과도 같이 확 치솟았다.

'비화는 얼이한테 우리 집안을 쳐부수라꼬 시킬랑가도 모린다.'

해랑은 갑자기 자신이 배봉 가문 사람이라는 사실이 뚜렷한 현실로 다가왔다. 또한, 동업직물에 대한 애착이 그렇게 커질 수가 없었다.

"임술년에 농민 눔들이 며칠간이나 반란을 계속했는고 기억납니꺼, 아부지."

억호 물음에 배봉은 치를 떨며 대답했다.

"엿새 동안이제."

배봉은 그 사건을 떠올릴수록 환장하겠다는 얼굴이었다.

330

"하! 그때만 생각하모 내 아까븐 살점이 다 똑똑 떨어져 나가는 거 매이다."

배봉이 또 말했다.

"아전이 셋이나 죽고, 집이 백 채도 더 넘거로 타뿟제."

"요분에는 올매나 오래가까예?"

만호가 묻자 배봉은 한층 몸서리를 쳤다.

"농민반란군이 수천 맹도 더 된다 안 쿠나."

모두 입속으로 곱씹었다.

"수천 맹……."

배봉이 애간장이 타는 목소리로 말했다.

"그러이 운제 진압될랑고 깜깜타. 아궁지 겉은 기라."

그런 소리를 뱉어내는 그의 입속이 검은 아궁이 같았다.

"설마 그리 오래야 가것심니꺼?"

만호 말에 배봉은 돼지같이 살찐 목을 가로저었다.

"설마가 사람 잡는다꼬, 뱅마절도사 민호준이꺼정 한통속이 됐은께, 영영 농민군 시상을 몬 벗어날랑가도 모리것다."

점박이 형제가 같은 소리를 내는 거위들처럼 한입으로 말했다.

"그라모 안 되지예."

그때 줄곧 어른들 이야기만 귀담아듣고 있던 동업이 처음으로 입을 열었다. 지금까지 그 자리에 없다가 이제 막 들어온 것 같았다.

"농민군이 머를 우찌할라쿠는지 알고 싶심니더."

그러자 재업도 고개를 끄덕이며 궁금하다는 빛이었다. 요새 들어서는 무엇이든지 형이 하는 그대로를 따라 하려는 재업이었다.

"그기 새 뒤집어 날라가는 소리매이로 참말로 우습도 안 하거마는."

배봉은 손자와 손녀를 번갈아 보았다.

"아즉 에린 너거들은 잘 모리것지만도……."

너무나 화가 나서 말을 하지 못하겠다는 표정을 짓고 있다가 그래도 해야겠다는 듯 다시 말을 이었다.

"임술년 그때 당시는 안 있나, 양반한테 수탈당하는 농민을 구하고, 잘몬된 조세제도를 뜯어곤치고, 머 그런 식이더이."

"그런 식."

"요분에는 그 정도가 아이라 에나 거창하데?"

그러더니 지역 이름을 연결하여 만든 무슨 사설 읊조리듯 했다.

"산청, 함양, 거창……."

"……."

식구들이 저마다 그런 배봉을 멀거니 바라보는데 동업이 진지한 목소리로 물었다.

"그보담도 더 거창하다모 우찌예, 할아부지?"

동업은 지금 그곳은 그가 다니는 서원이고 할아버지는 스승이기라도 한 것같이 했고, 그래선지 어른들도 가르침을 받는 원생들처럼 아무 말도 하지 않고 할아버지와 손자의 대화만 듣고 있었다.

"머 외세로부팀 나라를 건지고, 백성을 팬안커로 할 방도를 찾아야것고, 또 머라쿠더라? 에나 돼도 안 하는 것들이, 내 참 같잖고 애니꼽아서 말도 더 하기 싫다."

씨근거리는 배봉의 말끝을 해랑이 조심스럽게 받았다.

"아버님, 만약에 농민군이 공격해 오모, 시방 밖에서 지키고 있는 종들만 갖고 막을 수 있으까예?"

갈수록 이파리가 더 시들시들해지는 희귀종 난이 언제 내다 버려질지 불안해 보였다.

"그, 글씨."

배봉이 곤혹스러운 표정을 짓자 운산녀가 참으로 오랜만에 시어미 구실을 하자는 듯이 시아비 대신 말했다.

"내가 바깥에서 들은 소린데, 쪼꼼 전에 영감이 이약한 대로, 요분에는 조선 땅에서 딴 나라들을 몰아내자꼬 일으킨 봉기라쿤께, 임술년 때보담은 일반 개인 가정집은 손 안 댈 끼거마는."

누군가가 말했다.

"그라모 다행……."

운산녀 말에 나머지 식구들도 약간은 안도하는 기색이었다. 몸들도 조금씩 움직였고, 옆 사람과 무어라 얘기도 나누었다.

'운산녀가?'

해랑은 감회 어린 눈으로 운산녀를 훔쳐보았다. '시어미 미워서 개 옆구리 찬다'는 말도 있거니와, 남편한테서 꾸중을 듣는다든지 해서 기분이 나빠지면 만만하다고 보는지 그 화풀이를 해랑 자신에게 해대는 운산녀가 아니던가.

해랑은 갑자기 살갑게 대하는 그런 운산녀가 고맙고 반갑다기보다 되레 부담스럽고 경계심을 불러일으키는 대상으로 다가왔다. 어머니 동실댁 말이, 개털 석 달 열흘 아궁이에 넣어 놓아도 여우털 못 된다, 하는 거였다.

'또 무신 꿍꿍이가 있어갖고 저라는고? 암튼 조심해야것다.'

사실 운산녀가 방금 한 그 이야기는 민치목에게 들었던 소리였다. 굼벵이도 굴림 재주는 있다고 하듯이, 치목이 읍소하여 운산녀에게서 우려낸 자금으로 건설업을 시작한 맹쭐은, 그즈음에는 제법 목돈깨나 만지는 어엿한 사장으로 변신해 있었다. 그러니 맹쭐의 아비 된 입장에서 치목은 운산녀가 큰 은인으로 받아들여질 수밖에 없었다. 그리하여 그녀와 동업하는 목재업은 말할 것도 없고 모든 일에 신경을 쓰고 있는 상황이었다.

그뿐만이 아니라 사람에게 돈이 붙으면 그 나머지 것들은 저절로 따라붙는다더니, 이제 맹쭐 주변에는 밤골집에 가서 술주정이나 부리던 형편없는 건달패거리들보다, 제 딴에는 서권향書卷香이나 맡았노라고 큰기침하는 위인들도 서성거렸다. 어쨌든 그런 맹쭐이 개미가 과자부스러기 물어 나르듯 하는 덕에 치목도 세상 돌아가는 방향에 조금씩 눈뜨고 있었다.

"인자 내가 할라캔 이약은 모도 끝났은께, 다들 돌아갈라모 돌아가도 된다."

잠시 후에 배봉이 선심이라도 쓰듯 꺼낸 말이었다.

"할 소리가 더 있어도 심이 들어서 몬 하것다."

그러면서 피곤하다는 기색과 함께 손을 들어 나가 보란 시늉을 했다.

"예, 아부지."

"푹 쉬시이소, 아버님."

"할아부지, 우리 가예."

식솔들은 배봉에게 인사를 하고 각자의 처소로 흩어졌다. 근동 최고로 가는 그 대저택을 울리는 발걸음 소리가 무척이나 무겁고 어지럽게 들렸다.

"여보, 같이 갑시다."

억호는 안방까지 해랑을 뒤따라왔다. 그리고는 조금 전 배봉 방에서 물었던 말을 한 번 더 했다.

"언네가 와 그라던고?"

"삘거 아이라예."

해랑이 짐짓 무심한 듯 그렇게 대답했지만 억호는 계속해서 찰거머리처럼 물고 늘어졌다. 그에게도 무슨 영감 같은 게 있는 모양이었다.

"아까 전에 당신 표정 본께, 벨거 아인 기 아이던데?"

"아모 일도 아이라예."

똑같은 소리를 반복하다가 해랑은 문득 심경의 변화를 일으켰다. 한참 동안 망설였지만 아무래도 혼자만 마음에 담아 두기에는 너무 버겁다는 생각이 들었던 것이다. 뒷감당을 못 할 바에는 억호가 저렇게 캐고 물어올 때 이기지 못하는 척 털어놓는 게 더 상책일지도 모르겠다는 자각도 일었다.

"저, 저."

마침내 해랑은 억호 얼굴을 똑바로 쳐다보며 어렵사리 입을 열었다.

"실은 안 있어예, 언네가예."

반원형의 창에 어른거리는 나무 그림자가 엿듣고 있는 사람을 연상시켰다.

"언네가?"

그 방 온갖 수집품들이 이목을 집중하는 듯했다. 얼마 전부터는 그 취미에도 그만 싫증이 난 해랑이 더 모으지는 않고 있지만 모아 놓은 것들만 해도 근사한 가게를 하나 차릴 수 있을 정도는 너끈히 되었다.

"그런께네……."

"머라꼬?"

앞뒤 이야기를 듣는 억호 안색이 더할 나위 없이 창백했다. 여태 해랑이 보아오던 억호 얼굴과는 너무나 거리가 멀었다.

"그, 그런 이, 일이?"

"예, 그래갖고예."

그런데 대강 그 여자 이야기를 들려주던 해랑은, 갈수록 이건 정말 예사 사건이 아니구나 싶은 자각에 휩싸였다.

"머? 머?"

억호는 제정신이 아닌 듯했다.

"우, 우리 도, 동업이하고 다, 닮은 여, 여자라꼬?"

해랑 가슴도 덩달아 파도쳤다. 방이 난파선같이 느껴졌다.

"여보?"

그런데 해랑이 더욱 알 수 없는 것이, 억호가 보인 반응은 그게 끝이란 사실이었다. 무엇이 어찌 된 노릇인지 그는 곧 사람이 바뀌어, 이제는 그 자신이 별거 아니라고 크게 우기듯 하더니, 대낮부터 해랑 허리를 꺼안으려고 했다.

"당신은 우뗳는고 몰라도, 내는 장마당 아부지한테만 갔다 오모 숨 쉬는 것도 싫고 귀찮아져서……."

더 살고 싶지 않다는 건지, 기필코 살아야만 한다는 건지, 여러 가지로 헷갈리게 하는 모습이었다. 그 행동거지가 해랑은 너무나 어색하고 가식적으로 비쳤다. 해랑은 머리가 빠개지는 듯이 아팠다.

그렇다. 여기에는 분명히 무언가가 있다.

신무기, 장태

동학농민군 활약상에 대한 풍문은 날개 돋친 듯이 사방팔방 퍼져 나갔다. 연못가나 습지 등에 던져만 놓으면 저절로 뿌리가 나서 자라는 미나리 같았다.

사람들은 그 진위에는 별로 관심이 없었다. 그 대신 이야기를 들으면서 지금까지 쌓였던 울분과 한을 풀고 통쾌함을 맛보면 그만이었다. 그들이 어릴 적에 할머니 무릎을 베고 누워서 들었던 그 어떤 옛날이야기보다도 신기하고 재미있었다. 한마디로 이 풍진 세상 밥맛 솟고 살맛 나는 판이었다.

문제는, 직접 봉기에 가담한 얼이도 잘 알지 못하는 소문까지 나돈다는 사실이었다. 하긴 그 당시 세상은 난전亂廛처럼 너무나도 어수선한데다가 하루가 다르게 급변하는 실정인지라, 누구라도 무엇이든 명확하게 알 수 없다는 게 들어맞는 말이었다.

— 동헌에 들어가 옥문을 열어 억울한 죄수들을 풀어주었다.
— 장터는 동학농민군이 쳐놓은 장막들로 물결을 이루었다.

― 악덕부자와 부패관리들은 식솔들을 이끌고 깊은 산속으로 달아났다.

― 농민군 수천 명이 깃발을 들고 뿔피리를 불고 총을 쏘고 칼을 휘두르고 함성을 지르며 무법천지로 몰려다닌다.

그런데 무혈입성하여 사기충천한 동학농민군을 더 열광케 몰아가는 사건이 일어난 것은, 너우니에서 봉기한 지 열흘가량 지난 10월 중순의 어느 날이다. 얼이는 그날을 영원히 잊지 못할 것이다. 원채도 흥분을 감추지 못했다.

영호嶺湖 대접주 김배인이 동학군 1천여 명을 이끌고 그곳 성에 도착했던 것이다. 김배인. 그가 누구인가? 바로 저 하동부河東府를 점령하였던 그 인물이 아니던가. 그가 거느리는 동학군 활약상은 모든 동학군들에게 하나의 전설로 살아 숨 쉬고 있었다.

당시 하동부사로 있던 이연채는 전라도 동학군이 출동했다는 소식을 접하자 잔뜩 겁을 집어먹고 있다가, 원병을 청하기 위해 경상감사에게 간다고 거짓말을 하고서는 어디론가 도주해버렸다. 고향 칠곡으로 가서 숨었다는 설도 나돌았다.

민포군民砲軍 대장 김옥진도 전세가 점점 어려워지자 통영에 지원을 요청했지만, 기껏 대완포大碗砲 12문門만 거지 구걸하다시피 하여 얻어왔다. 당시 하동읍에는 읍성이 없었다. 그리하여 동학군에 대항할 병력과 대포는 하동 포구 팔십 리 섬진강 변과 뒷산 안장봉에 배치했으며, 약간의 병력은 해량 포구 일대에 포진시켰다.

이윽고 엄청난 동학군이 섬진강 서쪽 강가에 나타났다. 핏빛을 연상시키는 놀을 드리운 해가 서녘으로 기울고 있는 오후 무렵이었다. 공포에 질린 민포군은 무작정 북이며 징을 울렸다. 총포를 마구잡이로 쏴댔다. 산을 무너뜨리고 강이 갈라지게 하는 굉음이 그치지 않았다.

그러나 동학군은 전혀 그에 아랑곳하지 않고 소름 끼치도록 침착했다. 아이들의 전쟁놀이를 방불케 했다. 그들은 먼저 민포군 동태부터 아주 샅샅이 차분하게 살폈다. 이틀 후 아침 도강작전이 시작되었다.

주력부대는 하동읍 북서쪽 상류에 있는 저 섬진관 나루터를 건너서 만지등으로 건너갔다. 거긴 몹시 물살이 드센 곳이다. 그렇지만 여울목은 물 깊이가 얕아 강을 건너기 수월했다. 화심리와 두곡리 일대가 곧 동학군 손에 떨어졌다.

한편 일부 병력은 하동읍 뒤 해량 포구를 치기 위해 모래밭을 따라 내려갔다. 끝 간 데 없이 드넓은 모래톱. 그곳 모래는 대단히 질이 좋아 건축이나 토목공사에 큰 인기가 높았다. 그것은 한참 세월이 흐른 훗날에도 그랬다.

동학군의 도강작전은 물귀신이 혀를 내두를 판국이었다. 섬진관에서 큰 짚동을 밀고 그 뒤에 몸을 숨겨 강가 모래사장을 통해 해량 맞은편까지 내려온 것이다. 그러자 그곳에 있던 민포군은 얼마간 저항하다가 견디지 못하고 철수해버렸다.

김옥진은 병기를 갖춘 관군과 더불어 수천의 민병대를 거느리고 진지를 구축했는데 거기서 참으로 웃지 못할 일이 벌어졌다. 대완포를 다룰 수 있는 관군이 하나도 없었던 것이다. 실로 낭패가 아닐 수 없었다.

동학군은 접근해 왔다. 그때 아직 젊은 민병 하나가 앞으로 나오더니 대완포를 발사할 수 있다며 대완포 쪽으로 다가갔다. 모든 시선이 그에게로 쏠렸다. 과연 그가 대완포를 쏠 수 있을 것인가? 제발 그럴 수 있어야 할 터인데.

그 청년 민병은 막대기 끝에 기름을 묻혔다. 그런 다음 기름 묻힌 그 막대기를 대완구 구멍에 넣고 불을 붙였다. 하나같이 마른침을 삼켰다. 대포알이 튀어나왔다. 환호성이 쏟아졌다. 하지만 곧이어 나오는 탄식과 실망과 좌절의 소리들.

"어? 어?"

"아!"

"저, 저게······."

도대체 이게 웬일인가? 대포알은 섬진강 물속에 맥없이 픽 나가떨어지고 말았던 것이다. 민물과 바닷물이 섞여 있는 물이었다. 민물고기와 바닷고기가 한데 어울려서 지느러미를 맞대며 의좋게 놀고 있을지도 몰랐다.

관군과 민병들 진지는 그만 침묵에 싸였다. 죽음과도 같은 고요가 그들 머리 위에 검은 구름장처럼 드리웠다.

"와! 와아!"

"우, 우우."

동학군 쪽에서 기쁨의 함성이 터져 나왔다. 사실 대완구에 대해 굉장히 우려했었고 큰 두려움을 가졌었다. 하지만 그게 아무 위력도 없다는 게 밝혀졌다.

"공격 개시!"

동학군이 용기백배 총공격을 시작했다. 저항하던 민포군 대장 김옥진을 비롯하여 많은 병사들이 전사하고 읍내는 동학군 수중에 들어갔다. 바로 그 승리를 이끈 김배인이 성에 도착한 것이다.

"아자씨!"

얼이는 흥분한 얼굴로 원채에게 소리쳤다.

"성 둘레에 세운 저 오색 깃발 좀 보이소."

원채 눈이 다섯 색깔 깃발을 보았다. 몸을 숨겨 적을 치기 위해 성 위에 낮게 쌓은 성가퀴는 아름다운 의상으로 치장한 것 같아 보였다.

"바람에 나부끼는 모냥이 증말 멋있어예."

그 깃발들 위에서 빙빙 선회하고 있는 솔개를 올려다보며 원채가 말했다.

"그렇거마는."

얼이는 박수라도 치고픈 모습이었다.

"에나 깃발 날린다 아입니꺼?"

"하하, 그래."

그러면서 원채는 손을 번쩍 들어 성루 맨 앞쪽에 꽂힌 큰 깃대를 가리키며 역시 떨리는 목소리로 외쳤다.

"저 깃발이 젤 대단하다 아인가베."

눈을 빛내며 얼이가 물었다.

"우떤 거 말입니꺼?"

"저 젤 큰 깃대……."

얼이 눈길이 원채가 말하는 엄청나게 커다란 깃발을 향했다.

"붉은 바탕에 쓴 '보국안민輔國安民'이라쿠는 글자가 똑 살아 움직이는 거 겉거마는. 안 그런가?"

원채 음성이 살아 움직이는 것같이 느껴졌다.

"에나 그렇네예."

얼이 낯빛이 그 깃발 바탕색처럼 붉었다.

"똑 살아 움직이는 거 겉어예!"

원채 하는 말이 얼이 마음을 강하게 붙들었다.

"살아 움직인다쿠는 거는 좋은 기제."

얼이는 두 팔을 몸 양옆으로 쭉 뻗고는 위아래로 움직여 새가 날갯짓하는 것같이 했다.

"새들도 그냥 앉아 있는 거보담은 날고 있는 기 더 좋아 비인다 아입니꺼."

그렇게 얼이와 원채 등을 비롯한 모든 성내 사람들이 저마다 크나큰 감격과 환희에 흠뻑 젖어 있을 때였다. 북소리와 동라銅鑼소리가 귀를 울리는가 싶더니만, 온 고을을 진동시키는 대포소리가 연이어 터져 나왔다.

얼이는 창검으로 무장한 동학군이 즐비하게 도열해 있는 곳으로 고개를 돌렸다. 햇빛에 번득이는 창검이 실로 장엄했다. 읍민들은 새 세상이 왔다며 신바람이 나서 소리를 지르며 환호했다.

그들은 병마절도사 민호준이 김배인 대접주를 아주 정중하게 맞이하고 있는 것을 꿈꾸듯 몽롱한 눈빛으로 바라보았다. 그곳 최고 수성장守城將이 동학군 우두머리를 저렇게 대하는 날이 오리란 것을 신이라도 알았을까.

'아부지! 아부지! 비이십니꺼?'

얼이 두 뺨을 투명한 눈물방울이 타고 내렸다.

'드디어 우리 농민군 시상이 왔심니더. 농민군 시상 말입니더. 우리를 당할 군대는 아모 데도 없을 낍니더.'

얼이는 속으로 절규하고 빌었다.

'인자사 아부지 한을 풀어드리거로 됐심니더. 그러이 아부지, 지하에서라도 부대 팬키 눈 감으시이소.'

얼이는 똑똑히 들었다, 병사가 대접주에게 그 자신을 일컫는 말이었다.

"소접小接은……."

그랬다. 민 병사는 분명히 스스로를 '소접'이라고 했다.

그는 김 대접주와 한참이나 귀엣말을 주고받았다. 지금 무슨 말을 나누고 있는지는 모르겠지만 참으로 감격스러운 장면이 아닐 수 없었다. 그것은 현실이라기보다도 차라리 환상에 가까웠다.

그뿐만이 아니다. 김배인과 더불어 동학군을 이끈 옹규방에게는 심지어 이런 소리를 하여 더없이 주위를 놀라게 하였다.

"나라에서 동학을 믿는 도인道人을 죽인 것을 사죄하겠소."

누가 죄인인지 이제는 분명해졌다. 모두가 모든 것이 떠나가라 환호성을 질렀다. 떠난 그 자리에 새로운 것을 불러들이려는 백성의 소리였다.

"와~아!"

그야말로 동학군 세상이었다. 동학군 위세에 눌린 지역 관속들은 이미 멀리 달아나버려 공해公廨는 텅텅 비어 관아는 완전히 마비상태에 빠져버렸다. 성안에는 상민, 천인, 사노私奴 같은 하층 민중들이 마음껏 활보하였다. 믿기지 않는 현실을 맞아 그들은 구름 속의 흐릿한 달과도 같은 흐리멍덩한 정신으로 생각했다.

'천지개벽도 이 정도는 몬 될 끼라.'

그런데? 그로부터 불과 며칠도 지나지 않아서였다. 이게 무슨 허깨비 놀음 같은 소리인가? 청천벽력은 차라리 저리 가라 하는 사태가 벌어졌다. 바로 동학군이 연고지별로 분산 철수한다는 이야기가 흘러나온 것이다.

"아자씨! 이기 무신 소립니꺼, 예?"

얼이는 화로처럼 벌겋게 달아오른 얼굴로 원채에게 따지듯 물었다.

"와 성에서 나간다쿠는 깁니꺼?"

"음."

"임술년에도 농민군이 스스로 나간 바람에 관군한테 당했다 아입니꺼?"

그러자 시종 말없이 듣고만 있던 원채도 차마 대하기 힘들 정도로 어두운 표정을 지우지 못한 채 기어드는 목소리로 대답했다.

"너모 오랫동안 주둔하다 보모, 묵고 자는 것도 문제가 생기고……."

얼이는 단말마같이 외쳤다.

"그, 그런 기 오데 있어예?"

원채는 더욱 기운 없는 소리로 말했다.

"머보담도 민심을 생각 안 할 수도 없어서 그렇것제."

생기 잃은 그 음성은 원채의 그것이 아니었다. 얼이는 너무나도 억울하고 도저히 이해가 안 된다는 듯 울부짖었다. 말을 내뱉는 게 아니라 피를 토한다는 게 더 들어맞는 표현일 것이다.

"민심예?"

"음."

"민심이 우쨌어예?"

"얼이 총각."

원채가 입술을 질끈 깨물었다. 그러더니 힘겹게 입을 열었다.

"이거는 우리 백성들을 위한 봉기가 아이고, 동학군 자신들이 잘묵고 잘살라꼬 일으킨 반란이다, 해나 그런 오해를 받을까 싶어갖고……."

"텍도 안 되는 소리라예!"

얼이는 지난날 혁노보다 더 미치광이로 보였다.

"우리는 오즉 한 개밖에 없는 목심하고 바꿀 각오를 하고 얻어낸 승리가 아입니꺼? 몬 이기고 패배했으모 하매 없을 목심인 기라예!"

원채 목소리가 말린 시래기처럼 푸슬푸슬하고 건조했다.

"우짜것는가, 우리가."

얼이는 도무지 무슨 말과 어떤 행동을 해야 할지 모르는 사람 같았다. 두 눈에다 보기만 해도 섬뜩할 만치 벌건 불을 켜고 성난 맹수가 으르렁거리듯 했다.

그때 성곽 위에 위태롭게 걸린 하늘가에는 까마귀들이 유난히도 눈에 많이 띄었다. 크고 작은 흑점들이 허공을 까마득하게 채우고 있었다.

"그, 그렇다꼬?"

얼이 목소리는 울음 그 자체였다.

"후~우."

원채 한숨에 성이 무너지고 땅이 꺼질 듯했다. 그는 자위, 아니면 자포자기하듯 했다.

"암만캐도 웃자리에 있는 사람들이, 우리보담은 더 잘 알 끼 아이것는가."

얼이가 발악했다.

"웃자리예?"

성을 감돌아 흐르는 물소리가 홀연 커지는 느낌을 주었다. 얼이는 강위의 물새들이 소스라쳐 물속으로 곤두박질을 칠 만큼 큰 소리로 대들 듯했다.

"우엣사람들이 우리보담 머를 더 잘 알아예?"

"우짜것노."

그 말만 간신히 하고는 원채는 아예 두 눈을 감아버렸다. 그러고는 맹인 점쟁이가 점괘를 내보이듯 이랬다.

"우리는 시키는 대로 따를 수밖에 안 없는가베."

"……."

"안 그라모 맹넝불복죄……."

얼이는 더 입을 열지 않고 횅하니 밖으로 나가버렸다.

"어, 얼이."

원채는 얼른 눈을 뜨고 등 뒤에서 급히 부르려다가 그만두었다. 그는 얼이 심정을 누구보다도 잘 알았다. 아버지 천필구가 맞았던 비극과 똑같은 전철을 다시는 밟을 수 없는 게 얼이 아니겠는가?

'으, 이거는 아이다, 아이다. 아인 기라!'

아무리 생각해도 이해가 되지 않았다. 지도부 결정을 따를 수가 없었다. 아닌 것은 아니다. 하늘을 보고 땅이라고, 해를 보고 달이라고 우길 수 없는 것처럼. 천하없어도 농민군을 관군이라고 할 순 없는 것이다.

'이랄라꼬, 흐, 이랄라꼬?'

얼이는 맞은편에서 오는 사람들과 어깨가 부딪히는 줄도 모르고, 남강 벼랑 위에 길게 방어벽으로 만든 성가퀴를 따라 걷다가 한 곳에서 걸음을 멈추었다.

'아, 저거는?'

거기 장태(짚둥우리)가 놓여 있다. 얼이가 무척이나 신기해하는 것이다. 그것은 농민군이 관군과 전투를 치르면서 처음 개발한 신무기였다. 그런 사실 자체만으로도 그건 충분히 관심을 끌 만한 것이었다.

지난 4월 장성 황룡촌 전투에서 큰 위력을 발휘한 무기라고 밤골집에서 나광이 말했는데, 그 후 관군과의 여러 싸움에서도 대단한 역할을 했다고 들었다. 여간해선 믿어지지 않을 일이었다.

원래 대나무를 타원형의 커다란 항아리 모양으로 엮어 그 속에서 닭과 병아리를 키우던 장태가, 전쟁터에서 관군에게 그토록 위협적인 무기가 될 줄이야. 무엇이든 그 뜻을 이루고자 하는 사람 머리란 실로 무서운 것이었다.

그때 얼이 귀에 웬 전라도 말이 들렸다.

"워~매, 볼수록 신기하지라우!"

얼이는 소리 나는 쪽을 바라보았다.

"지금 저 장태에는 없지만서두, 진짜배기 날카로운 칼이 여러 개 콱콱 꽂혀 있는 장태도 있다닝개요."

아마도 대접주 김배인이 거느리고 온 호남 출신 동학군인 듯싶었다. 지금 이곳에는 그런 사람들이 꽤 많이 와 있다고 들었다. 어쩌면 말이

느린 저 충청도 출신들도 있을지 몰랐다.

"함 물어보이시더."

얼이는 가슴팍이 철판같이 두꺼운 그를 잠깐 보고 나서 다시 장태로 시선을 돌리며 물었다.

"화승총으로 무장한 관군한테 대항할라꼬, 저게 안에다가 볏짚이나 솜 겉은 거를 한거석 넣어갖고 총알을 막아냈담서예?"

그때 성곽 아래로 흐르는 남강 위를 총알처럼 날아가는 것은 물총새였다.

"아암, 그렇당게로?"

호남 동학군은 마침 자랑할 기회가 와서 무척이나 반갑다는 듯 퍽 흥분한 목소리가 되었다.

"들어보실라우?"

"예."

"내도 저런 장태로 안 싸웠것소잉."

"예?"

얼이는 놀라 다시 한번 그를 바라보았다.

"저런 장태로 싸와봤다꼬예?"

"암요."

호남 동학군은 신이 나서 말하기 시작했다.

"관군 놈들이 총을 쏴대면 장태 뒤에 딱 숨어갖고 총알을 피하고, 우리가 공격할 때는 장태를 굴려 총알을 막아내면서 안 있소잉, 앞으로 앞으로 전진했지라우."

"아, 그리?"

이야기를 듣는 얼이 몸도 자꾸 앞으로 나아가려고 했다.

"관군 놈들은 장태만 봤다 하면 안 있소잉."

그는 허겁지겁 도주하는 동작을 지어 보였다.

"모두 이렇게 달아나기 바빴어라우."

몸 빛깔 중에서도 산뜻한 청색이 가장 예쁘게 보이는 까치 몇 마리가 성가퀴에 올라앉아 사람이 고개를 끄덕이듯 긴 꼬리를 까딱까딱하고 있다. 그 성가퀴는 그렇게 높지는 않아도 외부로부터 침입하는 공성군을 방어하는 데는 굉장히 효과적인 담장이라고 했다.

"증말 장태가 대단한 무기네예."

얼이가 탄복하자 호남 농민군은 통쾌하다는 듯 말했다.

"그놈들이 저것 땜새 시껍 묵었던개비라."

얼이는 비록 말씨는 달라도 어쩐지 그가 마음에 들기 시작했다. 보다 친근감이 담긴 목소리로 나갔다.

"아까 장태에 칼도 꽂았다 캤는데, 그거는 와 그랬심니꺼?"

호남 동학군은 우람한 체구만큼이나 성질이 시원시원하고 솔직했다.

"내도 그런 장태로는 안 싸워봤당게."

그는 굵고 탄탄한 목을 한 번 돌리고 나서 이야기를 계속했다.

"딴 동학군한테서 들은 얘긴디, 산 위에 진을 치고 있다가 적이 산으로 올라오려고 하면 안 있소잉?"

"예."

"칼이 겁나게 꽂힌 장태를 막 아래로 굴렀던개비라."

"아!"

"그러니 어떡했것소잉?"

"그, 그렇네예."

얼이는 더욱 감탄했다. 아무래도 경상도 말에 익숙하지 못할 상대가 좀 더 잘 알아듣도록 최대한 한양 말씨와 가깝게 했다.

"몸에 칼이 꽂혀서 진짜 치명적인 타격을 안 입었것심니꺼."

"잘 보았구만이라."

촉석루 저쪽 초가집 사이사이로 보이는 기와집들이 햇빛을 퉁겨내면서 까맣게 반짝이고 있는 것을 바라보던 그가 말했다.

"기와지붕들이 참말로 보기 좋당게로!"

투박한 생김새와는 달리 제법 멋진 표현을 쓸 줄도 알았다.

"똑 검은 보석 안 겉소잉. 흑진주 말임시."

"여게가 진주는 맞심니더."

얼이도 그쪽을 보면서 말했다.

"집들이 다닥다닥 붙어 있는 기 상구 사이좋은 행재간매이로 정다버비이지예?"

어쩔 수 없이 또 지역 사투리가 튀어나오는 얼이었다. 그에게서도 그가 태어나고 자란 곳의 방언이 악의 없는 과장과 섞여 나왔다. 둘 다 그게 자연스러웠다.

"암만! 하도 그래서 눈물이 펑펑 솟아날라는구먼."

성을 지키는 해자垓子인 대사지가 있는 북장대 방향으로부터 바람이 씽 소리를 내며 불어왔다. 그 바람이 상쾌한지 가슴이 불룩해지도록 크게 심호흡을 하고 나서 호남 동학군이 말했다.

"내보다는 몇 살 밑으로 보이요잉."

"그런 거 겉심니더. 지는 아즉 아모것도 모리는 그런 나입니더."

얼이 말에 그는 그게 가당키나 한 말이냐고 고개를 내저었다.

"에이, 그리 에린 거는 아이고."

그러더니 통성명이나 하자고 했다.

"이름이 어찌 된당게?"

"예, 얼이라 쿱니더. 천얼이."

순간, 호남 동학군은 크게 놀란 듯 얼이 얼굴을 빤히 쳐다보았다.

"그, 그랑께 거기가!"

얼이는 어리둥절한 얼굴로 물었다.

"와 그랍니꺼?"

호남 동학군이 갑자기 얼이 손목을 덥석 잡아왔다.

"그러면 아버님이 천필구다, 그 소린디……."

"예."

얼이는 문득 '윙윙' 하는 지독한 귀울음을 느꼈다. 그가 재차 확인했다.

"그게 진짜라우?"

얼이는 손목을 잡힌 채 대답했다.

"예. 지 선친이 천 자, 필 자, 구 자, 그리 쓰시던 어른입니더."

그러자 호남 동학군은 몹시 감격에 겨운 목소리로 말했다.

"그, 그렇구마!"

성곽 저 밑에서 벼랑에 붙어 자라는 나무들 가지를 흔들고 성가퀴를 넘어온 강물 소리가 얼이 귀에 아물거렸다.

"그란데 지 선친을 우찌 아시는데예?"

얼이 말이 떨어지기 바쁘게 그는 큰일 날 소리 다 한다는 듯 말을 반복했다.

"알지라우. 알지라우."

강 저편 '배건너' 쪽 대숲이 일제히 한쪽으로 쏠리는 게 보였다. 일사불란하게 잘 훈련된 군대를 떠올리게 했다.

"어찌 그거를 모른대유."

호남 동학군은 이제 얼이 손목을 놓고 온몸을 안으며 말했다.

"우리나라에서 젤 먼저 농민 봉기가 일어난 곳이 이 고을인디……."

"맞심니더."

그의 말이 얼이 가슴을 새삼 후려쳤다. 농민 봉기 발상지.

"참말로 훌륭한 고장 아이것소잉."

그는 가쁜 숨을 몰아쉬었다.

"우리 농민군치고, 아니 진짜 농민군이라면 그때 당시 이 고장에서 그렇게 눈부신 맹활약을 하신 분을 모르면 안 되지라우."

그는 얼이 몸을 한층 깊게 껴안았다. 힘이 대단했다.

"반갑당게. 참말로 반갑당게."

이번에는 남강 쪽에서 강물 소리 대신에 물새 울음소리가 성 위에 나지막하게 쌓아 놓은 성가퀴를 타고 올라왔다.

"천필구, 그분 아드님을 내가 만날 줄 누가 알았것소잉."

호남 동학군은 죽은 천필구를 만난 사람 같았다. 농민군이라는 그 이름 하나가 이승과 저승의 경계선도 넘고 있었다.

얼이는 가만히 서 있기만 했다. 솔직히 가슴이 막혀 어떤 말도 할 수가 없었다. 대동강 수양버들 그림자가 낙동강 천 리를 간다더니, 여기서도 오래전에 원통하게 타계하신 아버지를 아는 사람을 만나 과분한 대우를 받다니.

두 사람이 얼마나 그렇게 장승처럼 서 있었을까? 잠시도 쉴 새가 없던 바람 소리도 물새 울음소리도 그 순간에는 침묵을 지켜주었다.

"인제 날 소개할 순서랑게."

이윽고 호남 동학군은 깊은 잠에서 깨난 듯한 얼굴이 되더니 제 이름을 말했다.

"나는 도금모라 하요."

얼이는 입 안으로 되뇌었다.

"도 금 모."

어쩐지 이름하고 사람하고가 썩 잘 어울린다는 생각이 들었다.

"여게 경상도 땅은 요번이 첨이지만서두 말임시."

"아, 예."

"저짝 전라도는 내가 구석구석지마다 안 돌아댕긴 데가 없당게."

"그만치 활동을 마이 하싯다쿠는 근거가 아이것심니꺼."

"활동 근거?"

얼이 말에 그는 멋쩍은 듯 씩 웃었다.

"그거는 그렇고……."

하더니 꼭꼭 감추어 둔 무슨 보배라도 꺼내듯 했다.

"그 노래 안 있소잉."

목소리가 여간 감격스럽지 않았다.

"이 걸이 저 걸이 갓 걸이 하는……."

"아, 그 노래!"

그 순간, 얼이는 또 한 번 경악하고 말았다. 농민군 지도자 유춘계가 지은 그 '언가'가 아닌가. 노랫말이 순수 우리말로 된, 아버지 천필구와 한화주를 비롯한 임술년 농민군들이 진군하면서 불렀던 그 노래다.

"그 노래 잘 아시는가 모르것소잉?"

그렇게 물었다가 도금모는 금방 번복했다.

"아니, 아니 잘 아시겠구만이라."

그의 말에 얼이는 자신도 모르게 흥분한 얼굴로 변했다.

"잘 알지예. 그냥 잘 아는 정도가 아이지예."

그렇게 반복해서 말해 놓고 얼이는 가슴이 뭉클했다. 지난 시월 초엿샛날 너우니에 모여 거기 성으로 진군하던 동학농민군이 목이 터지게 그 노래를 불러대던 광경이 되살아났다. 얼이가 털어놓았다.

"그 노래를 지은 유춘계 그 어른하고 친척이 되는 분하고, 시방 지가 같은 집에서 살고 있다 아입니꺼."

"허, 그러지라우?"

도금모의 짙은 눈썹이 꿈틀했다. 강단 있고 고집 있어 보이는 눈썹이었다.

"그분 존함이 어찌된당게?"

얼이가 대답했다.

"김비화라쿠는 분입니더."

도금모가 고개를 갸웃했다.

"김비화?"

얼이는 고개를 끄덕였다.

"예, 김비화."

"아, 그러면 남자가 아니고 여자다, 그 말인디……."

도금모가 바보 같은 표정을 짓자 더 순박해 보였다.

"예, 여자 맞심니더."

아주 멀리 북서쪽 하늘 저 높이 가물가물 보이는 것은 아마도 지리산 정상인 천왕봉일 것이다. 얼이가 언젠가는 반드시 가 보리라고 마음먹고 있는 민족의 영산靈山이다.

"하지만도 이 시상 우떤 남자도 몬 당할 여장부 아입니꺼."

배봉과 그의 점박이 자식들을 떠올리며 하는 얼이 말을 도금모가 되뇌었다.

"여장부라."

"예, 우뚝하지예. 최고 봉우리매이로예."

잠시 생각에 잠겼던 도금모가 말했다.

"그 노래를 지은 대단한 어른과 친척이라 그런개비여."

"맞심니더."

"한번 만나보고 싶은디?"

"운제라도 좋심니더."

푸른 하늘가에 하얀 새 두 마리가 의좋게 날고 있는 게 보였다. 어찌 보면 얼이가 어릴 적에 띄우고 놀았던 연鳶 같았다. 그리고…… 효원과 그 자신의 모습.

"내도 친누야맹캐 생각하고, 그분도 지를 친동상겉이 잘 대해 주신께, 지가 가서 말씀만 드리모……."

그런 말을 하고 있자니 갑자기 어머니 우정 댁과 효원뿐만 아니라 비화도 무척이나 보고 싶어지는 얼이였다. 그러자 한 뿌리에 줄줄이 달려 나오는 농작물처럼 덩달아 떠오르는 얼굴들. 동생 준서와 매형 재영, 원아 이모와 안 화공, 송이 엄마를 비롯한 나루터집 아주머니들. 또 있다. 밤골집의 밤골 댁과 한돌재 아저씨, 그리고 혁노.

'모도들 우찌 지내시는고?'

얼이가 마음속으로 그 그리운 얼굴들을 그려보고 있는데 도금모가 호기심 많은 아이같이 눈을 반짝이며 말했다.

"그 노래 한번 해 보소."

다람쥐 한 마리가 성가퀴 위에서 재주라도 부리듯이 쪼르르 달려가고 있었다. 아주 몸집이 작은 새끼여서 처음에는 쥐인 줄 알았다.

"나도 요번 참에 확실히 배워서 가야겠당게."

"아, 예에."

얼이는 '언가'를 부르기 시작했다. 도금모도 함께 따라 불렀다. 몇 번을 연달아 불렀는지 모른다. 이윽고 도금모가 말했다.

"인제 됐지라. 요 골통 속에 채곡채곡 다 집어넣었당게. 고맙소잉."

그러면서 투박한 주먹으로 제 머리통을 쿡쿡 쥐어박는 도금모 모습이 하도 우스워, 얼이 입가에 웃음기가 삐져나왔다.

"천얼이라 했제, 이름이."

도금모는 더없이 정다운 목소리로 얘기했다.

"내 마음에 딱 드요."

얼이 목소리도 눅진했다.

"내도 그렇심니더. 이리 만내서 에나 반갑네예."

그곳 성내 우물에서 막 길어 올린 우물물처럼 맑아지는 마음이었다. 효원과는 또 다른 정감이 느껴지는 그였다.

"이런 기 바로, 사람들은 잘 알지 못하는 인연인개비라."

"인연, 그런 거 겉심니더."

영남포정사로 통하는 길 위로 낙엽들이 굴러가고 있었다. 바람이 불어가는 방향을 알 수 있게 해 주는 광경이었다.

"덩치가 나보다 더 큰 사람이 흔치 않은디, 오늘 내가 임자 만났는개비여."

그때 옆에 서 있는 당단풍나무에서 또 잎사귀 하나가 떨어지고 있는 것을 무연히 바라보고 있는 얼이더러 말했다.

"아버지를 닮아서 기골이 그리 장대한갑소잉."

도금모는 계속 얼이 몸에서 눈을 떼지 않고 퍽 부럽다는 얼굴을 했다.

"그짝 분도 덩발이 장난이 아이네예."

얼이 말에 그는 손사래까지 쳐가며 부정했다.

"아이랑게? 내는……."

얼이는 그가 멋있게 펼쳤을 무용담을 떠올렸다.

"전라도 저짝에서 관군하고 왜눔들 시껍 한거석 멕였것심니더."

도금모는 사람 좋아 뵈는 미소를 씨익 지어 보이고 나서 어깨를 으쓱했다.

"잘 봤지라."

도금모는 큰 주먹으로 상대방 배를 한방 먹이는 동작을 취해 보이고 나서 말했다.

"그런데 나는 곧 이 성을 떠나야 할 몸인디, 이거 참말로 섭섭해서 어쩐당가."

"아, 예."

그 음성이 너무나 서글퍼서 얼이 가슴도 찡했다. 도금모는 이런 소리도 했다.

"나한테 말임시, 온 동리 총각들이 온갖 선물 공세를 함서 막 쫓아댕기는 이쁜 여동상이 하나 있는디, 어떻소잉? 한번 만나볼 의향은 없지라?"

일순, 얼이 눈에 눈물이 왈칵 치솟았다. 세상이 온통 뿌옇게 흐려 보였다. 하늘도 땅도 나무도 심지어 도금모마저 회색빛으로 바뀌었다.

'효원.'

내일 당장 어떻게 될지도 모를 농민군 활동을 하면서도 한순간도 잊어본 적이 없는 여인이다. 내 마음속의 연인. 남장을 한 모습이 왜 그리도 가슴팍을 아프게 쥐어뜯었는지. 남장을 한 자태가 오히려 더 예뻐 보였었다.

"어라?"

도금모가 눈을 크게 뜨며 물었다.

"갑자기 왜 그런디여?"

"……."

"눈에 먼지라도 들어간 모냥인디?"

도금모는 또 습관처럼 코를 훌쩍였다.

"어이구, 싸개라. 참말로 덩치 아깝구만이라. 하이고! 그렇다고 덩치가 산 같은 사나이가 울어쌌기는?"

도금모는 눈치가 빨랐다.

"헛! 헛!"

얼이가 제 여자 생각을 했다는 걸 알아챘는지 연신 헛기침을 해댔다.

"세상에 전쟁은 없어야 하는 기여."

목에 큰 가시가 걸린 것 같은 목소리였다. 그의 입에서는 얼이가 원채에게 들었던 것과 비슷한 말이 나왔다.

"밥이야 먹든 못 먹든, 옷이야 입든 못 입든, 망할 놈의 전쟁만 없으면 다 살아는 갈 수 있는디…….

얼이는 손등으로 눈물을 얼른 훔쳐내며 일부러 화제를 돌렸다.

"전라도 동학군을 막을라캔 민포대장 김옥진이 우떤 인물이지예?"

"민포대장 김옥진?"

도금모 낯빛이 금방 벌겋게 달아올랐다.

"한마디로 말임시, 화적하고 바꿔갖고 때려죽일 천하에 둘도 없는 나쁜 놈인디, 예전에 훈련원 주부主簿와 오위장五衛將을 지냈던개비라."

얼이로서는 훈련원 주부와 오위장이 어떤 벼슬인지 알 수가 없었다.

"우리 동학군을 박살내야 한다고 막 설치던 놈이랑게?"

도금모는 화를 억누르지 못해 씩씩거렸다. 강물도 분노를 느낀다는 듯 별안간 그 소리가 커지는 것 같았다.

"아, 우리 동학군을 말입니꺼?"

얼이 또한 자신도 모르게 두 주먹을 세게 꽉 거머쥐었다. 그런 놈이면 이 얼이가 먼저 박살내 버리고 싶었다.

"더 들어보랑게?"

도금모는 당장 무슨 일을 낼 사람 같은 기세였다.

"민포군을 출동시키서 말임시, 동학군과 그 가족들을 다른 곳으로 추방하고, 거기다가 집에 불까지 확 질러뿌린 불한당 같은 놈이지라."

"시상에, 그, 그런 눔이?"

서편 하늘가에 조금 아까까지 보이지 않던 큰 솔개 한 마리가 나타났다. 공중에서 원을 그려가면서 날고 있는 게 아무래도 심상치 않았다. 저러다가 놈은 어느 한순간에 미리 포착했던 먹잇감을 향해 창이나 화살처럼 밑으로 내리꽂힐 것이다.

"오데를 가도 그리 몬된 것들이 있는갑네예."

얼이 뇌리에 동업직물 인간들이 떠올랐다.

"이 고을에도 고런 인간 말종들이 쭉 줄을 서 있다 아입니꺼."

도금모가 거기 놓여 있는 장태를 가만히 매만지며 말했다.

"이게 무기로 안 쓰이고 달구새끼 키우는 원래 목적대로 쓰일 날이 빨리 와야 할 텐디, 어느 천년에 그리 될라나?"

얼이는 가슴이 막혀 듣기만 했다.

"하기야 나라 입장에서 보자면 말임시……."

도금모는 꽤 섬세한 면도 겸비한 사람으로 보였다. 어쩌면 시대가 그를 그렇게 만들었을 것이다.

"우리 동학군 요구 사항이 애시당초 애호박에 손톱도 안 들어갈 소리로 들릴 건 빤한 노릇인디……."

그러고 보니 스승 권학과 원채 아저씨도 유사한 말을 했다.

− 탐관오리와 양반의 횡포와 학대를 엄중 징계하라.

− 노비문서를 소각하라.

− 신분차별을 철폐하라.

− 과부개가를 허용하라.

− 토지균배분제를 실시하라.

그런 것들은 사실 엄청난 개혁조건들인지라 기득권을 가진 자들로선 결코 받아들일 수 없는 것일 수도 있었다. 두 계층 사이에 팬 골이 너무나 깊었다.

두 사람은 약속이나 한 것처럼 입들을 꾹 다물었다. 성가퀴 저 아래로부터 남강 물소리가 쉴 새 없이 올라오고 있었다. 어디선가 동학군과 민간인들이 한데 어울려 기쁨과 감격을 나누는 잔치판을 벌이고 있는지 노랫소리와 환호성이 끊임없이 들렸다.

그들은 전혀 내다보지 못하고 있었다. 그 남방 고을이 동학군 수중에 떨어지고 말았다는 장계를 받은 고종이 청국에 알려 원군을 요청하게 되었다. 그러자 청나라 군대는 군함을 제물포로 보내는 한편, 천진조약에 따라 일본에 군함 파견을 알리고, 일본은 일본대사관과 거류민을 보호한다는 허울 좋은 명목과 구실로 역시 그들 군함을 제물포에 급파하기 시작했다는 것이다.

얼마나 시간이 흘렀는지 모르겠다. 얼이는 도금모가 나직한 소리로 '언가'를 부르는 것을 보았다. 그러자 아까 떠올렸던 나루터집 식구들이 보고 싶어 미칠 것만 같았다. 날짜가 그다지 흐르지 않았는데도 그들과 떨어져 지낸 시간이 수십 년은 더 되는 성싶었다.

문득, 얼이는 견딜 수 없을 정도로 무서워지기 시작했다. 온몸이 학질에 걸리기라도 한 것처럼 후들후들 떨려오는 바람에 서 있는 것조차도 힘들었다. 두 번 다시는 어머니와 효원 그리고 나루터집 식구들 얼굴을 보지 못하고 이대로 영영 헤어지고 말 것 같은 초조하고 불길한 예감이, 날카로운 칼이 꽂힌 장태처럼 굴러오고 있었다.

조선 관군과 일본군

조정은 펄펄 끓는 가마솥을 백 개는 가져다 놓은 것 같은 분위기였다.

경상도 남서부 일대가 동학군에게 전부 점령되었다는 실로 놀라운 장계狀啓가 올라온 것이다. 그것은 저승사자가 보내온 살생부殺生簿와도 같은 것이었다.

"어쩌다가 이렇게까지?"

"이러고 있을 게 아니라⋯⋯."

조정 대신들은 긴급회의를 열었다.

"참으로 일이 화급하게 되었소이다. 무슨 방도가 없겠소?"

그 자리에서 이런 결론을 보았다.

"대구판관 지영석을 토포사討捕使로 차하差下하여 현지로 보냅시다."

토포사, 그것은 각 진영鎭營의 도둑을 잡는 일을 맡은 벼슬로 진영장이 겸직하기로 돼 있었다.

"좋아요. 우선 그렇게 한 연후에⋯⋯."

한편, 그보다도 앞서 부산 주재 일본영사관에서는 좀 더 정확한 실태를 알아보기 위하여 정찰대를 파견하였다. 그리하여 여기에는 동래 감리서監理署 주사 이 모李某와 순사 4명이 차출되었다. 영사관은 두 차례에 걸쳐 보고를 받는데, 조선 정부에 올라간 장계 그대로 동학군이 그 지역을 점령했음을 확인했다. 그들 영사관은 일본군 출병에 따르는 조선 지방관의 편의를 제공해주도록 하는 조치도 요청했다.

이곳은 일본군 남부병참감南部兵站監.

병참이란 군대의 전투력을 유지하고, 작전을 지원하기 위한 보급·정비·회수·교통·위생·건설 등의 기능을 총칭하는 말이다.

또한, 작전군과 병참 사이에 병참 업무 수행상 필요한 여러 설비를 베푼 교통선을 '병참선線'이라고 하고, 나라의 많은 영토가 징검다리 모양으로 띄엄띄엄 벌여 있어서 그것을 군사상으로 연락하기에 좋게 된 위치를 '병참적 위치'라고 하기도 한다.

그 병참의 감監인 그곳 건물 창문을 뒤흔드는 바람 끝이 날카롭고 시렸다. 구름도 달아나고 없는 하늘은 땅에서 아주 멀어져 있었다.

스즈기(鈴本) 대위와 엔다(遠田) 중위의 얼굴이 보였다.

"1개 중대와 2개 소대를 이끌고 배편으로 출동하라!"

"하이!"

"고성에 가면 조선 조정에서 내려보낸 토포사 지영석이 군대를 이끌고 거기 미리 와서 기다리고 있을 것이니 그들과 합류하도록!"

"하이!"

"지영석은 통영에서 포군砲軍 1백 명과 군관軍官 4명도 인계받았을 것이다."

"하이!"

스즈기 대위 등이 통솔하는 일본군과 토포사 지영석이 거느리는 관군이 함께 합친 것은, 단풍이 한창 물들어가는 11월 초순이었다.

"단풍 빛이 저렇게 노란 걸 보니, 단풍도 우리 대 일본국 군대를 퍽 두려워하고 있는 것 같스무니다. 하하."

"저 단풍잎은 붉은 걸 보니, 화가 난 듯하오."

"그게 무시기 소리요? 얼굴이 붉어질 만큼 열광하는 것이무니다."

"어쨌거나 단풍이 참 곱구려."

지영석과 스즈기 대위는 한바탕 뼈대 있는 너스레부터 늘어놓은 후에 어느 곳에다 진을 칠 것인가를 논의했다.

"진주 구해창舊海倉을 거쳐 곤양군으로 들어가 자리를 잡는 게 좋을 것이오."

지영석의 제안에 스즈기 대위가 물었다.

"굳이 그곳을 택하는 이유가 무엇이무니까?"

지영석이 갑각류 등딱지같이 딱딱한 얼굴로 대답했다.

"거긴 성곽이 있소이다."

"성곽이?"

꼬투리를 잡으려는 듯한 스즈기 대위의 반문이었다.

"왜요?"

"아, 그냥……."

스즈기 대위는 미심쩍다는 눈빛을 풀지 않았다. 나이는 얼마 안 되지만 늙은 여우처럼 여간 의심이 많은 인물이 아니었다. 그것을 뒤집어 보면 그만큼 그가 다른 사람을 많이 기만한다는 반증이 될 것이다.

"또한 진주, 하동, 사천, 덕산 등 동서남북으로 통하는 교통의 중심지이기도 하오. 그런 곳이라면……."

지영석의 그 말을 듣고서야 그자는 더 묻지 않았다.

"자, 진격합시다."

조선 관군과 일본군은 거친 군홧발 소리도 요란하게 곤양으로 입성入

城했다. 그날 밤 스즈기 대위와 엔다 중위가 늦은 시각에 토포사 지영석의 막사로 왔다.

"건의할 일이 있스무니다."

"무엇인지 말해 보시오."

지영석은 귀찮고 성가시다는 빛이었다.

"우리가 해창에서 붙잡아 온 동학 폭도들 말인데, 내일 낮에 군중들이 보는 앞에서 공개 처형하는 게 어떻겠스무니까?"

스즈기 대위 말을 들은 지영석의 얼굴이 굳어졌다. 그는 억지로 감정을 삭이며 선후를 핑계 삼듯 말했다.

"그게 그렇게 급한 일도 아닌데……."

"그러면 뭐가 더 급하단 말이무니까?"

그렇게 따지듯이 캐묻는 스즈기 대위 얼굴에도 마음에 들지 않아 하는 기색이 고스란히 내비쳤다. 그는 잔뜩 탐색하는 눈빛으로 지영석을 째려보듯 했다.

"혹시 같은 민족이라고?"

막사 천막이 광인의 옷자락처럼 제멋대로 펄럭거렸다. 밤이 깊어갈수록 바람이 거세지고 있었다.

"더욱이 관군과 일본군에 대한 민심이 나빠질 수도 있고……."

그래도 지영석이 계속해서 거부하는 태도로 나가자 급기야 엔다 중위가 버럭 화를 냈다.

"아, 토포사께서는 어찌 하나만 알고 둘은 모르는 말씀이무니까?"

지영석은 얼굴을 붉히며 말했다.

"왜 그리 화를 내고 야단이시오? 좋게 말해도 될 것을."

그러자 엔다 중위는 조선 조정으로부터 토포사 임명을 받은 지영석과 사이가 틀어져봤자 득이 될 게 없다고 약삭빠르게 판단했는지 조금은 낮아진 목소리로 말했다.

"그래야만 조선 백성들이 지레 겁을 집어먹고 다시는 그놈의 동학당 가까이 가지 못할 게 아니겠스무니까?"

스즈기 대위도 예의 그 미심쩍다는 눈빛을 계속 풀지 못하며 압박해 왔다.

"토포사가 조선 관리인지 동학 무리인지 모르겠스무니다?"

여차하면 흰 까마귀 검은 까마귀 다 절단내버리겠다는 위협 조였다.

"그건 또 무슨 소리요? 동학 무리라니?"

지영석이 노골적으로 굉장히 불쾌하다는 기색을 드러내 보였다. 천막 자락을 들치고 새 들어온 밤바람에 호롱불이 금방이라도 꺼질 듯 위태 위태하였다.

"아아, 그보다도……."

스즈기 대위가 지영석의 목을 더욱 옥죄었다.

"어떻게 하실 건지, 어서 그 대답을 듣고 싶스무니다."

이번에는 바람이 막사 밖으로 빠져나가는지 천막이 바깥쪽으로 들춰 지고 있었다.

"정말 끝까지 이러시면?"

숫제 눈알까지 부라리는 그들이었다. 지영석은 더 어쩔 수 없음을 깨 달았다. 그는 비록 동학군을 토벌하라는 왕명을 받고 왔지만 될 수 있는 한 동족의 피를 보고 싶지 않았다. 가능하면 그 여파가 심하지 않도록 조용하게 마무리 짓고자 했다. 하지만 자칫 동학군과 한패라는 오해를 살 소지도 다분히 있었다.

"알겠소이다."

마침내 지영석은 썩 내키지는 않는다는 투로 말했다.

"내일 낮에 동학군 접주 임석준을 처단키로 합시다."

막사 밖에서는 무슨 동물이 내는 것 같은 바람 소리가 한층 드세어지고 있었다. 자연은 사람보다 무엇을 감지하는 능력이 더 뛰어났는지도 모르겠다.

"그리고 또……."

엔다 중위는 그래도 여전히 믿을 수 없다는 듯 좀스럽게 나왔다.

"어디서 처형할 것인지 그 장소도 말해보시오."

근처 숲 어딘가에서 밤새가 울고 있었다. 쉬 잠들지 못하는 저 미물도 무엇을 알고 있는 걸까, 그런 쓰린 생각을 하며 지영석은 신음소리 비슷하게 곱씹었다.

"처형 장소."

엔다 중위는 칼날을 방불케 하는 날카로운 눈매로 지영석을 노려보았다.

"그렇스무니다. 이건 중요한 일이무니다."

지영석은 그때 하늘에 떠 있는 붉은 달처럼 벌게진 얼굴로 대답했다.

"사람들이 많이 모이는 장터를 염두에 두고 있소이다."

스즈기 대위가 어깨에 잔뜩 힘을 넣었다.

"강제로라도 군중을 많이 모이게 할 것도……."

엔다 중위가 그 말의 끝을 맺었다.

"잊어선 아니 되무니다. 알겠스무니까?"

스즈기 대위와 엔다 중위가 돌아간 후에도 지영석은 그 밤 내내 잠 한숨 이루지 못했다.

'허, 이 나라가 어쩌다가?'

어느새 조선 관군이 일본군 명령을 따라야만 하는 지휘체계로 돼버렸다는 사실이 실로 분하고 슬펐다. 어둠만큼이나 캄캄한 절망감이 그를 엄습했다.

'앞날, 앞날이 큰일이로고!'

그는 끝내 막사 밖으로 나왔다. 우물을 거꾸로 뒤엎어놓은 것 같은 밤하늘에서는 숱한 별들이 시퍼렇게 질린 얼굴로 떨고 있었다.

이튿날 정오 무렵이었다. 한낮이지만 바람이 쌀쌀맞았다.

성내 북쪽 장터에는 강제 동원된 백성들이 모여들어 너나없이 아주 불안한 빛을 떨치지 못하고 있었다. 당장 폭발할 것 같은 위기감마저 떠돌았다. 모두 소리 죽여 가며 말을 주고받았다.

"시상에 기경 시키줄 끼 없어서, 사람 쥑이는 거를 비이준다 글쿠는가?"

"요분이 첨은 아이다 아이가?"

"하기사 그전에도 큰 죄인은 공개 처행을 해온 나라가 이 나라 아인가베."

"목牧이 있는 진주 읍내장터하고 성 밖 그 너린 공터에서, 농민군하고 천주학 신자하고 그런 사람들도 오늘 할라쿠는 거매이로 처행했디제."

"운제나 요런 짓을 안 할랑고?"

"내 이약은, 우리가 왜눔들이 보는 앞에서, 같은 동족끼리 쥑이고 죽는 고 짓을 꼭 해야 하는가 그 말인 기라."

"억울타, 억울타, 참말로 억울타. 저 섬나라 오랑캐 눔들 더러븐 발바닥 밑에 조선 사람 시신이 굴리댕기야 하다이. 흐."

"쉬! 동학군이 끌려나오고 있다."

"아, 저, 저런? 내 몬 보것다."

홀연 군중들은 찬물을 끼얹힌 듯 조용해졌다. 접주 임석준과 동학군 17명이 결박당한 모습으로 나왔다. 그건 사람이 아니라 짐승을 꽁꽁 묶어 끌어내고 있는 듯한 양상이었다. 하나같이 지치고 초췌해 보였다. 하지만 죽음을 각오한 탓인지 담담한 표정들이었다.

'탕!'

'타~앙!'

사람 목숨이 그게 뭐 별것도 아니었다. 총성 한 방에 다 끝나버리는 게 그것이었다. 백성들은 눈을 질끈 감거나 고개를 돌렸다.

"아!"

총살당한 임석준은 효수되었다. 어찌나 억울했는지 잘려나간 머리통이 땅 위에서 여러 시간을 멈추지 않고 뛰었다 했다. 나머지 17명도 도살장 짐승처럼 학살되었다. 늦가을 하늘은 무섭게 푸르렀지만, 천벌을 내리지는 못했다.

그 소문은 곳곳으로 퍼져 나갔다. 접주가 되려면 적어도 50호戸 안팎의 도인道人을 거느려야만 했다. 그러니까 접주 한 사람이 머무는 지역에는 50호의 도인이 있다. 따라서 그런 접주의 죽음은 당연히 적잖은 파동을 불러올 수밖에 없었다. 많은 백성이 몸을 웅크렸다. 그러나 더 많은 백성이 주먹을 쥐었다.

"우우우……."

얼이는 눈에 보이는 것들에 머리통을 찢어가며 상한 짐승같이 막 울부짖었다. 그 소식은 겨우 조금씩 아물어 가는 상처를 덧내는 것처럼 얼이를 괴롭혔다. 큰 망나니 칼에 목이 뎅겅 달아나던 아버지 천필구의 마지막 모습이 아무리 지우려 해도 지워지지 않고 자꾸 눈에 어른거려 미쳐버릴 것만 같았다.

얼이는 관군과 일본군을 상대로 한 동학군의 첫 번째 전투가 막 벌어지려고 한다는 그 지역으로 곧장 달려가려고 했다. 그때 원채가 극비사항 하나를 알려주었다.

"우리 고을 쪽에서도 두 번째 전투를 치를라쿠는 계획을 세우고 있는 기라.”

얼이는 바늘이나 인두 끝에 찔린 듯 번쩍 정신이 났다.

“두 번째 전투.”

“그 싸움터에서 분을 풀모 되것제.”

원채는 어떤 경로를 통해서 듣게 되는지는 모르겠지만 동학군의 첫 번째 전투 상황을 얼이에게 전해주었다. 얼이가 느끼기에, 원채는 아마도 하동부에 잘 아는 어떤 사람이 있는 것 같았다. 그렇지만 그 사람이 누구인지 물어보지는 못했다. 지금 세상은 여간 조심하지 않으면 그 누가 목을 베어가는지도 모르게 죽어나는 형국이었다.

그리하여 어지간해서는 서로 알아도 그냥 모르는 척하는 것이 목숨을 부지하는 데는 최고 상책이었다. 입 한 번 잘못 벙긋 놀리면 염라대왕 얼굴 구경하기 십상이었다. 그런 극한 분위기 속에서도 그렇게 이야기를 해 주는 이유를 원채는 이렇게 말했다.

“얼이 총각은 아즉 전투 갱험이 없으이, 내가 걱정이 돼서 이리쌌는 기라.”

“아자씨.”

얼이는 원채 얼굴에서 진심으로 자신을 위해주는 빛을 읽어내고 가슴이 뭉클했다. 원채는 얼이가 자존심이 상할까 봐 이런 말도 덧붙였다.

“물론 지난분에 동학농민군이 여게 성을 함락시킬 때 얼이 총각도 함께했지만도, 솔직히 그때는 말 그대로 피 한 방울 안 흘리고 끝낸 무핼입성 아인가베.”

“무핼입성.”

“죽창이나 몽디이 한 분 안 휘두르고 화살 한 개 안 쏘고 이긴 쌈이었제. 그렇기 땜새 그거는 전투라기보담도…….”

얼이는 고개를 숙여 보이며 시인했다.

"잘 압니더, 아자씨."

원채 얼굴이 긴장감에 휩싸였다.

"하지만도 시방부텀은 그기 아이거마는."

얼이는 택견 수련할 때처럼 단전에 힘을 주면서 입술을 질끈 깨물었다.

"각오 단디 하것심니더."

원채는 고개를 끄덕이고 나서 한층 심각한 말투가 되었다. 그것은 얼이가 일찍이 들었던 그 어떤 말보다도 무서운 것이었다.

"더욱이 조선 관군뿐만 아이고, 저 교활하고 잔혹한 일본군들하고도 상대해야 하는 전툰 기라."

얼이는 사뭇 떨리는 목소리로 되뇌었다.

"일본군하고도……."

원채는 역전歷戰의 용사다운 모습을 보였다.

"청군이나 미군이나 일본군이나 다 똑겉은 외국 군대 아인가베."

갈수록 그의 음성은 말하는 내용과는 다르게 경사 완만한 능선처럼 큰 굴곡이 전해지지 않고 잔잔해지고 있었다.

"그러이 내 말 잘 새기들었다가, 난주 싸울 적에 써묵어야 하네."

"고맙심니더. 새기듣것심니더."

얼이는 또다시 저절로 고개가 숙여졌다. 막강한 미군과의 전투 경험이 많은 원채가 얼이 눈에는 거대하게 굽이치는 산맥과도 같았다. 백전 노장다운 면모가 엿보였다. 솔직하게 말해서 그가 없으면 어떻게 싸울지 막막한 심정이었다.

"시방 접주 여협장이 이끄는 우리 동학군은, 일본군의 하동 진출을 막을라꼬……."

원채 이야기 내용이 달라지기 시작했다.

"진다리(辰橋진교)에서 서쪽으로 한 십 리가량 떨어져 있는 안심리하고 고하리 일대에 진을 치고 있다쿠는 기라.”

얼이는 농민군의 주 무기인 죽창과 몽둥이, 쇠스랑 등의 농기구를 떠올리며 물었다.

“우리 동학군은 우떤 무기로 싸우고 있다는데예?”

원채 안색이 구름장 덮이는 산마루같이 어두워졌다.

“일연장 이재주, 라쿠는 말이 있제.”

“일연장 이재주.”

원채가 그 의미를 설명했다.

“일꾼이 일을 잘할라모 재조도 재조지만도, 그보담도 먼첨 연장이 좋아야 한다쿠는 소리 아인가베.”

“예에.”

얼이 머릿속에 문대 아버지 서봉우 도목수가 생각났다. 그 분야에서는 그가 우리 고을 최고라고 들어왔다. 개성 있게 지은 그의 사랑채에서 민치목에 대한 이야기를 주고받던 기억도 아직 또렷이 남아 있다.

“전투도 가리방상하제.”

조선 전통무예 택견으로 다져진 원채 몸에서는 상대를 위압하는 기운이 느껴졌다.

“전투, 전투.”

얼이 뇌리에서 서 목수는 사라지고 관군과 일본군이 대신 자리 잡았다. 그리고 더 크게 압박하는 게 일본군이었다.

“무기가 좋아야 하는데 동학군한테는 화승총 몇 자루하고 활하고 돌이 전부다 안 쿠나.”

“우짤니꺼?”

“도치하고 괭이, 삽자루 겉은 거도 있것지만…….”

그러자 지난날 아버지 천필구가 손에 들고 있던 죽창과 몽둥이가 떠오르면서 얼이 가슴 한복판이 찌르르 했다.

"싸울 때는 나팔하고 징하고 북도 동원되는 거 겉던데예?"

얼이 물음에 원채가 웃으며 대답했다.

"그런 거는 실제 무기로는 하나도 몬 쓰고, 그 대신에 아군 사기를 높인다거나 적군한테 겁을 멕이는 역할은 하거마는."

그러던 원채는 이렇게 덧붙였다.

"하기사 실제 싸움터에서는 그런 거도 상구 중요하기는 하데. 최고로 필요한 것은 증신 자세가 되것지만도."

"식량도 엄청시리 중요하것지예?"

"군량미 비축은 필수적이제."

그러니 농사꾼을 잘 모셔야지, 하고 생각하는 얼이었다.

"사람이 묵어야 싸우든가 말든가 안 하것는가베."

"맞심니더. 암만 멤이 있어도 기운이 없으모 안 되지예."

얼이와 원채가 그런저런 이야기들을 주고받고 있을 때, 대접주 손석은의 명령이 하달되었다. 일본군 출동에 대비하여 만반의 준비를 갖추라는 긴박한 지시였다.

"각오는 돼 있것제?"

"예, 아자씨."

"다 잘될 기라 보거마."

그들은 남강 쪽 상평上坪으로 배치되었다. 어둠이 불안한 그림자를 이끄는 밤이 지나고 새벽이 빛의 씨앗을 안고 희끄무레하게 밝아오기 시작했다.

그즈음 하동 진다리의 안심리 뒷산인 금오산 줄기의 봉우리 시루봉에서는 치열한 전투가 벌어지고 있었다.

악전고투하는 동학군 모습은 실로 장렬하고 눈물겨웠다. 시루봉에다 굉장히 힘들여가며 운반한 돌로써 성을 쌓았다. 나팔과 징과 북을 울리고 깃발을 날렸다. 그리하여 몇십 리 바깥에서도 보고 들을 수 있는 장관을 이루었다.

약 2백 명 가까운 동학군은 바싹 긴장한 채 산 아래를 내려다보았다. 저 밑에서는 관군과 일본군이 너무 얄미우리만치 서서히 접근해 오는 중이었다. 군관 신회철과 정식인이 이끄는 관군과, 스즈기 대위와 엔다 중위가 통솔하는 일본군이었다.

공격대는 그야말로 개미 한 마리 빠져나갈 수 없을 정도로 거기 산을 완전히 포위했다. 그러고는 세 곳에서 일제히 공격을 감행해왔다. 수비대는 죽기로 맞서 싸웠다. 하지만 시간이 갈수록 역부족이었다. 신식무기로 무장한 일본군은 무서운 적이었다.

"참으로 원통한 소식이네, 얼이 총각."

원채 말에 얼이는 가슴이 철렁 내려앉았다.

"한나절 만에 동학군은 무너지고, 고전면 배들이 쪽으로 도주했다 안 쿠는가베."

"아, 우짭니꺼?"

얼이 얼굴은 상심과 분노로 가득 찼다. 왜놈들에게 패하고 말았다니. 쉽게 이길 수 있는 전투는 아니라고 보았지만 그래도 막상 패전 소식을 들으니 눈앞이 캄캄했다.

"죽은 자도 있고, 생포된 자도 있고……."

원채도 땅을 칠 것같이 했다. 얼이 눈에서도 피눈물이 쏟아질 듯했다.

"이랄 수가?"

그러나 그런 감상적인 순간들은 오래가지 못했다. 전쟁터는 한가한 눈물을 허용치 않는 곳이었다. 추상같은 전투 명령이 떨어졌다.

남강을 건너오는 일본군을 총공격하라!

드디어 일본군을 상대로 맞서는 얼이의 첫 전투가 시작되려는 극한 상황이었다. 태어나서 최초로 겪는 전쟁은 말로 나타낼 수 없는 두렵고 무서운 경험이었다.

얼이는 다른 동학군들과 함께 숨을 죽이고 일본군이 건너오기로 돼 있다는 상평의 강 이쪽 나무숲 그늘 속에 매복했다. 그 얼이 옆에는 원채가 꼭 그림자나 방패처럼 붙어 있었다. 얼이 귀에 동학군이 낮은 소리로 주고받는 말들이 들렸다.

"왜눔들이 이리로 강을 건너온다쿠는 정보가 확실한 기까?"

"하모. 우리 동학군 정보통은 요만치도 어김이 없다 아인가베."

"오데서 요것들이 겁도 없이?"

"이 쪽바리 눔들, 쌔이 와라. 대갈통에 바람구녕을 내줄 낀께."

"저승에 보내도 성한 몸으로는 안 보내줄란다."

그곳 성을 중심으로 하여 주력부대는 북서쪽에, 나머지 부대는 동쪽과 서쪽에 걸쳐 각각 배치돼 있었다. 그것은 작전상 아주 뛰어난 배치라고 했다.

얼이는 때때로 그의 등을 쓰다듬어 주는 원채의 따스하고 믿음직한 손길을 느꼈다. 그럴 때마다 눈에서는 눈물이 왈칵 쏟아지려 했다. 원채는 얼이에게만 들리게 살짝 이런 말도 했다.

"효원이 처녀를 생각해서라도 꼭 살아야 하는 기라. 알것제, 얼이 총각?"

얼이는 말없이 고개만 끄덕였다. 솔직히 너무 긴장한 탓에 제대로 입이 떨어지지 않았다. 팔다리며 턱이 함부로 덜덜 떨렸고, 간은 콩알만 해져서 붙어 있는 것 같지도 않았다. 딴에는 간담이 크다고 자부해 왔었는데 막상 실전에 배치되니 그게 모두 허풍이었구나 싶었다.

음력 시월 초순이 다 흘러가고 중순으로 접어든 지도 꽤 지난 무렵이었다. 남강 바람이 이렇게 차고 세찬 줄 예전엔 몰랐다. 어쩌면 얼이 마음속에서 불어 닥치는 바람일 것이다. 시도 때도 없이 불청객이 되어 찾아드는 바람이었다.

그때다. 갑자기 차가운 강물 한가운데쯤에서 '첨벙' 하는 소리가 크게 들렸다. 그 순간, 매복 중인 동학군들이 너나없이 깜짝 놀라 소리 나는 쪽을 바라보았다.

"얼이 총각! 겁 묵지 마라."

원채의 급한 목소리가 나왔다.

"왜눔들이 아인께네."

"예……."

얼이는 온몸이 떨려 '예'라는 소리도 간신히 했다. 지금 내 머리와 팔다리가 제대로 붙어 있는지조차 모르겠는 그였다.

"물괴기가 물 밖으로 튀어올랐다가 도로 내리간 기라."

원채가 침착한 목소리로 일러주었다. 냉혈한 같았다.

"후~우."

얼이 입술 사이로 긴 안도의 숨소리가 저절로 흘러나왔다. 그건 다른 동학군들도 다르지 않았다. 원채 한 사람만 예외였다.

'사람이 아인 기라, 사람이. 우짜모 저리?'

얼이는 나도 어서 원채 아저씨같이 되어야겠다고 굳게 다짐했다. 그러기 위해서는 우선 곧 벌어질 전투부터 잘 치러야 한다고 입술을 질끈 깨물었다. 실전을 쌓다 보면 나도 용병이 될 것이라고 자신을 다독거렸다.

그러나 아무리 마음을 독하게 다잡아도 도무지 눈앞에서 사라지지 않고 어른거리는 게 어머니 우정 댁과 효원의 모습이었다. 혹시라도 내가 여기서 죽는다면 그들은 어떻게 될 것인가? 그러자 가슴 한쪽 구석에서 불쑥 고개를 치켜드는 게 있었다. 그 시커먼 물체는 악마의 유혹처럼 속삭였다.

'달아나라. 여기서 빨리 도망쳐버리란 말이다! 네가 살아야 네 어머니도 효원이도 살 수 있다는 걸 왜, 모르느냐?'

얼이는 세차게 머리를 뒤흔들었다. 그동안 배운 사격술을 떠올리면서 손에 쥔 화승총이 부서지게 힘을 주었다. 탄환이 다하면 그다음에는 택견으로 상대해주리라.

바로 그때, 원채 음성이 추위에 빨갛게 얼어붙은 얼이 귀를 물어뜯었다.

"왜눔, 왜눔들이닷!"

원채의 그 외침이 신호탄이 되었다. 일본군이 탄 배가 남강 중간 어름에 왔을 때 요란한 화승총 소리가 터졌다.

'탕!'

궁수弓手가 활시위에 오늬를 메워서 당겼다. 광대싸리로 짧은 동강을 만들어 화살 머리에 붙였는데, 그 화살 머리를 시위에 끼도록 에어낸 부분이 오늬였다.

'씽!'

화살이 날았다.

"아~악!"

졸지에 기습을 당한 적군들은 붉은 비명을 질렀다.

"헉!"

뱃전에서 그대로 강물 속으로 곤두박질치는 자도 보였다. 그렇지만 쭉 그런 소리와 그런 모습만 연출되는 건 아니었다.

"빠가야로!"

그런 욕설과 함께 무어라고 황급하게 외쳐대는 일본인 말소리가 고요하기만 하던 강가를 뒤흔들었다.

얼이는 어떻게 방아쇠를 잡아당겼는지, 어느 순간에 화약심지의 불이 화약을 터뜨려서 탄알을 나가게 했는지, 그 밖의 어떤 것도 알지 못했다. 아니, 아무것도 보이는 게 없고 아무것도 들리는 게 없었다. 그저 그렇게 작동하도록 미리 조작되어 있는 기계처럼 무의식적으로 적을 향해 총을 쏘아댔을 뿐이다.

그러나 원채는 달랐다. 그는 동학군 가운데서 단연 돋보였다. 어쩌면 전쟁놀이를 즐기고 있는 아이와도 같았다. 왜적이 총에 맞아 죽었거나 부상을 입었다면 그것은 필시 원채가 쏜 총알에 맞아서일 것이다.

"어? 우리 관군들도 있다 아이가!"

문득, 그런 소리가 났다. 그제야 얼이 눈에 약간이나마 사물이 제대로 보이기 시작했다. 본디 남달리 눈이 밝은 얼이다. 조금 정신이 돌아오면서 우왕좌왕하는 적군 모습이 얼핏 보였다. 앞의 그 소리처럼 관군과 일본군이 섞여 있다는 것도 알았다.

그때 줄곧 얼이 옆을 떠나지 않고 전투 도중에도 얼이가 무사한지 자주 확인하던 원채가 이빨 가는 소리로 말했다.

"역시 왜놈들이 보통 눔들이 아이다."

얼이는 자신도 모르게 소리를 높였다.

"예?"

원채가 적군에게서 눈을 떼지 않고 말했다.

"우리 관군들은 우짤 줄 몰라갖고 야단 난리들인데, 왜눔들은 저리 저항해오고 있는 거 본께."

"아, 예."

얼이는 다시 한번 원채가 믿음직스럽다는 생각을 넘어 두렵기까지 하였다. 목숨이 왔다 갔다 하는 이런 극한 순간에도 저렇게 대범할 수 있다니. 모든 정황을 하나도 빠짐없이 똑똑히 지켜보고 있을 수 있다니. 그의 심장이 강철로 만들어져 있지 않고서야.

'아자씨가 그렇다모 내도……'

그러자 얼이도 아주 조금은 침착해질 수가 있었다. 그리하여 얼이도 맨 처음처럼 고개를 꽉 처박고 적은 보지도 않은 채 방아쇠만 당기는 게 아니라, 원채가 하는 것같이 적을 과녁하며 총알을 날렸다.

"얼이 총각 대단타."

원채 그 말을 응원 삼아 얼이는 용감하게 싸웠다.

"역시나 천필구 아들인 기라."

이제 얼이는 눈곱만큼도 두렵지가 않았다. 아버지가 어디선가 자기를 지켜보고 있는 것 같았다. 보호해주고 있다고 믿었다.

"일생 첫 전투에서 이리 싸울 수 있다이?"

원채 말 하나에 얼이 총알 하나가 나갔다.

"내도 그리는 몬 했는데……"

원채 목소리가 아버지 그것처럼 느껴졌다. 그러자 그가 아버지처럼 비쳤다. 얼이는 지금 내가 아버지와 나란히 싸우고 있다고 보았다. 아버지와 함께하고 있는데 뭐가 무섭고 두려우랴.

"오늘 전투는 우리가 이긴다. 얼이 총각 덕분에 이긴다."

시선은 적에게서 한순간도 떼지 않은 채로 원채가 연방 감탄해 마지 않았다. 그런 원채가 얼이 눈에는 더더욱 사람 같지 않았다. 전쟁영웅, 전쟁 귀신이다.

그때 이런 명령이 하달되었다.

― 한꺼번에 적을 향해 모든 화력을 쏟아 부은 다음 일제히 퇴각한다!

그러자 동학군들은 동시다발적으로 총알과 화살을 날렸다.

"얼이 총각! 증신 똑바로 채리야 한다."

정신을 차리지 못하게 몰아가는 엄청난 굉음 속에서도 원채 말이 계속해서 얼이 귀를 때렸다.

"적이 강기슭에 상륙하기 전에 퇴각하지 않으모 이험타."

'알것심니더.'

얼이는 마음으로만 대답했다. 입은, 몸은 싸워야 했다.

"왜눔들은 칼을 잘 쓴다."

한 번은 그런 소리도 들려왔다. 얼이 몸이 돌처럼 굳어버렸다. 육박전이 벌어지게 되면 주먹이 칼을 당해내기는 어려울 것이다.

"내가 일어나서 달리모, 얼이 총각도 곧바로 튀어야 하는 기다. 알것제?"

"예."

원채 지시에 얼이는 가까스로 고개를 끄덕였다. 그리고 그다음 순간이었다. 원채가 잽싼 청설모같이 움직이며 외쳤다.

"자, 시방이닷!"

"예!"

얼이도 무작정 그의 뒤를 따라 뛰었다. 뜀박질에는 누구보다도 자신 있는 얼이다. 한창 시절에는 맨손으로 산토끼를 잡았다고, 그 진위를 알 길 없는 소리를 곧잘 하는 어머니 우정 댁을 닮아, 어쨌든 달리기에서 얼이를 이길 사람은 없었다.

일본군은 처음에 조금 쫓아오는가 싶더니 이내 포기한 듯 따라붙지 않았다. 아마 섣불리 추격했다간 더 큰 피해를 입을까 두려워서 그러는 것 같았다.

어쩌면 그곳 상평 외에도 송촌, 시천, 백곡, 수곡, 집현산, 정정, 원본정 등지에도 여러 접주들이 동학군을 집결시켜 놓았다는 정보를 벌써 입수했는지도 모른다. 게다가 거기 상평에서 혼쭐이 난 탓에 함부로 돌아다닐 용기가 꺾였을 수도 있다.

"와! 이깃다아!"

"왜눔들을 물리쳤다아!"

"다시는 우리를 넘보지 몬할 것이다아!"

동학군은 벅찬 감격의 환호성을 올렸다. 응당 웃어야 하는데도 울었다. 일찍이 느껴보지 못했던 뿌듯함과 환희였다.

"얼이 총각!"

원채도 더할 나위 없이 큰 흥분과 기쁨에 싸인 목소리로 얼이를 칭찬하였다.

"잘 싸왔거마는, 잘 싸왔어!"

얼이는 속임 없이 말했다.

"다 원채 아자씨 도움 땜입니더!"

"무신?"

"아입니더. 진짭니더."

얼이는 갑자기 부쩍 장성한 느낌이었다. 한 십 년은 더 넘게 인생을 경험한 기분이었다. 아버지 천필구가 벗어 놓은 신발 근처에는 갔구나 했다.

앞으로는 이 세상 누구와 맞서도, 세상 어떤 일에 부닥치더라도, 절대로 지지 않을 자신감이 생겼다. 그의 이름, 천얼이였다.

– 백성 4부 13권으로 계속

백성 12

초판 1쇄 인쇄일 • 2023년 10월 25일
초판 1쇄 발행일 • 2023년 10월 30일

지은이 • 김동민
펴낸이 • 임성규
펴낸곳 • 문이당

등록 • 1988. 11. 5. 제 1−832호
주소 • 서울시 성북구 동소문로 65−2 삼송빌딩 5층
전화 • 928−8741~3(영) 927−4990~2(편)
팩스 • 925−5406

ⓒ 김동민, 2023

전자우편 munidang88@naver.com

ISBN 978−89−7456−564−0 03810

값은 뒤표지에 표시되어 있습니다.